Elisabeth Kabatek

Laugenweckle zum Frühstück

Roman

Silberburg-Verlag

Elisabeth Kabatek ist in der Nähe von Stuttgart aufgewachsen. Sie studierte Anglistik, Hispanistik und Politikwissenschaft in Heidelberg, Salamanca und Granada und arbeitete in Frankfurt a. M. und Barcelona. Seit 1997 lebt sie in Stuttgart. »Laugenweckle zum Frühstück« ist ihr erster Roman (www.e-kabatek.de).

Für Charo, Fran, Luis, Paco und Sofía

2. Auflage 2008

Umschlaggestaltung:
Christoph Wöhler, Tübingen,
unter Verwendung einer
Fotografie von Frank Butzer.
Druck: CPI books, Leck.
Printed in Germany.

ISBN 978-3-87407-809-2

1. Kapitel | *Montag*

I don't like Mondays

»Name?«

»Praetorius. Mit a-e.«

»Vorname?«

»Pipeline.«

Schweigen.

»Pipeline?«

»Ja, genau.«

»Isch des Ihr Ernschd?«

»Ja.«

Ich saß in Handschellen auf dem Polizeirevier Gutenbergstraße, Stuttgart-West. Der Beamte sah mich über den Rand seiner klapprigen Schreibmaschine hinweg misstrauisch an.

»Kennad Sie des vielleicht buchschdabiere?«

»P-I-P-E-L-I-N-E.«

»Also so wie Englisch?«

»Jaaa! Aber Deutsch ausgesprochen, verd…«

»Bassad Se bloß uff! Sonschd gibt's no a Azeig wega Beamdebeleidigong!«

»Aber ich weiß doch noch nicht mal, was ich verbrochen habe!«

»Des saga mr Ihne scho no rechtzeidig!«

Ich sprang auf und mähte dabei meinen Stuhl um. Nichts wie raus hier! Leider verweigerten mir meine Beine den Dienst. Sie waren wie Blei. Der Polizist brüllte: »Jetzt au no abhaue wella! Des isch fai Widerstand gege die Staatsgewalt! Ab en d'Zelle, bei Wasser ond Brot!«

Ich fuhr hoch und ließ mich erleichtert wieder in die Kissen fallen. Was für ein schrecklicher Traum! *Reichte* es nicht, dass mein wirkliches Leben mit Katastrophen gespickt war? Griffen sie jetzt sogar schon auf meine Träume über?

Panisch wollte ich aus dem Bett hüpfen. Bestimmt war ich mal wieder zu spät dran. Duschen, anziehen und auf dem Weg in die Werbeagentur ein Laugenweckle kaufen, ich hatte wirklich keine Zeit zu verlieren. Dann fiel mir ein, dass ich mich mit dem Aufstehen überhaupt nicht beeilen musste. Heute war Montag. Mein erster Montag als Arbeitslose.

Wie oft hatte ich mich danach gesehnt, ausschlafen zu können, wenn wir einen Abgabetermin für ein Projekt hatten und bis kurz vor Schluss Nachtschichten einlegten! Ich blieb liegen und spürte, wie langsam ein schales Gefühl in mir hochkroch. Daran war der Traum bestimmt auch nicht ganz unschuldig. Mein Name, Pipeline, beschreibt ziemlich präzise das ganze Ausmaß der Katastrophe, die vor mittlerweile 31 Jahren im tiefsten Sibirien ihren Anfang nahm.

Meine Eltern hätten mich ja auch Irina oder Anna nennen können. Damit hätten sie mir das Leben leichter gemacht und ich müsste nicht so oft umständliche Erklärungen abgeben. Aber mein ungewöhnlicher Name ist das Ergebnis ungewöhnlicher Umstände ...

Mein Vater, ein bodenständiger Schwabe, arbeitete als Ingenieur bei einem bodenständigen schwäbischen Unternehmen, das sich mit bodenständigem schwäbischem Fleiß und grundsolider Arbeit ein kleines Weltimperium aufgebaut hatte. Mein Vater sah neidvoll zu, wie die Kollegen in den Jahren, als das Wachstum keine Grenzen zu kennen schien, von ihren Arbeitsplätzen links und rechts seines Schreibtisches verschwanden, um einige Jahre später braun gebrannt wieder an denselben aufzutauchen, mittlerweile verheiratet mit glutäugigen brasilianischen Schönheiten, die sie zusammen mit drei kaffeebraunen Kindern in verschiedenen Größen stolz auf der Betriebsweihnachtsfeier präsentierten.

Das Fernweh meines Vaters hielt sich in Grenzen. Er war mit seiner schönen schwäbischen Heimat, mit Strohgäu,

Schwarzwald und Schwäbischer Alb ganz zufrieden. Eigentlich war es ihm ziemlich egal, wo er hinfuhr. Hauptsache, es gab in Blaubeuren oder am Titisee einen reellen Zwiebelrostbraten. Aber auf die brasilianischen Schönheiten war er neidisch. Anfang der siebziger Jahre sagte er zu seinem Chef, er würde auch mal gerne ins Ausland gehen, versäumte es allerdings, dabei die brasilianischen Schönheiten zu erwähnen.

Wenige Monate später fand er sich im tiefsten Sibirien wieder, um den Bau einer Ölpipeline zu überwachen, die irgendwann einmal täglich mehr als eine Million Barrel Erdöl von Russland über Polen nach Deutschland transportieren sollte. In Sibirien war es kalt, der Schnee lag hoch und brasilianische Schönheiten waren eher die Ausnahme. Da mein Vater mental auf diese programmiert war, fiel ihm lange Zeit nicht auf, dass die russische Dolmetscherin Olga, die neben akzentfreiem Deutsch perfekt Englisch und Französisch sprach, unter ihrem dicken Pelzmantel absolut entzückend aussah.

Mein Vater beherrschte außer schlechtem Hochdeutsch keine Fremdsprachen, und so musste er die Dienste von Olga ziemlich oft in Anspruch nehmen. Olga ahnte, dass sich tief im Innern dieses hünenhaften, knurrigen Wesens, das seine Gefühlsregungen unter einem dichten Bart versteckte und den fast zugewachsenen Mund nur im Notfall aufbrachte, ein guter Kern verbergen musste, aber mein Vater tat alles, um diesen Kern möglichst geheim zu halten, so dass Olga kurz davor war, ihn samt Pipeline entnervt auf den Mond zu schießen.

Irgendwann half sie mit russischem Wodka nach Dienstschluss nach, und endlich kam es, wie es kommen musste in den bitterkalten sibirischen Nächten. Mein Vater hatte sich bis dahin vermutlich als trinkfest bezeichnet. Er trank zu Hause regelmäßig sein Feierabend-Dinkelacker, ein paar Viertele in geselliger Runde und nach dem Sonntagsbraten bei Muttern selbst gebrannten Zwetschgenschnaps. Am Morgen nach der Wodkaorgie schloss er allein aus der Tatsache, dass sein großer Schädel brummte und eine sanft schlummernde, ziemlich pelzmantellose Olga neben ihm auf den Kissen lag, dass irgendetwas passiert sein musste. Erinnern konnte er sich an nichts.

Passiert war in der Tat etwas. Ich wurde neun Monate später geboren, noch ehe die Pipeline in Betrieb genommen worden war. Es passierte jedoch noch mehr. Der Tag, den mein Vater übel gelaunt mit einem Brummschädel begonnen hatte, sollte ein Katastrophentag werden, der in die Geschichte des Pipeline-Baus einging. Ein Lastwagen, der dringend benötigte Teile geladen hatte, blieb im Schneesturm stecken, im Tanklager flog ein Tank in die Luft, und eine der Spezialmaschinen, die den Graben aushoben, in den die Pipeline verlegt werden sollte, rutschte einen Hang hinunter. Die Maschine erlitt einen Totalschaden. Wie durch ein Wunder wurde niemand bei diesen Vorfällen verletzt.

Mein Vater bemühte sich mit sehr viel Feingefühl, die schlechte Stimmung zu heben, indem er jeden zusammenbrüllte, der ihm vor die Nase kam. Als die komplette Mannschaft abends erschöpft zum Essenfassen in der Baracke antrat, hatte die Köchin, deren fabelhafte Kochkünste bis dahin die Moral der Truppe immer wieder aufgerichtet hatte, den Eintopf so versalzen, dass er ungenießbar war.

Es sollte Jahre dauern, bis es meiner Mutter dämmerte, dass zwischen meiner Zeugung und dem Katastrophentag ein Zusammenhang bestand.

Die Kälte setzte meinen gedanklichen Ausflügen in die Vergangenheit ein Ende. Mein Schlafzimmer verfügte zwar über eine großartige Aussicht über den Stuttgarter Westen bis hinunter ins Zentrum und an guten Tagen bis fast nach Heilbronn, aber nicht über eine Heizung. Die hätte ich an diesem bitterkalten Februartag gut gebrauchen können.

Ich überlegte, ob ich den Tag mit fünf Runden »Gruß an die Sonne« aus dem VHS-Yogakurs beginnen sollte, um warm zu werden. Bei meinem letzten Versuch hatte ich mir dabei einen steifen Hals geholt, also stellte ich mich stattdessen unter die heiße Dusche und drehte das Wasser am Ende auf kalt, aber erst, nachdem ich reichlich Abstand vom Duschstrahl hatte. Dann joggte ich meine fünf Stockwerke hinunter, um mir beim Bäcker um die Ecke ein Laugen zu holen. Wie üblich musste ich mich zwischen den Autos durchschlängeln, die auf dem Gehweg geparkt waren. Im am dichtest besiedelten Stadtteil Deutschlands gab es zu viele Menschen mit zu vielen Autos, und die Menschen hatten keine Lust, eine Tiefgarage zu bezahlen. Man hatte hier deshalb besser keine Kinder. Mit einem Kinderwagen wurde der zugeparkte Gehweg zum Hindernisparcours. Trotzdem wollte jeder im Westen wohnen, inmitten der kleinen Galerien, kreativen Künstler, Bioläden und Szene-Kneipen. Ich hatte richtig Glück, als ich die unrenovierte Wohnung mit verseuchtem Linoleum in der Reinsburgstraße bekam. Die Miete war günstig, weil vermutlich nicht allzu viele Leute mit einem Gas-Einzelofen im Wohnzimmer und keinem Gas-Einzelofen im Schlafzimmer im fünften Stock ohne Aufzug wohnen wollten. Der Vorteil war, dass man den Durchgangsverkehr, der vor allem aus Lkws und Bussen bestand, nicht ganz so laut hörte, und die Abgase schafften es maximal bis zum vierten Stock, da war ich ganz sicher.

Auf dem Rückweg kletterte ich so leise ich konnte die Treppenstufen hinauf. Ich hatte keine Lust, mich den neugierigen Fragen von Herrn Tellerle zu stellen. Er war eine furchtbare Klatschbase, frühpensioniert, folglich immer zu Hause, und er hatte definitiv den schwarzen Kehrwochen-Gürtel.[1] Ich nicht, was manchmal zu unüberbrückbaren Differenzen führte. Als ich den dritten Stock erreicht hatte, wurde die Tür aufgerissen.

---

1 Kehrwoche, die: Vor allem in Süddeutschland anzutreffende Sitte, deren Ursprung auf den mittelalterlichen Frondienst zurückgeht. Der Lehnsherr (Vermieter/Hausverwalter) zwingt hierbei seine Tagelöhner (Mieter), beim kleinen Frondienst (Treppe) oder großen Frondienst (Hof, Gehweg) meist nicht vorhandenen Schmutz zu entfernen. Dieser Sitte wird häufig durch nachbarschaftliche Spione, Bluthunde oder Mieterhöhungen Nachdruck verliehen.

Vor mir stand Herr Tellerle in einer ausgebeulten Cordhose, die von Hosenträgern gehalten wurde. Das farblich an Loriot erinnernde Hemd (graugrünbraun) hatte es nicht ganz in die Hose geschafft. »Grieß Gott, Frau Praetorius. Hen Sie heit frei?«

Ich zögerte. Spätestens nach vierzehn Tagen würde es seltsam erscheinen, dass ich immer noch Urlaub hatte. Wenn meine Vermieterin andererseits spitzkriegte, dass ich arbeitslos war, würde sie mir sofort wegen Eigenbedarfs kündigen. Ich lächelte Herrn Tellerle, wie ich hoffte, entwaffnend an.

»Ich habe mich selbstständig gemacht und arbeite von zu Hause aus«, sagte ich. »Im Zeitalter von Internet – kennen Sie Internet? – ist das ja alles kein Problem mehr. Und jetzt teile ich mir die Zeit selber ein, das ist sehr angenehm.«

Herr Tellerle nickte wohlwollend: »Dann sen Se ja jetzt mee drhoim. Däded Sie wohl mei Aquarium versorge? I gang nämlich in Urlaub nach Malorka.«

Ich starrte ihn entgeistert an: »Sie gehen in Urlaub? Nach Mallorca? Aber Sie gehen doch nie in Urlaub! Außerdem weiß ich nicht, wie man ein Aquarium pflegt.«

»S'isch ja net fir lang. Die Seniorengruppe der Hundesportfreunde Dägerloch macht a Ausfahrt. On des mit dene Fisch zeig i Ihne.«

Er winkte mich in sein karges Heim. Ich war noch nie in seiner Wohnung gewesen und wusste nicht, ob es jemals eine Frau Tellerle gegeben hatte. In dieser Wohnung fehlte jedoch ganz eindeutig eine weibliche Hand. Im Wohnzimmer stand nur ein alter Holztisch, vier stoffbezogene Stühle, ein abgenutztes Sofa und ein Fernseher. Neben dem Fernseher, gewissermaßen als Zweitfernseher, stand das Aquarium. Zwischen grün wallenden Schlingpflanzen zog ein gutes Dutzend Fische in verschiedenen Farben und Größen gemächlich seine Bahn. »Des isch dr Max«, sagte Herr Tellerle und deutete auf einen blasslila Schleierschwanz. »Und des dr Moritz.« Moritz war auch ein Schleierschwanz, allerdings in zartem Orange. »Des sen meine Liebling.« Danach hielt er mir in affenartiger Geschwindigkeit einen Vortrag über Futter und Filter und fuchtelte mit einer Dose Fischfutter vor meiner Nase herum.

»Ond wenn Se welled, dirfet Se sich auch gern amol a Weile vors Aquarium nahocke«, schloss Herr Tellerle und deutete auf das Sofa. »Des isch sehr beruhigend. Ond ihr jonge Leid hen ja oft so a Ooruh em Leib.«

»Äh ja, vielen Dank«, sagte ich. Mein Magen knurrte. Endlich drückte Herr Tellerle mir einen Türschlüssel in die Hand. Ich war entlassen und flüchtete in meine Wohnung.

Düster starrte ich einige Zeit später in meine Kaffeetasse. Was für eine großartige Entwicklung mein Leben genommen hatte. Letzte Woche hatte ich noch einen Job in einer Werbeagentur. Diese Woche würde mein Lebensinhalt darin bestehen, zwei Schleierschwänze namens Max und Moritz zu füttern, weil Herr Tellerle nach Malorka flog.

Ich hatte in Tübingen Germanistik studiert und danach nach langem Suchen eine unbezahlte Praktikantenstelle auf Bewährung bei der Werbeagentur Rolf & Heinz in Stuttgart-West bekommen. Auf Bewährung hieß, dass ich unter der Voraussetzung, ohne Urlaub Montag bis Sonntag zwölf Stunden am Tag zu arbeiten, von der unbezahlten zur bezahlten Praktikantin, dann zur Volontärin und bei guter Führung zur Junior Texterin aufsteigen konnte. Ich überredete meine Eltern, mich weiter zu unterstützen, bis ich finanziell auf eigenen Beinen stand, und verzichtete auf den Hinweis, dass das ziemlich lange dauern konnte. Nach einem halben Jahr unbezahlten Praktikums, das ich hauptsächlich mit Kaffeekochen, Glastisch abputzen und Kunden empfangen verbracht hatte, stellte mich die Agentur als Volontärin ein und nach einem weiteren halben Jahr, im zarten Alter von neunundzwanzig, als Junior Texterin. Wenigstens bekam ich jetzt statt gar nichts einen Hungerlohn. Nach anderthalb Jahren als Junior Texterin wurde ich zur Senior Texterin befördert (man altert schnell in der Werbebranche), weil ich für eine Eieruhr-Werbung den Spruch »Mach es wie die Eieruhr, zähl die heit'ren Stunden nur« kreiert hatte. Die Werbung zeigte ein lächelndes Ei und war ein großartiger Erfolg.

Nach mir war ein Haufen neuer Leute eingestellt worden, weil es der Agentur hervorragend ging. Wir waren eine junge, aufstrebende Firma, die immer mehr Aufträge bekam, und entwickelten Werbekampagnen für junge, aufstrebende Firmen mit innovativen Produkten, aber natürlich nur für Firmen, die *pc, politically correct,* waren, weil unsere beiden Gründer und Chefs einen strengen Ehrenkodex hatten. Keine Zigaretten oder Rüstungsfirmen, nur fair gehandelte und garantiert nicht die Klimaerwärmung fördernde Produkte wie Eieruhren, Nordic-Walking-Stöcke oder Espresso-Maschinen mit Fußantrieb. Wir duzten uns alle und hatten wirklich Spaß zusammen, so dass wir gar nicht merkten, wie viel wir arbeiteten, und nach unseren zwölf-Stunden-Schichten gingen wir immer noch in die *Rosenau* – das ist eine Kneipe im Westen – und tranken Prosecco oder Weizen. Meine Tante Dorle begann, sich Sorgen um mich zu machen. »Mädle, du schaffsch zviel. So fendsch nie an Maa!« Ich beruhigte sie. Es stimmte zwar, dass ich keine Freizeit hatte, aber weil es den anderen genauso ging, freundeten wir uns alle miteinander an und verstanden uns prima und feierten tolle Partys im Büro. Bloß, irgendwann fingen wir an herumzusitzen, weil die Aufträge wegbrachen. Und dann mussten die ersten Leute gehen. Den Chefs war das ziemlich peinlich, weil wir uns ja alle duzten und befreundet waren, aber was sollten sie machen. Weil ich schon verhältnismäßig lange da war, musste ich nicht gleich gehen, und außerdem hatte ich mit einem der Chefs mal auf einer After-Work-Party ziemlich wild herumgeknutscht. Aber irgendwann machte die Agentur ganz zu und die Leute verstreuten sich in alle Himmelsrichtungen. Und das war's dann. Und nun hatte ich von einem Tag auf den anderen plötzlich ganz, ganz viel Zeit.

Das Telefon riss mich aus meinen trüben Gedanken. Es war Dande Dorle.

»Mädle, i han dr bloß sage welle, dass i an de denk ond jeden Dag dr Herr Jesus drom bitt, dass du a neie Arbeit fendsch.«

Ich schluckte. »Das ist sehr lieb von dir, Tante Dorle.«

»Ond stell dr vor, dai ehemalige Schulkamerade Katrin kriegt Zwilling. Die hen jetzt baut, draußa em Neibaugebied.«

So ging es noch eine ganze Weile weiter, und ich hörte nur noch mit einem Ohr zu, was Dorle erzählte, nämlich dass der Obst- und Gartenbauverein beim bunten Abend den schwäbischen Schwank »Mai Schdickle ghert mir« aufführen würde, und sie, Dorle, die Rolle der unbeugsamen Kleingartenbesitzerin Rosemarie übernommen hatte. Sie kämpfte gegen einen korrupten Bauunternehmer, dargestellt von ihrem Schulkameraden Karle, der ein ganz Fieser war, weil er versuchte, den Gemeinderat zu bestechen, damit er der Umwandlung einer kompletten Schrebergartenkolonie in Bauerwartungsland zustimmte und so weiter und so fort, wie gesagt, ich hörte nur noch mit einem Ohr zu.

Ich wunderte mich zwar ein wenig, dass Dorle auf ihre alten Tage mit dem Theaterspielen begonnen hatte, sie war aber immer für eine Überraschung gut. »Ond ibrigens komm i bald amol zu dir zom Kaffee. Mai Gertrud hot a Schlägle[2] ghett ond liegt em Kathrinehoschbidal. Die däd i en de nägschde Däg bsuche on no komm i glei bei dir vorbei.« Damit hatte sie sofort wieder meine ganze Aufmerksamkeit. Ich legte mit gemischten Gefühlen auf. Natürlich war es lieb von Dorle, an mich zu denken – meine Eltern hatten sich nicht gemeldet –, aber ein Besuch von Dorle hieß Aufräumen und Kuchen backen, nicht gerade meine großen Stärken. Und außerdem wusste jetzt auch der Herr Jesus, dass ich arbeitslos war.

Dorle war die Tante meines Vaters, also unsere Großtante, und sie wurde auch von Leuten, die nicht mit ihr verwandt waren, nur Dande Dorle genannt. Sie wohnte im Dorf eine

---

2 Schwäbischer Euphemismus für Schlaganfall

Straße weiter in einem kleinen, mit wildem Wein bewachsenen Hutzelhäuschen, vor dem eine Bank stand, auf der sie an lauen Sommerabenden saß. Aber nur an Samstagen, denn unter der Woche musste sie ja schaffen.

Sie trug ihre Haare zu einem Knoten aufgesteckt und sah, seit ich denken konnte, aus wie hundert Jahre alt. Ihr rundlicher Körper steckte meistens in einer Kittelschürze. Dande Dorle war weich und roch immer nach Essen – nach frisch gebackenem Hefekranz oder Zwetschgenkuchen oder handgeschabten Spätzle. Meine Schwester Katharina und ich verbrachten als Kinder sehr viel Zeit bei ihr. Sie legte ihre fleischigen Arme um uns, wenn wir bei ihr auf der Bank saßen, sie gab uns feuchte Küsse und drückte uns an ihren riesigen Busen, sie machte uns Flädlesuppe und sang mit uns Lieder aus dem Gesangbuch, denn Dande Dorle war sehr chrischdlich. Wir durften ihr zusehen, wie sie abends die Nadeln aus dem Knoten zog und das lange weiße Haar bürstete, das ihr in schweren Wellen auf die Schultern fiel. Aber das Beste an Dande Dorle war ihr Käsekuchen, der leckerste Käsekuchen der Welt, den sie nach einem Rezept backte, das sie niemandem verriet, und das Bild ihres Verlobten. Es stand in ihrem karg eingerichteten, immer viel zu kalten Schlafzimmer auf dem Nachttisch und zeigte einen jungen, schnauzbärtigen Mann in Uniform, der nicht lächelte. Gottfried war aus dem Zweiten Weltkrieg nicht zurückgekehrt. Streng genommen war Dorle also ein ewiger Single, weil sie nie mehr einen anderen Mann angeschaut hatte, aber damit durfte man ihr nicht kommen. Sie selbst bezeichnete sich als Witwe und trug Zeit ihres Lebens schwarz. Katharina und ich liebten es, ehrfurchtsvoll vor dem vergilbten Bild zu stehen. Ach, es war so entsetzlich traurig.

Bevor sie uns abends nach Hause schickte, mussten wir die Hände falten und sie befahl uns und unser Seelenheil dem Herrn Jesus an. Sie beschwor den Herrn Jesus auch, dass sich unsere Eltern mehr um uns kümmern sollten. Mir war es ziemlich peinlich, dass Dorle dem Herrn Jesus so genau sagte, wie es bei uns zu Hause zuging.

Nach Abschluss des Projekts in Sibirien war Olga zu meinem Vater in sein kleines, unbesiegbares Dorf gezogen. Unbesiegbar deshalb, weil es sich hartnäckig und erfolgreich gegen die Eingemeindung durch die mächtige benachbarte Metropole gewehrt hatte. Die Ankunft einer fragilen, dunkelhaarigen Schönheit, die nicht einmal evangelisch war, wirbelte mächtig Staub auf, vor allem in der pietistischen Mafia, die die Einhaltung der Moral im Ort kontrollierte. Noch viel schlimmer als die Tatsache, dass das Hermännle keine Frau aus dem Ort genommen hatte, war natürlich, dass ich schon auf der Welt und er noch nicht verheiratet war. Meine Eltern heirateten evangelisch und ließen mich gleichzeitig taufen, weil meiner Mutter ihre orthodoxe Religion vollkommen egal war und die pietistische Familie sonst meinen Vater verstoßen hätte.

Meine Mutter war nicht dumm. Sie kapierte ziemlich schnell, was in einem Dorf, in dem man Rei'gschmeckten erst in der vierten Generation zutraute, den Hefekranz sachgerecht einzutunken, von einer angeheirateten Russin erwartet wurde. Um akzeptiert zu werden, musste sie sich anstrengen. Mehr noch als eine Einheimische, weil man ihr besonders auf die Finger schaute. Sie musste nachmittags im Garten schaffen und Tomaten setzen, eigene Äpfel ernten und daraus Apfelkompott kochen, die Wäsche draußen aufhängen, am Samstag den Gehsteig kehren und kurz darauf hatte gefälligst der Duft von frisch gebackenem Sonntagskuchen aus dem Küchenfenster zu wehen. Wenn eine Nachbarin aus dem Fenster sah, während sie in ihrer Kittelschürze Unkraut jätete, hatte sie sich stöhnend aufzurichten, die Hand in die Seite zu stemmen, über die viele Hausarbeit und den faulen Ehemann zu klagen und ein ausführliches Schwätzchen zu halten. Und selbstverständlich hatte sie sonntags pünktlich, ordentlich gekleidet und demütig an der Seite ihres Gatten im Gottesdienst zu erscheinen, idealerweise das wundervolle braune Haar zu einem züchtigen Dutt aufgesteckt. Zusätzliche Bonuspunkte gab es für den Beitritt zum Frauenkreis oder Kirchenchor und für akzentfreies Schwäbisch.

All diese Dinge musste sie tun. Oder besser gesagt: Sie hätte sie tun müssen. Olga überlegte eine Weile, betrachtete ihre gepflegten Fingernägel und die durchscheinende, alabasterfarbene Haut ihrer Arme und traf dann eine folgenschwere Entscheidung. Es war ihr vollkommen egal, was das Dorf, Hermännle, ihre Schwiegereltern, Dande Dorle oder ihre Kinder über sie dachten. Von Stund' an lebte sie frei nach der Devise, dass ihr ein ruinierter Ruf an der Seite eines gut verdienenden Ingenieurs ein entspanntes Leben verschaffte. Schließlich hatte sie nicht in den Westen geheiratet, um weiterhin zu schuften.

Stattdessen lag sie bei gutem Wetter unter einem Sonnenschirm im Liegestuhl, bei schlechtem Wetter oder kühler Witterung auf dem Sofa im Wohnzimmer und las Tolstoi oder Dostojewski. Während anderen Kinder im Vorschulalter *Der Kleine Wassermann* oder *Pippi Langstrumpf* vorgelesen wurde, wuchsen wir mit *Krieg und Frieden* auf, natürlich im russischen Original, und fanden es wunderbar. Später, als wir selber lesen konnten, verschwand Olga ganz allmählich immer mehr aus unserem Alltag. Sie vertauschte das Sofa im Wohnzimmer mit einem Sofa in einem weitgehend unbenutzten kleinen Zimmer im ersten Stock, das wir weiterhin Bügelzimmer nannten, obwohl meine Mutter nie bügelte. Das Zimmer wurde zu ihrem Refugium, in dem sie den Großteil ihres Lebens verbringen sollte. Sie richtete sich das Zimmer gemütlich ein, kaufte bunte Kissen, stapelte Bücher bis unter die Decke, ließ sich von Vater einen Plattenspieler und sämtliche Aufnahmen von Maria Callas schenken und verbrachte dort den Tag. Wenn wir sie sehen wollten, mussten wir anklopfen und sie im Bügelzimmer besuchen. Sie kochte auch nicht und kam nur selten zu den Mahlzeiten herunter. Wenn wir sie fragten, wovon sie sich eigentlich ernährte, zuckte sie nur die Schultern und lächelte.

Katharina und ich gewöhnten uns daran, Schulprobleme, Freundinnenzoff und Liebeskummer miteinander zu teilen, das Haus vor der absoluten Verwahrlosung zu bewahren und uns mittags nach der Schule etwas zu essen zu machen. Wobei man gerechterweise sagen muss: Es war vor allem Katharina, die sich um den Haushalt kümmerte, auch wenn sie eineinhalb Jahre jünger war als ich. Das Katastrophen-Gen, mein kleiner genetischer Defekt, ließ Staubsauger explodieren, Rasenmäher letzte Seufzer von sich geben und Waschmaschinenschläuche platzen. Unschuldig aussehende Lebensmittel, die ich zum Kochen oder Backen verwendete, kochten über, wurden nicht gar oder brannten an, während sie sich unter Katharinas Händen in duftende Speisen verwandelten. Nachdem uns meine Mutter die Sache mit dem Katastrophen-Gen erklärt hatte, machte Katharina den Haushalt und ich leistete ihr dabei Gesellschaft. Die gleichen Geräte, die bei mir explodierten, verhielten sich bei ihr vollkommen friedlich.

Trotz ihrer Absonderlichkeiten liebten wir unsere Mutter abgöttisch. Sie war schließlich tausendmal besser als die schwäbischen Supermütter unser Schulkameraden, die einem samstags Kutterschaufel und Kehrwisch in die Hand drückten. Sie war immer verfügbar, auch wenn sie meistens leicht abwesend wirkte, wenn wir ihr etwas erzählten, und sie brachte uns bei, wie wichtig es war, den schönen Dingen im Leben einen Platz einzuräumen:

»Wenn ihr euch verliebt, achtet darauf, dass der Mann eine Ader hat für Bücher und Musik. Wenn nicht, vergesst ihn sofort.«

Bevor Olga sich im Bügelzimmer eingerichtet hatte, war sie mit uns Kindern ab und zu mit der Straßenbahn nach Stuttgart gefahren, um in die Oper zu gehen. Wir liebten die festlich-würdevolle Atmosphäre, die Kristallleuchter, das Orchester im Bühnengraben und die Dramen, die sich auf der Bühne abspielten, auch wenn wir nicht verstanden, warum dort ziemlich viele Menschen sterben mussten, nachdem sie den nahenden Tod in endlosen Arien angekündigt hatten.

Das mit den Büchern und der Musik war die einzige Lebensweisheit, die uns Olga mit auf den Weg gab, und fast schien es so, als wollte sie uns durch die Blume sagen, dass sie mit meinem Vater die falsche Wahl getroffen hatte.

Unser Vater liebte Olga, war aber hoffnungslos überfordert von ihrer Leidenschaft für die Literatur und die Oper, weil er von beidem nichts verstand. Nach der Rückkehr aus Russland war er zu Bosch in die Forschung gegangen, und seltsamerweise schienen die Arbeitstage dort immer länger zu werden, je älter er wurde. Wenn er nach Hause kam, verschwand er ziemlich schnell wieder im Garten, weil einer ja das Gemüse anbauen musste, oder werkelte irgendwo am Haus herum. Ab und zu wurde er von Dorle herbeizitiert, die unsere Familienverhältnisse dann doch nicht ganz allein dem Herrn Jesus überlassen wollte. Sie war sonst immer die Ruhe und Liebenswürdigkeit in Person, aber in diesen Momenten fing sie laut an zu zetern. Mein Vater, so warf sie ihm vor, würde zu viel arbeiten, wir Kinder bekämen kein vernünftiges Essen und keine geistige Nahrung, so dass er sich nicht wundern müsste, wenn wir anstelle des schmalen, steilen Pfads zum Himmelreich den breiten, bequemen Weg zur Hölle wählen würden, und Olga ...

Wir versteckten uns unter dem Fenster, um den Attacken zu lauschen. Ein, zwei Wochen lang kam Vater dann früher nach Hause, wollte unsere Hausaufgaben sehen und wissen, wie es uns in der Schule ergangen war, und wechselte sogar ab und zu mal wieder ein paar Worte mit Olga. Dann war alles wieder wie vorher.

Ich seufzte. Olgas Lebensweisheiten hatten bisher nicht so richtig gefruchtet. Ich war einunddreißig, arbeitslos und ohne Mann, der Bücher und Opern liebte. Im Studium war ich ein paar Jahre mit Daniel zusammengewesen. Daniel war auch Germanist. Wir träumten von einer gemeinsamen Zukunft bei der *Zeit* oder beim Goethe-Institut. Eines Tages überraschte ich Daniel spärlich bekleidet in der Bibliothek bei den Mittelhochdeutsch-Regalen, zusammen mit der jungen neuen Professorin, die gerade einen Assistenten suchte. Daniel bekam den Job.

Nun reichte es aber. Für heute hatte ich genug über der Vergangenheit gebrütet. Ich schickte eine SMS an Lila: »Brauche moralische Unterstützung, kommst du heute Abend bei mir vorbei?« Lila war meine beste Freundin und arbeitete als Sozpäd in einer Wohngruppe mit schwer erziehbaren Jugendlichen im *Raitelsberg*. Wenig später kam die Antwort: »OK, bringe Prosecco mit.«

Ich verbrachte den restlichen Tag damit, meinen Herd zu putzen. Das war schon längst mal fällig. Eigentlich hätte das nicht den ganzen Tag gedauert, aber ich stieß mit dem Ellenbogen die Scheuermilch um, die sich daraufhin großzügig über den Herd ergoss, so dass ich ziemlich viel Zeit benötigte, um die getrocknete Scheuermilch aus den Herdecken zu kratzen. Natürlich hätte ich Bewerbungen schreiben müssen, aber ich war zu deprimiert und hatte noch nicht einmal ein vernünftiges Bewerbungsfoto. Ich wollte mich am nächsten Tag darum kümmern. Oder ich würde Katharina um ein Foto bitten, um meine Chancen für ein Bewerbungsgespräch zu erhöhen. Die Natur hatte über meine Schwester ihr Füllhorn ausgeschüttet. Sie war eine Schönheit, genauso zerbrechlich und zart wie meine Mutter, mit dem gleichen langen, dunklen, dichten Haar. Mein Haar war zwar auch dunkel, aber ziemlich struppig, so dass ich es immer kurz trug. Dank der grandiosen Erfindung des Wonderbras konnte ich zwar meinen Busen von 70A auf 75C hochrüsten, aber ich war viel zu dünn, obwohl ich mich redlich um eine ausgewogene Ernährung bemühte, indem ich regelmäßig Tiefkühlpizza, Pommes und LKW[3] auf den Speiseplan setzte. Ich war schon immer knochig gewesen. Leider hatte ich von meiner Mutter nur die wunderbaren

3 Leberkäswecken

braunen Augen geerbt. Mein Vater hatte sein handwerkliches Talent und seine imposante Körpergröße ebenfalls für sich behalten.

Kurz vor acht klingelte es und Lila schnaufte meine fünf Stockwerke hinauf. Als ich die Tür öffnete, sah ich, dass vor der Nachbarwohnung Umzugskisten standen. Die Wohnung hatte längere Zeit leer gestanden, worüber ich nicht besonders traurig war. Nicht jeder teilte meine in regelmäßigen Abständen hervorbrechende Leidenschaft für ziemlich heftige Rockmusik und Opernarien, die die Wände erzittern ließen. Ich war wirklich nicht besonders scharf auf neue Nachbarn.

»Junge, Junge, daran werde ich mich nie gewöhnen.« Was an mir zu eckig war, war an Lila zu rund. Eigentlich hieß sie Juliane, doch in der Zeit, als alle Welt *Lila Pausen* futterte, hatte sie einen Freund, der immer zu ihr sagte: »Du bist so süß wie eine *Lila Pause Krokant!*« Juliane liebte Schokolade, hasste Krokant, aber Lila gefiel ihr, auch weil sie ziemlich feministisch ist, und so hatte sie den Namen behalten, obwohl der Typ sie irgendwann mit Sandra betrog, mit der er jetzt zwei Kinder hatte und in Korntal in einer Reihenhaussiedlung wohnte. Lila war Mitglied bei Amnesty, Terre des Femmes, Verdi, der Büchergilde, Trottoir und SFsDoKo[4]. Sie war auch Single. Offensichtlich ließen sich die Männer von ihrem Körperumfang abschrecken. Dabei war Lila lustig, herzensgut und intelligent. Ihr einziger Fehler war, zwanzig bis dreißig Jahre zu spät geboren worden zu sein. Sie hätte besser in die Sechziger oder Siebziger gepasst.

Wir saßen auf meinem durchgesessenen Sofa und futterten Chips.

»Katrin kriegt Zwillinge und zieht in ihr eigenes Haus«, sagte ich und konnte nicht vermeiden, dass meine Stimme weinerlich klang.

---

4 Single-Frauen spielen Doppelkopf

»Katrin, wer um Himmels Willen ist Katrin?« Lila schüttelte verwirrt den Kopf. »Und warum habe ich das Gefühl, dass du gleich anfängst zu heulen?«

»Ich heule nicht«, schniefte ich, »ich wär nur so gern normal! So wie Katrin! In der Schule war sie immer die Beste! Sie hatte unglaubliche Pläne! Und dann hat sie diesen Zahnarzt geheiratet und arbeitet jetzt in seiner Praxis als Sprechstundenhilfe!«

»Moment«, sagte Lila. Sie rannte in die Küche und kam mit dem Prosecco und zwei Gläsern zurück. Sie schenkte so schwungvoll ein, dass der Prosecco auf den Teppich schwappte, stieß mit mir an und nahm einen tiefen Schluck. Ich auch. Danach ging es mir besser.

»Du findest es also beneidenswert, dass deine hochintelligente Schulfreundin Katrin als Sprechstundenhilfe Karriere gemacht hat?« Sie schüttelte ungläubig den Kopf.

»Ja! Weil sie natürlich als Frau des Chefs alle anderen Sprechstundenhilfen tyrannisieren kann, wie es ihr passt! Und weil sie jetzt Zwillinge kriegt! Ich werde nie Zwillinge kriegen und in einer Neubausiedlung wohnen!«

Lila schüttelte wieder den Kopf. »Line, hast du heimlich mit Eva Herman telefoniert? Willst du jetzt die Mutter der Nation werden? Du wirst mir doch nicht erzählen wollen, dass du dich plötzlich nach einem Spießerleben mit Vorgärtchen sehnst! Seit Jahren muss ich mir anhören, dass du dich nie entscheiden konntest, was du lieber werden wolltest: Entwicklungshelferin in der Wüste Namib oder Reporterin beim *New Yorker*, mit dazugehörigem Loft in Greenwich Village, auf dessen Feuertreppe du dann nach Feierabend *Moon River* gesungen hättest!«

Meine Tränen flossen jetzt richtig. »Schau mich doch an«, flüsterte ich. »Ich bin 31 und habe weder einen Job noch einen Mann. Ich bin ein Versaaaager!«

»Wenn schon, dann eine Versagerin. Trink aus!« Lila schenkte mir sofort nach. Eigentlich war ich nicht der Meinung, dass man Probleme mit Alkohol lösen konnte. Aber heute Abend machte ich eine Ausnahme.

»Also, Line, dann gehen wir das Ganze mal analytisch an. Wie würdest du denn gerne leben?«

Ich schluckte und schloss die Augen. »Vielleicht so: Ich wohne in Stuttgart, hab einen tollen, erfolgreichen Mann, den ich von der Schule kenne und der beim Daimler schafft. Samstags trägt er den Müll raus, wir haben ein eigenes Häuschen mit Vorgarten in Sillenbuch, einen Zweitwagen und zwei entzückende hochbegabte Kinder, ein Mädchen und einen Jungen namens Lisa und Paul, die auf die deutsch-französische Grundschule gehen. In den Sommerferien fahren wir nach Rimini in ein Eurocamp. Ich bin Elternbeirätin und alle zwei Wochen verkaufe ich samstags auf dem Wochenmarkt ehrenamtlich fair gehandelte Produkte aus dem Eine-Welt-Laden. Meine Nachbarinnen grüßen mich und der Metzger spricht mich mit Namen an, alle drei Wochen stell ich die gelben Säcke auf die Straße, bald sind die Kinder aus dem Gröbsten raus und dann steige ich halbtags wieder in meinen Beruf als Fremdsprachensekretärin ein.«

Ich öffnete die Augen wieder. In Lilas Gesicht stand blankes Entsetzen. »Ein Horrorfilm«, flüsterte sie. »Du hast gerade die Eröffnungssequenz von *Kettensägenmassaker in Sillenbuch, Teil 1* beschrieben.«

»Wieso denn?«, fragte ich beleidigt.

»Wieso denn?«, rief Lila wütend. »Wieso denn, fragt sie! Weil dein Mann, den du von der Schule kennst, abends keine Überstunden macht, sondern seine Sekretärin vögelt, du vor lauter Langeweile eine Depression bekommen hast und psychopharmaka-abhängig geworden bist, und es dauert nicht mehr lange, bis Paul mit 16 nachts in Sillenbuch einen Inder krankenhausreif schlägt, während Lisa mit 17 ungewollt schwanger wird! Deshalb!«

Ganz offensichtlich würden sich Lila und ich heute Abend nicht einigen, was den optimalen Lebensstil betraf. Zumindest nicht vor der zweiten Flasche Prosecco. Nach der zweiten Flasche hatten wir uns meinungsmäßig schon deutlich angenähert und fanden, dass die größte Misere der Frauen in der Bundesrepublik Deutschland darin bestand, dass die Vielmännerei verboten war. Man hätte sich sonst einen kleinen Harem aus Dienstleistungsberufen halten können, bestehend aus einem Handwerker, einem Zahnarzt, einem Juristen, einem Friseur, einem Finanzberater, einem Fußreflexzonenmasseur und einem Sexgott.

Lila verabschiedete sich mit einem Arbeitsauftrag, bevor sie ihren schwankenden Abstieg durchs Treppenhaus begann. Ich sollte mir zehn Punkte aufschreiben, die ein Single-Leben attraktiv und beneidenswert machten, und ich sollte sie mir selbst per Post schicken. Lila war immer sehr fürs Therapeutische.

2. Kapitel | *Dienstag*

Goodbye, Ruby Tuesday

Am nächsten Morgen wachte ich später als gewohnt auf. Es war nicht gerade die Edelmarke Prosecco gewesen und ganz Stuttgart, vor allem mein Schlafzimmer, schien unter einer Nebelschwade zu liegen. Ich fand das seltsam, so mitten im Februar. Nach einer kalten Dusche und drei Tassen Kaffee lichtete sich der Nebel immerhin so weit, dass mir wieder einfiel, dass ich ab heute im Hauptberuf Tierpflegerin war. Ich holte mir mein Laugenbrötchen und schaute auf dem Rückweg beim Aquarium vorbei. Ich konnte mich nicht mehr so genau daran erinnern, wann und wie viel ich füttern musste, wollte mir aber auf keinen Fall nachsagen lassen, die Fische hätten Hunger gelitten, und kippte eine ordentliche Portion des stinkenden Zeugs in das Aquarium. Max und Moritz und ihre Kumpels kamen herbeigeschossen und ließen es sich schmecken. Sicher hielt Herr Tellerle sie kurz. Ich nahm mir vor, Herrn Tellerle bei seiner Rückkehr mit glänzend aussehenden, wohl genährten Fischen zu überraschen.

Eigentlich standen Bewerbungsfotos auf dem Programm. Um jedoch meine Moral zu heben, legte ich zunächst eine Liste von zehn Punkten an, die das Single-Leben beneidenswert machten, ganz so, wie es Lila vorgeschlagen hatte. Es dauerte eine ganze Weile, aber anschließend war ich hochzufrieden mit dem Ergebnis:

Zehn Punkte, die ein Single-Leben in einer schlecht heizbaren Mietwohnung im fünften Stock im übervölkerten, verpesteten und durchgehend asphaltierten Stuttgart-West weitaus attraktiver machen als das Leben mit Mann und zwei Kindern im eigenen Häuschen im immergrünen Stuttgart-Sillenbuch:

1. Ein Single kann am Wochenende immer ausschlafen, weil morgens um halb sechs kein dreijähriges Kind ins Bett krabbelt, das seine Füße vorher eine halbe Stunde lang in die Tiefkühltruhe gesteckt hat und Mami in voller Lautstärke seine neue Benjamin-Blümchen-Kassette vorspielen will, die ihm die liebe Omi geschenkt hat, die leider in Wanne-Eickel wohnt und deshalb nie in den gleichen Genuss kommt.

2. Ein Single muss sich nicht mit der Frage auseinander setzen, wie man in einem Land, in dem Kinderhandel verboten ist, ein Kind wieder los wird, wenn man feststellt, dass es ohne doch schöner war.

3. Ein Single kann sonntagmorgens immer auf Vernissagen gehen. (Äh, ich war noch nie in meinem Leben auf einer Vernissage).

4. Als Single kann man in Ruhe telefonieren und sagt abwechslungsreichere Sätze als »Nicht jetzt, Nepomukschatz, Mami telefoniert jetzt« oder Variante 1: »Nein, die Mami hat gesagt, sie will jetzt fünf Minuten in Ruhe telefonieren« oder Variante 2, »Nepomuk, wir haben aber vorher ausgemacht, dass du mich in Ruhe telefonieren lässt.«

5. Als Single hat man ganz viel Geld und kann übers Wochenende zum Christmas-Shopping nach New York hoppen und sich im Winter auf den Fidschi-Inseln am Strand aalen, während einem gutgebaute schwarze Jungs All-Inclusive-Daiquiris einflößen. Man schlägt sich vor Vergnügen auf die Schenkel, wenn man an Familien denkt, die sich stattdessen in einem völlig überfüllten Eurocamp mit den Zeltnachbarn aus Sindelfingen-Ost zum Grillen treffen, mit ihren Zweijährigen am Strand von Cala Millor

Sandkuchen backen und in Windeln und Lebensversicherungen investieren. (Na ja, vielleicht stimmt das doch nicht so ganz, schließlich würde ich in exakt 364 Tagen in den Hartz-IV-Zustand übergehen, und das Arbeitsamt sieht es sicher nicht so gern, wenn man von 347 Euro im Monat nach Hawaii fliegt.)

6. Als Single hat man nicht ständig nörgelnde Kids am Essenstisch, die statt der vollwertigen Tofutaler lieber Würstchen mit Kartoffelsalat, Hamburger oder Pommes essen wollen, sondern kocht stattdessen raffinierte Rezepte aus der *Brigitte* oder lädt seine Freunde zu *Ristretto di faraona con cappelletti all'ortica* (Perlhuhnconsommé mit Brennnessel-Cappelletti) ein. Am geschmackvoll gedeckten Tisch unterhält man sich über sein neues Cabrio und wechselt dann zu Kaffee, Likör und Havanna-Zigarren ins Kaminzimmer. (Wenn ich mir's aber genau überlege, esse ich schrecklich gern Würstchen mit Kartoffelsalat und kann sowieso nicht kochen.)

7. Als Single kann man die Tür offen lassen, wenn man aufs Klo geht. Auch wenn man sie zumacht, läuft man nicht Gefahr, dass ein Mitbewohner, der weniger als 100 Zentimeter misst, gegen die Tür bollert und schreit: »Mama, i muss ganz dringend a Rolle mache.«[5]

8. Als Single muss man sich nicht ständig Sorgen machen, ob die zweieinhalbjährige Cosima nicht ein paar anständige chinesische Schriftzeichen lernen sollte, damit sie mit drei die anderen Mütter und die Erzieherin im Kindergarten beeindrucken kann, anstatt ihre Zeit im Sandkasten zu verplempern.

---

5 Rolle: Kinderschwäbisch für Pipi

9. Als Single kann man *jeden* Mann ohne/mit feste/r Beziehung in Stuttgart haben. Einfach jeden. Ein Riesensupersonderangebot in Supermärkten, U-Bahnen, Kinos und Kneipen, bei Vernissagen, im *Leuze* und bei *Langen Kulturnächten*. Eine riesige Auswahl. Und nicht nur in Stuttgart, sondern in Zeiten der Globalisierung und weltumspannenden Internetromanzen in der ganzen Welt! Also sozusagen *alle* Männer der Erde! (Warum hat Bob Geldof eigentlich noch nicht an ein Single-Aid-Konzert gedacht?)

10. Als weiblicher Single kann man sich hemmungslos seiner Karriere widmen, anstatt die Bundesrepublik durch das Gebären von mindestens vier gesunden, idealerweise männlichen Nachkommen vor dem demographischen Kollaps zu bewahren. Links und rechts mäht man rücksichtslos die männlichen Konkurrenten nieder und heimst selber die neue Abteilungsleiterstelle ein. (Vorausgesetzt, man hat Kollegen, natürlich, und arbeitet nicht als freiberufliche Fischpflegerin.)

11. Als Single wird man von allen Nicht-Single-Freundinnen und Familienangehörigen beneidet: »Mensch, so gut wie du möchte ich es auch haben. Bei dir klettert nicht morgens um sechs ein dreijähriges Kind ...« (vgl. Punkt 1–10)

Ach, jetzt waren es sogar elf Punkte geworden und ich fühlte mich großartig. Ich schrieb die Liste nochmal sorgfältig von Hand ab, steckte sie in einen Briefumschlag und adressierte sie an mich. Ich war sehr stolz auf mich.

Eigentlich war es jetzt langsam Zeit, sich um Bewerbungen zu kümmern, aber als ich auf die Uhr sah, war es schon elf und mein Magen knurrte. Zeit für einen kleinen Zwischenimbiss. Laugenweckle waren zwar lecker, hielten aber nicht lang vor. Ich machte mir ein Salamibrot und biss gerade hinein, als das

Telefon klingelte. Ich beschloss, es klingeln zu lassen, denn entweder war es Dorle oder das Arbeitsamt, und für beide hatte ich noch nicht die Nerven. Der AB übernahm den Job. »Hallo Line, hier ist Lila. Ich weiß, dass du da bist. Anstatt Salamibrot zu essen, solltest du dich um deine Bewerbungen kümmern. Also los, beweg deinen Arsch und lass endlich Fotos machen. Und zwar ordentliche, keine Automatenfotos!«

Das Salamibrot blieb mir im Hals stecken und ich fing an zu husten. Ich wählte Lilas Handynummer.

»Verdammt, Lila, du bist mir richtig unheimlich. Woher weißt du, dass ich Salamibrot esse? Hast du irgendwelche paramäßigen Fähigkeiten?«

»Line, für dich brauche ich keine Parapsychologie. Außerdem habe ich eine Videokamera bei dir installiert. Was ist, gehst du jetzt Fotos machen?«

Ich versprach es ihr hoch und heilig. Kaum war das Gespräch beendet, sprang ich auf, um die Wohnzimmerdecke abzusuchen. Lila hatte doch nicht im Ernst ...? Das Telefon klingelte wieder und der AB sprang an. »Line, du musst die Wohnung nicht nach einer Kamera durchsuchen. Das war ein Witz.«

Ich schlurfte zu meinem Kleiderschrank. Konzentration. Bewerbungen. Fotos. Den Eindruck vermitteln: Hier ist eine kompetente Frau. Ausgesprochen gut aussehend mit einem IQ wie Jodie Foster. Schmeißt jeden Job mit links. Macht freiwillig zwei- bis dreihundert unbezahlte Überstunden die Woche. Ist aber nicht zu intelligent und gefährdet meine Chefposition nicht. Wehrt sich nicht, wenn ich ihre originellen und noch nie da gewesenen Ideen als meine verkaufe. O Gott.

In meinem Kleiderschrank befanden sich Jeans, T-Shirts, Sweat-Shirts und mein Konfirmationsanzug. Die Werbebranche ist modemäßig nicht besonders anspruchsvoll. Da blieb nur das Konfirmationsblüschen. Es war ein bisschen kurz an den Ärmeln, aber das sah man ja auf dem Foto nicht. Dazu legte ich Dorles Konfirmationsgeschenk an, eine Perlenkette von Dorles Mutter. Ich kämmte meine Haare und legte Lippenstift auf. Beim fünften Anlauf traf ich meine Lippen. An Lidschatten wagte ich mich erst gar nicht heran, das ging nur an Fasching.

Ich sah mich kritisch im Spiegel an. Das war doch gar nicht so schlecht. Jetzt musste ich nur noch mein überzeugendes Auftreten überprüfen. Ich ging aus dem Badezimmer, straffte meine Schultern, ging energischen Schrittes wieder hinein und warf mir im Spiegel ein umwerfendes Lächeln zu. Großartig. Genau die richtige Aufmachung, um eine Stelle am Empfang eines Seniorenheims zu bekommen. Wobei man mich durchaus mit einer Heimbewohnerin verwechseln konnte. Okay, dachte ich. Bevor ich jetzt teures Geld in den Sand setze für einen Fotografen, probieren wir das Ganze mal am Automaten.

Ich radelte zum Charlottenplatz. Eigentlich kann man in einer Stadt, in der Porsche und Daimler gebaut werden, nicht Rad fahren, ohne sein Leben zu riskieren, aber ich hatte ja sowieso nicht mehr viel zu verlieren und außerdem wenig Geld. Der Charlottenplatz liegt unten im Talkessel. Ich zischte in halsbrecherischem Tempo die Reinsburgstraße hinunter und musste nur ein einziges Mal einen scharfen Haken nach links schlagen, als ein Autofahrer wie üblich ohne zu gucken seine Tür aufriss.

Irgendwo im Labyrinth der Bahnsteige am U-Bahn-Knotenpunkt Charlottenplatz musste ein Automat für Passfotos stehen, ich konnte mich nur nicht genau erinnern, wo. Ich rollte Rolltreppen hinauf und lief Stufen hinunter. U1 Richtung Fellbach. U4 Richtung Untertürkheim. Wo stand das blöde Ding nur? Ich bog um die Ecke und wurde von einer Rolltreppe ausgebremst, die mit einem Putzeimer verbarrikadiert war. Ein Mann im blauen Arbeitsanzug rannte, einen Putzlappen in der rechten Hand, die Rolltreppe hinauf und weichte dabei die Rolltreppenwand mit dem feuchten Lappen ein. Er musste also schneller rennen, als die Rolltreppe fuhr. Sobald er oben angekommen war, rannte er die normale Treppe wieder hinunter und sauste dann erneut nach oben, nachdem er den Lappen im Eimer ausgewrungen hatte. Ich blieb fasziniert stehen. War das jetzt ein Ein-Euro-Job oder trainierte er für *Let's putz*, die jährlich von OB Schuster anberaumte Großsäuberungsaktion? Zu guter Letzt zog er die tropfenden Seiten mit einem Fensterabzieher ab. Ob in anderen Städten wohl auch die Rolltreppen gewienert wurden?

Ich keuchte die Treppe zu Fuß hinauf. Ich war wirklich nicht besonders gut in Form. Oben fand ich den Automaten endlich neben dem Servicecenter der Stadtbahnen. Ich schickte ein Kurzgebet zum Himmel und bat den lieben Gott, dem Katastrophen-Gen eine kleine Pause zu gönnen.

Der Automat sah aus, als könne man nicht so viel falsch machen. Zunächst musste man einen fünf Euro-Schein in einen Schlitz stecken, der Schein wurde angesaugt wie von einem Staubsauger, und dann stellte eine freundliche Frauenstimme jede Menge Fragen und machte Vorschläge. Ob man ein Foto wolle oder mehrere und vier gleiche oder vier verschiedene und farbig oder schwarzweiß ...? Ich wollte vier verschiedene Fotos und gab mir ziemlich viel Mühe. Vielleicht konnte ich ja noch ein Foto für eine Kontaktanzeige nutzen. Ich drehte also den Kopf prüfend hin und her und lächelte und guckte ernst und einmal verträumt und einmal melancholisch, manchen Männern gefällt das ja, und manchmal ließ ich das Bild wiederholen. Ich war bestimmt eine Viertelstunde beschäftigt, dabei war es eigentlich ziemlich eklig in der Kabine. Auf dem Boden lag viel Müll und die Wände waren mit Graffitis beschmiert.

Ich wartete vor der Kabine. Nach drei Minuten blinkte es am Ausgabenschlitz rot, es blinkte und blinkte, *Freude, schöner Götterfunken* ertönte und endlich kam der Abzug heraus. Leider war mein Kopf auf allen vier Fotos abgeschnitten. Ich sah aus wie ein Eierbecher, weil ich den Drehstuhl zu hoch eingestellt hatte. Ich stellte mir vor, dass die kleinlichen Seniorenheime über solch ein Eierbecherfoto sicherlich missbilligend den Kopf schütteln würden.

Also musste ich nochmal Fotos machen. Da ich keinen 5-Euro-Schein mehr hatte, kaufte ich bei Bäcker Nast eine Laugenbrezel, um einen 20-Euro-Schein zu wechseln. Ich ging zurück zum Automaten, langsam ging es mir auf die Nerven, ich verzichtete auf die Melancholie und machte nur ein Foto mit dem strahlenden Lächeln, das ich vor dem Spiegel geübt hatte. Es sah ein wenig eingefroren aus. Und dann wartete ich. Es blinkte und blinkte und wollte überhaupt nicht aufhören zu blinken. Irgendwann hörte es dann aber doch auf, ohne dass Beethoven sich noch einmal gemeldet hätte. Darauf hätte ich ja verzichten können, bloß war leider auch kein Abzug aus dem Schlitz gekommen. *Aaargg*!! Ich steckte den Kopf in die schmuddelige Kabine und schrak zusammen, als mir die Frauenstimme direkt ins Ohr säuselte: »Leider gibt es eine kleine Betriebsstörung. Bitte rufen Sie unsere Servicehotline an.«

Mittlerweile musste ich mich beherrschen, um mit meinem süddeutschen Temperament nicht auf den Automaten einzuschlagen. Glücklicherweise gab es direkt neben dem Automaten noch einen zweiten, und ich hatte ja noch einen 5-Euro-Schein. Aber dieser Kollege nahm keine Scheine, sondern nur Münzen. Da meine Münzen nicht ausreichten, ging ich wieder zu Nast und kaufte noch eine Brezel, um an Kleingeld zu kommen. Die Verkäuferin sah mich schon etwas seltsam an. Der zweite Automat war noch lädierter als sein Kumpel und innen saudreckig. Der Vorhang war abgerissen, so dass alle Passanten zusahen, wie ich da drin saß und blöd guckte, und es gab ziemlich viele Passanten.

Ich hatte keine Lust mehr, freundlich, ernst, verträumt oder melancholisch zu gucken, ich guckte allmählich ziemlich böse. Als ich endlich die Fotos in der Hand hielt, sah ich aus wie eine böse, böse Terroristin von al-Qaida, die gerade durch den Staub von Ibn-Al-Chassis gerobbt war. Die Bluse war reinigungsreif. Eine Sekunde lang dachte ich an diesen unglaublich französischen Film über diese unglaublich französische Amélie. In diesem Film war ein Passfoto-Automat etwas ganz Romantisches und führte schließlich dazu, dass die Heldin ihre große Liebe fand. Im U-Bahnhof Charlottenplatz, so viel war sicher, fand man keinen Lover. Nur ein paar Obdachlose und denen schenkte ich die Brezeln.

Obwohl ich auf den Fotos aussah wie Katastrophen-Jenny, hatte ich sie eingesteckt, um sie einem professionellen Fotografen als Beispiel vor die Nase zu halten, wie ich unbedingt *nicht* aussehen wollte. Für diesen Tag erklärte ich das Projekt für beendet. Die Bluse bettelte um einen mehrstündigen Koch-Waschgang und mein Vorrat an strahlendem Lächeln war für diesen Tag aufgebraucht.

Zurück zu Hause schob ich mir eine halbe Packung Pommes in den Ofen, klatschte eine viertel Flasche Ketchup darüber und aß vor dem Fernseher. Auf Nostalgie-TV lief *Daktari*. Clarence schielte, was das Zeug hielt, und gleich ging es mir besser. Anschließend weichte ich die Bluse im Waschbecken ein, nahm die Gelben Seiten, schloss die Augen und tippte blind auf irgendeine Adresse in der Sektion Fotostudios.

»Was für Fotos sollen es denn werden?«, flötete eine weibliche Stimme am Telefon, »Passfotos, Bewerbungsfotos, erotische Fotos für den Freund?«

»Äh, Bewerbungsfotos.«

»Dann empfehle ich Ihnen, auf keinen Fall etwas Weißes zu tragen. Das ist die schlechteste Wahl, die Sie treffen können, macht viel zu blass. Also auf keinen Fall das alte Konfirmationsblüschen ausgraben, gell!« Sie lachte sich schlapp. Ich knallte den Hörer auf und sah mir die Automatenfotos nochmal an. Die Bluse war schmutziggrau und machte mich gar nicht blass.

Den Nachmittag verbrachte ich mit Schlafen und surfte ein wenig auf den Seiten des Arbeitsamtes herum. Die Angebote waren großartig: Dringend benötigt wurden Mitarbeiter für

Callcenter, Servicekräfte in der Gastronomie, Reinigungspersonal, Ingenieure, Bauarbeiter und IT-Fachkräfte. Allzu lange würde ich meinen Besuch beim Arbeitsamt nicht mehr hinauszögern können.

Um ehrlich zu sein: Ich war deprimiert. Es war zwar nicht besonders schön, täglich 12 bis 14 Stunden zu arbeiten, aber man musste sich nicht ständig darüber Gedanken machen, wie man den Tag herumkriegte. Ich dachte an Lila und konzentrierte mich auf all die positiven Dinge in meinem Leben: Ich wurde gebraucht (was hätten Herrn Tellerles Schleierschwänze ohne mich gemacht?), ich hatte eine fantastische Familie (auch wenn meine Eltern sich etwa so gut verstanden wie Tom & Jerry), ich würde mir für das Wochenende einen Besuch bei meiner reizenden Schwester und ihren entzückenden zwei Kindern vornehmen, und das Tiefkühlfach war gefüllt (Pommes! Pizza!). Ich hatte keinen Freund und es sah nicht so aus, als ob ich in absehbarer Zeit mit meinem ganz persönlichen Helden in den Sonnenuntergang von Stuttgart-Weilimdorf reiten würde, aber so blieben mir Beziehungsprobleme und schmerzhafte Betrugs- und Trennungsgeschichten erspart, was ein unglaublicher Vorteil war.

Da ich mich nicht schon wieder mit Lila betrinken konnte (obwohl, warum eigentlich nicht?), kochte ich abends einen großen Topf Chili con carne sin carne, um mich aufzuheitern. Chili con carne sin carne ist eines der wenigen Gerichte, die ich wirklich gut kochen kann, und meinem Geldbeutel tat es sowieso gut, das Fleisch wegzulassen.

Ich hatte mir gerade den Teller voll geschaufelt und den ersten Schluck Rotwein genommen (wer sagte denn, dass man sich nicht auch alleine betrinken konnte?), als es klingelte.

Ich wunderte mich ein bisschen, denn normalerweise bekam ich keinen unangemeldeten Besuch. Die Kommunikation mit den Nachbarn basierte auf zufälligen Treffen im Treppenhaus, die meistens darauf hinausliefen, dass man meine Art, die Kehrwoche zu machen, kritisierte. Ich hatte mir deshalb für das

Treppenhaus einen Schmidtchen-Schleicher-Gang angewöhnt, um möglichst niemandem zu begegnen. Es klingelte zudem nicht nur einmal höflich-abwartend, sondern Sturm. Ich trat auf den Balkon, hängte mich über das Geländer und schielte nach unten, konnte aber niemanden sehen. Ich ging zur Wohnungstür, weil es immer noch wie verrückt klingelte. Vielleicht war Frau Müller-Thurgau aus dem vierten Stock über einer Zigarette eingeschlafen und das Haus wurde evakuiert? Das würde bedeuten, dass ich Herrn Tellerles Aquarium retten musste.

Ich riss die Tür auf. Vor mir stand ein Mann. Äußerst gutaussehend und genau mein Typ! Dunkelblondes, leicht lockiges Haar, groß und fast schlank! Total intensive blaue Augen! Bestimmt ein Künstler! Ich schnappte einen Moment nach Luft. Ich meine, da rennt man sich die Hacken ab, um seinen Traumtypen zu finden, und da steht er einfach vor der Tür! Da gab es doch sicher einen Haken. Wahrscheinlich war er von den Zeugen Jehovas oder Staubsaugervertreter von Vorwerk.

Übrigens schnappte nicht nur ich nach Luft. Der Kerl an der Tür klammerte sich mit einer Hand am Türrahmen fest, keuchte (ogottogottogott), war puterrot im Gesicht und deutete mit der anderen Hand permanent auf seinen Hals.

Ich war mir nicht so richtig sicher, was ich tun sollte. Ich erkannte aber innerhalb von blitzschnellen 25 Sekunden: Dieser Mann hatte ein Problem, und er schien ein gewisses Vertrauen dareinzusetzen, dass ich es lösen konnte, obwohl er mich gar nicht kannte. Und mal ganz ehrlich: Man lässt seinen soeben aus dem Nichts aufgetauchten Traummann nicht auf seiner Türschwelle krepieren. Während mir all diese Gedanken durch den Kopf schossen, röchelte der Kerl weiter. Es schien eine gewisse Dringlichkeit in diesem Röcheln zu liegen.

Mit kühlem Kopf traf ich eine rasche Entscheidung. Ich zerrte ihn mit der einen Hand in die Wohnung und mit der anderen haute ich ihm kräftig auf den Rücken. Das brachte aber rein gar nichts, er keuchte und würgte völlig unbeeindruckt weiter. Mittlerweile war seine Gesichtsfarbe dunkelrot. Kurzvor-dem-Tod-rot. Ich rannte zum Tisch und reichte ihm das volle Weinglas, er stürzte es in einem Zug hinunter, und weil ich so aufgeregt war, goss ich es gleich wieder voll und leerte es auch mit einem Schluck. Der Kerl japste immer noch! Jetzt halfen nur noch drastische Maßnahmen, sonst würde er hier in meiner Wohnung ersticken. Und ich musste dann seine Eltern anrufen! Ich baute mich hinter ihm auf, presste beide Arme an meinen Körper, ballte die Hände und rammte ihm so fest ich konnte meine beiden Fäuste zwischen die Schulterblätter.

Er flog mit vollem Karacho mit dem Bauch gegen die Tischplatte und dann auf meinen Esstisch, fegte den Teller Chili con carne sin carne auf den Boden und kotzte eine Mischung aus Rotwein und breiartigen Substanzen in blassen Farben auf meine von Dande Dorle geerbte, frisch aufgelegte weiße Tischdecke.

Dann richtete er sich schwer keuchend auf. Er hustete. Er lebte! Ganz schnell schenkte ich ihm ein Glas Wein ein, er kippte es hinunter, ich goss mir den Rest aus der Flasche ein und trank ebenfalls in einem Zug, dann standen wir beide da und grinsten erleichtert. Er zitterte und sah erschöpft aus, an seinen Mundwinkeln klebten undefinierbare Essensreste, sein Hemd war verschmiert, aber langsam wurde seine Gesichtsfarbe normal und sein Atem ging ruhiger.

»Sie ... Sie haben mir das Leben gerettet«, brach es aus ihm heraus.

»Du«, korrigierte ich automatisch. Man siezt keine Lebensretter. Ich konnte nicht aufhören zu grinsen, was nach zwei Gläsern Rotwein, die ich auf fast leeren Magen hinuntergestürzt hatte wie Wasser nach einer Wüstenwanderung, nicht wirklich verwunderlich war.

»Ich bin übrigens Leon«, sagte er. »Dein neuer Nachbar. Eigentlich wollte ich mich auf konventionellere Weise bei dir vorstellen.«

Meine Mundwinkel zogen sich jetzt vom linken bis zum rechten Ohrläppchen vor lauter Begeisterung. Nicht nur hatte ich diesem schnuckeligen Kerl das Leben gerettet, so dass er mir ewig dankbar sein und sich sofort in mich verlieben würde, er wohnte auch noch neben mir, so dass wir uns auch in Zukunft regelmäßig und total spontan und natürlich begegnen würden!

»Line«, sagte ich. »Ich heiße Line.«

»Line, freut mich sehr. Von Caroline?«

»Äh, nein. Von Pipeline.« Er zog eine Augenbraue hoch und grinste. Das war die übliche Reaktion, wenn ich mich vorstellte. Bei ihm sah es nett aus. Irgendwie cool, ohne überheblich zu wirken. Normalerweise machten die Leute dann noch irgendeinen blöden Witz, den ich schon dreitausendsiebenhundertzwölfmal gehört hatte. Ich wartete auf Witz dreitausendsiebenhundertdreizehn, aber er kam nicht.

»Was für eine Sauerei«, er deutete auf das Tischtuch und den grauen Teppichboden, auf dem das Chili con carne sin carne zusammen mit den Tellerscherben eine Art Hundehaufen formte, wie man sie normalerweise auf Berliner Spielplätzen vorfand. »Tut mir wirklich leid. Ich nehme das Tischtuch mit rüber zum Waschen und kümmere mich dann um den Fußboden.«

»Ach, das olle Tischtusch, ist doch gar nicht schlimm«, sagte ich fröhlich und meinte es ernst. Au Mann, ich war schon ganz schön blau. Leon wickelte das stinkende Tischtuch ein.

»Möchtest du noch etwas essen?«, fragte ich. »Ich schätze mal, du hast nicht mehr viel im Magen, und mein Essen liegt auf dem Fuffboden. Aber ich habe noch einen grofen Topf Chili con carne fin carne in der Küche. Müffte man nur noch mal aufwärmen.«

Er grinste wieder und schien nicht zu bemerken, dass ich Artikulationsprobleme hatte.

»Chili klingt gut. Da sind bestimmt keine Gräten drin, oder?«

»Hattest du eine Gräte im Hals? Ich hätte auf Hühnerknochen getippt.« Daran war der Dackel von Herrn Tellerle gestorben.

Er schüttelte den Kopf. »Fisch.«

»Das muss aber ein großer Fisch gewesen sein«, sagte ich. Das wurde ja immer besser, der Kerl konnte auch noch Fisch kochen! Ich liebe Fisch! Sicherlich war er ein großartiger Koch! Eine großartige Partie! Bestimmt konnte er im Schlaf Langusten, Austern und Seeteufel zubereiten!

Er schüttelte wieder den Kopf. »Fischstäbchen.«

Ich starrte ihn ungläubig an. »Fischstäbchen???«

Er zuckte mit den Schultern. »Fischstäbchen. Hätte ich auch nicht geglaubt, wenn es mir jemand erzählt hätte.«

»Junge, Junge!« Einen Augenblick standen wir da und sannen darüber nach, welche Gefahren von einem gewöhnlichen Fischstäbchen ausgehen konnten. Eigentlich kein Wunder. Die meisten Unfälle passierten nun mal im Haushalt.

»Ich mache dir einen Vorschlag.« Hurra, ein Mann mit Initiative! »Ich mache mich ein bisschen sauber, du wärmst solange das Chili auf und dann stoßen wir mit einer Flasche Prosecco darauf an, dass ich den morgigen Tag noch erleben darf. Ich hab noch einen im Kühlschrank.«

»Großartiger Plan!«, rief ich aus. Ich hatte ja auch schon lange keinen Prosecco mehr getrunken! Leon verschwand mit der Tischdecke in der Hand aus der Wohnung und ich marschierte in die Küche. Nach zehn Sekunden klingelte es. Das war aber schnell gegangen. Ich öffnete. Leon hatte immer noch die Tischdecke in der Hand und die Essensreste an der Backe. Diesmal röchelte er nicht, guckte aber ziemlich betreten.

»Es gibt da ein kleines Problem«, sagte er. »Meine Wohnungstüre ist zugefallen. Der Schlüssel liegt drin.«

»Du bist ja vermutlich auch ziemlich plötzlich aufgebrochen«, sagte ich.

Er nickte. »Ich werde den Schlüsseldienst anrufen müssen.«

»Hast du nirgendwo einen Ersatzschlüssel deponiert?«

Er schüttelte den Kopf. »Ich bin ja gerade erst eingezogen.«

Wenn ich mir's genau überlegte, wohnte ich seit zwei Jahren in der Reinsburgstraße und hatte auch nirgends einen Wohnungsschlüssel deponiert. Vielleicht konnten wir ja einen Schlüsseltausch machen? Früher oder später würde es ja sowieso dazu kommen.

Ich drückte Leon die Gelben Seiten in die Hand und deutete auf mein Telefon.

»Äh, vielleicht könnte ich erst mal kurz dein Bad benutzen? Ich glaub, ich seh grad etwas unappetitlich aus. Außerdem könnte ich die eingesaute Tischdecke dort ablegen.«

»Klar, dahinten«, sagte ich und spürte, wie mir die Röte ins Gesicht stieg. Leon sah nicht unappetitlich aus. Seit er meine Wohnung zum ersten Mal betreten hatte, hatte er sich vor meinen Augen schon mehrmals in ein Riesentiramisu auf zwei Beinen und dann wieder zurück in Leon verwandelt.

Ich wurschtelte in der Küche herum und bemühte mich, Geräusche zu machen, die verrieten, wie souverän ich mit meinem Kochtopf und meinen Suppentellern zurechtkam. Leon hatte das Bad verlassen und telefonierte mit dem Schlüsseldienst. Dann kam er in die Küche und sah schon wieder ziemlich zerknirscht aus. »Offensichtlich hat sich halb Stuttgart heute Abend ausgesperrt. Sie meinten, sie könnten erst in zwei Stunden kommen. Ich werde dir also noch eine Weile auf die Nerven gehen müssen.«

»Ach, das macht doch nichts! Ich hatte sowieso nichts vor heute Abend. Und einen Prosecco hab ich auch noch.«

Das sagte ich, aber innerlich führte ich einen Indianertanz auf und musste mich beherrschen, um nicht mit meinen alten Kochtöpfen eine Percussion-Show hinzulegen. Zwei Stunden durfte ich das Stück Pralinenkonfekt noch bei mir behalten! Morgen würde ich mich anonym beim Schlüsseldienst für diese Großzügigkeit bedanken.

Während Leon sich bemühte, die Sauerei auf meinem Teppichboden zu beseitigen, entkorkte ich den Prosecco und überprüfte schnell meine Alkoholvorräte. Ich hatte noch einen billigen Chianti, einen ganz annehmbaren Trollinger und eine bisher nicht angerührte Flasche Kirschschnaps von Dorle. Das sollte reichen.

»Auf das Leben!« sagte ich, als wir mit meinen Senfgläsern anstießen. Ich besaß keine Sektgläser.

»Auf meine Lebensretterin alias Vladimir Klitschko!« sagte Leon und grinste wieder. Okay, Keira Knightley wäre mir lieber gewesen, aber das war vielleicht ein bisschen zu viel verlangt.

Einträchtig schaufelten wir das Chili in uns hinein und schwiegen für eine Weile. Dann hielt ich es nicht länger aus. Ich versuchte, ganz beiläufig zu klingen.

»Und, was hat dich so nach Stuttgart verschlagen? Du klingst ja nicht grade wie ein Schwabe.«

Lieber Gott, lass ihn nicht sagen, dass er »derliebewegen« nach Stuttgart gezogen war! Bitte lass ihn Opernsänger sein! Oder Schriftsteller! Oder Performance-Künstler! Oder Saxofonist in einer total angesagten Jazzband! Oder wenigstens Fußreflexzonenmasseur! Aber bitte, bitte kein Entwicklungsingenieur bei Bosch! Ich kannte viele Ingenieure, schließlich war mein Vater einer. Sie waren allesamt fantasielos, unromantisch und kurvten in irgendwelchen lächerlichen Jeeps durch die Gegend, die für Off-Road-Strecken in der Kalahari gebaut waren, aber nicht für Stuttgart. Damit fuhren sie dann in Urlaub nach Sylt.

Leon lächelte. Das war fast noch besser als das Lachen und das Grinsen. »Ich komme aus Hamburg. Ihr habt hier unten einfach mehr Jobs als wir da oben im Norden. Ich bin Entwicklungsingenieur bei Bosch in Schwieberdingen.«

Peng. Es war einfach zu schön gewesen. Vorbei. Aus der Traum. Disqualifiziert. Nix Künstler. Nix Intellektueller. Abgehakt.

»Wie nett«, sagte ich lahm. »Schön, wenn man einen soliden Beruf hat, in diesen unsicheren Zeiten.«

»Ja, nicht wahr«, antwortete Leon und nickte zufrieden. Meine Enttäuschung schien er nicht zu bemerken.

»Du hast aber viele Bücher«, sagte er und deutete auf meine Ivar-Regale, auf denen sich die Bücher bis unter die Decke stapelten. »Hast du das alles gelesen?«

Ich nickte. »Das meiste. Ich habe Germanistik studiert. Und du, liest du auch gern?« Junge, das ist deine letzte Chance! Mach jetzt nicht alles kaputt!

»Klar«, sagte Leon. »Mails, Fernsehzeitschriften, die Heftchen von der Stiftung Warentest und die Homepage des Hamburger SV.« Er grinste und ich war mir nicht ganz sicher, ob er mich auf den Arm nahm.

»Und vor dem Einschlafen? Liest du da nicht? Ich lese jeden Tag vor dem Einschlafen.«

»Klar doch. Meistens den *Kicker*.«

»Dann wirst du dich ja in Stuttgart wohlfühlen. Schließlich haben Klinsi, Schweini & Co. hier die Fußball-WM gewonnen.«

Leon musterte mich belustigt.

»Kann es sein, dass du dich nicht besonders für Fußball interessierst?«

»Kein bisschen, wieso?«

»Wir haben die Fußball-WM nicht gewonnen.«

»Ach nein? Da hätte ich jetzt aber drauf schwören können.«

»Das war 1954, 74 und 90.«

»Hmm. Irgendwie hat es sich 2006 in Stuttgart aber so angefühlt. Ich war mit meiner Freundin Lila beim *Public Viewing* im Innenhof des *Rocker 33*, das ist so eine Szenekneipe in der Nähe vom Hauptbahnhof. Nach dem Spiel ließen sich unsere siegreichen Jungs am Fenster des Schlossgarten-Hotels feiern, auf dem Schlossplatz sang Dieter Thomas Kuhn *Tränen lügen nicht,* wildfremde Menschen lagen sich in den Armen und es war eine wunderbare, riesige Party.«

»Das war das Spiel um den dritten Platz. In Hamburg haben wir auch gefeiert, mit Video-Übertragung aus Stuttgart. Wir waren ehrlich gesagt überrascht, dass die Schwaben so ausgelassen sein können.«

Ich nickte zufrieden. »Auch wenn wir nicht gewonnen haben. Stuttgart war in jedem Fall die Königin der Herzen.«

Das Gespräch stockte. Es war ja auch nicht einfach, ein gemeinsames Thema zu finden, jetzt, wo klar war, dass unser intellektuelles Niveau so unterschiedlich war.

Leon durchbrach das Schweigen. »Und du? Was machst du so? Jobmäßig, meine ich?«

Ich räusperte mich. »Ich bin grade zwischen zwei Jobs.« Ich fand, das klang großartig. So, als sei ich Chefredakteurin der *Zeit* gewesen und wäre jetzt von einem Headhunter der *Financial Times* abgeworben worden. Leon nickte nur und fragte nicht weiter.

Der Prosecco war leer. War ziemlich schnell gegangen. Ich beschloss, meine Enttäuschung über Leons fehlende Eignung als intellektueller Partner in Alkohol zu ertränken.

»Wir könnten noch diesen Kirschschnaps probieren. Den hat meine Tante gemacht. Mit echten schwäbischen Herzkirschen drin.«

»Warum nicht, ich trinke zwar normalerweise keinen Schnaps, aber wenn man in der Fremde ist, möchte man ja die landesüblichen Spezialitäten kennen lernen. Übrigens klingst du auch nicht so, als ob du hier aus der Gegend kämst.«

»Meine Mutter kommt aus Russland und hat darauf bestanden, dass wir mit ihr entweder Russisch oder Hochdeutsch sprechen. Sie hält nicht so viel vom Schwäbischen. Mein Vater dafür umso mehr.«

Ich holte zwei frische Senfgläser und goss uns Schnaps ein. Die übliche Menge Schnaps sah in den Gläsern ziemlich verloren aus, also goss ich ein bisschen mehr ein als üblich. Ich probierte vorsichtig. Der Schnaps wanderte wie eine brennende Zündschnur vom Hals bis in den Magen, aber die Kirsche war lecker und schmeckte gar nicht so stark nach Alkohol. Leon hatte nach dem ersten Schnaps einen Hustenanfall bekommen und seine Augen hatten plötzlich einen seltsamen Glanz. Das ist das Letzte, woran ich mich erinnern kann.

3. Kapitel | *Mittwoch*

Smoke on the water

Ich war ganz allein im Heslacher Hallenbad, das Wasser war warm. »Komm doch auch rein, es ist herrlich!«, rief ich Leon zu, der am Beckenrand stand und mich beobachtete. Er trug eine scheußliche, altmodische Badehose. Leon schüttelte den Kopf, er sah traurig aus und rief mir etwas zu, aber ich konnte es nicht verstehen. Plötzlich verwandelte sich das Wasser in Bücher, ich badete darin wie Dagobert Duck in seinen Goldtalern, mit unbändigem Vergnügen. Ich tauchte aus den Büchern auf und hielt wieder Ausschau nach Leon. Er ging vom Becken weg, ohne sich umzusehen. Seine Badehose war nicht mehr da und ich erhaschte einen Blick auf einen ausgesprochen knackigen Hintern. Ich rief ihm nach, aber er reagierte nicht, ich wollte zum Beckenrand schwimmen, aber die dicken Wälzer türmten sich immer höher, ich kam nicht dagegen an, Sturm kam auf, Leon war verschwunden, ich schrie verzweifelt, aber ich hatte keine Chance gegen das Heulen und Klingeln des Sturmes, die Bücher schlugen über mir zusammen, es klingelte und klingelte und klingelte ...

Das Klingeln hatte aufgehört und jemand sagte etwas. In meinem Kopf war eine Baustelle eingerichtet worden und die Presslufthammer hatten ihre Arbeit aufgenommen. Ich kroch aus meinem Bett und auf allen Vieren zum Bad. Ich schaffte es, den Kopf mit der Baustelle so weit zu heben, dass ich in die Kloschüssel kotzen konnte. Danach ruhte ich mich auf dem Badboden aus. Es war kalt, sehr kalt. Irgendwann zog ich mich am Waschbecken in die Höhe, fummelte mit größter Mühe ein paar Aspirin aus dem Badschränkchen und schluckte drei Stück auf einmal. Ich würgte, aber sie blieben drin. Danach kletterte ich in die Dusche. Als ich das Wasser aufdrehte, merkte ich, dass ich vergessen hatte, mich auszuziehen. Das Wasser lief über meine Jeans. Ich hatte also angezogen geschlafen. Mit Mühe schälte ich mich aus der Hose. Danach wollte ich meine Unterhose ausziehen. Bloß hatte ich keine Unterhose an. Ich registrierte alles, ohne wirklich denken zu können. Ich hatte noch Jahre, um zu denken. Im Augenblick war es unpassend. Außer der Jeans trug ich noch ein T-Shirt. Nichts darunter. Auch das registrierte ich. Fehlender BH.

Ich blieb ziemlich lange reglos unter der Dusche stehen. Mit einer Hand hielt ich mich an der Duschstange fest. Das Wasser rann über die Baustelle, über meinen gebeugten Körper und das Kleiderhäufchen zu meinen Füßen. Vielleicht sollte ich allmählich über einen Lift für Senioren nachdenken, mit dem man sich in die Badewanne hieven konnte. Nach längerer Zeit schaffte ich es, mich aufzurichten und die Duschstange loszulassen. Die Presslufthammer machten Frühstückspause. Dann drehte ich das Wasser auf kalt.

Eine Stunde später war ich angezogen und hatte einen halben Liter Kaffee intus.

Essen konnte ich noch nichts, aber nach den drei Aspirin ging es mir doch deutlich besser. Aus den Presslufthämmern war ein erträgliches Klopfen geworden. Nachdenken konnte und wollte ich noch immer nicht, auch nicht über die leere Schnapsflasche auf dem Wohnzimmertisch. Und schon gar nicht darüber, dass meine Unterwäsche vom Vorabend verschwunden war. Ich musste jetzt Prioritäten setzen. Die eine ergab sich aus dem Blick in den Spiegel und der Tatsache, dass ich einen Termin beim Fotografen hatte. Der Spiegel hatte auf die Frage, »Spieglein, Spieglein, an der Wand«, geantwortet: »Mädle, gang wieder ins Bett, weil so kannsch di bloß bei dr Geischdrbah bewerba.« Ganz unrecht hatte der Spiegel nicht, ich hatte tiefe Ringe unter den Augen und meine Gesichtsfarbe war aschfahl. Da war aber nichts, was man mit Hilfe der modernen Kosmetik nicht würde richten können, womit ich mich ja bestens auskannte.

Meine natürliche Schönheit würde in Null-Komma-Nichts wieder hergestellt sein.

Die zweite Priorität hieß Dorle. Sie hatte mir auf meinem AB die unglaublich erfreuliche Nachricht hinterlassen, dass sie zum Kaffee kommen würde, weil sie heute ihre Freundin Gertrud im Katharinenhospital besuchen wollte, die, die das Schlägle ghabt hatte. Wenn es mir nicht passte, sollte ich mich melden. Natürlich passte es mir überhaupt nicht, aber für Dorle war es eine ziemliche Weltreise, von ihrem kleinen unbesiegbaren Dorf nach Stuttgart zu kommen, und ich konnte ihr ja kaum mit der Begründung absagen, dass ich einen unsäglichen Kater hatte. Das hätte Dorle auch sehr erstaunt. Ich rührte normalerweise selten Alkohol an. Nun hatte ich mich schon zwei Tage hintereinander betrunken. Es musste an der Arbeitslosigkeit liegen. Am Ende des Jahres würde ich bei den Obdachlosen unter der Paulinenbrücke wohnen.

Ich versuchte, im Kopf einen Zeitplan aufzustellen. Dande Dorle kam nur alle Jubeljahre, das hieß, ich musste aufräumen und etwas backen, weil man jemanden wie Dorle nicht mit Kuchen vom Bäcker abspeiste. Leider hatte meine Mutter, die ja aus Russland stammte und nie die Tüchtigkeit einer schwäbischen Hausfrau besessen hatte, vergessen, mir das Backen beizubringen. Ich überlegte also fieberhaft, was ich backen sollte. Da fiel mir ein, dass mir Lila zum Geburtstag eine Muffinform geschenkt hatte, zusammen mit einem Rezeptbuch, *Mühelos Muffins backen für backungewohnte Singles, die normalerweise jeden Kuchen in den Sand setzen,* das war doch jetzt genau richtig. Muffins schmeckten sowieso am besten warm, ich würde nach dem Fotografentermin rasch einkaufen und Dorle dann mit meinen selbst gebackenen Muffins überraschen.

Ich entschied mich für ein rotes T-Shirt mit etwas tiefergelegtem Ausschnitt, das meinem bleichen Gesicht etwas Farbe verlieh, zog einen dicken Wollpulli darüber und marschierte dann ins Bad, um meine grauen Augenringe mit Make-up zu kaschieren. Nach ein paar Minuten Herumkruschteln fiel mir ein, dass ich noch nie in meinem Leben Make-up besessen hatte. Auf der Suche nach einer Alternative landete ich in der Küche, wo mein Blick auf das Gewürzregal fiel. Curry war zu gelb, aber Muskatnuss mit etwas Mehl vermischt gab einen ganz passablen Make-up-Ersatz ab. Ich benötigte nur etwas Wasser zum Anmischen und musste ein bisschen mit der Muskatnussmenge herumexperimentieren, um meine Gesichtsfarbe zu treffen. Am Ende war ich hochzufrieden. Wenn man nicht zu nahe an mich heranging, würde man niemals merken, dass es ein kostengünstiges und garantiert tierversuchsfreies Gewürz-Make-up war.

Ich stattete den Schleierschwänzen einen Blitzbesuch ab und versprach ihnen, sie später zu füttern und mich ausführlich mit ihnen zu unterhalten.

Es war ein sonniger, bitterkalter Wintertag. Ich ließ das Fahrrad stehen, auch um meine Fönfrisur nicht zu ruinieren, und holte mir auf dem Weg zur S-Bahn ein Laugenbrötchen. Ich bewegte mich immer noch deutlich langsamer als sonst, aber wenigstens gehorchten mir meine Füße. Mein Kopf weigerte sich noch immer, über den vorherigen Abend nachzudenken.

Das Fotostudio lag in einer Seitenstraße in der Nähe des Hauptbahnhofes. Zum Glück hatte mir der Zufall eines mit einer zentralen Lage beschert. Im Schaufenster stand ein riesengroßes Foto einer nackten Schwangeren mit einem riesengroßen Bauch. Ich schluckte. Wenn schwanger sein bedeutete, dass man seine Füße nur noch mit einem Spiegel in der ausgestreckten Hand sehen konnte, dann würde ich gern auf die Fortpflanzung verzichten. Das brachte mich wieder darauf, was wohl am Vorabend geschehen war, und ich stellte die Gedanken ganz schnell wieder ab.

Die Tür gab ein Scheppern von sich, als ich eintrat. Hinter dem Tresen stand eine gepflegte Frau im schwarzen Hosenanzug, die etwa Mitte vierzig sein mochte und besser in das Vorzimmer eines Wirtschaftshais als in ein Fotostudio gepasst hätte.

»Ich habe mich gestern telefonisch angemeldet«, sagte ich. »Praetorius ist mein Name.«

Die Frau nickte und verzog keine Miene. »Ja, Sie haben mit mir gesprochen. Kommen Sie doch bitte mit.« Sie führte mich in einen Nebenraum. »Bitte geben Sie mir doch Ihre Jacke, dann können Sie Ihr Make-up nochmal überprüfen.«

In dem kleinen Raum stand ein Frisiertisch und ein gewaltiger Spiegel. Auf dem Tisch lagen Unmengen an Stiften und Döschen und Pinseln. Ganz offensichtlich hätte ich mir die Muskatnuss-Mehl-Aktion sparen können. Die Frau schnupperte. »Interessantes Parfüm«, sagte sie. »Riecht irgendwie nach Muskatnuss.« Ich zog meinen Pulli aus, wobei ein Teil des Muskatnuss-Make-ups im Kragen hängenblieb, setzte mich kommentarlos auf den Stuhl und starrte in den Spiegel.

»Die Farbe Ihres Oberteils ist gut gewählt«, meinte die Gouvernante. »Aber Ihr Gesichts-Make-up ist viel dunkler als die Farbe Ihres Dekolletés. Wir sollten Ihr Gesicht etwas heller grundieren.« Ohne eine Antwort abzuwarten, nahm sie ein Puderschwämmchen und begann, mein Gesicht mit blitzschnellen Bewegungen abzupudern. Nach ein paar Sekunden starrte sie irritiert auf das Schwämmchen, das voller kleiner Muskatnusskörnchen war. »Ich würde vorschlagen, dass Sie Ihr Gesicht waschen und wir grundieren einfach neu«, sagte sie herablassend und deutete mit dem Zeigefinger den Gang entlang. Großartige Idee, dachte ich, und schlich beschämt zum Klo.

Zehn Minuten später war ich perfekt geschminkt und wenn ich nicht gewusst hätte, dass ich es war, hätte ich mich fast als hübsch bezeichnet, so gut sah ich aus. Die dunklen Ringe waren wegretuschiert, das Make-up betonte meine Augen und lenkte von meinen leicht hohlen Wangen ab, meine Lippen wirkten voller und das Rot des Lippenstifts passte hundertprozentig zur T-Shirt-Farbe. »Wow«, entfuhr es mir, und zum ersten Mal lächelte der Drachen und nickte befriedigt. Es musste ungeheuren Spaß machen, Vogelscheuchen mit Hangover und Muskatnuss-Make-up in erotische Diven zu verwandeln.

»Ich bringe Sie jetzt zu unserem Fotografen.« Sie führte mich in einen großen Raum voller Schirme, Stellwände und Lampen. »David, darf ich dir Frau Praetorius vorstellen.« Sie sprach den Namen englisch aus. Ein kleiner Mann in Jeans und schwarzem Hemd, unter dem sich zu viele Liter *Stuttgarter Hofbräu* abzeichneten, schoss auf mich zu und schwenkte meinen Arm wie einen Pumpschwengel.

»Freut mich, freut mich!«, rief er mit piepsiger Stimme und amerikanisch gerolltem R aus. »Nun machen Sie sich mal locker, ganz locker! Ich helfe Ihnen gleich ein bisschen dabei!« Er lief aus dem Raum und ich sah mich Hilfe suchend nach der Schminkgouvernante um, aber die war diskret verschwunden. Irgendetwas an diesem David war mir nicht ganz geheuer.

Er war ruck, zuck zurück und drückte mir ein gefülltes Sektglas in die Hand. »Hier, trinken Sie, trinken Sie! Dann werden Sie locker, total locker!« Ich fand es zwar etwas ungewöhnlich, für Bewerbungsfotos Sekt zu trinken, dachte dann aber, dass das vielleicht mittlerweile zum Service gehörte wie der Kaffee beim Friseur. Gegen den Kater war ein Schluck Sekt sicher auch gut, besser als Totalentzug.

Unterdessen machte sich David an den Lampen und Stellwänden zu schaffen und schob schließlich aus dem Nichts ein knallrotes Ledersofa in den Raum.

»Was halten Sie davon, gefällt es Ihnen?«

Ich wurde so rot wie das Sofa. »Äh, ist das nicht ein bisschen unseriös?«

»Unseriös?« David brach in kieksiges Gelächter aus, so als habe ich einen großartigen Witz gemacht. Das Sofa verschwand in den Tiefen des Raums. »Wie wäre es damit?« Auf dem Boden lag jetzt ein Tigerfell. Meine Augen wurden immer größer. Würden wir jetzt *Dinner for one* nachspielen? David schüttelte den Kopf.

»Sie sind einfach noch nicht locker genug. Trinken Sie den Sekt leer und lassen Sie uns einfach ein paar Probeaufnahmen machen. Da hinten können Sie sich ausziehen. Da gibt es auch

Ledersachen und Peitschen und Handschellen und so, falls Sie so etwas möchten.«

»Ausziehen? Peitschen?«, hauchte ich. Was wollte der perverse Kerl? Wo war der Ausgang?

Ich drehte mich auf dem Absatz um und floh. David brüllte hinter mir her. »Ja wo wellad Se denn no?!« Komisch, der amerikanische Akzent war verschwunden. Ich prallte mit Karacho gegen den strammen Busen der Gouvernante, die ebenso blitzschnell auftauchte, wie sie verschwunden war. Fetzen aus *Hotel California* kamen mir ungebeten in den Sinn. Gleich würde die Gouvernante singen: »You can check out any time you want, but you can never leave ...« Ich hatte niemandem gesagt, wo ich hinging! Man würde mich als Nutte ins Bohnenviertel verkaufen, wo ich ab jetzt mit russischen Zwangsprostituierten ein Zimmer teilen und jede Nacht meine Liebesdienste an Freier aus mittelständischen Unternehmen verkaufen musste, kontrolliert von einem gewalttätigen Zuhälter!

»Kann ich Ihnen weiterhelfen?«, sagte sie beherrscht.

»Ihr Fotograf! Dieser David! Der tut nur so harmlos! Er will, dass ich mich ausziehe! Ich gehe jetzt zur Polizei!«

Sie schüttelte missbilligend den Kopf. »David, du hast da etwas verwechselt. Die Dame will keine erotischen Fotos als Überraschung für den Freund. Die Dame möchte gerne Bewerbungsfotos.« Sie sah mich an, als wollte sie sagen: »So, damit ist doch wohl alles klar, du hysterische Ziege.«

Eine halbe Stunde später verließ ich das Fotostudio mit seriösen Bewerbungsfotos, denen man die vorherige Aufregung nicht ansah, außer vielleicht, dass ich ziemlich rot im Gesicht war. An wen erinnerte mich nur dieses rote Gesicht? Leon. Leon und der Vorabend, über den ich nicht nachdenken wollte. Ich ging zur Hochland-Kaffeebar, bestellte einen Latte macchiato und beruhigte mich allmählich. Ich aß einen Muffin dazu, um mich auf die nächste Herausforderung einzuschwingen.

Im Supermarkt an der Schwabstraße arbeitete ich die Zutatenliste für die Muffins ab und wurde von einer langen Schlange an der Kasse aufgehalten – einer Schlange von Büromenschen, die sich etwas zum Mittagessen holten. Menschen, wie ich vor kurzem selber noch einer gewesen war. Als ich endlich die Wohnungstür hinter mir zumachte, wurde mir klar, dass mein Timing zu wünschen übrig ließ. In anderthalb Stunden würde Dorle kommen. Als Vertreterin der alten Schule pflegte sie superpünktlich zu sein, und auch mit einem Handyanruf, »Du, es wird ein bisschen später«, war bei ihr nicht zu rechnen. Das machte mich ziemlich nervös und ich setzte mich erstmal mit einem Sudoku-Rätsel aufs Klo, um mich zu beruhigen. Es funktionierte nur bedingt, weil das Bad deutliche Spuren meines morgendlichen Kampfes gegen den Kater aufwies und alles andere als dorletauglich war.

Da Muffins warm am besten schmecken, räumte ich erst das Wohnzimmer auf, kochte eine Kanne Kaffee, deckte den Kaffeetisch und machte mich dann endlich an den Teig. Viel mehr als ein paar Zutaten zusammenrühren muss man ja bei Muffins nicht, aber irgendwie klebte plötzlich der ganze Teig an den Rührhaken und nichts ging mehr. Also popelte ich den Teig von den Rührhaken und nahm stattdessen die Knethaken, und gleich ging es viel besser.

Plötzlich merkte ich, dass ich die Eier vergessen hatte, aber es war ja noch nicht zu spät. Also schlug ich die Eier in den Teig, zwei Eier und zwei Eigelb, und fix verrührt, aber hoppla, jetzt hatte ich es doch glatt verwechselt, es hätten eigentlich zwei Eiweiß sein sollen. Aber das konnte ja eigentlich nicht so schrecklich viel Unterschied machen, das Eigelb gab sicher eine hübschere Farbe.

»Geben Sie den Teig gleichmäßig in die Muffinform«, stand in dem Rezept. Das war leider gar nicht so einfach, denn der klebrige Teig landete überall, bloß nicht in den Vertiefungen der Form. Er verteilte sich auf der Tischplatte, auf dem Herd, den ich doch erst gestern geputzt hatte, in meinen Haaren, die ich mir immer wieder aus dem Gesicht streichen musste, und auf dem Küchenfußboden, wo er sich fröhlich mit dem Zucker mischte (mir war die Zuckerdose heruntergefallen). Zumindest ein Teil des Teigs landete aber wie vorgesehen in der Muffinform, die ich in den vorgeheizten Ofen stellte, daran hatte ich zum Glück gedacht. Als ich auf die Uhr sah, wurde mir klar, dass ich entweder mich oder die Küche säubern konnte, beides ging nicht. Ich beschloss also, den Teig von mir abzukratzen und dann musste ich nur noch verhindern, dass Dande Dorle in die Küche ging.

Auf dem Weg ins Bad fiel mir ein, dass es Apfelmuffins sein sollten und ich vergessen hatte, klein geschnittene Apfelstückchen unter den Teig zu mischen, also riss ich die Form wieder aus dem Ofen, schälte in Windeseile einen Apfel und schnitt mir dabei in den Finger, dann verteilte ich flugs die Apfelstückchen auf den Muffins. Ein bisschen Blut war auch dabei, aber das würde man nach dem Backen sicher nicht mehr sehen, vor allem wenn der Puderzucker drauf war. Vorausgesetzt, ich hatte Puderzucker.

Ich schaffte es gerade noch, mir das teigverschmierte rote T-Shirt vom Leib zu reißen und einen sauberen Pulli anzuziehen, als es auch schon klingelte. Ich wusste, dass Dande Dorle acht Minuten für meine fünf Stockwerke brauchen würde, sie war zwar gut beieinander, aber immerhin neunundsiebzig und musste nach jedem Stockwerk verschnaufen. Das gab mir wertvolle acht Minuten, um den Teig aus den Haaren zu klauben und das Bad blitzartig aufzuräumen.

Als Dande Dorle prustend mit einer Riesenplastiktüte in der Tür stand, sah ich halbwegs passabel aus und hatte die Tür zur Küche fest zugemacht.

»So, Kend, doo ben I«, sagte sie fröhlich, als sie wieder japsen konnte, und schälte sich aus ihrem dunklen Wintermantel. Sie gab mir auf beide Backen einen feuchten Kuss. Als Kind hätte ich »Igitt« gesagt, mittlerweile war ich dafür zu gut erzogen.

»Du hosch jo emmr no koi Garderob«, stellte sie fest, als ich die Jacke ans Bücherregal hängte und schlurfte Richtung Bad. »I muss erschd amol uffs Klo. Em Krankahaus god mr ja net so gern.« Ich schluckte. Klar, ein Bad, in dem sich am Morgen jemand übergeben hatte, war bestimmt viel leckerer.

»Du bludesch ja«, sagte Dorle, als sie sich am Kaffeetisch niederließ, und deutete auf meinen Finger.

»Nicht schlimm«, sagte ich und leckte den Finger ab. Auf der frischen Tischdecke war ein roter Fleck. Jetzt hatte ich keine saubere Tischdecke mehr. Die andere hatte Leon vollgekotzt und offensichtlich zum Waschen mitgenommen. Jedenfalls war sie aus dem Bad verschwunden.

»Ich habe Muffins gebacken«, sagte ich stolz, »die brauchen aber noch einen Moment.«

»Ach Mädle, des wär doch net nedig gwä, i woiß doch, dass ihr Jonge nie Zeit hen«, antwortete Dande Dorle und präsentierte stolz eine riesengroße Tupperdose, die sie offensichtlich in der Riesenplastiktüte quer durch Stuttgart transportiert hatte. In der Tupperdose war ein halbes Exemplar ihres berühmten Käsekuchens und noch ein paar Stücke Zwetschgenkuchen.

Ich hatte nichts dagegen, Dande Dorles Käsekuchen zu essen, die Muffins waren ja auch noch nicht fertig, und außer einem Laugenbrötchen hatte ich nichts im Magen. Wir saßen eigentlich ganz munter beisammen und Dande Dorle erzählte mir von ihrer Freundin Gertrud und den Theaterproben zu »Mai Schdickle ghert mir«.

»On dai Fraindin Renate ...« Dorle betonte den Namen auf der ersten Silbe.

»Renate? Ich kenne keine Renate.«

»Ha doch, woisch nemme, du hosch'r als Kend 's Dreirädle kabud g'fahra, also dai Renate hot ihrn Ma sitza lassa.« Ich konnte mich weder an Renate noch an kaputte Dreiräder noch an Eheschließungen besagter Renate erinnern, aber es lenkte erfolgreich von meiner eigenen Person ab, also heuchelte ich Interesse. »Sag bloß ...«

»Ha on drei kloine Kendar muss der arme Ma jetz alloi versorga. Ond b'vor se abkaud isch, hot sem nedda mol erklärt, wie mr kloine Kendar wiggelt odr en Brei kocht odr schdaubsaugt.«

»Und mit wem ist sie durchgebrannt?«

Dorles Stirn umwölkte sich. »Ha des isch 's Ällerschlemmschde. Mit em Sohn vom katholische Pfarrer, on der isch no koine zwanzich! Aber sag amol, Mädle, do riechd's abr verbrannt!«

Ich stürzte in die Küche und riss die Muffinform aus dem Ofen. Die Muffins waren nicht verbrannt, wohl aber die Äpfel, die ich obendrauf garniert hatte. Die Muffins selbst sahen drei Sekunden lang ganz ordentlich aus. Dann fielen sie langsam in sich zusammen.

Ich ließ die Form einfach auf dem Herd stehen, schließlich hatten wir schon genug Kuchen gegessen, und stellte den Herd ab. Komischerweise ging er aber nicht aus, ich hörte, wie die Umluft weiter brummte, und als ich die Ofentür öffnete, schlug mir unvermindert Hitze entgegen. Ich benutzte den Ofen ja häufig für Pommes oder Pizza und konnte mich nicht erinnern, dass er so etwas schon einmal gemacht hatte, deshalb fing ich an, kräftig gegen die Ofentür zu hauen. Das mache ich eigentlich immer, wenn irgendetwas nicht funktioniert, der Ofen brummte aber weiter.

Plötzlich erschien Dande Dorle in der Tür. Sie erfasste mit einem Blick die teigüberzogene Küche, die verbrannten Muffins und den brummenden Ofen und sagte mitleidig: »Komm Mädle, hock de end Wohnstub, des mach i scho.« Ich zog betreten ab, und nach ziemlich kurzer Zeit rief sie mich in die Küche wie ein Kind ins Weihnachtszimmer, und da war die Küche sauber, der Ofen aus und die Muffins entsorgt. Bald darauf zog Dorle ihren Mantel wieder an, ziemlich zufrieden, weil sie nun ihren Freundinnen Geschichten von der heutigen Jugend erzählen konnte.

Ich öffnete die Wohnungstür und sah mich Aug' in Aug' mit Leon, der gerade schwer atmend mehrere riesige Aldi-Tüten vor seinem Eingang deponierte. Aldi! Wie konnte man nur bei diesem unökologischen Preisdrücker einkaufen! Ich kaufte ja auch bei Aldi, aber doch nicht in solchen Mengen! Leon strahlte mich an. Ich murmelte einen Gruß.

Dorle hatte Leon natürlich auch sofort erblickt. Beide lächelten sich freundlich an. Dann richtete Dorle ihren triumphierend-erwartungsvollen Blick auf mich. Einige Sekunden lang geschah gar nichts. Ich fühlte mich wie eine Schauspielerin, die ihren Text vergessen hatte. Leider war die Souffleuse gerade auf dem Klo.

»Äh, Dande Dorle, das ist mein neuer Nachbar Leon. Leon, das ist meine Tante.«

Leon strahlte Dorle an und gab ihr die Hand. »Ach, das ist aber nett, dass ich Sie kennen lerne, ich habe ja schon so viel von Ihnen gehört!«

Ich warf ihm einen wütenden Blick zu. Das Ekel, was bildete der sich eigentlich ein, sich so einzuschleimen! Wir kannten uns noch nicht einmal 24 Stunden und er tat so, als wären wir die dicksten Freunde! Leon ignorierte mich komplett. Dorle auch. Sie strahlte ihn an.

»Ha wenn i dees gwisst hätt, hätt i Ihne nadierlich au a Schdickle Käskucha mitbrochd!«

»Der berühmte Käsekuchen! Von dem habe ich natürlich auch schon viel gehört!« Hatte ich ihm wirklich gestern Abend von Dorle und ihrem Käsekuchen erzählt oder war er nur ein echtes Cleverle? Die beiden betrachteten sich mit so grenzenloser Begeisterung, als hätten sie gerade beschlossen zu heiraten, und ich durfte die Trauzeugin sein. Ich war ein Nichts, ich war Luft.

»D'Line gibt Ihne sicher no a Schdickle Kucha ab!«, meinte Dorle. »Gell, Line! Du hosch ja au scho zwoi Schdickla Käskucha ond an Zwetschgakucha ghett!«

Leon lachte.

»So, jetzt muss i abr ganga!«

»Ich gehe mit Ihnen runter, ich muss auch nochmal ans Auto«, sagte Leon, an Dorle gewandt, und zu mir, »Ich hole mir dann meinen Kuchen später ab.«

»Fein«, sagte ich matt. Leon nahm Dorle gegen ihren geheuchelten Protest die Plastiktüte ab und beide verschwanden im Treppenhaus, in ein angeregtes schwäbisch-hochdeutsches Gespräch vertieft. Ich schloss die Tür. Lauter als nötig. Ich kochte. Ich rannte ins Bad. Aus meinen Ohren quoll Rauch.

Ich nahm mir ein viertes Stück Kuchen, setzte mich vor den Fernseher und schaltete Nostalgie-TV ein. Dad-da-da-dad-da-da-dad-da-da-dad-da-da-daa-daa ... Gerade brannte die Ponderosa-Karte ab. Adam war noch am Leben. Mit einem Ohr lauschte ich Richtung Tür. Das konnte doch nicht so lange dauern. Die paar Treppen? War der Kerl so schlecht in Form? Ich würde nicht aufmachen. Ich würde Kopfschmerzen vorschützen. Was heißt vorschützen. Ich hatte Kopfschmerzen. Was war gestern Abend passiert? Und wo war mein neuer seamless Push-up-BH mit dem dazu passenden Slip? Meine einzige Unterwäsche ohne Grauschleier, da ich das Set noch nicht einmal gewaschen hatte?

Werbepause. Hop-Sing serviert Essen und Ben Cartwright streitet sich mit Little Joe. Immer noch kein Leon. Bonanza-Abspann. Es klingelte. Ich schoss zur Tür und riss sie auf.

»Hallo.« Dieses Grinsen! Ich hätte ihm eine scheuern können.

»Das hat aber lang gedauert!«, platzte ich heraus und scheuerte mir selber innerlich eine. Die richtige Textzeile hätte gelautet: »Ach, dich hatte ich ja ganz vergessen, hier ist dein Kuchen, stell mir doch bei Gelegenheit den Teller einfach vor die Tür, ohne zu klingeln.«

»Ich bin nochmal kurz zu Aldi. Die hatten ein Auto-Universalmatten-Set für sieben Euro neunundneunzig im Angebot. Darf ich reinkommen?«

Ich zögerte. »Ich bin eigentlich grade ziemlich beschäftigt.« Ich versuchte, meine Stimme kühl klingen zu lassen. »Ich muss noch einen dringenden Anruf nach Singapur erledigen.«

Leon sah erst auf die Uhr, dann reckte er den Kopf über meine rechte Schulter, Richtung Wohnzimmer, wo der Fernseher lief. »Singapur? Um ein Uhr nachts? Ortszeit, meine ich. Ich dachte, ich esse meinen Käsekuchen und wir besprechen diese Stuttgart-bei-Nacht-Tour, die du mir versprochen hast.« Leon schubste mich sanft, aber bestimmt beiseite, marschierte zum unabgeräumten Kaffeetisch, setzte sich unaufgefordert und sah mich erwartungsvoll an. Und da hatten die Nordlichter den Ruf, distanziert zu sein?

Ich sauste hinter ihm her.

»Hast du vielleicht noch einen frischen Teller für diesen fabelhaften Käsekuchen?«

»Kommen aus meinen Ohren Rauchwölkchen?«

»Nein.«

Ich hätte schwören können, dass es aus meinen Ohren wieder rauchte. Ich ging in die Küche, holte einen Teller und eine Gabel und knallte beides vor Leon hin. Kaffee würde ich ihm keinen anbieten. Leon nahm die Thermoskanne und schüttelte sie.

»In der Thermoskanne ist ja noch Kaffee. Könnte ich vielleicht noch eine Tasse haben?«

Ich rannte ins Klo, klatschte mir kaltes Wasser ins Gesicht, holte dreimal tief Luft und ging dann in die Küche. Haltung, Selbstbeherrschung. Würdevoll stellte ich eine Tasse mit Sprung und abgeschlagenem Henkel vor Leon hin. Leon grinste. Was sonst.

»Also, diese Stuttgart-Tour ...« Er schenkte sich Kaffee ein und stürzte sich mit Elan auf den Käsekuchen.

»Welche Stuttgart-Tour?«

»Köstlich, dieser Käsekuchen. Richte das deiner Tante doch bitte mit vielen Grüßen aus. Du hast mir gestern Abend versprochen, dass du mir das Stuttgarter Nachtleben zeigst. Nächsten Samstag habe ich rein zufällig noch nichts vor.«

»Ich kann mich ehrlich gesagt nicht mehr so genau an gestern Abend erinnern.«

Das war das Stichwort! Jetzt musste er doch damit herausrücken, was zwischen uns passiert war! Leider tat Leon, was er ziemlich oft zu machen schien, das war mir mittlerweile klar geworden: Er grinste und sagte nichts. Er trieb mich zum Wahnsinn! Scheiß wortkarge Nordländer! Nicht der leiseste Hinweis darauf, wie ich ins Bett gekommen war, warum ich beim Aufwachen meine Jeans, aber keinerlei Unterwäsche getragen hatte, und wo sich eben jene Unterwäsche jetzt befand. Kirschschnaps. Wir hatten Kirschschnaps getrunken. Und offensichtlich hatte ich ihm von Dorle erzählt. Und dann? Vielleicht hatte er mich geschwängert? Ich hatte kein Kondom gefunden. Verantwortungsloser Kerl! Bestimmt würde er sich weigern, Alimente zu zahlen!

Ich konnte mich nicht im Leisesten daran erinnern, dass ich mich als Stadtführerin für das Stuttgarter Nachtleben angeboten hatte. Ehrlich gesagt war das auch nicht gerade mein Fachgebiet. Ich kannte die *Rosenau* und das *Merlin*, sonst ging ich eigentlich wenig aus. Während meiner Zeit in der Werbeagentur war ich dafür meist auch viel zu müde gewesen.

»Also, wenn ich es dir versprochen habe ...«, sagte ich zögernd, »wir könnten Lila fragen, ob sie mitgeht. Sie kennt sich besser aus mit Kneipen als ich. Lila ist meine beste Freundin«, ergänzte ich. Außerdem konnte sie als Anstandsdame fungieren. Ich schien eine zu benötigen.

»Ich weiß. Das hattest du gestern Abend auch schon überlegt. Du kannst sie ja heute Abend anrufen, ob sie am Samstag Zeit hat. Ich gehe überall hin, ich kenne hier ja gar nichts. Bloß Fischessen, dazu hätte ich, glaube ich, keine Lust.« Er deutete vielsagend auf seinen Hals.

Fisch? Irgendetwas sehr Wichtiges war mit dem Wort Fisch verbunden. Es dauerte ein paar Sekunden, bis ich darauf kam. Ich schlug mir mit der Hand gegen die Stirn. »O Gott. Die Fische von Herrn Tellerle! Ich habe sie seit gestern früh nicht mehr gefüttert! Herr Tellerle bringt mich um!«

»Herr Tellerle? Der aus dem Haus? Den habe ich noch nie gesehen.«

»Keine Sorge, du wirst ihn schon noch kennen lernen. Spätestens dann, wenn er dir persönlich seine erste konstruktive Kehrwochenkritik überbringt. Im Moment ist er allerdings auf Malorka.«

Ich sprang auf. »Ich muss sofort nach den Fischen schauen. Sorry.«

»Kein Problem«, sagte Leon.

Wir gingen zur Tür. »Also dann, tschüss, ich gebe dir Bescheid wegen Samstagabend.«

Ich lief die Treppe hinunter. Leon folgte mir wie ein Hündchen. Einen Stock tiefer drehte ich mich um.

»Musst du nochmal Fußmatten kaufen?«, fragte ich.

Leon lachte. »Ich würde dich nie mit einem Haufen stinkender toter Fische alleine lassen!«

»So ein Quatsch. Du bist doch nur neugierig!«

Just in dem Moment wurde die linke Wohnungstür aufgerissen und Frau Müller-Thurgau trat auf den Plan, wie üblich mit einer Zigarette in der Hand. Nachts brannte immer Licht bei ihr, sie rauchte Kette und schien nie zu schlafen. Kein Mieter hatte es bisher lange neben ihr ausgehalten, da der Rauch Tag und Nacht durch die schlecht isolierten Wände zog.

»Ha, die Jugend hot sich scho kenna glernt! Des isch abr amol nett!« Frau Müller-Thurgau war so um die sechzig, trug niemals etwas anderes als einen rosa Jogginganzug und ihr Körper bestand aus zwei Teilen: einer normalen unteren Hälfte mit zwei relativ schlanken Beinen und einem oberen Teil, der aussah wie ein Baumkuchen. Einer der aufeinandergestapelten Ringe musste der Busen sein, gab sich aber nicht als solcher zu erkennen.

Wenn sich Frau Müller-Thurgau und Herr Tellerle auf dem Flur oder im Hinterhof trafen, konnte so ein Gespräch schon mal eine gute Stunde gehen. Meistens besprachen sie die Details einer ordentlich durchgeführten Kehrwoche, und dass offensichtlich niemand außer ihnen im Haus diese Details kannte, geschweige denn in der Praxis zur Anwendung brachte. Einmal hatte ich meiner Freundin Susi aus Bonn erzählt, dass Frau M.-T. und Herr Tellerle die Klingelknöpfe putzten, wenn sie mit der großen Kehrwoche dran waren. »Die Klingelknöpfe putz ... die Klingelknöpfe pfff ...«, keuchte Susi, der Rest war nur noch ein hysterisches Gewimmer.

Niemals hatte ich erlebt, dass Herr Tellerle Frau Müller-Thurgau zu sich hereinbat oder umgekehrt. Komisch eigentlich, dass er sie nicht wegen der Fischfütterung gefragt hatte. »Hallo Frau Müller-Thurgau«, sagte ich und flitzte weiter. Jetzt würde sie mich wieder unhöflich finden, aber ich hatte sowieso keinen Ruf mehr, den ich verlieren konnte, seit mich Herr Tellerle dabei ertappt hatte, wie ich den Dreck vom Kandel[6] in den nächsten Gully gekehrt hatte.

Vor Herrn Tellerles Wohnungstür zischte ich: »Geh bitte weiter, die Alte steht oben und lauscht!«

Leon antwortete laut: »Aber natürlich helfe ich dir gern, die Fische von Herrn Tellerle zu füttern, schließlich hatte ich jahrelang ein Aquarium!«

Ich verdrehte die Augen, schloss die Tür auf und zog Leon am Ärmel herein. »Leon, du hast ja keine Ahnung, was das hier für ein Tratschhaufen ist!«

Leon zuckte die Schultern. »Aber sie tratschen doch, egal was du tust. Also geben wir ihnen wenigstens was zu tratschen.« Er sah sich mit großen Augen in Herrn Tellerles spärlich möblierter Wohnung um.

»Junge, Junge. Was für ein beeindruckender Minimalismus. Den Fischen scheint es übrigens gut zu gehen.«

---

6 Kandel: Der Punkt, wo sich Bordstein und Straße treffen. Also gewissermaßen der Straßenrand. Das Säubern dieses Bereiches im Rahmen der sogenannten »Großen Kehrwoche« gehört zu den seltsamen Bräuchen der Stuttgarter Eingeborenen und wird auch Zugewanderten als Sitte aufgezwungen.

Tatsächlich, Max, Moritz und alle ihre Kumpels drehten entspannt ihre Runden und schienen sich keine Gedanken darüber zu machen, dass das Leben ein Haifischbecken war. Ich nahm die Futterdose und kippte den Inhalt komplett ins Wasser. Leon sah mich zweifelnd an. »Ist das nicht zu viel Futter?«

»Hast du wirklich ein Aquarium gehabt?«

Leon schüttelte den Kopf. »Nein. Aber ich hätte gedacht, eine Prise Futter reicht aus.«

»Die Jungs haben seit gestern Morgen Diät gehalten. Ich will doch nicht, dass sie vom Fleisch gefallen sind, wenn Herr Tellerle zurückkommt.«

Ich setzte mich auf das abgewetzte Sofa und sah zu, wie die Fische hektisch nach dem Futter schnappten. Leon setzte sich neben mich. Herr Tellerle hatte Recht. Es hatte etwas Beruhigendes, den Fischen zuzusehen. Allerdings fand ich es gar nicht beruhigend, Leon so dicht neben mir sitzen zu haben. Ich stand hastig wieder auf. »Ich sollte hochgehen und mich um meine Bewerbungen kümmern«, murmelte ich. »Außerdem muss ich Lila anrufen.«

Ich schloss Herrn Tellerles Wohnungstür ab und sagte laut: »Danke, dass du mir beim Fischfüttern geholfen hast, Leon. Es ist ja wirklich gar nicht so einfach.« Einen Stock höher klappte die Wohnungstür zu.

»Also dann, einen schönen Abend noch«, sagte Leon, als wir im fünften Stock angekommen waren. »Dir auch«, sagte ich und drehte mich weg. Abstand, ich brauchte dringend Abstand von dem Kerl.

»Ich wollte dir noch sagen ...« Er zögerte.

»Ja, was denn?« Meine Wohnungstür war schon halb offen. Endlich! Er würde mir verraten, was gestern Abend passiert war!

»Ach nichts. Wir sehen uns.« Er verschwand. Ich ging in meine Wohnung und raufte mir die Haare. Jetzt würde ich den ganzen Abend darüber nachgrübeln, was es wohl war, was er mir nicht hatte sagen wollen.

Ich ging in die Küche und holte eine *Wagner-Pizza* aus dem 3-Sterne-Fach. Nach dem vielen Kuchen brauchte ich dringend etwas Salziges. Bis die Pizza fertig war, würde ich mich mental polen, dann essen und anschließend Lila anrufen. Ein guter Plan. Ein hervorragender Plan einer rational denkenden, überdurchschnittlich intelligenten Frau.

Ich setzte mich aufs Sofa und schloss die Augen. Es war höchste Zeit, dass ich das Thema Leon in meinen Gehirnbahnen sortierte. Nach ein paar Minuten hatte ich alles innerlich geklärt:

Es spielte überhaupt keine Rolle, was am Abend zuvor zwischen Leon und mir passiert war. Immer vorausgesetzt, ich war nicht schwanger. Leon war ein Nachbar, dem ich wegen eines Fischstäbchens das Leben gerettet hatte und der folglich ein bisschen anhänglich war, was sich sicherlich bald legen würde, wenn ich ihn ignorierte, was ich vorhatte. Andererseits war er neu in Stuttgart und deshalb war es auch nicht nett, ihm nicht wenigstens ein bisschen beim Einleben zu helfen. Außerdem war es ganz praktisch, dass nun ein Mann neben mir wohnte, denn sicherlich war er handwerklich begabt und ich konnte endlich eine Garderobe kaufen, was ich bisher nur deshalb nicht getan hatte, weil ich nicht wusste, wie ich sie anbringen sollte.

Kurzum: Ich würde einen freundlich-distanziert-kumpelhaften Kontakt zu Leon pflegen und ihn mir ansonsten komplett aus dem Kopf schlagen. Ein Kerl, der Ingenieur war, vor dem Einschlafen den *Kicker* las und nochmal extra zu Aldi fuhr, um Fußmatten zu kaufen, war nichts für eine Intellektuelle wie mich. Worin würde unser geistiger Austausch bestehen?

Aus meinen Ohren quoll Rauch. Der Rauch war dick und schwarz und roch verbrannt, ich hielt mir die Ohren zu, aber das änderte gar nichts, der Rauch ließ sich nicht aufhalten, bahnte sich seinen Weg durch meine Finger, stieg mir in die

Augen, meine Augen tränten, ich begann zu husten, und dann hörte ich endlich die Schläge an der Tür und das Sturmklingeln und wachte auf.

Nach drei Sekunden wusste ich, woher der Rauch kam, der in dicken Schwaden im Flur hing. Ich rannte in die Küche, stellte den Ofen ab und riss erst die Ofentür und dann das Fenster sperrangelweit auf. Jetzt hustete ich wirklich. Ich ersparte mir den Blick in den Ofen. Ich konnte mir denken, dass dort anstelle einer Salamipizza ein Klumpen lag, der aussah, als hätte ihn der Ätna ausgespuckt.

Dann lief ich zur Tür und riss sie auf. In der Tür standen Leon und Frau Müller-Thurgau. Leon guckte besorgt und Frau Müller-Thurgau böse.

»Äh, es ist alles in Ordnung«, stammelte ich. »Ich hatte eine Pizza in den Ofen geschoben und bin eingeschlafen. Unglaublich, dass eine kleine Pizza so viel Rauch produzieren kann.«

»I hätt scho längschd d'Feierwehr grufa«, sagte Frau Müller-Thurgau und ihre Stimme, die sich sowieso nicht gerade dadurch auszeichnete, dass sie einem angenehm in den Ohren schmeichelte, hatte einen schrillen Klang. »Dr jonge Mann hot aber gsagt, des sei sicher net nedich.« Frau Müller-Thurgau drehte sich auf dem Absatz um und stöckelte in ihren Doris-Day-Pantöffelchen, die die blauen Äderchen auf ihren Waden hervorragend zur Geltung brachten, in den vierten Stock hinunter. Der junge Mann klappte den Mund auf, dann klappte er ihn wieder zu.

»Ehrlich«, sagte ich, »du kriegst einen völlig falschen Eindruck von mir. So was passiert mir zum ersten Mal.« Leon sagte nichts, grinste, drehte sich um und verschwand in seiner Wohnung.

4. Kapitel | *Donnerstag*

La cucaracha, la cucaracha,
ya no puede caminar;
porque le falta, porque no tiene
marihuana que fumar

Am nächsten Morgen riss mich der Wecker um sieben aus dem Schlaf. Draußen war es stockdunkel. Ich schleppte mich ins Bad. Immerhin musste ich heute nicht über düsteren Geheimnissen brüten, die den Vorabend betrafen, und ich hatte ausnahmsweise keinen Kater. Nach dem kleinen Ofenunfall hatte ich mir ein Salamibrot gemacht und den Rest des Abends bei offenem Fenster in einer Mischung aus »Ich-hasse-die-Welt« und »Die-Welt-hasst-mich« vor dem Fernseher verbracht. Das Telefonat mit Lila hatte ich wegen meiner positiven Grundstimmung auf den nächsten Tag verschoben.

Die Aussicht auf ein Gespräch mit meiner Arbeitsberaterin hob meine Stimmung nicht gerade. Ich war schriftlich davon in Kenntnis gesetzt worden, dass ich zu einem Vermittlungsgespräch anrücken sollte, grausamerweise morgens um 8.30 Uhr. Es war wieder ein bitterkalter, wolkenloser Februartag und ich war völlig durchgefroren, als ich mein Fahrrad vor dem Beton-Glas-Gebäude im Nordbahnhofviertel ankettete.

Vor einiger Zeit war das Arbeitsamt aus dem alten Bau in der Neckarstraße in das neue Gebäude gezogen. Drumherum standen unzählige weitere sterile Beton-Glas-Gebäude, aber keines war so groß und mächtig wie das Arbeitsamt. Ich stellte mein Fahrrad ab und meldete mich an dem kreisrunden Empfang, der auch ins Hotel Hilton gepasst hätte.

»Mein Name ist Pipeline Praetorius. Ich habe einen Termin bei meiner Arbeitsvermittlerin.«

Die Empfangsdame sah im Computer nach. »Haben Sie den Bogen ›Vorbereitung Vermittlungsgespräch‹ und alle weiteren Unterlagen dabei?«

Ich hatte mir nur den Termin notiert, dann den Umschlag achtlos beiseite geschoben und sofort und sehr erfolgreich verdrängt. »Äh, ich kann mich gar nicht erinnern, dass da noch was dabei war.«

»Dann füllen Sie den Fragebogen jetzt aus und geben ihn bei mir ab. Ihr Termin verschiebt sich dadurch nach hinten und Sie müssen warten, bis Ihre Arbeitsberaterin Zeit hat.« Sie händigte mir die Unterlagen aus.

Ich setzte mich an einen der Internet-Arbeitsplätze und kämpfte mich durch den Fragebogen. Leider fiel das Ergebnis ziemlich mager aus. Ich sollte meine Bewerbungsunterlagen und Arbeitszeugnisse in Kopie vorlegen, meine Fotos waren zwar fertig, aber meinen Lebenslauf musste ich noch erstellen und ich hatte völlig vergessen, meine alten Chefs aus der Agentur um ein Zeugnis zu bitten. Dann gab es ziemlich viele Rubriken, die ich frei lassen musste, zum Beispiel die Rubrik, wo ich mich bisher beworben hatte. Mir war auch nicht so richtig klar, was ich auf die Frage antworten sollte, welche Themen ich gerne mit meiner Vermittlerin/meinem Vermittler besprechen wollte. Wenn ich »Arbeitsvermittlung« hinschrieb, dachten die vielleicht, ich sei doof, schließlich waren sie Arbeitsvermittler, aber ich konnte ja schlecht hinschreiben, »Sonderangebote bei Aldi«, »Klimawandel« oder »Was soll ich mit meinem Nachbarn machen?«. Also schrieb ich gar nichts hin. Die letzte Rubrik hieß »Ich biete – persönliche und soziale Eigenschaften« und man konnte »vorhanden«, »gut«, »sehr gut« und »hervorragend« ankreuzen. Ich konnte durchaus persönliche und soziale Eigenschaften bieten, und ohne lange zu fackeln, kreuzte ich »hervorragend« an. Ich bin eigentlich nicht so der Typ, der sich selber lobt, aber wenn es um Bewerbungen ging, war Bescheidenheit nicht angesagt. Wenn ich ganz ehrlich sein wollte, musste ich das Katastrophen-Gen erwähnen, aber wer würde mich dann noch einstellen?

Ich gab den Bogen ab und musste dann ziemlich lange warten. Einige Zeit beschäftigte ich mich damit, über die Homepage des Arbeitsamtes nach Jobs zu suchen. Es waren die gleichen Angebote, die ich schon zu Hause durchgesehen hatte. Aus Langeweile beobachtete ich die anderen Menschen, die sich mit sorgenvollem Gesicht durch die Angebote klickten. Ach, war es nicht wunderbar, Teil der großen Gemeinde der Arbeitssuchenden zu sein?

Endlich wurde ich aufgerufen und in den ersten Stock zur Arbeitsvermittlung geschickt. Ich nahm den Aufzug. Auf halbem Wege nach oben fiel mir ein, dass in der *Brigitte* immer empfohlen wurde, zu Fuß zu gehen und nie den Aufzug oder die Rolltreppe zu nehmen, weil man sonst immer fetter wurde. Jetzt war es zu spät, aber ich konnte ja nach meinem Termin die Treppe benutzen. Auf der Suche nach meiner Arbeitsberaterin lief ich durch einen schier endlos scheinenden weißen Flur. Alle Türen waren geschlossen bis auf eine, vor der ich zögernd stehen blieb und überlegte, ob ich nach meiner Arbeitsberaterin fragen sollte. Zwei Männer und eine Frau drängelten sich eifrig um einen PC, in der Ecke baumelten Hängeregistraturen. »Ich nehme zwei«, sagte die Frau. »Die silbergrauen für 39,99.«

»Wo ist der Button *Warenkorb*?«, fragte der Mann, der die Tastatur bediente.

»Mir reicht, glaube ich, einer«, sagte der zweite Mann. Ich öffnete den Mund, um etwas zu sagen, aber da hatte mich die Frau gesehen. Sie eilte herbei und schloss kommentarlos die Tür. Ich machte den Mund wieder zu. Am Ende des Ganges tauchte eine Frau mit Kopftuch auf und schob sich mit einem Wägelchen voller Putzmittel und Gerätschaften an mir vorbei.

»Kennen Sie sich hier aus?«, fragte ich sie.

Die Frau schüttelte nur den Kopf und murmelte »Ich nur putze, weisch. Ich nichts wiss.«

Also las ich weiter die Namensschildchen an den geschlossenen Türen. Vermutlich hatte man mir eine Zimmernummer genannt, aber die hatte ich vergessen. Endlich fand ich die Tür von Frau Mösenfechtel und klopfte. »Herein!«

»Guten Tag, Frau Mösenfechtel, ich bin Pipeline Praetorius. Ich habe einen Termin bei Ihnen.« Frau Mösenfechtel war um die fünfzig und saß hinter einem Schreibtisch, auf dem sich Leitzordner und Akten stapelten. Vor dem Tisch standen zwei hellbraun-dunkelbraun gestreifte Stühle im Retro-Look. Sie machte eine auffordernde Handbewegung in Richtung der Stühle und sagte: »Frau Mösenfechtel hat Urlaub. Ich bin die Vertretung, Frau Ohneschuh. Und ich warte schon seit fünf Minuten auf Sie. Geben Sie mir bitte den Bogen, den Sie ausgefüllt haben, Ihre Bewerbungsunterlagen und das letzte Arbeitszeugnis.«

Ich reichte ihr den Bogen. »Entschuldigen Sie bitte, ich habe das Zimmer nicht gefunden. Und die Unterlagen habe ich leider vergessen. Ich habe gerade neue Bilder machen lassen und meinen Lebenslauf und meine Unterlagen aktualisiert.« Ich würde ihr nicht auf die Nase binden, dass meine Unterlagen noch immer auf dem Stand von vor drei Jahren waren. Unwillkürlich war mein Blick auf Frau Ohneschuhs Füße gefallen. Natürlich trug sie Schuhe. Bequemschuhe mit Belüftungslöchern, die sehr stark den Modellen ähnelten, mit denen ältere Frauen zum Gießen auf den Friedhof gingen. Dennoch konnte ich mir ein Grinsen nicht verkneifen. Leider war Frau Ohneschuh, offensichtlich an derartige Reflexe gewöhnt, meinem Blick gefolgt und quittierte mein Grinsen, indem sie mit säuerlichem Blick die Lippen zusammenkniff. Als die gute Fee an Baby Ohneschuh ihre guten Gaben verteilt hatte, war ihr offensichtlich der Humor unter die Wiege gefallen und sie hatte sich nicht die Mühe gemacht, ihn aufzuheben.

»Nun, Frau Praetorius, was haben Sie bisher getan, um eine neue Stelle zu finden? Wie viele Bewerbungen haben Sie geschrieben, wie viele Vorstellungsgespräche geführt? Immerhin sind Sie jetzt seit vier Tagen ohne Beschäftigung.«

Bumm. Das war die Strafe für den Blick auf die Füße. Unwillkürlich fasste ich an mein linkes Ohr. Kam da nicht schon wieder ein Rauchwölkchen heraus?

»Na ja, so lange ist das doch noch gar nicht.«

Ohneschuh kniff die Lippen zusammen und machte missbilligend »Ts,ts«.

Ich fühlte mich wie eine Zwanzigjährige, die versuchte, ihren Freund an der gestrengen Vermieterin und dem Schild »Keine Herrenbesuche« vorbeizuschmuggeln.

»Wie sieht es denn mit einem Bildungsgutschein aus?«, fragte ich vorsichtig.

»DerBildungsgutscheinansichisteigentlichabgeschafftwirübernehmennurdannKostenfürFortbildungenwenneineindeutigerZusammenhangzwischendemInhaltIhrerFortbildungundderWahrscheinlichkeitderErhöhungIhrerVermittelbarkeitunmittelbarnachAbschlussIhrerFortbildungbestehtwasinIhremFallsonichtklarerkennbarist.«

Ich blickte sie entgeistert an. Ich hatte kein Wort verstanden, aber ich hatte den Eindruck, dass sie einen Bildungsgutschein abgelehnt hatte. »Was soll ich also Ihrer Meinung nach tun?«

Die olle Ohneschuh sah mich zum ersten Mal richtig an. »Wenn ich ganz offen reden darf, Frau …«, sie warf einen Blick auf ihren PC, »Praetorius: In der Werbebranche werden Sie sowieso nichts mehr finden, in Ihrem Alter, also bewerben Sie sich am besten direkt für Jobs, für die Sie eindeutig überqualifiziert sind. Zum Beispiel in einem Callcenter. Marketing hat ja irgendwie auch was mit Werbung zu tun. Da sind Sie ganz dicht am Kunden dran! Das ist doch auch schön! Hierfür bieten wir Ihnen die Kostenübernahme einer eintägigen Schulung an: ›Die lächelnde Telefonstimme‹. In dieser Schulung lernen Sie, auf die unverschämtesten Gesprächspartner freundlich und gefasst zu reagieren, eben mit einem Lächeln in der Stimme.« Sie machte eine bedeutungsschwangere Pause. »Und tun Sie etwas, um uns zu überzeugen, dass Sie sich um eine neue Stelle bemühen. Sonst werden Ihnen die Bezüge gekürzt.«

Frau Ohneschuh blickte auf die Uhr.

»LeideristdieIhnenzurVerfügungstehendeBeratungszeitabgelaufenichgebeIhneneinFormularmitdannkönnenSiesichüberlegenobSiesichfürdieCallcenterschulunganmeldenmöchtenschönenTagaufWiedersehen.« Bei den letzten Silben des Bandwurms war sie schon aufgestanden und hatte mir die Hand waagerecht entgegengestreckt, so dass ich gezwungen war, ebenfalls aufzustehen. Sie packte meine Hand und schubste mich mit jedem Schütteln ein kleines Stück weiter von sich weg. Ich öffnete den Mund.

»Die Fee ...«, sagte ich.

Frau Ohneschuh hob irritiert die linke Augenbraue. »Fee? Welche Fee?«

Ich drehte mich um und verließ grußlos das Büro. Wahrscheinlich würde ich jetzt einen Aktenvermerk bekommen: »Frau Praetorius war unpünktlich, hatte ihre Unterlagen nicht dabei, starrte auf meine Füße, hat sie nicht mehr alle, weil sie von Feen spricht und ist unhöflich, weil sie ohne Gruß geht. Fazit: Den Anforderungen der modernen Berufswelt nicht gewachsen, sprich: nicht vermittelbar. Am besten sofort Hartz IV oder Zwangsarbeit auf den Spargelfeldern.«

Ich ging zurück zum Fahrstuhl, wo mir gerade noch rechtzeitig einfiel, dass ich ja zu Fuß gehen wollte. Im Erdgeschoss ging ich noch einmal zum Empfang.

»Haben Sie eigentlich auch Informationen über Aushilfsjobs?«

Die Frau nickte und zeigte auf ein Regal. »Schauen Sie mal dort, da steht ein ganzer Ordner. Allerdings muss ich dazu sagen, dass die Agentur für Arbeit die Qualität und Seriosität der Arbeitsangebote nicht überprüft hat.«

Putzhilfen, Handwerker, Babysitter oder Gärtner – in dem bunten Sammelsurium des Ordners schien nichts für mich dabei zu sein. In der Regel war nicht mal meine eigene Wohnung geputzt, ich konnte keinen Nagel gerade einschlagen und Babys hatten eine gewisse Neigung, mir aus den Händen zu rutschen.

Alles sinnlos. Aber dann entdeckte ich eine Seite, die mir nicht uninteressant erschien: »Nebentätigkeit, auch stundenweise, tagsüber oder abends. Trinkgelder. Führerschein erforderlich, Spanischkenntnisse und angenehme Stimme von Vorteil.« Das klang nach einem nicht allzu anstrengenden Job, der sich gut mit meiner Arbeitssuche vereinbaren ließ. Ich hatte zwar kein Auto, aber einen Führerschein, meine Stimme fand ich ausgesprochen angenehm und Spanisch hatte ich mal zwei Semester an der VHS gelernt. Und gegen Trinkgelder war nun wirklich nichts einzuwenden. Ich schrieb mir die Telefonnummer auf und flüchtete nach draußen.

Unmittelbar vor dem Arbeitsamt war ein eingezäuntes unbebautes Gelände, das sehr ordentlich mit Kies bestreut war. Unwillkürlich hielt ich Ausschau nach einem Schild, auf dem stand: »Hier baut das Bauunternehmen XY ein steriles Glas-Beton-Gebäude und trägt so zur nachhaltigen Entwicklung des großartigen Nordbahnhofviertels bei.« Es gab aber kein Schild. Stattdessen gab es am Rande des Zauns einen wunderbar dekadenten Imbisswagen, der Currywurst und Hähnchen verkaufte. Es roch verführerisch. Die Hähnchen drehten sich auf ihren Spießen wie kleine Riesenradgondeln gemächlich im Kreis, sie tropften und sahen gar nicht unglücklich aus. Ich war ohne Frühstück aus dem Haus gegangen und die Warterei beim Arbeitsamt und der Termin bei Frau Ohnesocke hatten mich ziemlich hungrig gemacht. Es war aber erst halb zwölf. In diesem Moment knurrte mein Magen laut und vernehmlich, das gab den Ausschlag. Ich nahm ein Hähnchen mit Ketchup und Brötchen und dazu eine Cola. An den weißen Stehtischen, die mit Mayo-, Senf- und Ketchupstreifen verziert waren, standen unglücklich aussehende Menschen, die entweder zu lange auf Frau Ohneschuhs Füße gestarrt hatten oder gerade ihren Hartz-IV-Bescheid in Empfang genommen hatten. Immerhin wurden sie von der Wintersonne beschienen.

Ich stellte mich neben einen Türken, der trotz der winterlichen Kälte nur eine abgewetzte Anzugjacke über einem geflickten Rollkragenpullover trug und eine Portion Pommes rotweiß vertilgte. Ich zupfte ein Stück Haut vom Hähnchen, sie war perfekt, knusprig, aber nicht zu fettig, und auch die weißen Fleischlappen darunter waren genau so, wie sie sein sollten. Keine Frage, dieses Hühnchen war zu Lebzeiten ein gesundes, glückliches Hühnchen gewesen, das eifrig über den Hühnerhof getippelt war und sich von kleinen, gesunden Würmern ernährt hatte. Bestimmt hatte es auch ein erfülltes Hennensexleben mit dem Hahn gehabt.

Ich tunkte die großen weißen Fleischlappen in den Ketchup und verzehrte sie mit Inbrunst, für einen Moment vergaß ich Frau Ohneschuh, meine Arbeitslosigkeit und Leon, ich aß das Hähnchen, als sei es meine Henkersmahlzeit, schloss die Augen und dachte an meine Kindheit.

Mein Vater war manchmal sonntags zu *Wienerwald* nach Feuerbach gefahren, Göckele holen, und ich fuhr mit. Dass meine Mutter nicht kochte, fiel meinem Vater unter der Woche nicht auf, da er in der Betriebskantine aß, am Wochenende dagegen war Survival-Training gefragt. Eine seiner Überlebensstrategien hieß *Wienerwald.* Eine Verkäuferin in einer blau-weißen Schürze mit einem blau-weißen Häubchen stopfte Hähnchen und Pommes in alubeschichtete Tüten und wir transportierten alles nach Hause. Wir saßen dann zu dritt am Esstisch, natürlich ohne meine Mutter, die niemals so etwas Fettiges gegessen hätte, mein Vater, Katharina und ich, meist schweigend, und mampften Hähnchen, Pommes mit gewaltigen Ketchupmengen und Brötchen direkt aus der Tüte in uns hinein. Da Katharina und ich uns unter der Woche selber um das Essen kümmern mussten, wenn Dorle nicht mal wieder Mitleid mit uns hatte, schien es uns wahre Zauberei, so ein herrliches Essen zu bekommen, ohne dafür auch nur einen Finger krumm zu machen. Die Unterhaltung mit meinem Vater verlief immer gleich.

»Schmeckt's?«
»Ja.«
»Schule?«
»Schokee.«[7]
»Sonst?«
»Ja, ja.«
Es war die reine Glückseligkeit.

Ein plötzlicher Niesanfall riss mich aus meiner Tagträumerei. Ich öffnete die Augen und blickte in ein Kameraobjektiv. Ein riiiesiges Kameraobjektiv. Hinter dem Kameraobjektiv tauchte ein Gesicht auf. Der dazugehörige Mensch ließ die Kamera sinken und reichte mir mit der Hand seines dazugehörigen Arms eine Serviette. Ich wischte mir damit die fettigen Hände ab und nahm dann eine zweite Serviette, um mir die Nase zu putzen. Der Mensch mit der Kamera war ein Mann, er lächelte und er sah *guuut* aus. Typ Auslandskorrespondent, live von der Front im Irakkrieg, rettet-die-letzten-Völker-Amazoniens. Sein langes schwarzes Haar war mit einem Lederbändchen zu einem nachlässigen Zopf zusammengebunden, eine Haarsträhne hing ihm ins Gesicht, und der Fünf-Tage-Bart signalisierte, dass er bei Pygmäen und Nomaden keinen Spiegel zum Rasieren aufgetrieben hatte. Kajalstriche betonten seine braunen Augen. Ich mag eigentlich keine eitlen Männer, aber Kajalstriche mag ich. Er war groß und sehr schlank, aber nicht zu dünn, und ich hatte den Verdacht, dass sich unter seiner Safarijacke (Safarijacke? In Stuttgart? Hmm. Vielleicht machte er eine Reportage im Amazonienhaus der Wilhelma?) schnuckelige Muckis verbargen.

»Hello«, sagte er. Seine Stimme war tief und sexy. Da ich nicht durch mein Aussehen bestechen konnte, musste ich ganz schnell eine schlagfertige Antwort finden.

---

7 schokee: Umgangsprachl. Kurzform von schwäbisch ischokee = alles in Ordnung. Nicht zu verwechseln mit schoklar = Kurzform von ist schon klar oder schoklad = Schokolade.

»Äh, hallo«, antwortete ich. Super.

»Ich haben Sie foutougrafiert«, sagte er.

»Das habe ich mir gedacht«, antwortete ich und fand mich ungefähr so originell wie die Teppichgalerie, die seit drei Jahren ihre unmittelbar bevorstehende Schließung ankündigte. Was sollte ich jetzt sagen? Machen Sie eine Reality-Reportage »Arbeitslos am Abgrund – so sieht man nach dem Termin beim Arbeitsamt aus«? Dass er mich für das Titelbild von *Vanity Fair* casten wollte, konnte ich mir nicht so recht vorstellen.

»Ich hoff, Sie haben nischts dagegen«, sagte er. Seine Stimme hatte einen leichten Akzent, den ich nicht so recht einordnen konnte. »Ich bin Eric. Eric Hollister.« Er streckte mir die Hand entgegen. Sein Pech, wenn er meine fettige Hühnerhand drücken musste. Ich hatte ihn nicht gebeten, mich zu fotografieren. Andererseits sah er wirklich umwerfend aus. Normalerweise nahmen Männer nicht von sich aus Kontakt zu mir auf, gut aussehende schon gar nicht. Nach Leon war das jetzt der zweite Mann in wenigen Tagen. Hatte sich meine Aura durch die Arbeitslosigkeit verändert? Ich musste unbedingt mit Lila darüber reden. Lila kannte sich mit Auren aus.

»Äh, nein, ich habe nichts dagegen, aber es würde mich schon interessieren, warum Sie mich fotografiert haben.«

»Foutografieren ist meine Beruf«, sagte er. »Ich foutougrafieren vor allem Menschen. Porträts. Ich bin, wenn Sie sou wollen, Foutoukünstlr.« Kein Kriegsfotograf, ein Künstler! Unglaublich! Und er war der Meinung, dass ich, Line Praetorius mit der Spatzenbrust, ein Motiv war! Er war mir auch gleich so sensibel vorgekommen! Und irgendwie intellektuell!

»Trotzdem verstehe ich nicht, warum Sie ausgerechnet mich fotografiert haben.« Er lachte. Es war kein Grinsen wie bei Leon, es war ein tiefes, lautes Lachen. »Ich kommen oft hierher. Ich suche nach normale Menschen, nicht nach Promis. Ich habe hier bei die Arbeitsamt schon sehr interessante Motive gefunden.« Okay, ich war also ein interessantes Motiv. War das jetzt gut oder schlecht? Wahrscheinlich war ein einarmiger Bettler auf der Königstraße auch ein interessantes Motiv, während Angelina Jolie sexy war. »Sie können sisch nicht vorstellen, wie Sie gerade ausgesehen haben. Sie haben diese Hähnschen verspeist mit eine Gesichtsausdruck, als wären Sie in die Himmel. So eine ausdrucksstarke Gesicht habe ich noch selten gesehen. Die Bilder sind sicher great geworden.«

Ich wusste nicht, was ich dazu sagen sollte. Einerseits fühlte ich mich geschmeichelt, andererseits würde ein Schnappschuss beim Hähnchenessen nicht unbedingt Eingang in eine Model-Kartei finden.

»Warum kommen Sie nischt mal in meine Atelier, dann werfen wir das Bild mit dem Beamer an die Wand. Und ich zeigen Ihnen meine schönste Fotos.«

Irgendetwas in der Art, wie er es sagte, ließ meine Alarmglocken schrillen. Man geht nicht mit fremden Onkels mit, die einem Süßigkeiten anbieten. Solche Onkels wollen in der Regel nur das Eine. Andererseits war ich erwachsen, Leon ein biederer Ingenieur und Eric ein Künstler. Und das Eine, *let's face the truth*, war schon ziemlich lange her.

Um Zeit zu gewinnen, suchte ich verzweifelt nach einem möglichst banalen Thema. »Sind Sie Amerikaner, Herr Hollister?«

Er lachte, unbekümmert und sehr sexy. »Einfach nur Eric, bitte. Ja, ich bin Amerikaner. Aus Boston, Massachusetts. Sie wissen schon, die intellektuelle Ostküste, MIT und so. Ich kam Anfang zwanzig mit die Army nach Vaihingen. Dann wurde ich Foutougraf und bin durch die ganzen Welt gereist. Irgendwann habe ich gemerkt: Am schönsten es ist in Stuttgart, und bin zurückgekommen und habe hier ein Atelier aufgemacht.«

»In Stuttgart?? Gibt es da nicht, äh, irgendwie spannendere und schönere Orte auf der Welt?«

»Ich sage Ihnen: Keine Ort auf der Welt is so cool wie Stuttgart, und das liegt daran, dass alle denken, dass es nicht cool wäre.«

»Aha«, sagte ich langsam. »Sie meinen also, Stuttgart sei schöner als sagen wir mal ... San Francisco?«

»Auf jede Fall. Da gibt es Erdbebe, Sie werden nachts überfallen und außerdem ist Arnie dort.«

»Singapur?«

»Da wird's jede Tag um halb sieben dunkel und es gibt weder blühende Kastanien noch bunte Bäume in die Herbst.«

»Sydney?«

»Zu trocken und keine Maultaschen. Außerdem ist die Stuttgarter Oper besser.«

Jetzt fielen mir keine Städte mehr ein, die mit S anfingen und außerdem wurde ich ganz aufgeregt, weil Eric die Oper erwähnt hatte.

»Gehen Sie gern in die Oper?«

Er nickte. »Die Stuttgarter Oper is einfach *great* und unglaublich inspirierend für mich als Künstler.«

Ich schluckte. Das war einfach zu viel. Er war Künstler, liebte die Oper und sah großartig aus. Es war so viel auf einmal, dass ich es nicht ertragen konnte. Ich ergriff die Flucht.

»Schön ... also ich muss dann.«

»Wie sieht's aus? Kommst du mal vorbei?« Er kramte in den Taschen seiner Safarijacke. »Hier ist eine Karte von mir. Wirklisch, ich würde mich freuen. Ruf vorher einfach kurz an. Nicht dass ich grad unterwegs bin. Auf Motivsuche oder bei eine Auslandsreportage.« Er lachte wieder und reichte mir eine minimalistisch und sehr hip gestaltete Visitenkarte, auf der »Eric M. Hollister, PhotoART« und irgendeine Adresse im Stuttgarter Osten stand.

Ich steckte die Karte ein und schob das Rad Richtung U-Bahn. Ich hatte keine Lust, nochmal so zu frieren wie heute Morgen. Ich konnte Erics Blick auf meinem Rücken spüren und trotz der klirrenden Kälte wurde mir warm. Sehr warm. Vor allem unterhalb der Gürtellinie. Wir rannten durch die Sahara, Hand in Hand, die Rebellen waren uns auf ihren schwarzen Araberpferden dicht auf den Fersen, Schüsse fielen, links und rechts spritzte der Sand auf, da vorne stand der Jeep auf der Düne, hoffentlich würde er anspringen und nicht im Sand stecken bleiben. Nur noch wenige Meter, aber Eric holte uns aus der Hölle heraus, in halsbrecherischem Tempo jagten wir über die Dünen und erreichten die sichere Oase. Ich nahm ein Bad, um mir den Staub abzuwaschen, ich stieg gerade aus dem Zuber und wickelte mir ein Handtuch um meine großen, vollen Brüste, da kam Eric herein, ohne anzuklopfen, er war noch immer dreckig, und mit heiserer Stimme sagte er: »Mach dir nicht die Mühe, dich anzuziehen, Honey«, zog an meinem Handtuch und dann ... Jemand packte mich an der Schulter und riss mich zurück, es war nicht Eric, es war der Türke vom Hähnchenwagen, der mich gerade noch davor bewahrte, am Bahnübergang samt Fahrrad von der wild klingelnden U15 plattgefahren zu werden.

Ich machte einen Umweg über die Zoohandlung in der Marienstraße, weil das Fischfutter alle war. Komisch, dass Herr Tellerle keinen Vorrat angelegt hatte, bevor er wegfuhr. Mit der Futterdose in der Hand stattete ich den Jungs im Aquarium einen Besuch ab. Offensichtlich waren sie nicht an regelmäßige Mahlzeiten gewöhnt, denn noch immer schwamm Fischfutter vom Vortag im Wasser. Oder sie waren ein verwöhntes Pack und aßen nur frisches Futter. Ich kippte noch ein bisschen nach und fischte das alte Futter mit einem Löffel aus dem Wasser. Heute war Donnerstag und am Sonntag würde Herr Tellerle zurückkommen. Er würde sicher staunen, denn bis dahin würden seine vormals unterernährten Fische nicht mehr in die Null-Nummer-Jeans von Victoria Beckham passen.

Das frühe Aufstehen, Frau Stinkeschuh und die aufregende Begegnung mit Eric, dem Wüstenscheich, hatten mich erschöpft, und so gönnte ich mir einen ausgiebigen Mittagsschlaf. Anschließend sah ich mir auf Nostalgie-TV *Skippy, das Buschkänguruh* an und wählte dann die Handynummer meines ehemaligen Chefs von der Werbeagentur. Er war sichtlich erfreut, dass ich trotz des Debakels überhaupt noch mit ihm redete.

»Line, wie schön von dir zu hören, wie geht's dir?«

»Na ja, es geht so, es ist nicht so einfach, was Neues zu finden. Rolf, ich brauche dringend ein Zeugnis von dir, damit ich mich bewerben kann.«

»Stimmt, das haben wir ja ganz vergessen, das geht natürlich nicht! Wie wär's – wir treffen uns nächste Woche mal abends in der *Rosenau*, ich lade dich zum Essen ein, wir besprechen das Zeugnis und reden über die guten alten Zeiten.«

Hmm. War das nicht ein ungewöhnlich hoher Aufwand für ein Zeugnis? Andererseits war ich im Augenblick nicht in der wirtschaftlichen Lage, eine Essenseinladung auszuschlagen, egal, aus welchem Anlass. Und das Zeugnis brauchte ich wirklich dringend. Wir verabredeten uns für Dienstagabend. Rolf war der Chef, mit dem ich mal nachts bei einer After-Work-Party im Abstellraum geknutscht hatte, aber mehr war nicht daraus geworden. Das lag auch daran, dass er mit allen Praktikantinnen, die neu kamen, die gleiche Routine durchzog: An ihrem dritten Arbeitstag erklärte er ihnen morgens beiläufig, dass er gerne um die Mittagszeit ein Gespräch mit ihnen führen wollte. Bis zum Mittag waren die meisten ein Nervenbündel, weil sie dachten, er würde sie rausschmeißen, weil sie zu schlechte Arbeit machten. Stattdessen stimmte er Lobeshymnen an und behauptete, dass er noch nie eine so talentierte Praktikantin gehabt hätte. Am Anfang der zweiten Woche verabredete er sich mit ihnen in einer Kneipe im Westen (das konnte jede Kneipe sein, nur nicht die *Rosenau*, weil er dort über uns anderen stolperte), um mit ihnen über ihre beruflichen Perspektiven und Entwicklungsmöglichkeiten zu sprechen. Beim Essen bot er ihnen das Du an und versprach ihnen das Blaue vom Himmel herunter: Unbefristete Festanstellung, rechte Hand des Chefs, Assistentin auf Lebenszeit. Jede zweite fiel darauf herein und ließ sich noch in derselben Nacht von ihm abschleppen, weil sie dachte, dass es der Karriere förderlich sei. Einige waren so schlau, dass sie ihm glattweg ins Gesicht lachten und sich anschließend gemeinsam mit ihm betranken. Das waren aber die wenigsten. Manche waren uns sympathisch und wir warnten sie vor. Dann erfanden sie tausend Ausreden, warum sie nicht mit ihm essen gehen konnten, Lebensmittelallergien oder einen eifersüchtigen türkischen Freund.

Irgendwann stellte sich dann heraus, dass Rolf verheiratet war und nur unter der Woche in Stuttgart in einer Einzimmerwohnung lebte, am Wochenende aber bei Frau und zwei Kindern in Undingen auf der Schwäbischen Alb den braven Ehemann mimte.

Möglicherweise hatte ihn seine Frau sitzen gelassen und nun fühlte er sich einsam, so ohne Agentur und weibliche Angestellte? Was war denn plötzlich in all die Männer gefahren? Ich hatte ein Date am Samstag, eine Essenseinladung am Dienstag und konnte jederzeit beim Scheich aufkreuzen. Ich, Line Praetorius, von Beruf busenloses Mauerblümchen, hatte auf einmal tausend Kerls an der Hand!

Abends rief ich Lila an und gab ihr eine Zusammenfassung der Ereignisse der letzten Tage. Das dauerte ganz schön lange, weil ja ziemlich viel passiert war. Lila gehört zu den Menschen, die unglaublich gut zuhören können und einen nie unterbrechen. Sie macht auch nie Geräusche wie »aha«, »mmm«, »tatsächlich« oder »echt«. Das ist großartig, weil sie sich richtig auf einen konzentriert. Nachdem ich ihr zwanzig Minuten ohne Pause und ohne kommunikative Geräusche ihrerseits von Fischgräten, Frau Ohneschuh und dem Wüstenscheich berichtet hatte, hielt ich mitten im Satz inne.

»Lila, hörst du mir überhaupt noch zu?«, fragte ich. »Du sagst ja gar nichts.«

»Natürlich höre ich dir zu!«, erwiderte Lila empört.

Als ich mit meiner Schilderung fertig war, blieb es noch ein paar Sekunden still. Dann gluckste es in der Leitung.

»Line, in den letzten Tagen ist bei dir mehr in Sachen Männer passiert als in den letzten anderthalb Jahren. Die Arbeitslosigkeit scheint dir ja nicht unbedingt zu schaden, was Männerbekanntschaften angeht. Also wenn du mich fragst – konzentrier dich auf diesen Nachbarn. Der klingt wirklich nett.«

Das war genau das, was ich nicht hören wollte. »Lila, der Typ ist Ingenieur wie mein Vater! Ich habe im Alter von fünf Jahren bei meiner Ballerina-Barbie geschworen, mich nie in einen Ingenieur zu verlieben! Er ist ungefähr so spannend wie Peter Hahne und liest zum Einschlafen den *Kicker*! Und Opern hört er schon gleich gar nicht!«

»Du meinst also, dieser Sensationsfotograf mit Kajalstrich wär der richtige Kandidat?«

»Zumindest ist er interessant! Und irgendwie so intellektuell!«

Lila seufzte. »Interessante Männer sind nicht unbedingt Männer, die die Spülmaschine einräumen und nachts aufstehen, um Windeln zu wechseln. Na, ich werd deinen Ingenieur ja am Samstag kennen lernen. Dann sag ich dir, wie ich ihn finde.«

Wir vereinbarten, am Samstagmorgen noch einmal kurz miteinander zu telefonieren. Nach dem Gespräch war ich enttäuscht. Ich hätte Lila nicht für so spießig gehalten.

Ich ging nochmal meinen 11-Punkte-Plan mit den Vorzügen eines Single-Lebens durch, den ich vorher aus dem Briefkasten gefischt hatte. Nett, Post von sich selber zu bekommen. Besser als Rechnungen und Briefe vom Arbeitsamt.

Kurz darauf klingelte es an der Tür. Mir wurde klar, dass Leon vorhatte, ein fester Bestandteil meines Lebens zu werden, wenn ich nicht bald etwas dagegen unternahm. Ich öffnete und er grinste mich an. Was sonst. Unwillkürlich verglich ich ihn mit dem Sexyfotografen. Er schnitt schlecht ab.

Ich bat ihn nicht herein. »Ich wollte nur nochmal sicher gehen, dass ich am Samstag ein Date mit zwei umwerfenden Frauen habe, damit ich die anderen zehn Einladungen absagen kann.«

»Ich kann dich beruhigen. Du hast am Samstag ein Date mit einer Bohnenstange und einem sehr netten Mops. Amy Winehouse soll sich was anderes vornehmen.«

»Großartig. Und wie war dein Tag sonst so?«

Ich wartete noch darauf, dass er ein »Schatz« an den Schluss hängte, das tat er aber nicht. Einen Augenblick zögerte ich, ob ich ihn nicht doch hereinbitten sollte. Dann ließ ich es sein. Der Kerl war sowieso schon zu anhänglich. Ich gab ihm eine Kurzfassung meines Arbeitsamtsbesuchs.

»Klingt ziemlich schrecklich.« In seiner Stimme schwang Mitgefühl. Das konnte ich gar nicht brauchen.

»Ach, halb so wild. Übrigens, vielen Dank, dass du gestern Frau Müller-Thurgau davon abgehalten hast, die Feuerwehr zu holen. Ich glaube, meine Portokasse hätte es nicht mehr hergegeben, den Einsatz zu bezahlen.«

»Kein Problem. Irgendwie war ich ziemlich sicher, dass wir keine Feuerwehr brauchen. Frau Müller-Thurgau war da anderer Ansicht. Ich will dich nicht beunruhigen, aber sie scheint der festen Überzeugung zu sein, dass du erstens eine absolute Kehrwochenversagerin bist und zweitens permanent versuchst, das Haus in die Luft zu sprengen oder anzuzünden.«

»Ich habe keine Ahnung, wie sie darauf kommt«, sagte ich spitz.

Nachdem Leon sich verabschiedet hatte, wählte ich die Nummer, die auf dem Zettel stand, den ich beim Arbeitsamt mitgenommen hatte.

»La Cucaracha, guten Abend!« Ich verstand die Stimme kaum, sie gehörte einer Frau, hatte einen Akzent und außerdem war es im Hintergrund sehr laut.

»Hallo, ich rufe wegen dem Zettel an, dass Sie Aushilfen suchen.«

»Moment, ich nichts habe Deutsch!«

Mehrere Minuten lang hörte ich nur lautes Geklapper und unverständliches Stimmengewirr. Dann meldete sich ein Mann, ebenfalls mit Akzent.

»Du wege Arbeit anrufe? Du habe Führerschein und kannsch singe?«

»Ja, ja, und Spanisch kann ich auch! Yo – hablo – español!«

Darauf ging er gar nicht ein, worüber ich letztlich froh war, schließlich hätte ich ihm auf einen spanischen Redeschwall garantiert nicht antworten können.

»Du komme morge zwelf Uhr!« Er nannte mir eine Adresse in der Vogelsangstraße und legte ohne weitere Erklärung auf. Hmm. Wahrscheinlich war es ein spanisches Restaurant oder eine Bar. Aber wieso dann der Führerschein?

5. Kapitel | *Freitag*

'cause you had a bad day

Am nächsten Morgen warf ich um halb acht einen Blick auf den Wecker und drehte mich genüsslich um. Bis zwölf Uhr hatte ich ja ewig Zeit. Heute würde ich Geld verdienen, das war eine ziemlich angenehme Vorstellung.

Als ich das nächste Mal aufwachte, war es draußen taghell und der Wecker zeigte 11.10 Uhr. Das durfte doch nicht wahr sein! Ich sprang aus dem Bett, duschte blitzschnell, kippte eine Tasse Kaffee in mich hinein und sauste die Treppen hinunter. Unten angekommen fiel mir ein, dass ich meinen Führerschein vergessen hatte. Also rannte ich die fünf Stockwerke wieder hoch und kam schweißgebadet oben an. Ich fand den Führerschein erst nach einigem Suchen, weil ich sehr selten Auto fuhr. Als ich ihn endlich hatte, war es zehn vor zwölf. Wenn ich pünktlich sein wollte, musste ich den ganzen Weg rennen. Das Rad hatte ich am Vortag in den Keller gestellt und es würde zu lange dauern, es hochzutragen. Ich raste die Treppe hinunter, immer zwei Stufen auf einmal nehmend, vorbei an Frau Müller-Thurgau, die ihren Mund öffnete und gleich wieder zumachte.

Zufälligerweise kam auf der Schwabstraße gerade ein 42er-Bus. Jetzt musste ich mich entscheiden zwischen zwei Stationen Busfahren und Laugenbrötchen vom Bäcker an der Ecke. Da ich meine Karriere nicht gefährden wollte, wählte ich den Bus.

Um zwei nach zwölf bog ich in die Vogelsangstraße ein. An der Kreuzung zur Hasenbergstraße standen ein alter verrosteter Fiat und ein Smart. Auf beiden Autodächern waren riesige breitkrempige Plastiksombreros installiert, auf dem Smart war er rosa und auf dem Fiat grün. Auf den Autos stand »La Cucaracha – Tacos & Enchiladas, Mexican Takeaway«. Aha, deshalb also der Führerschein. Komisch, die beiden Autos waren mir im Westen noch nie aufgefallen. Zur Straße hin gab es ein Fenster für den Verkauf, dahinter stand eine nicht mehr ganz junge Frau, die ebenfalls einen Sombrero in Quietschgelb trug, dazu einen ziemlich unpassenden weißen Kittel. »Buenos días, yo hablar con el jefe, por favor«, sagte ich atemlos. Diesen Satz hatte ich mir am Abend zuvor noch zurechtgelegt und auswendig gelernt, um Eindruck zu schinden.

Die Frau sah mich verständnislos, aber nicht unfreundlich an, drehte sich dann um und brüllte: »Erol!« Ein Mann tauchte auf. Für einen Mexikaner schien er mir ziemlich groß zu sein, aber die dunklen Haare und der Schnauzbart passten. Außerdem hatte er einen ziemlich dicken Bauch, dicke fleischige Arme und war sombrerolos. Er winkte mich herein. Drinnen standen ein paar wacklige Tische und Plastikstühle in Orange. Die Frau hatte mittlerweile hinter dem Tresen begonnen, Teig auszuwellen. Sonst war niemand zu sehen.

»Hallo, ich bin Erol.« Ein kräftiger und ziemlich schweißiger Händedruck. »Meine Frau, Aynur.« Er deutete auf die Frau mit dem Sombrero.

»Hallo, ich bin die Line«, sagte ich. Der Mexikaner an sich schien sich gern mit Vornamen anzureden, was mir recht sein sollte.

»Du kennen Stuttgart?«

»Wie meine Westentasche«, sagte ich stolz. Das stimmte nicht so ganz, weil ich mich hauptsächlich im Westen aufhielt, aber sicher hatte der Smart einen Navi. Ich musste nur darauf achten, dass ich damit fuhr und nicht mit dem klapprigen Fiat.

»Also, deine Arbeit sein, Tacos zu Kunde fahre. In Wärmebox. Musse trotzdem schnell gehe. Kunde Eile, Eile. Wenn Kunde mehr bezahle, du singen *La Cucaracha*. Koste zwei Euro mehr. Kannse spanisch? Kannse singe? Du vormache.«

O mein Gott. Das waren also die Spanischkenntnisse. Ich konnte mich nicht erinnern, dass ich bei einem Vorstellungsgespräch schon mal hatte singen müssen. Ich schluckte. »Haben Sie vielleicht irgendwo den Text?« Erol schüttelte den Kopf. Ich dachte verzweifelt nach. Es ging um eine Küchenschabe, so viel war klar. Das Einzige, was mir zum Thema Küchenschabe liedmäßig einfiel, war »Alles was ich habe, dummdummdumm-dummdumm, ist meine Küchenschabe, dummdummdumm-dummdumm, sie sitzt auf meinem Oooofen, da kann sie ruhig pooofen.« Das war aber vermutlich nicht das Lied, das Erol hören wollte.

»Aber als Mexikaner müssten Sie doch den Text halbwegs kennen?«

Erol schüttelte den Kopf. »Mir nix Mexikaner. Schwäbische Türke.«

»Türke?« Ich sah ihn verständnislos an. Aynur kicherte. »Warum haben Sie dann keinen Dönerstand?«

Erol warf mir einen vernichtenden Blick zu. »Zu viel Döner. Iberall in Stuttgart Döner. Döner hier, Döner da. Döner nur für Mafia. Kannsch nix verdiene. Musch was Neies probiere.«

»Und, wie laufen die Geschäfte so?« Bisher hatte sich noch niemand blicken lassen, der einen Taco zum Mittagessen verspeisen wollte, während nebendran beim Metzger ein nicht abreißender Strom von Kunden zu beobachten war. Erol zuckte mit den Schultern.

»Hammer grad erscht aufgemacht. Musse habe bissle Geduld. Wenn du anziehe kurze Röckle und gut singe, Geschäfte laufe gut. Also, singe!«

Ich überlegte kurz, ob ich Erol bitten sollte, den Text zu googlen, aber ein PC war nicht zu sehen. Also holte ich tief Luft und begann zu singen: »La Cucaracha, la cucaracha, ya no puede caminar. Piña Colada, con Coca-Cola, schubidubidubida!«

Ich war mir nicht sicher, ob ich den richtigen Ton getroffen hatte, aber die Tatsache, dass weder Aynur noch Erol des Spanischen mächtig waren, verschaffte mir einen eindeutigen strategischen Vorteil.

»Säär gut, säär gut!« Erol klatschte in die Hände und Aynur lachte. »Jetzt zweite Strophe!«

Langsam kam ich in Fahrt. »La Cucaracha, la cucaracha, ya no puede caminar. Patatas bravas, cómo te llamas, buenos díiiias!« Den Schluss schmetterte ich mit einer Inbrunst, die ich mir selber nicht zugetraut hätte. Erol schlug sich vor Begeisterung auf die Schenkel und Aynur klatschte die Teigfladen im Rhythmus auf den Tresen, dass das Mehl in alle Richtungen stob.

»Alles paletti, du gleich anfange!«

»Prima«, sagte ich, »vielleicht könnten wir noch kurz über das Thema Bezahlung sprechen?«

Erol legte mir einen fleischigen Arm um die Schulter und drückte einmal kräftig. Mir blieb die Luft weg und mir war nicht klar, ob das als Drohung oder vertrauensvolle Geste gemeint war.

»Heit mal gucke. Später spreche iber Geld.« Als er meinen zweifelnden Blick sah, tippte er mich mehrmals mit dem Zeigefinger an. »Erol bscheißt net!«

In diesem Augenblick klingelte das Telefon. Aynur nahm ab, schrieb etwas auf und reichte Erol den Zettel über den Tresen. Erol strahlte.

»Da, guck, erschde Auftrag!«

»Mit oder ohne Singen?«

»Des fragsch immer Kunde.«

Während Aynur in hektische Aktivitäten verfiel, um die bestellten Tacos zu fabrizieren, drückte mir Erol einen Stadtplan in die Hand. So viel zum Thema Navigationsgerät. Auf dem Zettel stand Baumaiste-Weg, und nach einigem Suchen fand ich im Index einen Baumeisterweg am Killesberg. So schwer schien es nicht zu sein, da hinzufinden. Die Tacos waren in Windeseile fertig, ein verführerischer Duft nach Hühnchen breitete sich aus und mir fiel ein, dass ich noch nicht gefrühstückt hatte. Erol sagte blitzschnell etwas auf Türkisch zu Aynur, die langte unter den Tresen und zog einen leicht eingedellten Sombrero in Orange hervor, den sie Erol reichte. Erol beulte das Ding mit seiner großen Pranke aus und stülpte es mir dann kommentarlos auf den Kopf, dann winkte er mir, ihm zu folgen. Er stellte die Wärmebox in den Kofferraum des Smart – konnte man diese Schuhschachtel als Kofferraum bezeichnen? – und drückte mir die Rechnung und den Schlüssel in die Hand.

»Sodele, jetzetle, dalli, dalli! Kunde warte!«

»Kein Problem!«

Dynamisch stieg ich ins Auto ein. Jetzt kam es darauf an, einen entspannt-effizienten Eindruck zu machen. Ich war noch nie Smart gefahren, aber so schwer konnte das ja nicht sein. Eigentlich war ich seit zwei Jahren überhaupt nicht Auto gefahren. Leider fand ich kein Zündschloss. Vielleicht starteten Autos ja mittlerweile auf Zuruf? Erol stand ungeduldig auf dem Bürgersteig. Ich wollte die Scheibe herunter drehen, aber die ging automatisch. Wenn man die Zündung fand.

Ich öffnete die Fahrertür und versuchte, cool zu wirken.

»Erol, hat dieses Auto ein Zündschloss?«

Erol verdrehte die Augen. »Zacki, zacki, Kunde warte!« Er riss mir den Schlüssel aus der Hand, beugte seinen Fleischberg über mich, so dass ich in den unmittelbaren Genuss seines strengen Körpergeruchs kam, und stopfte den Schlüssel in die Zündung. Das Schloss befand sich erstaunlicherweise da, wo bei anderen Autos die Handbremse war.

»Prima, danke«, sagte ich und startete den Wagen. Bloß, wo waren die Gänge? Es gab zwar einen Schalthebel, auf dem stand aber nur +, -, N und R. R war sicher der Rückwärtsgang, also versuchte ich es zunächst damit und tatsächlich, problemlos fuhr ich rückwärts aus der Parklücke. Na, das war doch ein großartiger Anfang. Aber wie ging es jetzt weiter?

Ich stand auf der Straße und starrte verzweifelt den Schalthebel an. Wieder auf N, und nun? Erol wartete am Straßenrand, die Hände in die Seiten gestemmt. Hinter mir bildete sich ein kleiner Stau, die ersten Fahrer begannen zu hupen.

»Erol, wie geht die Schaltung?«

Erol begann, sich mit einer Geste der Verzweiflung den Schnauzbart zu zwirbeln. Er riss die Fahrertür auf. »Kunde warte! Tacos kalt! Hochschalte plus, runterschalte minus! Los, los!«

Ich drückte das Gaspedal durch und der Smart schoss nach vorne, die offene Tür krachte Erol gegen die Schulter und ich hörte ihn fluchen. Durch den Blitzstart war mir der Sombrero über die Augen gerutscht und instinktiv fand ich die Bremse und legte eine Vollbremsung hin. Hinter mir quietschten Reifen. Ich warf den Sombrero neben mich auf den Sitz, angelte nach der Tür, schlug sie zu und beeilte mich, aus Erols Blickfeld zu verschwinden, auch wenn ich keine türkischen Flüche verstand. Ich bog in die Schwabstraße ein. Nachdem ich das Fahrprinzip kapiert hatte, fuhr sich der Smart schnittig, und rasch stellte sich ein Hochgefühl ein, vor allem in den Kurven. »Mimimimi ...« Ich wärmte schon mal meine Stimme auf, falls ich nachher singen musste.

Leider wurde meine Schnittigkeit permanent durch rote Ampeln behindert, so dass es ziemlich lange dauerte, bis ich endlich oben am Kräherwald war. Ich hatte den Stadtplan nicht so richtig im Kopf und tatsächlich kannte ich mich am Killesberg überhaupt nicht aus. Dort wohnten die Reichen und Schönen, und mit denen pflegte ich in der Regel keinen Umgang. Ich bog links ab Richtung Höhenfreibad. Holbein, Grünewald, Raffael, der Killesberg schien sich aus Einbahnstraßen und alten Malern zusammenzusetzen, aber wo war der blöde Willi Baumeister? Natürlich war auch niemand zu sehen, den man hätte fragen können. Am Killesberg bewegte man sich mit dem Mercedes oder Porsche fort, aber nicht zu Fuß. Langsam wurde ich nervös. Wer auch immer diesen Taco bestellt hatte, er hatte hoffentlich nur ein kleines bisschen Appetit verspürt und keinen Bärenhunger, und sicher war er ein freundlicher, geduldiger Mensch.

Endlich fand ich die Straße. Um die Hausnummer brauchte ich mir keine Gedanken zu machen. Die Frau, die mit gekreuzten Armen und trotz der winterlichen Kälte ohne Mantel auf dem Gehweg stand, wartete ganz eindeutig. Ebenso eindeutig war sie weder freundlich noch geduldig. Ich ließ die Scheibe herunter.

»Haben Sie Tacos bestellt?«

Ihr Mund, elegant geschminkt, war zusammengekniffen und sie hatte hektische Flecken im Gesicht. Ihr großer aufgebockter Busen (Push-up am Killesberg oder OP?) hob und senkte sich empört unter einer langen Perlenkette, die nicht aussah, als sei sie vom Billigständer im Kaufhof. Überhaupt wirkte sie eher wie jemand, der Austern und Champagner orderte und nicht vulgäre Tacos. Wahrscheinlich aß sie nie Kartoffelsalat an Maultaschen.

»Natürlich habe ich Tacos bestellt! Vor eineinviertel Stunden habe ich Tacos bestellt! Fünfzehn Minuten, hat es geheißen. Es dauert nur fünfzehn Minuten! Ich habe schon dreimal bei ihrem Chef angerufen und mich beschwert!«

Auweia. Die Gehaltsverhandlungen mit Erol würde das nicht gerade befördern.

»Es tut mir leid«, sagte ich, »es war ziemlich viel Verkehr und ich habe die Straße nicht gefunden.«

Bevor sie antworten konnte, ließ ich die Scheibe wieder hoch. Natürlich gab es auf der engen Straße keinen Parkplatz. Mir blieb nichts anderes übrig, als mich quer zur Fahrbahn rückwärts in eine winzige Lücke zu quetschen, was mir zum Glück auf Anhieb gelang. Die Killesbergtusse sah mir mit zusammengekniffenen Lippen zu.

Ich sprang aus dem Smart und öffnete den Kofferraum. Das heißt, ich wollte den Kofferraum öffnen, aber er ging nicht auf, obwohl Erol vorher nicht abgeschlossen hatte. Ich lief nach vorne und holte den Schlüssel, den hatte ich steckenlassen, und drückte auf alle möglichen Knöpfe am Schlüssel. Nichts geschah. Die Killesbergtusse sah aus, als ob sie gleich explodieren würde. Ich schloss den Kofferraum von Hand auf und holte die Wärmebox heraus.

»Wissen Sie was, weil Sie so lange warten mussten, singe ich umsonst für Sie *La Cucaracha.* Normalerweise kostet das zwei Euro extra.« Ich stellte die Box auf dem Boden ab, lief nach vorne, setzte den orangefarbenen Sombrero auf und warf mich in die Brust. »La Cucaracha, la Cucaracha, ya no puede caminar. Soy profesora, y Che Guevara, Caipiriiiiinha!«

»Aufhören, aufhören! Das ist ja fürchterlich! Was sollen denn die Nachbarn denken! Geben Sie mir endlich die Tacos und sehen Sie zu, dass Sie verschwinden!« Die Perlenkette hüpfte nicht mehr, sie wogte, das Gesicht hatte von hellrot zu dunkelrot changiert und mir wurde klar, dass die Frau vermutlich nur Brahms und Beethoven hörte und deshalb einen anderen musikalischen Anspruch hatte als Erol und Aynur.

Trotzdem war ich ein bisschen beleidigt. Ich meine, ich hatte mich ja nun wirklich bemüht. Ich öffnete die Wärmebox, drückte ihr die beiden ziemlich abgekühlt wirkenden Tacotüten in die Hand, und murmelte etwas von 12 Euro.

»Hier sind 15 Euro, behalten Sie den Rest und hauen Sie ab! Und zwar schnell!«

Ich floh, so schnell ich konnte, bevor mir die Killesbergtusse die Reifen durchstach. Für eine Perlenketten-Lady war sie ganz schön vulgär. Ich warf mich in den Smart, den ich ja mittlerweile zum Glück aus dem Effeff beherrschte, zündete, legte den Gang ein, gab kräftig Gas und schoss nach hinten. Leider stand da die Tusse, aber sie rettete sich mit einem behänden Hechtsprung zur Seite. Das hätte ich ihr gar nicht zugetraut. Der Holzzaun hatte weniger Glück. Ich mähte ihn mit lautem Krachen nieder und stand mit dem Smart im idyllisch verschneiten Vorgarten des in seiner schlichten Eleganz an den Bauhausstil erinnernden Killesberganwesens. Die Hinterreifen hingen im Teich. Anscheinend hatte ich N und R verwechselt.

Einige Stunden später lag ich auf meinem Sofa und starrte an die Decke. Ich hatte nicht einmal Lust auf Nostalgie-TV. Ich war ja nun einiges gewöhnt, aber der Tag war einfach zu entsetzlich gewesen, und ich war völlig erschöpft. Nachdem ich den Holzzaun zerlegt hatte, hatte die Tusse einen solchen Schreianfall bekommen, dass ich sicher war, sie würde einen Herzinfarkt kriegen. Aus den scheinbar tot daliegenden Häusern strömten von allen Seiten Menschen zusammen, was natürlich auch daran lag, dass die Tusse an maßlosen Übertreibungen nicht sparte, und die Worte »Mordanschlag«, »Vandalismus« und »Gefahr für die Öffentlichkeit« für die Nachbarn natürlich alarmierend klingen mussten.

Die meisten Zaungäste waren bleiche Kinder, die von ebenso bleichen Kindermädchen beaufsichtigt wurden, aber es waren auch einige Frauen und Männer dabei, die vermutlich vom heimischen Büro aus erfolgreich als Rechtsanwälte oder Unternehmensberater tätig waren. Die Frauen trugen alle Lambswool-Pullis in Camel oder Apricot und darüber die gleiche Perlenkette wie die Tusse, vielleicht gab es da so ein Sondermodell nur für den Killesberg, und die Kinder fanden es natürlich großartig, dass endlich mal was Aufregendes passierte. Irgendwann fing jemand an zu lachen, vermutlich war die Tusse nicht so beliebt, aber das machte es auch nicht besser, weil alle mitlachten, und jetzt fühlte sie sich blamiert.

Zum Glück tauchte in dem Moment die Polizei auf, die wohl irgendjemand alarmiert haben musste (die Tusse war es nicht, die war mit Schreien beschäftigt). Die Beamten gaben sich ziemlich große Mühe, seriös zu wirken, aber einem zuckte immer so der Mundwinkel, und ich war nicht sicher, ob er von Natur aus nervös war oder ob er sich beherrschen musste, nicht zu lachen. Immerhin war er der Erste, der fragte, ob mir etwas passiert sei. Mir war nichts passiert, mir war nur flau im Magen, und das lag an der Aufregung und daran, dass es zwei Uhr nachmittags war und ich noch immer nichts gegessen hatte.

Als wir gerade im Streifenwagen den Papierkram erledigt hatten, tauchte ein weißer Lexus auf und fuhr in die Garage des Luxusschuppens, deren Tür sich wie von Geisterhand öffnete. Offensichtlich der Mann der Tusse. Bestimmt würde er mich wegen versuchten Mordes anzeigen. Kaum war er auf dem Plan, warf sich die Tusse in seine Arme und fing an zu flennen, vorher hatte sie nur geschimpft und gezetert und überhaupt nicht hilfsbedürftig gewirkt. Ich fragte mich, warum sie sich die Mühe machte, der Mann hatte doch bestimmt sowieso eine Geliebte.

Plötzlich fiel mir auf, dass während des ganzen Theaters niemand aus dem Haus gekommen war – für wen war also der zweite Taco bestimmt? Dem Mann schien das trotz des Ablenkungsmanövers auch aufgefallen zu sein, er schaute nämlich nachdenklich auf die beiden Tacos-Leichen auf dem Gehweg. (Ungeschickt, wie die Kuh war, hatte sie die bei ihrem Hechtsprung fallen lassen, so dass ich ihr sogar noch das Geld zurückgeben musste.) Er fasste die Frau am Ellenbogen und dirigierte sie sehr bestimmt Richtung Haus. Ich hätte gerne gewusst, wie die Geschichte ausging – ob wohl irgendwo im Schrank ein Liebhaber versteckt war? Jedenfalls hatte ich kein Mitleid mit der Tante und war sie und ihr Gebrüll endlich los.

Mitleid hatte ich wenig später vor allem mit mir selber, als ich Erol gegenübertreten musste. Der ließ sein ganzes türkisches Temperament an mir aus. Dabei hatte der Smart nicht mal einen Kratzer abbekommen. Solide deutsche Wertarbeit eben. Die Beamten hatten mich aus dem Teich geschoben und das Auto war nur ein bisschen schlammig. Der nette Beamte hatte mir zum Abschied seine Karte gegeben, »falls Sie mal Hilfe brauchen«. Er hieß Simon und lächelte mich an. Ich war mir nicht ganz sicher, was ich davon halten sollte, normalerweise brauchte ich nie Hilfe. Ich steckte die Karte trotzdem in meinen Geldbeutel. Immerhin war es bis dahin das einzig Nette am ganzen Tag.

Erol also war überhaupt nicht nett und schien überhaupt kein Verständnis dafür zu haben, dass ich mich erst mal in meine neue Tätigkeit einarbeiten musste. Er feuerte mich sofort. Daraufhin wurde mir schwarz vor Augen. Nicht wegen Erol, mir war schon längst klar gewesen, dass meine Karriere bei *La Cucaracha* ein vorzeitiges Ende nehmen würde, sondern weil ich noch immer nichts gegessen hatte. Ich rutschte in Zeitlupe auf den Boden und beobachtete mich selbst von oben, als sei ich schon mein eigener Engel. Erol hörte auf zu brüllen und Aynur kapierte auch ohne große Deutschkenntnisse, was mit mir los war, und machte mir einen Taco. Das war das zweite Nette, was mir an dem Tag passierte. Der Taco war sehr lecker, Aynur hatte ordentlich Hähnchenteile reingepackt, und danach ging es mir viel besser. Nachdem ich den Taco verdrückt hatte und meine Kräfte wiedergekehrt waren, schob mich Aynur sanft zur Tür hinaus. Zum Abschied drückte sie mir verstohlen den orangefarbenen Sombrero in die Hand. Ich wusste nicht so recht, was ich damit anfangen sollte. Vielleicht wollte sie sich für Erols Gebrüll entschuldigen.

Nun lag ich auf dem Sofa, den Sombrero auf dem Kopf, und hörte zur Entspannung *La Wally*. Draußen hatte es sacht zu schneien begonnen. Andere Leute, normale Leute, die einen Job hatten, freuten sich jetzt nach dem Stress der Woche aufs Wochenende und gingen ins Kino oder in eine Kneipe. Immerhin hatte ich eine Verabredung am Samstagabend, auch wenn ich Leon als potenziellen Partner abgehakt hatte. Vielleicht wurde es ja trotzdem ganz nett.

Die Fischpflege hatte auch bald ein Ende. Am Sonntag würde Herr Tellerle zurückkommen. O Gott. Herr Tellerle! Die Fische! Wann hatte ich die eigentlich zum letzten Mal gefüttert? Ich fuhr hoch. Dann fiel mir ein, dass ich die Mannschaft gestern Nachmittag mit frischem Fischfutter versorgt hatte. Trotzdem war es Zeit, mal wieder nach ihnen zu gucken, auch wenn ich keine Lust hatte, meinen gemütlichen Sofaplatz zu verlassen. Sicher tat ihnen ein bisschen Unterhaltung gut.

Ich holte Herrn Tellerles Schlüssel aus der Küche und lief auf Wollsocken durchs Treppenhaus, um Frau Müller-Thurgau nicht auf den Plan zu rufen. Ich schloss die Tür zu Herrn Tellerles Wohnung auf. Es war totenstill. Irgendetwas war unheimlich. Ich trat an das Aquarium. Ich schloss die Augen und öffnete sie wieder. Ich hatte richtig gesehen. In der Mitte des Aquariums, nahe der Wasseroberfläche, trieb ein Schleierschwanz, blasslila, mit dem Bauch nach oben. »Max«, flüsterte ich. »Max, mach jetzt kein' Scheiß. Okay, das war jetzt lustig, und beinahe hättest du mich drangekriegt, aber jetzt hör auf, toter Mann zu spielen!« Bestimmt erlaubte sich Max einen Scherz mit mir. Max rührte sich nicht. Ich nahm die Dose mit dem Fischfutter und stieß ihn leicht an. Die anderen Fische sausten hektisch und hin und her. Max blieb regungslos, nur seine Schleierarme reagierten auf den leichten Seegang und bewegten sich sanft auf und ab.

Ich ließ mich auf das alte Sofa sinken. Tränen stiegen mir in die Augen. Max, Herrn Tellerles Liebling, war tot, und ich hatte ihn auf dem Gewissen. Vielleicht hatte ich alle Fische umgebracht? Die anderen Fische wirkten aber kerngesund und völlig unbeteiligt. Nicht einmal Moritz schien um seinen Kumpel zu trauern. Hoffentlich hatte Max nichts Ansteckendes! Die Vogelgrippe oder sowas! Auf jeden Fall musste ich ihn schleunigst aus dem Wasser holen. O Gott, Herr Tellerle würde einen Auftragskiller auf mich ansetzen!

Ich lief in die Küche und fand nach kurzem Suchen einen Schöpflöffel, so ein Ding, das man in der Regel für Spätzle benutzte. Ich fischte Max aus dem Wasser und ließ ihn abtropfen. Max tat nichts, um mir zu beweisen, dass er noch nicht im Fischhimmel war. Wie belebte man einen Fisch wieder? Mit Herzdruckmassage? Wo war das Herz überhaupt? Oder mit Mund-zu-Mund-Beatmung? Die Vorstellung, einen Fisch zu knutschen, war dann doch ein bisschen eklig. Und was sollte ich jetzt mit ihm unternehmen? Ihn aufbewahren, damit Herr Tellerle ihn auf dem Pragfriedhof begraben konnte?

Ich ging ins Klo und holte ein bisschen Klopapier. Darin wickelte ich Max ein. Dann kippte ich den Überlebenden rasch ein bisschen Fischfutter ins Wasser und ging dann zur Tür. Ich lauschte, bevor ich öffnete. Jemand kam die Treppe herauf, mit festem Schritt. Das konnte Leon sein. Ob ich ihm von dem Malheur berichten sollte? Vielleicht hatte er ja eine Idee? Nein. Das war mein Job, und ich würde ja wohl noch alleine mit einem kleinen toten Fisch zurechtkommen!

Ich wartete, bis die Schritte verklungen waren. Dann öffnete ich vorsichtig die Tür und schlich mich in den fünften Stock, den eingewickelten Max in der linken Hand. Mit der rechten Hand schloss ich meine Wohnung auf. In dem Moment ging Leons Wohnungstür auf. »Hallo Nachbar, schönen Abend noch, wir sehen uns morgen!« Ohne abzuwarten sauste ich in meine Wohnung und haute die Tür zu. Leons erstaunt-verletzter Blick war mir nicht entgangen.

Ich überführte Max vom Klopapier in eine Gefriertüte, was nicht so einfach war, weil das Klopapier an ihm klebte und ich ihn deshalb erst abwaschen musste, verschloss die Tüte sorgfältig und legte ihn in den Kühlschrank. Dann wusch ich mir die Hände und setzte mich aufs Sofa, um nachzudenken.

Ich schwamm mutterseelenallein in einem riesigen Meer. Kein Ufer, keine Insel weit und breit, und ich hatte Angst. Da tauchte plötzlich ein Wal auf, nein, kein Wal, ein gigantischer Schleierschwanz, blasslila. Der Schleierschwanz kam bedrohlich näher, ich versuchte zu fliehen, aber ich hatte keine Chance. Der Riesenfisch öffnete sein Maul und verschluckte mich. Ich kullerte in eine riesige Höhle. Dort saß Herr Tellerle an einem Holztisch, auf dem eine Petroleumlampe stand. Er trug zerrissene Hosen und keine Schuhe und weinte.

»Hallo Line«, sagte er. »Du hast Max umgebracht. Zur Strafe musst du bis ans Ende deines Lebens mit mir in seinem Fischbauch bleiben.«

»Nein«, schrie ich, »nein!«

»Doch.« Herr Tellerle nickte traurig. »Tausend Jahre musst du im Fischbauch bleiben.«

Ich erwachte schweißgebadet. Ich schleppte mich vom Sofa ins Schlafzimmer, zog meinen Schlafanzug an, verzichtete auf weiteres Zeremoniell und war sofort wieder eingeschlafen.

6. Kapitel | *Samstag*

If our eyes should meet then so be it.
No need to trouble the heart
that is hidden where no one can free it,
only to tear it apart

Ich erwachte davon, dass eine Mischung aus Bohr-, Hämmer-, Saug- und Sägegeräuschen an mein Ohr drang. Samstagmorgen, acht Uhr. Booahh! Die schwäbischen Heimwerker, die seit sieben Uhr ungeduldig am Frühstückstisch hin- und hergerutscht waren, gingen nun glücklich ihren Lieblingsbeschäftigungen nach und ganz Stuttgart-West durfte teilhaben. Ich rollte mich zu einer embryonalen Verweigerungskugel zusammen. Schließlich gab es überhaupt keinen Grund, am Samstagmorgen um acht aufzustehen, zumal wir ja abends ausgehen würden. Also versuchte ich weiterzuschlafen. Dann fiel mir der tote Max ein und mein schrecklicher Traum. Ein Grund mehr, den Schlaf des Vergessens zu suchen.

Es klappte nicht. Zu den Hämmer- und Sauggeräuschen gesellte sich jetzt noch ein vielstimmiges Wusch-wusch von unzähligen robusten Kehrwochenbesen. Ich dachte an all die verzweifelten Eltern mit den tiefen Ringen unter den Augen, die mich glühend beneideten, weil sie gegen ihren Willen um halb sieben von einem oder mehreren unglaublich wachen Kindern geweckt worden waren, die mit Begeisterung ausprobierten, ob Mamis und Papis Bauch als Trampolin taugte. Es war meine moralische Verantwortung, liegen zu bleiben. Wenn ich hartnäckig genug liegen blieb, würde ich vielleicht in ein bis zwei Stunden wieder einschlafen.

Es war eine Erleichterung, als ich um zehn Uhr endlich guten Gewissens aufstehen konnte. Ich hatte ordentlich Kohldampf. Kein Wunder. Am Vortag hatte ich mich nur von einem Taco ernährt. Schnell lief ich zum Bäcker um die Ecke. Dort stand die übliche Wochenendschlange. Mit knurrendem Magen sah ich zu, wie vor mir Unmengen an Laugenbrezeln, Mohnwecken und normale Weckle in Papiertüten verschwanden. Man hätte meinen können, die Bäckereifachverkäuferinnen hätten einen unbefristeten Streik angekündigt. Vor mir stand ein brav aussehender Anfangszwanziger mit ordentlich gezogenem Scheitel.

»Was ist denn ein Nusskäpsele?«, fragte er die Verkäuferin in astreinem Hochdeutsch und deutete auf das Schild in der Auslage, »Nusskäpsele 2,50 Euro«.

»Also, a Käpsele isch ebbr, der saumäßig gscheid isch«, sagte die Verkäuferin. »A Käpsele halt. Ond a Nusskäpsele isch dess do.« Sie deutete auf einen mit Schokolade überzogenen Rührkuchen in einer Alukastenform, der mit Mandelstiften dekoriert war. Der junge Mann schüttelte den Kopf und orderte zwei Laugenbrezeln. Offensichtlich traf das Käpsele nicht seinen Geschmack.

Zu Hause belegte ich meine zwei Laugenbrötchen mit Salami und verschlang sie gierig. Um kurz vor elf klingelte das Telefon. Es war Lila. »Ich habe dich doch nicht geweckt?«, fragte sie. Lila kannte meine Gewohnheiten und gehörte selber zu den unerträglichen Menschen, die auch am Wochenende um halb acht aufstanden, bester Laune waren und den ganzen Tag mit unglaublich sinnvollen Tätigkeiten wie Meditation, Einkaufen für gehbehinderte Nachbarinnen oder Töpfern ausfüllten. Das war der Hauptgrund, warum ich bisher noch nie mit Lila in Urlaub gefahren war.

Ich schluckte einen Salamilaugenbrötchenbissen hinunter und lachte triumphierend. »Nein, natürlich hast du mich nicht geweckt. Ich habe schon die Kehrwoche gemacht, einen Kuchen gebacken und den kompletten Wirtschaftsteil der *FAZ* gelesen, unter der Woche kommt man ja nicht dazu.«

Auf der anderen Seite der Leitung blieb es einen Moment lang still. »Seit wann liest du die FAZ und seit wann backst du Kuchen?«

Ich seufzte. »Ich backe keinen Kuchen. Ich finde es unfair den Feuerwehrmännern gegenüber. Schließlich haben die samstagmorgens auch was Besseres zu tun.«

Wir verabredeten uns um acht in der *Rosenau*. Dort sollte unsere Tour starten. Ich klingelte bei Leon und war fast erleichtert, als sich nichts regte. Seit unserem Gespräch an der Tür am Donnerstagabend hatte ich ihn nicht mehr gesprochen. Gesehen und gehört, okay. Ich klebte einen Zettel an die Tür: »Hole dich kurz vor acht ab. Nimm ordentlich Kleingeld mit.«

Als Nächstes rief ich bei der Tierhandlung in der Marienstraße an, wo ich das Fischfutter gekauft hatte, und beschrieb mein Problem.

»Ha was hen Se denn gmacht mit dene Viecher?«, fragte eine männliche Stimme.

»Nichts Besonderes«, sagte ich, »eigentlich nur gefüttert.«

»Ond wie viel?«

»Ich weiß auch nicht, so eine ordentliche Ladung, ein- bis zweimal am Tag. Die Fische sahen ein bisschen mager aus.«

»No isch klar«, sagte die Stimme. »Sie hen zviel gfüttert.«

»Heißt das, die anderen sterben jetzt auch?«

»Des woiß i net. I ben jo koi Doktr. Wenn se jetzt no net hee send ... I däd halt amol aufhöre mit füttra.«

Ich bedankte mich, nachdem mir der Mann versichert hatte, sie hätten blasslilafarbene Schleierschwänze vorrätig. Ich holte Max aus dem Kühlschrank, zog meinen dicken Anorak an und sauste nach unten, mit Vollbremsung bei Herrn Tellerle. Die Fische zogen ungerührt ihre Bahnen und machten einen munteren Eindruck. Dass einer aus ihren Reihen fehlte, schien sie nicht weiter zu kümmern. Ich fischte das restliche Futter aus dem Wasser, um weitere Todesopfer zu vermeiden.

Ich holte das Fahrrad aus dem Keller und war zehn Minuten später in der Tierhandlung. Ich wickelte Max aus und zusammen mit dem netten Verkäufer vom Telefon fand ich einen ähnlichen Fisch. Leider war das Lila um einiges dunkler, aber Herr Tellerle hatte Max ja seit fast einer Woche nicht gesehen.

Da standen die Chancen gut, dass er sich nicht mehr so genau an die Farbe erinnerte, in seinem Alter.

»Was mache ich jetzt mit dem toten Fisch?« fragte ich. »Ins Klo spülen oder in den Müll tun? Gelber Sack ist es ja nun bestimmt nicht. Restmüll oder Biotonne?«

Der Verkäufer kratzte sich am Kopf. »Also, des isch jo a zemlich kloiner Fisch. I däd den end Biotonne.«

Er gab mir Max II in einer zugeknoteten Plastiktüte mit. Ich schob das Rad mit der rechten Hand die Reinsburgstraße hinauf, damit ich die linke für Max II frei hatte. Max II war ein wenig aufgeregt und schleierte in seinem Beutel hektisch hin und her. Ich riet ihm, die Aussicht zu genießen. Schließlich würde das für lange Zeit die letzte Abwechslung für ihn sein.

Kurz vor meinem Haus öffnete ich den Anorak, verstaute Max II darunter und zog den Reissverschluss vorsichtig wieder hoch. Hoffentlich traf ich niemanden. Da hatte ich aber Pech gehabt. Es war samstägliche Treppenhauskonferenz- und Kehrwochenzeit. Die Treppe vom ersten zum zweiten Stock war nass und ich versuchte, möglichst wenig Abdrücke zu hinterlassen, was mit Max II auf meinem Bauch nicht so einfach war. Auf dem Treppenabsatz vom zweiten Stock standen Herr Dobermann und sein italienischer Nachbar Enrico Silicone. Beide schwatzten gern. Herr Dobermann hatte einen Lappen in der Hand, bei dem es sich durchaus um eine ausgediente Unterhose (Breitripp) handeln konnte, und vor ihm stand ein Putzeimer. Der moderne Wischmopp hatte in der schwäbischen Kehrwoche noch nicht Einzug gehalten. In der Heimat des Pietismus sollte es schließlich so unbequem wie möglich zugehen.

»Tut mir Leid, Herr Dobermann, jetzt bin ich über die feuchte Treppe gelatscht.« Seit ich Herrn Dobermann, der um die fünfzig sein musste, am letztjährigen Christopher Street Day beim Schwulenchor *Rosa Note* mit einem rosa Puschel in der Hand erstaunlich grazil hatte tanzen sehen und ihm begeistert applaudiert hatte, drehte er sich immer weg, wenn er mich sah. Wahrscheinlich war es ihm peinlich. Jetzt konnte er mich schlecht ignorieren. »Koi Problem. I gang eh nomal driber.«

Dieser Satz gehörte für mich zu den großen Mysterien der Kleinen Kehrwoche. Er fiel eigentlich immer, wenn man über eine soeben feucht gewischte Treppe ging, selbst wenn man schlammbespritzte Wanderstiefel trug. »I gang eh nomol driber.« Wahrscheinlich machten deshalb die meisten Leute die Kehrwoche samstagvormittags, weil dann die Wahrscheinlichkeit, dass jemand seine Fußabdrücke auf den sauberen Stufen hinterließ und man nochmal drübergehen musste, am höchsten war.

Ich eierte steif und langsam an ihnen vorbei, um Max II nicht zu gefährden, und konnte ihre erstaunten Blicke in meinem Rücken spüren. Wahrscheinlich dachten sie, ich sei schwanger. O Gott. Vielleicht war ich es ja tatsächlich. War mir nicht heute morgen so ein kleines bisschen übel gewesen?

Im dritten Stock konnte ich schon hören, dass sich im vierten Stock Frau Müller-Thurgau und Leon angeregt unterhielten. Ich hatte gehofft, Max II unbemerkt in seinen Big-Brother-Container zu bringen, zumal ich keine Ahnung hatte, wann Herr Tellerle am Sonntag von Malorka nach Hause kommen würde. Mit so viel Publikum war mir das zu gefährlich. Also eierte ich in den vierten Stock. Ich spürte, wie das Wasser im Plastikbeutel hin- und herschwappte und war mir nicht sicher, wie Schleierschwänze auf Wellen der Windstärke 7 reagierten.

»Grüß Gott, Frau Müller-Thurgau. Hallo Leon.« Frau Müller-Thurgau musterte mich neugierig. Leon hatte einen Müllbeutel in der einen und einen Teller mit köstlich aussehenden Donauwellen in der anderen Hand. Der Verräter! In all den Jahren hatte Frau Müller-Thurgau mir nie Kuchen geschenkt, und kaum tauchte irgendein Kerl auf ... Jedenfalls sah Leon nicht aus, als ob er etwas gegen Donauwellen einzuwenden hätte.

»So, sen Se eikaufe gwä!«, sagte Frau Müller-Thurgau.

»Äh ja«, sagte ich.

»Es gab wohl nichts«, sagte Leon und grinste, weil ihm natürlich sofort aufgefallen war, dass ich keine Einkaufstaschen trug.

»Pffff«, sagte ich als Antwort nur und eierte das letzte Stockwerk hinauf. Ich wollte endlich diesen Fisch von meinem Bauch loswerden.

»Also dann, wir sehen uns heute Abend, ich bin schon gespannt!«, rief mir Leon fröhlich hinterher. Ich jaulte innerlich auf. Wie konnte er nur so blöd sein! Was ging es die alte Klatschbase Müller-Thurgau an, dass wir etwas zusammen unternahmen!

»So, so, die Jugend geht zusammen aus. Des isch abr amol nett!«, säuselte Frau Müller-Thurgau in meinem Windschatten. Dass sie Leon nicht fragte, in welcher Kirche wir heiraten würden, war noch alles.

In meiner Wohnung zog ich Max II vorsichtig unter dem Anorak hervor. Er schien keinen sichtbaren Schaden genommen zu haben und konnte sich ja nachher bei seinen neuen WG-Kumpels ausheulen. Ich holte den uralten Sicomatic vom Regal, den mir Dorle zur Konfirmation geschenkt hatte und den ich nur ein einziges Mal benutzt hatte. Damals war er mir beinahe um die Ohren geflogen, weil ich den Deckel geöffnet hatte, ohne den Dampf richtig abzulassen. Seither kochte ich darin dampflos Chili con carne sin carne. Vorsichtig öffnete ich den Beutel und entließ Max II mitsamt Wasser in den Sicomatic-Bauch, wo er sofort begann, fröhlich umher zu schwimmen.

Es klingelte. Leon! Ausgerechnet jetzt! Ich schloss die Küchentür und öffnete. Leon stand mit dem Donauwellenteller vor mir. Unter dem Arm klemmte die offensichtlich frisch gewaschene Tischdecke.

»Also, wenn du den Kaffee kochst, bin ich bereit, halbehalbe zu machen!«, flüsterte er verschwörerisch.

»Äh, das ist gerade etwas ungeschickt. Ich muss äh ... dringend putzen. Jawohl. Putzen. Man will ja, dass die Wohnung am Sonntag sauber ist.«

Leon musterte mich erstaunt und mit leichter Enttäuschung. »Eigentlich dauert es nicht so lange, eine Donauwelle zu essen ... Aber wie du meinst. Bis später dann.«

Er übergab mir die ungebügelte Tischdecke. Der Teller mit den verführerisch aussehenden Donauwellen, der eben noch vor meiner Nase gebaumelt hatte, verschwand mit Leon in der Nachbarwohnung und ich sah ihm sehnsüchtig hinterher. Dem Teller. Offensichtlich war Leon nicht bereit, mir eine Donauwelle ohne Gegenleistung zu überlassen.

Ich schloss die Tür und atmete tief durch. Leon wurde anhänglich. Seehr anhänglich. Als hätte er eine geheime Vereinbarung mit mir getroffen, mindestens einmal täglich bei mir vorbeizuschauen. Bloß hatte ich die Vereinbarung nicht unterschrieben. Ein gemeinsamer Ausgehabend würde es nicht gerade einfacher machen. Ich hatte ihn doch nun schon mehrmals abgewimmelt. Trotzdem schien er nicht zu kapieren, dass ich nichts von ihm wollte. Ich dachte an den Scheich. Das war ein Mann! Nächste Woche würde ich ihn in seinem Atelier besuchen. Das würde mich auf andere Gedanken bringen.

Eine halbe Stunde später war die Luft im Treppenhaus rein. Ich fischte Max II wieder aus dem Wasser in die Tüte und schlich mich durchs Treppenhaus in den dritten Stock. Ich entließ ihn in seine neue Heimat. Max gesellte sich sofort zu den anderen Fischen und zog im Schwarm mit ihnen durchs Aquarium, als hätte er sein Leben lang nichts anderes getan.

»Soo, gucked Sie nach meine Fisch! Gell, des isch ebbes Schees!«

Ich fuhr herum. Hinter mir stand Herr Tellerle, krebsrot von der Sonne Malorkas, in der Hand einen uralten abgewetzten Lederkoffer, der garantiert keine Rollen hatte. Er hatte doch am Sonntag wiederkommen wollen!

»Äh ja, ich dachte, ich sage den lieben Tieren in aller Ruhe tschüss, ich sehe sie ja dann nicht mehr!« Meine rechte Hand mit der Plastiktüte war blitzschnell auf den Rücken geschossen, wo ich versuchte, die Fischtüte ohne auffällige Geräusche auf ein unsichtbares Format zu falten. Herr Tellerle streckte mir die Hand hin. Ich wechselte die Tüte auf dem Rücken von der rechten in die linke Hand und nahm die von Herrn Tellerle, der sie kräftig schüttelte.

»Vielen Dank, dass Sie nach meine Liebling guckt hen!«

»Aber ich bitte Sie, das habe ich doch gern gemacht! Schließlich sind wir Nachbarn!« Kam man für Notlügen in die Hölle?

»Ond Sie dirfed au jederzeit vorbeikomma on nach ihne schaue!«

»Äh, das ist nett, vielen Dank, ich bin grade bloß beruflich ziemlich eingespannt!« Ich drückte Herrn Tellerle den Wohnungsschlüssel in die Hand und floh. Ich wollte nicht danebenstehen, wenn er seine Lieblinge begrüßte und dabei feststellte, dass ihm jemand ein Kuckucksei ins Nest gelegt hatte.

Den Nachmittag verbrachte ich damit, mir zu überlegen, was ich anziehen sollte. Eigentlich war es ja völlig egal, wie ich aussah, und große Auswahl bot mein Kleiderschrank nun auch nicht gerade. So zwei, drei Stunden lang zog ich ein T-Shirt nach dem anderen aus dem Schrank, probierte es an und stellte fest, dass es entweder völlig out war oder einen Fleck auf der Brust hatte. Die wenigen Oberteile, die mir gut standen und keinen Fleck hatten, waren entweder in der Wäsche oder von Motten angefressen. Ich musste dringend etwas gegen die Motten unternehmen.

Ich war nun schon so lange nicht mehr aus gewesen, dass ich auf einmal Lust bekam, etwas Neues zu kaufen. Kurz vor sechs stürzte ich in die Stadt und erstand ein enganliegendes, langärmeliges, schwarzes T-Shirt mit einem ziemlich tiefen Ausschnitt. Da ich keinen Busen hatte, konnte ich mir tiefe Ausschnitte leisten. Damit man nicht merkte, dass ich keinen hatte, zog ich meinen übriggebliebenen Push-up-BH an. Mich an das Muskatnuss-Mehl-Desaster erinnernd, investierte ich in einen kirschroten Lippenstift. Ich war arbeitslos und konnte mir solche Sperenzchen eigentlich nicht leisten, aber, hey, ich war auch nur ein Mensch!

Eigentlich hatte ich ja Leon abholen wollen, aber wegen der Einkaufsaktion und weil ich drei Anläufe brauchte, bis sich der Lippenstift auf den Lippen und nicht daneben befand, war ich spät dran. Um acht klingelte es. Ich warf mich in meinen dicken Daunenanorak. Nachttemperaturen von minus 10 Grad waren vorhergesagt, das war kein Wetter für Eitelkeiten. Ich zog mir eine dicke Wollmütze über die Ohren und warf einen raschen Blick in den Spiegel. Der Kontrast zum Lippenstift war etwas seltsam. Ich öffnete die Tür und sauste hinaus.

»Hallo Leon, wir sind spät dran, Lila wird schon warten.« Ich zischte an ihm vorbei, und ohne ihn anzusehen, die Treppe hinunter. Ich wollte keinen blöden Kommentar zu dem Lippenstift hören.

»Hallo Line, ja, und auch dir einen guten Abend!« Leon folgte mir auf dem Fuß. Ohne Zwischenfälle passierten wir den vierten Stock. Wahrscheinlich sah sich Frau Müller-Thurgau gerade die Nachrichten an. Auch im dritten Stock war alles ruhig. Kein cholerischer Herr Tellerle, der soeben entdeckt hatte, dass Max ein Double war. Schade, dass das Haus keine Feuertreppe hatte wie bei »Frühstück bei Tiffany«, dann hätte ich es ohne Herzklopfen verlassen können.

Wir traten hinaus in die kalte Nacht, aber bevor ich weitersausen konnte, packte Leon mein Handgelenk.

»Moment«, sagte er und sah mich an. Leider würde er im Licht der Eingangsbeleuchtung meinen Lippenstift ziemlich genau erkennen. Sein Blick blieb auf meinen Lippen hängen, aber er sagte nichts. Er hob nur den Arm, der nicht mein Handgelenk festhielt, und zupfte eine Haarsträhne unter meiner Mütze hervor. O my God. Was würde denn nun passieren? Mir wurde trotz der Kälte ziemlich warm. Leon lächelte mich an. »Bevor du mit achtzig Stundenkilometer die Reinsburgstraße runter rast ... ich wollte dir nur sagen, dass ich mich auf heute Abend gefreut habe.« Er machte eine Pause. »Und darauf, Lila kennen zu lernen, natürlich.« Er ließ mein Handgelenk los.

»Äh ja, ich auch«, murmelte ich. Was sollte das denn nun? Konnten wir nicht einfach ganz entspannt etwas trinken gehen? Ich *hasste* es, wenn Männer, von denen ich nichts wollte, emotional wurden!

Wir gingen schweigend die Reinsburgstraße hinunter. Es hatte frisch geschneit und der Schnee knirschte unter unseren Füßen. Leon hakte sich bei mir ein. Zum Glück trug ich die dicke Jacke. Da konnte er mir nicht ganz so nahe kommen.

Die *Rosenau* brummte nur so. Samstagabend-Flirt-Prime-Time. Ich sah mich suchend um. Lila stand am Tresen, in einem weiten lila Hemd, das ihrem Namen alle Ehre machte, eine bunte Ethno-Kette um den Hals, ein Bierglas vor sich, und lauschte einem der Barkeeper, der ihr offensichtlich sehr eindringlich etwas erzählte. Ich wusste, was das bedeutete. Normalerweise schütteten betrunkene Menschen, die sich selbst bedauerten, dem Barkeeper ihr Herz aus. Aber Lila hatte so eine Art an sich, dass ihr jeder Mensch nach ungefähr zwanzig Sekunden sein Herzeleid beichtete. So etwas Mütterliches. Das hatte natürlich auch mit ihren runden Formen zu tun – jeder wollte sich sofort an ihren großen Busen drücken lassen. Nicht umsonst war sie Sozpäd geworden, aber das stand ihr ja eigentlich nicht auf die Stirn geschrieben. Wahrscheinlich hatte sie schon unzählige Menschen davor bewahrt, in den Neckar zu springen, und dafür gebührte ihr eigentlich das Bundesverdienstkreuz. Blöd war nur, dass sich fast nie jemand in Lila verliebte, obwohl sie so ein prima Kerl war. Sie war einfach zu nett.

Der Barkeeper nickte mir zu. Leon strahlte Lila an. Lila strahlte zurück. Irgendwie kam mir die Szene bekannt vor. Ach ja. Dorle und Leon. Vielleicht sollte man den Kerl bei eBay in der Sektion »Der perfekte Schwiegersohn« meistbietend versteigern. Dabei konnte man vermutlich ziemlich reich werden.

»Hallo Lila.« Lila und ich umarmten uns. »Das ist Leon. Leon, das ist Lila.« Leon gab Lila die Hand, beide strahlten weiter und fingen sofort ein Gespräch im Stehen an. Der Barkeeper sah enttäuscht aus und kümmerte sich wieder um seine vernachlässigten Gäste, nachdem er mich begrüßt hatte. Ich fing an, in meiner Daunenjacke zu schwitzen. Ich schälte mich aus der Jacke und hängte sie über den Arm. Leon und Lila waren in ein Gespräch über die Mentalitätsunterschiede zwischen Nord- und Süddeutschen vertieft. Es freute mich ja, dass die beiden sich auf Anhieb verstanden. Einerseits. Andererseits ...

»Also, ihr beiden scheint ja prima ohne mich klarzukommen, ich geh dann mal.«

Ich deutete theatralisch an, wieder in meine Jacke zu schlüpfen. Lila und Leon unterbrachen ihr Gespräch und musterten mich erstaunt. Dann boxte mich Lila freundschaftlich in die Rippen.

»Ach komm, Line! Sei nicht so empfindlich!«

Ich seufzte. »Ich habe eine schreckliche Woche hinter mir. Da darf man schon ein bisschen empfindlich sein.«

»Komm, wir suchen uns einen Tisch und dann erzählst du uns, was so schrecklich war«, sagte Leon.

Wir ließen uns an einem der Holztische in der Nähe des Eingangs nieder. Leon studierte die Karte.

»Habt ihr schon gegessen?«

Ich hatte zum Essen keine Zeit mehr gehabt, und die Salamibrötchen waren lange her. Die *Rosenau* war aber ziemlich teuer und ich war mir nicht sicher, ob mein Budget nach dem T-Shirt-Kauf auch noch Essengehen verkraftete, zumal ja auch noch Drinks anfallen würden. Ich hatte eigentlich vorgehabt, irgendwo unterwegs eine Portion Pommes zu erstehen.

»Man isst hier ganz gut«, sagte ich. Mein Magen knurrte.

»Gibt es hier diese typisch schwäbischen Schnupfnudeln?«, fragte Leon.

Lila und ich lachten. »Du meinst wohl Schupfnudeln. Nein, glaub ich nicht. Geröstete Maultaschen mit frischen glücklichen Eiern, falls du was Typisches probieren willst«, sagte ich.

»Gut, dann probier ich die«, sagte Leon. »Ihr werdet mich doch wohl nicht allein essen lassen? Ich hab mein erstes süddeutsches Gehalt gekriegt. Deutlich höher als bei uns da oben. Ich lade euch ein.«

»Also, ich komme direkt von einer Aktion mit meinen Kids«, sagte Lila. »Ich bin am Verhungern. Und ich lasse mich gern einladen.« Sie strahlte Leon wieder an. So hatte ich Lila ja noch nie erlebt. Hatte sie sich Hals über Kopf in den Kerl verknallt? Der Kellner kam und nickte mir zu. Wir bestellten alle drei die Maultaschen. Leon trank Bier und Lila und ich Wein.

»Du wohnst also in einer WG, hat mir Line erzählt?«

Meine Güte, was hatte ich Leon denn noch alles erzählt, ohne mich im Mindesten daran erinnern zu können?

»WG würde ich das nicht nennen«, antwortete Lila. »Eher so eine Art ›Er-zahlt-Miete-und-ich-ertrage-dafür-seinen-Musikgeschmack‹-Verhältnis. Richtige WGs sind in Stuttgart schwer zu finden.«

»Ja, den Eindruck hatte ich auch. Ich wäre auch in eine nette Berufstätigen-WG gezogen, habe aber nichts gefunden.«

»Das liegt daran, dass die meisten Stuttgarter Vermieter WGs für Keimzellen der RAF, der autonomen Szene oder der *Stuttgart-21*-Gegner halten, in denen zudem Cannabis auf dem Fensterbrett angebaut wird. Vor allem befürchten sie, dass der Kehrwoche nicht der nötige Respekt entgegengebracht wird. Deswegen vermieten sie lieber an kinderlose Paare. Idealerweise ist sie bei der Bank und er schafft beim Daimler«, sagte Lila. Dann musterte sie mein Outfit. »Hast du ein neues T-Shirt? Schick, steht dir gut.«

Leon sah mich an und grinste sein Leon-Lächeln. »Finde ich auch. Du siehst sehr nett aus.«

Ich merkte, dass ich rot wurde. Ich meine, natürlich freute ich mich darüber, aber »nett«! Ich wollte nicht »nett« aussehen! Supertoll! Sexy! Erotisch! Lasziv! Zum Anbeißen! Andererseits war es mir ja völlig egal, was Leon über das neue Shirt dachte. Oder über mich. Schließlich hatte ich es nicht für ihn gekauft. Sondern nur für mich. Um mir was zu gönnen. Nach dieser schrecklichen Woche. Und überhaupt. Die Zeiten, wo einem die Loriot-Therapeutin geraten hatte, »Überraschen Sie Ihren Mann doch mal mit einer neuen Bluse«, na, die Zeiten waren nun wirklich vorbei.

»Wieso kennen dich hier eigentlich die Kellner?«, fragte Leon.

»Ich war früher regelmäßig hier«, sagte ich. »Als ich noch in der Agentur war. Da sind wir oft abends hierher gekommen. Oder ich bin zwischendurch mal alleine hier gewesen, habe einen Kaffee getrunken und *Men's Health* gelesen. In der Agentur waren die Arbeitstage sehr lang. Da musste man sich zwischendurch einfach mal entspannen.«

Leon lachte. »*Men's Health*. Die Zeitschrift wird sowieso für Frauen gemacht, nicht für Männer.«

»Ach komm, alle Männer lesen doch *Men's Health*«, sagte ich. »Sie würden es nur nie zugeben. Genauso wie alle Frauen behaupten, sie würden *Rosamunde Pilcher* nur wegen der schönen Landschaftsaufnahmen angucken.«

»Ich glaube, da irrst du dich«, sagte Leon. »*Men's Health* wird überwiegend von Frauen gelesen, die sich dann auf die verzweifelte und ziemlich ergebnislose Suche nach der kleinen Minderheit von Männern machen, die einen perfekten Waschbrettbauch besitzen. Hab ich Recht?«

Lila und ich glotzten wie auf Kommando auf Leons Bauch. Auch Leon sah nach unten. Er hatte definitiv keinen Waschbrettbauch. Aber einen richtigen Bauch hatte er auch nicht. Eher so ein ganz kleines rundes Bäuchlein. Irgendwie süß, so dass ich die Hand ausstrecken und darüber streicheln ... ich schluckte. O Gott, da ging doch wieder die Fantasie mit mir durch!

Leon grinste und sagte: »Denk' ruhig laut, Line.«

Ich schüttelte energisch den Kopf.

»Hast du nicht diesen ungemein aufschlussreichen Artikel in *Men's Health* gelesen, in dem es darum geht, sich als Mann vor Frauen zu profilieren, indem man sie Indiana-Jones-mäßig aus Treibsand, einem Eisloch oder einem Krokodilmaul befreit? Also, wie würdest du eine Frau aus einem Krokodilmaul befreien?«

Leon überlegte kurz und sagte dann: »Ich weiß nicht, ob ich sie überhaupt befreien würde. Ich meine, wenn es die letzte Frau auf Erden wäre, vielleicht. Aber sonst kann man sich da ja einen Haufen Ärger einhandeln. Mit dem Krokodil, meine ich.« Er blickte Lila an. »Na ja, bei Lila würde ich vielleicht eine Ausnahme machen.«

Lila lächelte geschmeichelt.

»Und bei mir?«, fragte ich empört. Er sah mich an und sagte dann freundlich, »Ich glaube, da würde mir eher das Krokodil leid tun. Erstens hätte es nicht viel zu beißen und zweitens würdest du ihm wahrscheinlich aus Versehen den Schwanz anzünden.«

Ich schnappte nach Luft. »Du würdest also am Rande des Flusses stehen, einen Daiquiri schlürfen und ganz entspannt zusehen, wie ich im Krokodilmaul verschwinde?« Also ehrlich! Dass Männer sich nicht mehr als traditionelle Beschützer und Retter sahen, war ja okay. Schließlich hatten wir modernen Frauen das auch gar nicht nötig. Ich meine, brauchte *ich* irgendeinen Kerl wegen irgendeines dahergelaufenen Krokodils? Aber was taten die Typen denn stattdessen? Nichts. Sie waren schlicht und ergreifend stinkefaul und ließen sich von Mami die Hemden bügeln, bis sie hundert waren. Und wenn Leon mich nicht mal aus einem Krokodilmaul retten würde, hieß das doch auch, dass ich ihm überhaupt nichts bedeutete!

»Sag mal, Leon, wer bügelt eigentlich deine Hemden?«

Leon legte den Kopf schief und sagte todernst: »Interessanter Themenwechsel. Also, meine Hemden, die bügelt seit kurzem diese nette griechische Frau an der Ecke Reinsburg-/Schwabstraße. Wir führen eine sehr glückliche Beziehung: Sie verdient Geld und ich muss mich nicht mit Hemdkragen herumschlagen.«

»Warum bügelst du nicht selbst?«, fragte ich. Lila musterte mich erstaunt, so als ob sie sich ein bisschen darüber wunderte, woher dieses plötzliche, brennende Interesse für Leon und seine Verrichtungen im Haushalt kam.

»Das ist viel zu teuer«, antwortete Leon. »Ich brenne immer Löcher in die Ärmel. Man kann die Hemden dann zwar abschneiden, wenn das Loch nicht so weit oben ist, aber so weit fortgeschritten ist der Klimawandel ja nun auch nicht, dass man ständig Kurzarmhemden anziehen könnte. Deshalb habe ich auch deine Tischdecke nicht gebügelt. Ich wollte sie dir ohne Loch zurückgeben.«

Zum Glück kamen in diesem Augenblick die Maultaschen, so dass die unsägliche Krokodil-/Bügeldiskussion ein natürliches Ende fand. Eine Weile schaufelten wir schweigend und glücklich unsere Maultaschen in uns hinein.

»Ich finde, nun wäre es an der Zeit, dass uns Line ihre schreckliche Geschichte erzählt«, sagte Leon und schob mit einem zufriedenen Seufzen den ratzeputz leer gefutterten Teller zurück. Ich verschwieg das plötzliche Ableben von Max und erzählte stattdessen die tragische Geschichte von der Killesbergtusse und meinen kleinen technischen Problemen beim Smart-Fahren. Lila und Leon lachten, bis ihnen die Tränen kamen, und jetzt konnte ich sogar selber darüber lachen. Es tat gut. Die trüben Gedanken der vergangenen Woche machten »Pfff« und verschwanden im Nirwana.

Lila legte tröstend den Arm um mich. »Ach komm, Line, das hätte doch jedem von uns passieren können. Hauptsache, du hast kein Schleudertrauma, und eine Haftpflicht hast du ja. Dann ist es doch wirklich nicht so schlimm.«

Haftpflicht, ja, die hatte ich. Das gehörte zu den Dingen, die uns Dorle eingeschärft hatte, weil sie genau wusste, dass unsere lebensferne Mutter nie an so etwas denken würde. »Kender, ihr brauchad koi Versicherong em Läba, bloß a Haftpflicht. Sonschd kenned Sacha bassiere, do wärded ihr eier Läba lang nemme froh.« Meine Haftpflicht kannte mich ziemlich gut. Ich nahm sie jedes Jahr so drei-, viermal in Anspruch. Anfangs waren sie misstrauisch gewesen und hatten mich jedesmal in einen endlosen Papierkrieg verwickelt. Irgendwann hatten sie akzeptiert, dass sie Desaster-Jenny als Mitglied hatten. Ich war mir ziemlich sicher, dass bei der Versicherungsgesellschaft die Korken knallen würden, sollte ich eines Tages den Anbieter wechseln.

»So, das war nett hier«, sagte Leon und winkte der Bedienung. »Aber ihr habt doch sicher noch mehr auf Lager. Also ich meine, diese Kneipe könnte auch in Hamburg sein. Ohne Maultaschen, natürlich.«

Lila und ich sahen uns an. Wir waren beide nicht so die Kneipengänger. Aber nachdem uns Leon nun so nett eingeladen hatte, mussten wir uns wohl noch etwas einfallen lassen.

»Wir könnten ins Bohnenviertel gehen, in eine Weinstube«, überlegte Lila.

»Oder an den Hans-im-Glück-Brunnen«, sagte ich und guckte Leon fragend an.

»Hans-im-Glück-Brunnen, da war ich schon, mit Arbeitskollegen«, antwortete er. »Das sind doch auch so Szene-Kneipen. Habt ihr nicht was Originelleres, etwas, das es nur in Stuttgart gibt?«

Line und ich fingen gleichzeitig an zu grinsen, als nähmen wir an einem Synchrongrinswettbewerb teil.

»Du hast es so gewollt«, sagte Lila.

»Du musst jetzt ganz stark sein«, sagte ich.

Wir liefen die Rotebühlstraße hinunter. Vor der *Roten Kapelle* standen die Raucher in der Kälte. Nach einem zwanzigminütigen strammen Fußmarsch hatten wir das nächste Ziel unserer Ausgehtour erreicht.

»Jetzt schleppt ihr mich ja doch zum Hans-im-Glück-Brunnen,« sagte Leon.

»Wart's ab«, antwortete Lila geheimnisvoll und steuerte kurz vor dem Platz auf eine Kneipe auf der linken Seite zu.

Als wir das *Café Weiß* betraten, waren alle Tische einschließlich der Plätze an der Bar belegt: Szenegänger, Huren, Touristen und vor sich hintrielende Einzelsäufer gaben sich ein munteres Stelldichein. Die Luft war schneidend dick vom Zigarettenrauch und alle redeten gleichzeitig. Der Kellner, der jeden Gast persönlich begrüßte, winkte uns an einen Tisch gleich links neben dem Eingang, an dem auf einer Bank ein dicker ältlicher Herr saß, links und rechts garniert von zwei ziemlich jugendlichen Damen, die garantiert nicht beim dm-Markt an der Kasse beschäftigt waren. Sie hatten eines gemeinsam: Sie waren sturzbetrunken.

Der Kellner setzte ein Schälchen vor uns ab, in dem sich eine seltsame Mischung aus salzigem Knabbergebäck und Gummitieren in Drachenform befand. Leon bestellte sein drittes Bier, Lila und ich blieben beim Wein.

Der Mann und seine beiden Begleiterinnen schwankten im Gleichtakt mit den Köpfen hin und her wie die hospitalistischen Eisbären in der Wilhelma. Alle drei hatten die Augen halb geschlossen. Sie redeten kein Wort. Leben kam nur in sie, wenn sie zum Glas griffen, um in großen Schlucken daraus zu trinken. Leon beobachtete das Schauspiel interessiert. Der Kellner brachte die Getränke.

»Welche Hand?«, fragte er und hielt uns seine geschlossenen Fäuste hin.

Leon tippte amüsiert auf die rechte Hand. Der Kellner öffnete sie. Die Hand war leer. Dann wurschtelte er wieder hinter seinem Rücken herum.

»Welche Hand?«, fragte er wieder. Dieses Mal tippte Lila, abermals auf rechts.

»Richtig!« Er streckte Lila ein Minitäfelchen *Ritter-Sport-Schokolade* hin, das sie großzügig mit uns teilte.

Nach einigen Minuten fuhr draußen ein Taxi vor. Der Mann neben uns stand abrupt auf, packte beide Frauen am

Arm und zerrte sie unsanft und ohne ein Wort von der Bank. Sie torkelten nach draußen und verschwanden im Taxi. Niemand registrierte ihren Abgang. Die anderen Gäste waren entweder genauso betrunken oder mit sich selber beschäftigt. Die Tür zur Straße öffnete sich wieder und ein Mann in grünem Robin-Hood-Kostüm trat ein. Er quetschte sich zwischen die anderen Gäste an der Theke. Niemand nahm von ihm Notiz.

»Wow«, sagte Leon. »Ich trinke normalerweise nicht so viel, aber für diesen Laden sind wir eindeutig zu nüchtern.« Rasch kippte er sein Bier hinunter. Ohne Aufforderung brachte ihm der Kellner ein neues.

»Und, wie findest du es hier?«, fragte Lila und nahm einen tiefen Schluck aus ihrem Rotweinglas.

»Hmm. Interessant. Ja, durchaus interessant.« Er grinste. Noch ein bisschen breiter als sonst. Wahrscheinlich lockerte das Bier die Kinnmuskulatur.

Die freien Plätze an unserem Tisch blieben nicht lange leer. Auch die nächste Kombination bestand aus zwei Frauen und einem Mann mit einem einheitlichen Alkoholpegel. Nur war der Mann deutlich jünger als bei der vorherigen Truppe. Er trug einen Janker und ein Trachtenhemd. Die beiden Frauen trugen das gleiche Dirndl.

Die erste Frau rutschte auf die Bank.

»Hock di no«, sagte sie zu der anderen, obwohl sie ihr eigentlich fast keinen Platz gelassen hatte. Die zweite Frau quetschte sich auf das kleine freie Eckchen und sah aus, als ob sie jeden Moment von der Bank fallen würde. Der Mann hatte mittlerweile am Tresen Zigaretten geholt.

»Ha noi, i will näba dir sitza!«, jaulte die erste Frau. Sie schubste die andere von der Bank und zog den Mann neben sich. »Jetz isch koi Platz mee, jetz musch uf da Stuhl«, sagte sie zur zweiten Frau. Die nahm ohne zu Murren auf dem Stuhl neben Lila Platz, schnappte sich ohne ein Wort deren Rotweinglas, hängte ihre Nase hinein und schnupperte ausgiebig.

Lila ließ sie ein paar Augenblicke gewähren. Dann nahm sie ihr sehr bestimmt das Glas weg wie einem Kind die Streichhölzer.

»Des isch fai koi guader Wai«, sagte die Frau. »Woisch, mir sen vom Fach. Mir bediened nämlich enr Weinkneipe, draußa em Remstal. On des isch onser Scheff, dr Hansi. Der isch fai Winzer.« Sie kicherte, als ob sie einen großartigen Witz gemacht hätte. Die Frau auf der Bank warf ihr böse Blicke zu. Dann wandte sie sich vertraulich an Lila und mich.

»Sen ihr scho aufm Klöle gwä und hen a Rolle gmacht? Weil, die Klöle hier sen net schee.«[8]

Der Kellner kam mit der Knabbermischung.

»Drei Bier und drei Rama!«, rief die Frau auf der Bank, ohne die anderen beiden vorher gefragt zu haben. Hansi lehnte komatös an ihrer Schulter. Als die Getränke auf dem Tisch standen, hob sie ihr Ramazotti-Glas und wandte sich an uns.

»So, jetzt trenka mer mit onsre neie Freind!«

Leon sah mich Hilfe suchend an und flüsterte: »Ich verstehe kein Wort. Was hat sie gesagt?«

»Dass sie jetzt mit ihren neuen Freunden trinken will. Die neuen Freunde, das sind wir.«

Leon nickte verständnisvoll. Er glaubte offensichtlich, in einer Art Folklore-Veranstaltung gelandet zu sein, und da er nichts falsch machen wollte, hob er brav sein Bierglas.

»Zum Wohle, zum Wohle, Gesundheit und Kohle!«, rief die Frau. Das war ein interessanter Trinkspruch, den ich so nicht im Repertoire gehabt hatte. Rama-, Bier- und Weingläser klirrten. Auch Hansi war aus seinem Koma erwacht und kippte den Rama in einem Zug hinunter, gefolgt von einem ordentlichen Schluck Bier.

»Welche isch jetzt dai Frau ond welche dai Freindin?«, fragte er Leon.

---

8 Auch Erwachsene bedienen sich in seltenen Fällen des eigentlich aus dem Kinderschwäbisch stammenden Begriffs »Rolle«.

Lila flüsterte ihm die Übersetzung ins Ohr.

»Sag ihm, keine von beiden«, sagte Leon laut zu Lila. Au weia. Der war auch nicht mehr ganz nüchtern.

Hansi lachte dröhnend. »Ha no, was ned isch, ko ja no wärda! Guck mi o: zwoi Fraindenne, ond mai Frau hockt drhoim! So musch's macha! Du bisch also an Reigschmeckter! So ebbes! No wird's abr Zeit, dass mr mit em Schwäbischlerna ofanged! Sonschd komma mr ned weit em Schwobaländle! Also, jetzt kommt die erschde Lektio: Desch a Gsälz!«

Leon, der von dem ganzen Gsälz wieder kein Wort verstanden hatte, sah erst Lila, dann mich Hilfe suchend an. Wir schwiegen beide in stillem Einverständnis. Lila spielte mit ihrem Geldbeutel. Ich sah zum Fenster hinaus. Hansi schien zu kapieren, dass es bei Leon bereits an den absoluten Grundlagen haperte. Er streckte seinen Zeigefinger aus und bohrte ihn in Leons Brust.

»Du – jetzt – wiederholen. Du – jetzt – sagen: Desch – a – Gsälz.«

»Des a Gselz«, wiederholte Leon brav. Er schien es sich auf keinen Fall mit der nativen Bevölkerung verderben zu wollen. »Ist das jetzt etwas Unanständiges?«

Ich nickte. »Es ist zu schrecklich, um es zu übersetzen. Ich kann dir nur raten, sag das nie vor deinem Chef, wenn dir dein Job lieb ist!«

Lila nickte bekräftigend.

Die beiden Frauen waren in der Zwischenzeit komplett aus der Konversation ausgestiegen. Die Frau, die neben Hansi saß, war eingeschlafen und schnarchte an seiner Schulter mit offenem Mund wie ein Bierkutscher. Irgendwann schubste Hansi sie ungeduldig von sich weg. Sie schnarchte gegen den Fensterrahmen gelehnt weiter. Die zweite Frau trank in gleichmäßigem Rhythmus ihr Bierglas leer: ein Schluck Bier, zehn Sekunden Pause, nächster Schluck.

Draußen fuhr ein Taxi vor und spuckte weitere Nachtschwärmer aus.

»Wisst ihr was, ihr Süßen, ich gehe jetzt nach Hause«, sagte Lila. Sie warf einen 5-Euro-Schein auf den Tisch, sprang auf und winkte mit der Hand. »War nett mit euch. Kommt gut heim. Tschau!« Sie packte ihre Jacke und kletterte Sekunden später in das Taxi. Ich sah auf die Uhr. Die letzte U-Bahn war längst weg.

Hansi grinste. »So, jetzt hot sich's entschieda, mit wem du hoimgosch!«, sagte er zu Leon.

Der lächelte unverbindlich und antwortete stolz: »Des a Gselz.«

»Ich glaube, wir gehen jetzt auch«, sagte ich. Es war wohl kaum zu erwarten, dass die Konversation noch auf ein höheres Niveau klettern würde.

Ich war zwar nicht allzu glücklich über Lilas schnellen Abgang, da sie aber am anderen Ende der Stadt in Stuttgart-Ost wohnte, hätten wir sowieso nicht gemeinsam nach Hause gehen können. Mir graute davor, mit Leon allein zu sein. Bestimmt würde er wieder emotional werden! Alkohol vertrieb doch alle Hemmungen! Und ich wollte doch nichts von ihm! Aber es würde vermutlich komisch aussehen, wenn ich nicht mit ihm nach Hause ging. Soweit ich mich erinnern konnte, war er mein Nachbar.

Wir bezahlten, stießen ein letztes Mal mit unseren leeren Gläsern an (die zweite Frau war mittlerweile ebenfalls eingeschlafen), schworen uns ewige Freundschaft und gelobten hoch und heilig, Hansi und seinem Harem in seiner Weinstube im Remstal, deren Namen ich geflissentlich sofort wieder vergaß, bei allernächster Gelegenheit einen Besuch abzustatten und fünfundzwanzig Freunde mitzubringen.

»Willst du auch ein Taxi nehmen?« fragte Leon, als wir draußen standen.

»Ehrlich gesagt, sprengt das mein Budget. Ich würde lieber zu Fuß gehen.«

»Ist mir recht. Dann kann ich mich noch ein bisschen ausnüchtern. Außerdem ist es so schön, mit dem Schnee.«

Es hatte wieder leise zu schneien begonnen. Leon legte mir einen Arm um die Schultern. Ich hatte es geahnt! Jetzt wurde es peinlich!

Ich bückte mich nach vorne und tat so, als müsste ich etwas an meinen Winterstiefeln in Ordnung bringen. Dabei wand ich mich wie ein Aal aus Leons Umarmung. Als ich mich wieder aufrichtete, hakte ich mich bei ihm ein, bevor er mir wieder den Arm umlegen konnte. War das nicht ein ungeheuer cleverer Schachzug? So konnte ich ihn halbwegs unter Kontrolle halten, ohne ihn komplett vor den Kopf zu stoßen.

Bei der nächsten Straßenlaterne sah ich, dass Leon mich ansah wie ein Bernhardiner.

7. Kapitel | *Sonntag*

Sunday, bloody Sunday

»Leon hat mich angesehen wie Bootsmann!«

Es war Sonntagmorgen, elf Uhr. Die Schneewolken hatten sich verzogen. Der Himmel war eisblau und wenn ich aus dem Schlafzimmer sah, lag mir die Stadt wie ein Wintermärchen zu Füßen. Der Schnee glitzerte auf den Dächern. Es war atemberaubend, vom fünften Stock aus gesehen. Auch in meinem Schlafzimmer war es atemberaubend. Wenn ich kräftig ausatmete, bildete sich ein putziges weißes Wölkchen. Ich hatte mich nach einem kurzen Blick auf die weiße Pracht mit einer dampfenden Tasse Kaffee und dem Telefon unter drei Decken vergraben und hechelte mit Lila den Samstagabend durch.

Ausnahmsweise hatte ich keinen Kater. Offensichtlich gewöhnte sich mein Körper allmählich an die regelmäßige Alkoholzufuhr. Ich war gespannt, wie lange es dauern würde, bis ich den morgendlichen Kaffee durch ein Pikkolöchen ersetzen musste.

»Wer, bitte schön, ist Bootsmann?«

»Bootsmann ist der Bernhardiner aus *Ferien auf Saltkrokan*, der durch seinen treu-ergebenen Blick beeindruckt.«

»Aha. Und was ist daran so schlimm?«

»Ich finde, ein Mann sollte eine Frau so ansehen wie Johnny Depp Keira Knightley in *Fluch der Karibik 2* und nicht wie ein Bernhardiner aus einem Buch von Astrid Lindgren!« Vor meinem inneren Auge konnte ich sehen, wie Lila am anderen Ende der Leitung den Kopf schüttelte.

»Line, du solltest mal den Ratgeber *Fatal attraction – Warum sich Frauen immer in die falschen Männer verlieben* lesen. Wenn du Captain Sparrow bitten würdest, die Kehrwoche zu machen, würde er irgendwas von Zigaretten holen gehen murmeln, und wenig später würdest du den Mast seines Piratenschiffes im Sonnenuntergang am Horizont verschwinden sehen. Ein Bernhardiner dagegen zieht dich unter einer Lawine hervor und hat sogar noch ein Schnapsfläschen dabei, um dich wiederzubeleben.«

»Letztlich ist mir völlig schnuppe, wie Leon mich anguckt! Ich will ja sowieso nichts von ihm! Du dagegen hast dich ja anscheinend sehr gut mit ihm verstanden.«

»Er ist ja auch sehr nett.«

»Du kannst ihn haben!« Komisch, irgendwie klang meine Stimme trotzig.

»Tatsächlich?«

Eine kleine Pause entstand. Ich konnte großzügig sein. Sicher fand Leon Lila zu dick. Außerdem würde sie sowieso antworten, dass sie nichts von ihm wollte. Er war doch überhaupt nicht ihr Typ. Oder? Eigentlich hatte ich Lila nie gefragt, auf was für einen Typ Mann sie stand. Vielleicht Modell Wikinger, mit blondem, leicht gelocktem Haar? Warum sagte sie nichts? Das Schweigen zog sich hin. Mir wurde plötzlich furchtbar heiß unter meinen drei Decken.

»Na ja, nach einem Abend kann man ja auch noch nicht viel sagen. Warten wir's mal ab.«

Wir verabredeten uns für den Abend zum Rosamunde-Pilcher-Gucken. Nur wegen der Landschaftsaufnahmen von Cornwall, natürlich. Zum Kaffeetrinken hatte ich mich bei meiner Schwester eingeladen.

Nachdem Lila aufgelegt hatte, sprang ich aus dem Bett. Ich hatte keine Ruhe mehr. Lila hatte die total falsche Antwort gegeben! Es konnte doch nicht sein, dass sie ernsthaft was von Leon wollte! *Ich* hatte ihn schließlich entdeckt! *Ich* hatte ihm das Leben gerettet! Ich lief hektisch im Schlafzimmer auf und ab und hatte keinen Blick mehr übrig für die Winterpracht vor meinem Fenster. Wahrscheinlich war es Liebe auf den ersten Blick gewesen. Sie hatten sich doch von Anfang an so prima verstanden! Und deshalb hatte mich Leon auch so angesehen. Wie ein Bernhardiner! Ein Bernhardiner, der Mitleid mit mir hatte! Eigentlich hätte er den Abend viel lieber alleine mit Lila verbracht! Er hatte sofort ihre inneren Werte entdeckt! Und ich blöde Kuh hatte es nicht gemerkt! Sie waren beide viel zu höflich ...

Es klingelte. Ich stürzte an die Tür.

»Entzückend.« Leon stand vor mir und streckte mir die nach Tabak riechende *Sonntag aktuell* hin, die mir Frau Müller-Thurgau manchmal hinlegte, nachdem sie sie gelesen hatte. Er trug einen schwarzen Rollkragenpulli, der ihm, hätte ich es nicht besser gewusst, fast ein intellektuelles Aussehen gab. Er wirkte ausgeschlafen, frisch geduscht und sorgfältig rasiert. Ich sah an mir herunter. Ich trug ein ausgebeultes, gelb-gräulich-verwaschenes Sweatshirt, einen blauen Schal, grünlila geringelte Leggins und darüber knielange Wollsocken mit einem norwegischen Muster. Ich müffelte, weil ich noch nicht geduscht hatte, meine Zähne waren nicht geputzt und wahrscheinlich stand mein Haar in alle Richtungen ab. Ich hatte es vorgezogen, noch nicht in den Spiegel zu sehen. Ich hörte, wie unten die Tür von Frau Müller-Thurgau aufging und zog Leon zur Tür herein. Er sah erfreut aus.

»Willst du die Telefonnummer von Lila?«, platzte ich heraus.

Leon sah mich erstaunt an. »Nein, warum? Ich meine, wir treffen uns doch sicher bei Gelegenheit mal wieder, oder? Es war doch ein sehr netter Abend. Lila ist wirklich ein Superkumpel!«

»Na ja«, sagte ich, »sie ist ein bisschen dick.«

Leon sah mich vernichtend an. »Das ist mir aufgefallen. Hältst du mich für so oberflächlich, dass mir das etwas ausmacht?«

Ich wurde knallrot. Ich war ein Schwein. Ein schäbiges, gemeines Schwein, das soeben seine beste Freundin verleugnet hatte. Ich hörte den Hahn krähen.

»Nein, natürlich nicht«, flüsterte ich. Leon machte eine Handbewegung, als ob er meine hässliche Bemerkung wegwischen wollte. »Eigentlich wollte ich dich fragen, ob du mit mir einen Winterspaziergang machen möchtest. Nachdem du geduscht hast, natürlich.« Er grinste. »Es ist herrlich draußen. Und es hilft sicher gegen den Kater.«

»Ich habe keinen Kater«, sagte ich. »Ausnahmsweise. Und ich bin bei meiner Schwester zum Kaffee eingeladen. Ich muss langsam sehen, dass ich in die Gänge komme.«

Ich überlegte fieberhaft, ob ich noch sagen sollte, dass es schade war und ich gerne mit ihm spazieren gegangen wäre, bei dem herrlichen Wetter. Aber das würde ihm nur wieder falsche Hoffnungen machen. Also schwieg ich. Leon schwieg auch. Er sah enttäuscht aus. Dann räusperte er sich.

»Schade. Na, du wirst ja nicht jeden Sonntag zu deiner Familie fahren. Ein andermal, dann.« Er wandte sich zur Tür. Irgendwie tat er mir ja auch leid, der Arme kannte niemanden in Stuttgart und musste jetzt den Sonntag alleine verbringen. In dem Moment klingelte das Telefon. Ich konnte es nur gedämpft hören, weil es noch unter den drei Decken lag.

»Ja, gerne ein andermal und einen schönen Sonntag«, sagte ich hastig.

Ich sauste zum Telefon und vollführte dabei Sprünge wie ein junges Fohlen. Leon wollte gar nichts von Lila! Hurra! Ich wühlte unter den Decken, bis ich das Telefon fand.

»Line, guten Morgen!«, meldete ich mich atemlos.

»Ich bin's nochmal, Lila. Bevor du jetzt Ringe in den Teppich läufst: Ich wollte dir nur kurz Bescheid geben, dass ich es mir überlegt habe. Ich glaube, Leon ist wirklich nicht mein Typ. Ich stehe mehr so auf kleiner und knuffiger.« Ich konnte das Grinsen in ihrer Stimme hören. Sie hatte mich verarscht. Gnadenlos verarscht.

»Danke für die Info«, sagte ich und bemühte mich, ganz cool zu klingen. »Aber mein Typ ist er auch nicht. Viel zu wenig intellektuell. Er war übrigens eben hier und wollte mit mir spazieren gehen. Aber ich habe ja keine Zeit.«

»Nein, natürlich nicht. Bis heute Abend dann.«

Ich zog mir meine Altkleidersammlung vom Leib und lief schlotternd zur Dusche. Während ich mir die Haare wusch, sang ich lauthals *Guantanamera*. Ich meine, eigentlich konnte es mir ja egal sein, aber dass Leon nichts von Lila wollte und Lila sich nicht für Leon interessierte, machte die Sache erheblich einfacher. Zuzugucken, wie zwei Leute miteinander flirteten, wenn man zu dritt unterwegs war, war ausgesprochen nervig und man fühlte sich dann ganz schnell total überflüssig.

Ich zog mich an, legte ein Brötchen vom Vortag auf den Toaster und kochte Kaffee. Während ich das leicht verbrannte Brötchen mit Salami kaute, sah ich sehnsüchtig hinaus auf die verschneiten Dächer. Die Schneehauben gaben der Stadt ihre Unschuld zurück. Sogar der Verkehr erschien gedämpfter als sonst. Sicher wäre es herrlich gewesen, mit Leon spazieren zu gehen. Andererseits hätte ihm das nur wieder falsche Hoffnungen gemacht. Also war es gut, dass ich mich bei meiner Schwester zum Kaffee eingeladen hatte. Meine Schwester lud mich nie von sich aus ein. Sie war der Meinung, dass man Schwestern nicht einladen musste. Entweder sie kamen von sich aus oder sie ließen es bleiben. Manchmal hätte ich mich trotzdem gefreut, eingeladen zu werden.

Als Katharina mit 14 von der ersten Tanzstunde nach Hause kam, verriet sie mir, dass Frank aus der 7b sie gefragt hatte, ob sie mit ihm Abschlussball machen wollte. Vermutlich war es der Traum aller 41 Jungs, die mit Katharina in der Tanzstunde waren, mit ihr Abschlussball zu machen, aber sie flößte allen durch ihre Schönheit so viel Angst ein, dass keiner es gewagt hatte, sie zu fragen – außer Frank. Frank litt so fürchterlich an Akne, dass man nur dunkel erahnen konnte, wie sein Gesicht unter den Pickeln aussah. Es gab wahrlich hübschere Jungen, aber meine Schwester wollte nicht nur mit Frank Abschlussball machen, sondern erwählte ihn auch gleich zu ihrem zukünftigen Ehemann.

»Line«, sagte sie zu mir, »spätestens mit 25 stehe ich mit Frank vor dem Traualtar.«

Ich tippte mir an die Stirn. »Du hast sie ja nicht mehr alle!« Mit fünfzehn kannte ich Jungs nur vom Sehen. Sie waren laut, rechthaberisch und ich wusste nicht so recht, wozu man sie brauchte. Katharina war jedoch der Meinung, sie hätte durch unsere Mutter so viel Verrücktheiten und Außenseitertum gehabt, dass es ihr für den Rest des Lebens reichte.

»Line, ich möchte so bald wie möglich eine eigene Familie. Vielleicht kann ich dann ein bisschen von dem nachholen, was ich selbst als Kind versäumt habe.«

»Du gibst doch nur an«, entgegnete ich. »Werd erst mal erwachsen!«

Frank verlor mit den Jahren die Pickel, nicht aber das Interesse an meiner Schwester. Unter der Pickelhaube war ein ganz netter Kerl hervorgekommen. Für mich war er wie ein kleiner Bruder, den ich leider erst kennen gelernt hatte, als ich aus dem Alter heraus war, in dem einem das Ärgern kleiner Brüder unbändigen Spaß machte.

Katharina machte in Stuttgart eine Lehre als Buchhändlerin. Kurz nach ihrem 23. Geburtstag heiratete sie Frank in der Kirche des kleinen unbesiegbaren Dorfes. Die Kirchenbänke waren bis auf den letzten Platz besetzt und selbst in den Gängen drängelten sich die Neugierigen. Nicht etwa, weil wir so viele Gäste geladen hatten, sondern weil selbst die katholischen Dorfbewohner auf keinen Fall die einzige filmreife Märchenhochzeit verpassen wollten, die das Dorf je erleben würde. Und natürlich hatte das Ereignis Erinnerungen an die Hochzeit meiner Mutter wachgerufen, die aufgrund des maßlosen Wodkakonsums der russischen Gäste und des minikurzen, tief ausgeschnittenen Kleides meiner Mutter ein einziger Skandal gewesen war.

Meine Schwester war ja schon immer sehr hübsch gewesen, aber mit Anfang zwanzig hatte sie den letzten Rest von Kindlichkeit verloren und war atemberaubend schön. Sie war schmal gebaut, ohne jedoch eckig zu wirken wie ich, hatte riesige braune Augen mit dichten Wimpern und schulterlanges, dunkles Haar, und wenn noch irgendjemand daran gezweifelt hatte, dass sie Audrey Hepburn ähnelte, dann wurde er spätestens bei der Hochzeit eines Besseren belehrt. Als sie die Kirche an der Seite meines Vaters betrat, gekleidet in ein cremefarbenes, schlicht-elegantes Kleid, knielang, ohne Schleier, nur mit ein paar Blüten in den hochgesteckten Haaren, ging ein Aufseufzen durch die gaffende Menge, gefolgt von Kleiderrascheln, Räuspern und unruhigem Auf-der-Stelle-Hin-und-Hertreten. Wie eine Welle ging die Aufregung durch die Hochzeitsgäste, sie pflanzte sich nach vorne Richtung Altar fort und erreichte Frank, dem der Schweiß, der ihm bisher nur auf der Stirn gestanden war, nun gnadenlos über das Gesicht lief und auf den Kragen seines Hochzeitshemdes tropfte.

Die Verehrer hatten bei ihr Schlange gestanden. Sie hatten sie mit parfümierten Briefen bombardiert, ihr zu C-F-G-Akkorden auf der Klampfe bei Vollmond mit Inbrunst selbst gedichtete Lieder vorgetragen und den Hof unseres Hauses in der Nacht zum 1. Mai in einen Birkenbaumhain verwandelt. Katharina nahm alles leicht zerstreut zur Kenntnis, stapelte neben ihrem Bett die Kassetten, die ihr die Jungs liebevoll aufgenommen hatten, und traf sich weiterhin mit Frank.

An ihrer Seite fühlte ich mich wie Frankenstein Junior. Ich hatte mich an die Rolle schon längst gewöhnt. Als mein Vater uns einmal zu einem Abendessen mit Geschäftskollegen mitnahm, weil Dorle ihm mal wieder die Hölle heiß gemacht hatte, er würde uns zu viel allein lassen, fragte eine der aufgetakelten Ehegattinnen zuckersüß, welche von uns beiden adoptiert worden sei. Immerhin war es bei der Hochzeit beruhigend, dass auch der stinknormale Frank nicht aus demselben Universum zu stammen schien wie die Hollywood-Schönheit an seiner Seite, und ich hörte, wie die Leute mit der in Schwaben üblichen Diskretion unüberhörbar tuschelten: »Ha, die hett sich abr au an scheenere Kerle raussuche kenne!« Beinahe wunderte es mich, dass niemand von der *Bunten* oder vom *Neuen Blatt* gekommen war, um exklusiv Hochzeitsfotos zu schießen und Spekulationen über das kleine Bäuchlein anzustellen, das sich unter Katharinas enganliegendem Brautkleid abzeichnete.

Meine Mutter sagte nichts zur Hochzeit, war elegant gekleidet wie immer und verkroch sich nach dem Sektempfang auf ihr Sofa, während die anderen Gäste wieder mal in den *Bären* zogen. Mein Vater wackelte mit dem Kopf und machte sich Sorgen. »Wenn du nur glücklich wirst, Prinzessin«, murmelte er und küsste sie auf die Wange, nachdem er eine holprige Rede gehalten hatte. Er hatte sie schon immer Prinzessin genannt, während er mich Böhnchen nannte, als Abkürzung von Bohnenstange. Dorle hingegen war mit Katharinas Wahl sehr zufrieden, weil Frank ein grundsolider Kerl war, der im Posaunenchor Trompete spielte. »Desch a rechder Kerle«, sagte sie und nickte energisch mit dem Kopf, was den strammen Haarknoten auf ihrem Hinterkopf jedoch unbeeindruckt ließ. »Dem laufad d'Mädla net so hendrdrai, on no bscheißd er die au net.«

Der rechde Kerle fand eine Stelle als Programmierer bei IBM auf der Hulb bei Böblingen und nach einigen Jahren bauten sich die beiden ein Haus in Gärtringen. Mit den mittlerweile zwei Kindern gehörten sie in Gärtringen einer Minderheit an. Bei Katharinas 30. Geburtstagsfest hatte ich ausgerechnet, dass das Verhältnis Erwachsene – Kinder 2:3,2 betrug, was durchaus der Norm entsprach. In der Regel hatte eine Gärtringer Familie drei, nicht selten vier und durchaus auch mal fünf Kinder, was möglicherweise am Leitungswasser lag. Seltsamerweise war weder der CDU noch Ursula von der Leyen aufgefallen, dass das Städtchen dem demographischen Wandel ein Schnippchen schlug, und so waren die Geburten im Gäu bisher weder Gegenstand einer Polittalkshow noch Inhalt einer Quizfrage bei Günther Jauch geworden.

Ich fuhr mit der S-Bahn in die Stadt des Geburtenreichtums. Frank hatte angeboten, mich vom Bahnhof abzuholen. Ich hatte abgelehnt, so kam ich wenigstens ein bisschen an die frische Winterluft. Ich zog die Mütze über die Ohren und stapfte an der Hauptstraße entlang zur Neubausiedlung am anderen Ende des Ortes. In einem Vorgärtchen stand Schneewittchen zwischen einem Rehkitz und einem Fliegenpilz inmitten der sieben im Schnee halb ertrunkenen Zwerge. Das Gärtchen war das bevorzugte Ausflugsziel meines dreijährigen Neffen Salomon.

Lila liebte es, meine Familie zu analysieren.

»Katharina hat als Gegenentwurf zu deiner Mutter einen spießigen Lebensplan realisiert, der auf Sicherheit und Gewohnheit basiert. Keine Sorge, irgendwann wird ihr das zu viel und dann bricht sie aus. Du dagegen, vom Negativbeispiel der nicht funktionierenden, sprachlosen Ehe deiner Eltern traumatisch gezeichnet, flüchtest dich in das Gegenteil: Du verweigerst die Festlegung auf einen Partner, sehnst dich aber im Grunde nach einer dauerhaften Beziehung.«

»Ich würde mich schon festlegen«, sagte ich darauf. »Ehrlich. Mir ist bloß bisher nicht so wirklich jemand begegnet, der sich für diesen Job eignen würde. Und gerne in die Oper geht. Und Tolstoi liest. Und gut aussieht. Und sich für Darfur engagiert so wie George Clooney. Und überhaupt. Und überhaupt, wie sieht es denn bei dir aus?«

Lila war schließlich auch Single, obwohl ihre Eltern von einer so seltenen Art waren, dass man sie eigentlich schon längst im Schwabenpark hätte ausstellen müssen. Kam Lila unangemeldet in Cannstatt bei ihnen vorbei, warf Papa Lila sofort bereitwilligst die Heckenschere hin, während Mama Lila sich die Schürze abband und den duftenden Apfelkuchen aus dem Ofen zog, den sie ganz zufällig gerade gebacken hatte. Sie setzten sich mit ihrer Tochter an den Kaffeetisch und fragten sie liebevoll, was sie gerade so machte und wie es ihr ginge. Das war noch nicht alles. Sie fragten nicht nur danach, sie hörten sich auch die Antworten an! Es war ab-so-lut faszinierend. Manchmal ließ ich mich von Lila mitschleppen. Ich redete mehr mit Papa und Mama Lila, als ich jemals mit meinen eigenen Eltern geredet hatte. Wenn also die Familie darüber entschied, ob und welchen Partner man fand, dann hätte aus Lila schon längst so eine Art Brangelila werden müssen.

Meine Familie dagegen war völlig normal. Sie nahm, seit ich denken konnte, am Wettbewerb »Wie-man-einen-ganzen-Nachmittag-miteinander-verbringt-ohne-ein-einziges-vernünftiges-Wort-miteinander-zu-wechseln« teil. Dass wir bisher keinen Preis gewonnen hatten, lag vermutlich an der Tatsache, dass ziemlich viele Familien bei diesem Wettbewerb mitmachten. Ich meine, da hatte man jahrelang zusammen Loriot gesehen, die beste Familientherapie, die es gab, sich gemeinsam schlapp gelacht über Weihnachten bei Hoppenstedts und Herrn Müller-Lüdenscheidt und was war dabei herausgekommen? Nichts. Sich anbahnende gefährliche, ernsthafte Gespräche wurden in der Regel durch die Kinder im Keim erstickt, die

a) gestillt oder gewickelt werden mussten (bis etwa zwei Jahre) oder
b) das Gespräch unterbrachen (ab etwa eineinhalb Jahren) oder
c) ein hervorragendes, unverfängliches Gesprächsthema abgaben.

Meine siebenjährige Nichte war solch ein unerschöpfliches Thema. Mit vier hatten die Erzieherinnen Katharina und Frank zum Gespräch einbestellt und sie beschworen, das hochbegabte Kind, das sich mit drei selber Lesen, Schreiben und Surfen im Internet beigebracht hatte, mit fünf in die Schule zu stecken, weil sie keine Lust mehr hatten, beim morgendlichen Stuhlkreis mit Lena über Bushs Irakpolitik zu diskutieren. Jetzt war sie in der dritten Klasse und tyrannisierte abwechselnd ihre Klassenlehrerin und den Religionslehrer, den sie vor kurzem gebeten hatte, ihr zu erklären, wie sich die Schöpfungsgeschichte zur Evolution verhielt, mit besonderer Berücksichtigung der amerikanischen Kreationisten.

»In letzter Zeit überlege ich mir öfter, ob sie das Kind nicht im Böblinger Kreiskrankenhaus vertauscht haben«, sinnierte Katharina und hielt mir fragend die Kaffeekanne hin. »Ich meine, weder Frank noch ich sind überdurchschnittlich intelligent. Gestern hat sie Salo in der Badewanne das Ansteigen der Meeresspiegel durch die Erderwärmung demonstriert. Am Ende standen Bangladesch, die Halligen und unser Badezimmer unter Wasser.«

»Ich finde, sie sieht dir ziemlich ähnlich«, sagte ich und reichte Katharina meine Tasse.

»Zum Glück«, sagte Frank. »Ich meine, stell dir nur vor, sie würde nach mir schlagen, was für eine Verschwendung!«

»Oder nach ihrer Tante«, ergänzte ich.

Es stimmte. Die Kleine würde mal ein echter Knaller werden.

»Trotzdem male ich mir manchmal aus, ein russisches Ehepaar würde vor der Tür stehen, er Nobelpreisträger Physik, sie Nobelpreisträgerin Astronomie, nach Lena verlangen, mir stattdessen ein dummgesichtiges Durchschnittskind über die Schwelle reichen und Lena in ein russisches Internat für Hochbegabte stecken.«

Lena, die an mich gelehnt stand, sagte: »Was redet ihr da für einen Quatsch!« In ihren Augen stand Angst. Ich legte den Arm um sie. Ich mochte Lena sehr.

»Das darfst du nicht ernst nehmen«, sagte ich. »Du bist eben einfach ein cleveres Kerlchen und wirst es mal weit im Leben bringen.«

Lena nickte zufrieden. »Auf jeden Fall. Ich kann mich nur noch nicht entscheiden, ob ich Bundeskanzlerin werden will oder Vorstandsvorsitzende von irgendwas, wo man 3,5 Millionen Euro Jahresgehalt kriegt.« Ich schluckte. Katharina und Frank schluckten auch.

»Na, du hast ja noch ein bisschen Zeit«, sagte ich. »Und ich bin mir sicher, du schaffst alles, was du dir vornimmst.«

»Also, wenn ich dazu was sagen darf«, schaltete Frank sich ein, »nicht dass ich wirklich glaube, dass die Meinung des Vaters eine Rolle spielt, also mir wäre das mit der Vorstandsvorsitzenden irgendwie lieber, schließlich werden wir zwei mal ohne Rente dastehen, und da ist man ja für jede Unterstützung dankbar.«

Es klingelte. »Das werden Vater und Dorle sein«, sagte Katharina. »Machst du mal auf, Frank?«

»Vater und Dorle?«, rief ich entsetzt. »Kommen die etwa auch? Davon hast du nichts gesagt!«

Katharina zuckte die Schultern. »Hab ich wohl vergessen. Vater meinte gestern am Telefon, Dorle hätte sich beklagt, sie hätte die Kinder schon so lange nicht mehr gesehen.«

»Und, haben sich die Kinder auch beklagt?«, fragte ich. Salo hatte sich bei der Erwähnung von Dorle von Katharinas Schoß gewunden und war aus dem Wohnzimmer gestürzt. Er hasste Dorles feuchte Küsse. Lena dagegen mochte ihre Großtante und trottete hinter Frank her. Ich hatte ja wirklich nichts gegen Dorle, bloß würde ich mir jetzt die gleichen Storys nochmal anhören können, die sie mir schon in Stuttgart erzählt hatte. Meinen Vater hatte ich schon seit Wochen nicht mehr gesehen. Der trug in der Regel aber auch nicht grade viel zum Gespräch bei.

»Ond, wo isch mai Schätzle?«, hörte ich Dorle im Flur rufen, wo offensichtlich gerade die Mantel- und Schuhausziehrituale absolviert wurden.

»Der will nicht von dir abgeknutscht werden«, hörte ich Lenas helles Stimmchen. Sie war nicht nur sehr schlau, sie war auch sehr direkt.

Dorle erschien in der Tür, Lena an der Hand. Katharina und ich kreischten auf. Ich traute meinen Augen nicht. Seit ich lebte, kannte ich Dorle in kastenförmigen schwarzen Kleidern. Die einzige Farbe, die sie sich erlaubte, war die ihrer geblümten Kittelschürzen für den Haushalt. Nun aber trug Dorle ein schon fast als modisch zu bezeichnendes graues Strickkleid. Grau! Dorle und grau!

»Dande Dorle, schön, dass du uns besuchst«, sagte Katharina und ließ sich widerstandslos von Dorle mit feuchten

Küssen überziehen. »Du siehst ... ganz ungewohnt aus. Sehr ... schick.«

Eine leichte Röte überzog Dorles Gesicht. »Jetz machad net so a Gschiss. Des han i mir ledschd Woch' en Schduagert kaufd, bevor i dai Schweschdr bsucht han«, sagte sie würdevoll. »Des isch aus am Schlussverkauf on des hen se ned en schwarz ghett.«

Sie ließ sich schwer auf einen Stuhl nieder. Nun erschien mein Vater im Türrahmen, eine Kuchenplatte mit Käsekuchen in der Hand. Seit ich ihn das letzte Mal gesehen hatte, war sein Bart noch grauer geworden.

»Hallo Prenzessin. Hallo Böhnle.« Er gab jedem seiner Töchter einen kratzigen Kuss auf die Wange. Ich seufzte. Ich war einunddreißig, mein Vater nannte mich Böhnchen, und keiner wunderte sich darüber.

»Sag mal, Vater ... weißt du eigentlich noch, wie wir richtig heißen?« Mein Vater sah mich verwirrt an, wie jemand, der gerade aus dem Tiefschlaf hochgeschreckt ist und einen Moment braucht, um zu wissen, wo er sich befindet.

»Wie moinsch'n des?«, fragte er.

»Na ja, wir heißen ja nun nicht wirklich Prinzessin und Böhnchen. Erinnerst du dich überhaupt an unsere Vornamen?«

»Also, Entschuldigung, ich werd doch die Vorname von meine Dechdr wisse!«, entrüstete sich mein Vater. »Die han i ja au selbr ausgsuchd!«

»Natürlich, und wie lauten die?« Gespannte Stille. Stecknadelstille. Alle sahen meinen Vater erwartungsvoll an.

Lena hüpfte auf und ab und rief begeistert: »Ich weiß es, ich weiß es!«

Mein Vater räusperte sich. »Also, dai Schweschdr hoißd ... hoißd Katharina on du hoisch ... ähm, also du hoisch ...«

Stille.

Ich hielt es nicht mehr aus. »Pipeline«, flüsterte ich. »Pipeline.« Mein ganzes Leben lang hatte mich dieser bescheuerte

Vorname in endlose Erklärungsnöte gebracht, und der Mann, der dafür verantwortlich war, hatte ihn vergessen?

»Ah was«, brauste mein Vater auf. »Du hosch me halt ema bleda Moment verwischt, i moin, i komm grad zr Dir rai on draußa isch kalt, on i han heit no koin Kaffee ghett, i moin, koi Wonder ...«

»... koi Wonder vergissd mr dr Nama vo dr eigene Dochdr! Hermännle, Hermännle!« Dorle reckte verzweifelt die Arme gen Himmel, so als ob sie von dort Hilfe anforderte. Mein Vater hustete. Lena kicherte und kassierte dafür einen strengen Blick von ihrer Mutter.

Zum Glück erschien Salomon in diesem Moment auf der Bildfläche. Er drückte sich an Dorle vorbei, die begeistert nach ihm grabschte, und kletterte wieder auf Katharinas Schoß.

»Ond, Line, was macht die Arbeitssuche?«, fragte Dorle.

»Und die Männersuche?«, ergänzte Frank, der gerade mit einer frischen Kanne Kaffee aus der Küche kam und fies grinste. Toller Themenwechsel. Ich öffnete den Mund und schloss ihn wieder. Aus den Augenwinkeln konnte ich sehen, dass Dorle sich anschickte, etwas zu sagen. Zum Glück musste sie erst noch einen Kuchenbissen hinunterschlucken. Gleich würde sie Leon aufs Tapet bringen. Gleich würde sie sagen: »Dai Nachbr, deschamolanettrkerle!«

»Rieche ich da was? Ja, ich rieche da was!«, rief meine Schwester in diesem Augenblick triumphierend aus. Mit Schwung führte sie Salomons Hintern gegen ihre Nase. »Da ist ein Schdinker in der Windel, gell, Salomon. Dabei wollten wir doch den Schdinker in das Töpfchen machen. Der Papa wickelt dich.« Sie streckte Frank ihren protestierenden Sohn entgegen. Der klemmte sich seinen zappelnden Spross unter den Arm und zog ab.

»Es klappt irgendwie nicht mit dem Töpfchentraining«, seufzte Katharina.

Mein Vater räusperte sich. »Ja, Line, wie laufd's denn, hosch ebbes en Aussicht?«

»Und wie läuft's mit den Männern?«, brüllte Frank aus dem Badezimmer. Natürlich hatte er die Tür weit offen gelassen.

»Line, du hast versprochen, dass du mit mir auf den Spielplatz gehst, wenn du deinen Kuchen gegessen hast!«, rief Lena. Sie packte mich an der Hand und zerrte mich vom Stuhl. »Du hast es mir versprochen!«

»Ja, das stimmt«, sagte ich erleichtert, auch wenn mir etwas mulmig bei dem Gedanken war, wie überzeugend Lena mit ihren sieben Jahren lügen konnte. »Wenn, dann müssen wir jetzt gehen, sonst wird es dunkel. Wir reden nachher weiter. Und lasst mir was von dem Käsekuchen übrig.« Ich winkte den anderen zu. Lena und ich zogen uns im Flur die Wintersachen an. Ich hörte, wie Katharina sagte, »Komisch, sonst will sie nie auf den Spielplatz. Sie sagt, das sei Kinderkram.«

»Danke, Lena, du hast mich gerettet«, sagte ich, als wir kurz darauf einträchtig durch den Schnee stapften.

»Die sind aber auch doof«, antwortete sie.

»Willst du wirklich auf den Spielplatz?«

»Nein. Kinderkram. Können wir nicht Eis essen gehen?« Lena teilte meine Vorliebe für Junkfood. Erst Kuchen mit Sahne, dann ein Eis. Das war ihre Vorstellung von einem Supersonntag, und da die Eisdielenbetreiber im Zuge des Klimawandels den Winter nicht mehr in Italien verbrachten, war die Eisdiele in Gärtringen trotz der Minusgrade geöffnet.

»Okay«, sagte ich. »Das bleibt aber unter uns!«

Lena kicherte. Toll. Ich war ein großartiges moralisches Vorbild und trug dazu bei, dass aus meiner Nichte ein stets aufrichtiger Mensch werden würde. Einträchtig schleckten wir in der Eisdiele unser Waffeleis.

»Eis schlecken ist ein bisschen wie Osmose«, sagte Lena.

»Pfui, Lena«, sagte ich streng. »Was bist du doch für ein schrecklicher Klugscheißer. Du glaubst doch nicht im Ernst, dass ich weiß, was Osmose ist?«

»Diffusion durch eine semipermeable Membran«, sagte Lena selbstzufrieden. »Hab ich mit meiner interaktiven Biologie-CD-Rom gelernt.«

Ich nahm eine Serviette und wischte ihr das interaktive Mäulchen ab, um keine verdächtigen Spuren zu hinterlassen.

»Deine Klassenkameraden müssen dich doch hassen, oder?«

Lena zuckte die Schultern. »Sie haben sich dran gewöhnt. Außerdem bin ich ja keine Streberin. Im Gegenteil. Mama musste schon ziemlich oft in die Schule kommen, weil ich mir tolle Sachen ausdenke, um die Lehrer zu ärgern. Aber nur die blöden.«

Ich dankte Gott insgeheim, dass ich keiner von Lenas blöden Lehrern war. Ich wollte lieber nicht wissen, was ihr kluges kleines Köpfchen so ausheckte.

Wir stapften noch ein bisschen über die Felder, damit wir ordentlich rote Nasen bekamen und man uns abnahm, dass wir draußen gewesen waren. Dann kehrten wir ins warme Wohnzimmer zurück.

Draußen begann es zu dämmern. Vater, Frank und Katharina tranken Sekt. Dorle hatte ein Glas Eierlikör vor sich stehen. Frank hatte sein Provoziergesicht aufgesetzt. Das Provoziergesicht war so ein scheinbar harmloses, unschuldiges Grinsen. Die langen Jahre an der Seite einer bildschönen Frau waren an meinem Schwager nicht spurlos vorübergegangen. Als Ventil nutzte er jede Gelegenheit, um ein bisschen mit schweren Wanderstiefeln auf den Schwachstellen seiner Lieben herumzutrampeln. Bei mir waren es die Männer oder besser gesagt, die Abwesenheit von Männern. Und bei Dorle ...

»Dorle, weißt du eigentlich, dass es so ein Buch gibt, in dem behauptet wird, Jesus hätte Maria Magdalena geheiratet und mit ihr ein Kind gehabt?«

Dorle sah ihn missbilligend an. »Wer sich so an godesläschderlicha Kruscht ausdenkd, der ghert verhaue«, sagte sie.

Vor meinem geistigen Auge tauchte ein rennender Dan Brown auf, panische Blicke hinter sich werfend, verfolgt von Dorle, die zeternd ihren handgeflochtenen Teppichklopfer schwang.

Salo kam aus seinem Kinderzimmer herbeigetapst. Auffordernd legte er mir ein Bilderbuch auf die Knie, *Die kleine Schupfnudel und das große Bubaspitzle.*

»Das Buch ist aber ein Bestseller und liest sich wirklich gut«, sagte Frank. Er trat an das Bücherregal und zog ein zerfleddertes Exemplar des *Sakrileg* heraus. »Hier, du kannst es gern ausleihen.«

»Gang mr bloß weg!«, ereiferte sich Dorle. »I läs bloß mai Losungsbüchle ond en dr Bibel!«

»Ach Dorle, du verpasst da gar nichts«, schaltete Lena sich ein. »Ich fand es ziemlich langweilig.« Vater nippte gedankenverloren an seinem Sektglas.

Ich sah von einem zum anderen und seufzte. Dysfunktional. Diese Familie war einfach dysfunktional. Vater hatte meinen Namen vergessen, Mutters Abwesenheit wurde nicht mal mehr registriert, Lena hatte mit ihren sieben Jahren *Sakrileg* gelesen, Katharina sah selbst in ihrem von Salo vollgesabberten Pulli aus wie »Germany's next topmodel«, Frank ärgerte mit unbändigem Vergnügen seine alte Großtante und wenn man Dorle nur ließe, würde sie *Sakrileg* öffentlich verbrennen wie die Islamisten westliche Flaggen. Es war höchste Zeit, zu verschwinden.

Lila öffnete die Tür, das Telefon am Ohr. Sie hielt die Muschel zu. »Hallo Line, ich brauch noch einen Moment. Hol doch schon mal den Prosecco aus dem Kühlschrank.«

»Kann ich mir einen Kaffee machen?« Nach dem Sekt und meiner Familie brauchte ich was für meine Nerven.

»Klar, ich trinke einen mit.«

Lila verschwand murmelnd in ihrem Schlafzimmer. Wahrscheinlich musste sie mal wieder jemanden psychologisch beraten, der die Sonntagskrise hatte. Lila kannte unglaublich viele Menschen mit Sonntagskrisen. Das waren all diejenigen, die wie ich keinen Freund hatten und am Sonntag nichts mit sich anzufangen wussten, obwohl sie sich die ganze Woche auf den freien Tag gefreut hatten. Ich hatte wenigstens eine entzückende Familie, bei der ich mich selber einladen konnte.

Ich stellte einen Kaffee auf und kramte nach Tassen, Zucker und Milch. In Lilas Küche sah es ein bisschen aus wie in der Villa Kunterbunt. Es gab kein Geschirrteil, das zum anderen gehörte, keine Tasse ohne Sprung oder abgeschlagenem Henkel, stattdessen bunte Flickenteppiche, selbst getöpferte Obstschalen und kleine Aquarellbildchen an den Wänden. Very Seventies. Dazu passte auch Suffragette, Lilas schwarzbraunweiße Katze, die hereingeschnurrt kam und mir um die Beine strich. Lilas zweiter Mitbewohner passte dagegen überhaupt nicht zu ihr. Er war Anfang zwanzig und machte eine Schreinerlehre in einem Werkstattkollektiv in der Ostendstraße in der Nähe des *Laboratoriums.* Für Lila war das Beweis genug gewesen, dass er ein netter Kerl sein musste. War er aber nicht. Lila kaufte freitags auf dem Ostendmarkt ein, und zwar immer an einem Stand mit Gemüse aus kontrolliertem Anbau, Antonio ging bei Aldi Dosen und verpackungsintensive Fertiggerichte einholen. Lila hatte eine Stauballergie und musste regelmäßig saugen, eine Staubmaske von Obi über der empfindsamen Nase, während Tonio beim Verlassen seines seit Monaten nicht gesaugten Zimmers Staubflusen in der Wohnung verteilte, die an seinen Filzpantoffeln hängengeblieben waren. Das längste Gespräch, das sie je geführt hatten, war bei Tonios Vorstellung gewesen. Blöderweise hatte Lila versäumt, ihn nach seinem Musikgeschmack zu fragen. Wenn er nun nach Hause kam, verschwand er in seinem Zimmer, hörte Xavier Naidoo, immer die gleiche CD, und schmetterte lauthals mit. Auch jetzt war nicht zu überhören, dass ein Lied seine Lippen nur verließ, damit eine ziemlich bedauernswerte, vermutlich nicht anwesende Sie Liebe empfing. Arme Lila, wie hielt sie das nur aus? Vielleicht sollte man dem Kerl wenigstens mal eine neue CD schenken, damit er Lila endlich mit einem neuen Song quälen konnte?

Lila konnte es sich leider nicht erlauben, Tonio rauszuwerfen. Sie wohnte in einem der kleinen Häuschen in der Pfeiffer'schen Siedlung in der Neuffenstraße. Die Straße sah ein bisschen aus wie »Liebling, ich hab Marie-Lisas Puppenhäuschen vergrößert«. Die Häuser der ehemaligen Arbeitersiedlung waren aus Backstein in verschiedenen Ocker-, Rot- und Brauntönen, und vorne hatten sie identische Minivorgärtchen mit Hecken drum herum. Die Straße war nur ein paar Ecken vom hässlichen Ostendplatz entfernt, der schon seit Jahren den Wettbewerb »Wer hat in Stuttgart die meisten Dönerbuden auf den wenigsten Quadratmetern« gewann. Wohnungstechnisch gesehen war das efeuumrankte Häuschen mit dem hübschen Ziergiebel ein Sechser im Lotto. Bei schönem Wetter saßen wir in dem schnuckligen kleinen Vorgärtchen und tranken Kaffee. Viel zum Reden kam man da aber nicht, weil ständig jemand vorbeispaziert kam, den man grüßen musste.

Wenigstens einmal hatte sich Lilas großes Herz ausgezahlt. Sie hatte einer alten Dame vom Ostend-Wochenmarkt die Taschen pfadfindermäßig nach Hause getragen. Die suchte gerade einen Mieter, weil sie zu ihrer Tochter nach Göppingen ziehen wollte. Davon ahnte Lila natürlich nichts, aber als die alte Dame ihr das Häuschen anbot, zögerte sie nicht lange, ihre Wohnung im *Raitelsberg* zu kündigen, auch wenn die Miete für ihr Sozpäd-Gehalt eigentlich zu hoch war. Sie brauchte also Tonios Beitrag.

Der Kaffee war durchgelaufen und ich füllte eine hellblaue und eine rotgepunktete Tasse damit. Im Kühlschrank fand ich einen Ja-Halbliter-Tetrapak. Offensichtlich steckte Tonio Lila an. Die hatte früher nur Milch in Flaschen gekauft. Ich kippte die Milch in die hellblaue Tasse. Oder das, was ich dafür hielt. Angewidert starrte ich auf das passierte Tomatenhäufchen, das wie eine untergehende Insel langsam gen Tassengrund abtauchte. In diesem Augenblick kam Lila in die Küche. Ich streckte ihr die rotgepunktete Tasse hin.

»Hier, für dich. Ich fürchte, ich muss nochmal Kaffee machen.« Ich kippte den Tomatenkaffee in den Ausguss. Lila grinste und füllte Chips aus dem Bioladen in eine Tonschüssel.

»Wie war's bei deiner family?«

Ich winkte ab. »No comment.«

Als die zweite Runde Kaffee endlich fertig war, fläzten wir uns auf das Futonsofa vor der Kiste. Suffragette machte es sich auf Lilas Beinen gemütlich.

»Was gucken wir denn nun – *Tatort* oder *Rosamunde Pilcher?*«

Lila schob sich eine ordentliche Handvoll Chips in den Mund und wackelte unschlüssig mit dem Kopf, während sie laut krachend auf den Chips herum mümmelte.

»Tatort mit Bienzle, da kann ich ja gleich aus dem Fenster gucken«, sagte sie. »Andererseits – Rosamunde Pilcher, die ultimative Provokation für jeden Hartz-Vier-Empfänger, kann man eigentlich auch nicht mit gutem Gewissen ansehen.«

»Aber die Landschaftsaufnahmen von Cornwall sind so schön. Wir können ja mal reinschauen, wie die Helden so aussehen – besser als bei Bienzle allemal«, schlug ich vor und Lila war einverstanden.

Der Film begann damit, dass eine junge, traurige, bildhübsche Witwe mit ihrem Sohn aufs Land (Cornwall) zog. Der Sohn sah aus wie der Sohn von Tom Hanks in *Schlaflos in Seattle*. Das Cottage, in dem die beiden fortan wohnten, unterschied sich nicht groß von den Cottages, die bei Rosamunde Pilcher in der Regel bewohnt werden – rosenumrankt, mit einer geschwungenen Kiesauffahrt und einem Garten mit Blick über die Bucht, wo man auf weißen Gartenmöbeln den Tee nehmen konnte.

Zufällig hatte auf der einsamen Straße vor der Kiesauffahrt ein scheinbar mittelloser Restaurator eine Reifenpanne. In Wirklichkeit war der scheinbar mittellose Restaurator Alleinerbe von Lord und Lady Ashley, die in so einer schnuckligen Burg wohnten, wie sie in Cornwall beziehungsweise bei Rosamunde Pilcher massenhaft herumstehen. Natürlich verschwieg der Restaurator (der leider enttäuschend milchbubihaft aussah) seinen Reichtum. Mona, die Witwe, schrieb aber auch nicht gerade nur rote Zahlen und fuhr trotz des bekanntlich schlechten englischen Wetters immer mit einem Mercedes-Cabrio herum. Das hätte man jetzt als *product placement* geißeln können, aber ich fand es okay. Jetzt, wo der Daimler den Chrysler abgestoßen hatte, konnte er jede Unterstützung gebrauchen.

Dann gab es natürlich noch den fiesen Fiesling, der Mona schöne Augen machte, weil er in Geldnöten steckte. Aber Mona verfiel in einer lauen Mondnacht dem Milchbubi. Das ging so lange gut, bis ihr der böse Bube steckte, dass der Milchbubi der Besitzer des Pferdes war, das den Tod ihres, also Monas Mannes verschuldet hatte, weil nämlich Sandra, die dämliche Exfreundin des Milchbubis, zu blöd zum Reiten war, deshalb vom Pferd fiel und dieses Vieh dann in das Auto rannte, in dem Monas toter beziehungsweise also danach toter Mann gesessen hatte. Klar?

Mona servierte den Milchbubi ab. Dann wurde es aber erst richtig dramatisch, weil Mona, ungeschickt wie sie war, sich mit der Hacke ein Loch ins Bein haute in ihrem romantischen Garten (es wurde nicht ganz klar, warum sie da hackte, sie hatte schließlich einen Gärtner). Jedenfalls wurde sie ohnmächtig. Natürlich fand sie der Milchbubi. Der Sohn von Tom Hanks fand dann in dem Loch, das Mona gebuddelt hatte, zufällig einen echten Schatz, Juwelen und Geschmeide und so, aber der fiese Bösling brauchte ja Geld und nahm es dem armen Kleinen ab. Wie es dann weiterging, weiß ich nicht, weil Lila und ich uns vor lauter hysterischem Gelächter nicht mehr auf den Film konzentrieren konnten und nur noch japsten. Die Landschaftsaufnahmen waren aber wieder sehr hübsch und vermutlich ging es gut aus.

8. Kapitel | *Montag*

My life is just a slow train, crawling up a hill

Es klingelte. Es klingelte Sturm. Ich öffnete und Leon stand vor mir, puterrot im Gesicht. Aus seinem Mund baumelte ein riesiges Fischstäbchen, es hatte das Gesicht des Fieslings aus dem Rosamunde-Pilcher-Film, und mit seinen kurzen Ärmchen packte es Leons Hals und drückte gnadenlos zu. »Nein«, schrie ich, »nein!« Ich packte die Arme des Fischstäbchens und versuchte, sie zurückzureißen, aber das Fischstäbchen hatte supermanähnliche Kräfte, Leon wurde immer dunkelroter, er röchelte, dann wurde sein Gesicht aschfahl und noch immer klingelte es, klingelte es ...

Ich fuhr hoch. Es klingelte tatsächlich Sturm. Panisch sprang ich aus dem Bett. Ich hatte keine Ahnung, wie spät es war. Ohne mich mit Schuhen aufzuhalten, lief ich über den eiskalten Boden zur Tür und riss sie auf. »Leon!« Aber es war nicht Leon.

Vor mir stand Herr Tellerle. Herr Tellerle, der sich, seit ich ihn kannte, eher durch ein zurückhaltend-friedliches, wenn auch manchmal kehrwochenkritisches Temperament ausgezeichnet hatte, puterrot im Gesicht so wie Leon letzte Woche, ohne Fischstäbchen im Hals, aber mit einem toten, stinkenden Fisch in der ausgestreckten Hand. Seine Schleierflossen machten es leicht zu glauben, dass er jetzt ein Fischengel war. Max. Dann brüllte Herr Tellerle los. Ein so kräftiges Organ hätte ich ihm gar nicht zugetraut.

»Des isch mei Max! Der isch grad aus dr Biotonne gfalla, als i di han enna ausbutza wella! Sie hen mein Max ombrochd! I gäb Ihne nie mee mei Aquariom zom Pflä-ga! I schwätz nie mee au bloß oi Wort mit Ihne! Mörderin! Mör-der-rin!«

Ich stand da, wie vom Donner gerührt. Der Schweiß von meinem schrecklichen Traum stand mir eiskalt auf dem Rücken. Herr Tellerle schien sein Pulver verschossen zu haben. Im Treppenhaus waren Türen aufgegangen, überall war Gemurmel zu hören. Herr Tellerle sagte nichts mehr und schien auch keine Antwort zu erwarten. Er wimmerte leise und wiegte Max auf seiner Hand hin und her. In seinen Augen standen Tränen.

»Es tut mir so leid«, flüsterte ich. »Wirklich. Es tut mir so leid.«

Langsam schloss ich die Tür, lehnte mich von innen dagegen und holte tief Luft. Ich zitterte. Nicht nur wegen der Kälte. Ich resümierte: Dass Herr Tellerle mit der Kehrwoche dran war, war mir zum Verhängnis geworden. Ich würde nie mehr sein Aquarium in Pflege nehmen dürfen (das war nicht so schlimm), das ganze Haus wusste nun, dass ich eine Lieblingsfisch-Killerin war (das war schon weniger schön), ich hatte den Ruf weg, zu laut zu sein (Musik), wechselnde Herrenbesuche zu empfangen (das stimmte) und die Kehrwoche nicht ernst zu nehmen (stimmte auch). Das Puzzle, aus dem sich das Feindbild Line Praetorius zusammensetzte, hatte ein weiteres Teilchen bekommen.

Nach ein paar Minuten inneren Meditierens über meinen sozialen Status im Haus fühlten sich meine Füße an, als hätte ich beim Aufstieg auf den Everest schon drei Zehen verloren. Ich nahm eine ausgiebige heiße Dusche. Danach ging es mir bedeutend besser. Es änderte nichts an der Tatsache, dass es immer noch keine Feuertreppe à la *Frühstück bei Tiffany* am Haus gab und ich zur Nahrungsbeschaffung – gähnend leerer Kühlschrank, kein Brot – zweimal durch ein Mietshaus musste, dessen Bewohner wahrscheinlich gerade dabei waren, ein RAF-ähnliches Fahndungsplakat mit meinem Konterfei im Hausflur aufzuhängen. Von den Vorbereitungen für das Staatsbegräbnis für Max ganz zu schweigen.

Vorsichtig öffnete ich die Tür zum Flur. Alles war still. Einen Augenblick überlegte ich, ob ich in Pantoffeln hinunterschleichen sollte, aber es war wärmer geworden und es taute. Das würde den Pantoffeln nicht gut bekommen. Ich schaffte es ohne Zwischenfälle in den ersten Stock. Dort begegnete mir Herr Dobermann, der gerade die Zeitung geholt hatte. »Guten Morgen, Herr Dobermann«, sagte ich artig. Herr Dobermann blickte mich missbilligend an und ignorierte mich. Das Wort »Fischmörderin« stand quer über seine Stirn geschrieben.

Um auf andere Gedanken zu kommen und um mein schlechtes Gewissen zu beruhigen, verbrachte ich den Großteil des Tages in der Stadtbücherei im Wilhelmspalais. Es war höchste Zeit, dass ich etwas für meinen Wiedereinstieg in den Beruf tat, sonst würde Frau Ohneschuh mit Sanktionen drohen. Außerdem war ich froh, meiner Hausgemeinschaft zu entrinnen.

Ich fand eine halbwegs ruhige freie Ecke im ersten Stock und packte mir einen Berg von Ratgebern auf den Tisch. »Im Lebenslauf klaffende Lücken clever schließen«, »Viel besser als im wirklichen Leben – der perfekte Lebenslauf«, »Der noch perfektere Lebenslauf«, »Die oder keine – wie Frauen Arbeitgeber davon überzeugen, dass sie die Richtige sind«, »O Gott – über 25 und kein Job?« Ich arbeitete mich halbwegs konzentriert durch die Bücher und bastelte an meinem Lebenslauf. Nicht, dass es daran so viel zu basteln gab. Ich war ja kein Diplomatenkind, das fünfmal das Land gewechselt und an vier verschiedenen Eliteunis Mastertitel eingesammelt hatte. Eigentlich war mein Leben bisher ziemlich ereignislos verlaufen. Ich konnte Russisch, das war ein Vorteil. Vielleicht sollte ich mich bei der russischen Mafia als Auftragskillerin bewerben? Aber bei meiner Begabung für technische Geräte würde der Schuss aus der Kalaschnikow bestimmt nach hinten losgehen.

Nach ein paar Stunden machte ich eine Pause und ließ mir im Erdgeschoss einen Kaffee aus dem Automaten. Die Männer, die durch die verschiedensprachigen Zeitungen blätterten, die hier kostenlos auslagen, trugen abgewetzte Jacketts und waren garantiert über 25 und ohne Job. Wahrscheinlich würden sie auch in der Kategorie »Der perfekte Lebenslauf« ziemlich schlecht abschneiden.

Ich holte mir die *Süddeutsche* und überflog die Stellenanzeigen. Es gab ein paar Jobs in Werbeagenturen, die ganz interessant klangen. Ich seufzte. Auch wenn es mir manchmal gehörig auf die Nerven ging, dass man in Stuttgart nicht mal am frühen Sonntagmorgen bei Rot über die Fußgängerampel gehen konnte, ohne dass ein hässlicher kleiner Gnom aus dem Nichts auftauchte und drohend mit dem Zeigefinger wackelte, irgendwie hing ich an dieser seltsamen Stadt.

Ich legte die Zeitung weg und ging zu Fuß nach Hause. Der Lebenslauf musste noch ein bisschen innerlich reifen.

Es klingelte. Ich schlich zur Tür. Herr Tellerle oder Leon? »Wer ist da?« fragte ich und fühlte mich wie eine Fünfjährige, der die Mama gesagt hatte, sie solle ja keinem Fremden die Tür öffnen. Auf der anderen Seite lachte es. Herr Tellerle, so viel war sicher, lachte nicht. Ich öffnete.

Leon stand in der Tür. An den Beinen trug er etwas, das mich an die Strumpfhosen erinnerte, die ich als Kind an kalten Tagen unter dem Sonntagskleidchen getragen hatte, und außerdem irgendwelche gepolsterten Hightech-Schuhe, die auch in die *Enterprise* gepasst hätten. Das Höschen lag eng an und verbarg nichts. Ich schluckte. Leon hüpfte vor mir auf und ab wie ein Gummiball.

»Hallo Line. Warum machst du so ein Theater? Ich dachte wir gehen joggen.«

Ich starrte ihn an. »Du wirst doch nicht ernsthaft glauben, dass ich zu den Bekloppten gehöre, die durch den Wald rennen und dann auch noch behaupten, sie würden sich gut dabei fühlen?«

»Nun, ich dachte, wo du doch so dünn bist, machst du sicher viel Sport.«

»Leon, hier liegt ein schrecklicher Irrtum vor. Ich bin nicht dünn, weil ich Sport mache, sondern weil mein Stoffwechsel bei meiner Geburt beschlossen hat, dass ich fünf Salamipizzen, drei Hamburger und eine Portion Pommes Extralarge mit doppeltem Ketchup auf einmal verdrücken kann, ohne am nächsten Tag auch nur ein Gramm mehr auf die Waage zu bringen. Ich bin ein medizinisches Phänomen. Das letzte Mal habe ich Sport gemacht ... lass mich nachdenken ... das muss in der Schule gewesen sein. Wir sollten einen Felgaufschwung machen und es gab Noten dafür. Ich zapple da also am Holmen rum, komme nicht hoch, die Lehrerin schüttelt den Kopf, murmelt irgendwas von hoffnungslosem Fall und gibt mir eine Vier.«

Leon sah etwas enttäuscht aus. Dann hellte sich seine Miene auf. »Na, was nicht ist, kann ja noch werden. Du wirst sehen, dass es Spaß macht und du nach spätestens 15 Minuten Endorphine ausschüttest.«

»Leon, ich weiß nicht, was Endorphine sind, aber ich bin mir ziemlich sicher, dass ich sie nicht in den Stuttgarter Wald schütten will, und wahrscheinlich muss man Strafe zahlen, wenn man dabei erwischt wird.«

»Endorphine sind Glückshormone. Laufen macht glücklich.«

»Maultaschen am Samstagabend machen glücklich. Wie kann es glücklich machen, bei 10 Grad minus durch die Kälte zu rennen?«

»Es hat keine 10 Grad minus. Es ist über null und taut. Und ich glaube, dass du einfach feige bist.« Er sah mich herausfordernd an.

»Da hast du vollkommen Recht. Außerdem habe ich nicht mal was anzuziehen.«

Einen Moment lang sagte Leon nichts und grinste nur. Er spürte genau, dass mein Widerstand im Wanken war. Innerlich kämpfte ich einen fürchterlichen Kampf. Ich hatte mir doch vorgenommen, von Leon Abstand zu halten! Aber die Vorstellung, ungehindert auf sein knackiges Hinterteil glotzen zu können, trug entscheidend dazu bei, dass ich schließlich seufzte und sagte: »Okay, gib mir fünf Minuten, um mich umzuziehen.« Leon salutierte und verschwand in seiner Wohnung, wahrscheinlich, um dort irgendwelche lächerlichen Aufwärmübungen zu machen.

Da ich keine Jogginghose besaß, zog ich zwei Leggins übereinander und die knielangen Strümpfe mit dem Norwegermuster darüber. Ich fand noch ein paar alte Turnschuhe, die ich wohl irgendwann zum Streichen benutzt haben musste, weil sie voller gelber Farbkleckse waren. Regenjacke, Stirnband und Vlieshandschuhe – gar nicht schlecht. Ich lächelte meinem Spiegelbild zu. Es zeigte mir eine Vollblutprofijoggerin.

Ich klingelte bei Leon. Er musterte meinen Aufzug kritisch.

»Du bist viel zu warm angezogen.«

»Leon, es ist Winter, und ich komme nicht aus Hamburch!«

»Wie du meinst.« Leon stürmte im Laufschritt die Treppe hinunter. Mir war nicht klar gewesen, dass die Trainingseinheit schon im Treppenhaus begann, und bis ich hinterherstolperte, hatte Leon schon einen gewaltigen strategischen Vorsprung. Wir polterten durchs Treppenhaus.

Frau Müller-Thurgau riss die Tür auf, als ich auf dem Treppenabsatz zwischen Stock vier und drei war. »Isch was bassiert, brauche mr d'Feierwehr?«, rief sie.

»Nein, nein, alles okay«, antwortete ich atemlos. Prima, schon nach anderthalb Stockwerken bergab ging mir die Puste aus. Zum Glück hatte Frau Müller-Thurgau keine Anspielungen wegen Max gemacht. Ich hatte nicht die Absicht, Leon davon zu erzählen und mich zu blamieren.

Leon wartete vor der Haustür. Kaum war ich bei ihm angekommen, stürmte er durch die winzige Lücke zwischen dem 92er-Bus und einem Mercedes über die Reinsburgstraße, ich folgte ihm auf dem Fuß. Reifen quietschten. Nach ein paar Minuten hatten wir die Staffel[9] erreicht, die zur Hasenbergsteige führte. Leon nahm die Stufen in lockerem Trab. Sein knackiger Hintern war nach drei Sekunden aus meinem Blickfeld verschwunden. Ich keuchte die Treppe hinauf. Staffeln gehörten zur Topographie Stuttgarts wie Käse zu den Kässpätzle. Eigentlich mochte ich sie. Ich hatte sie bisher aber auch noch nicht zu Trainingszwecken benutzt. Aus der schicken Villa auf der rechten Seite, in der eine Anwaltskanzlei residierte, trat eine Frau in einem eleganten Ledermantel und sah mich mitleidig an.

Leon hüpfte oben an der Staffel locker auf und ab. Sein Atem ging ruhig und gleichmäßig. Ich hatte Seitenstechen, aus meinem Mund kamen seltsame Pfeiftöne, der Schweiß rann mir über den Rücken und ja, ich war viel zu warm angezogen.

»Leon ... pffff ... geht es vielleicht für den Anfang ein bisschen langsamer?«

»Ja, natürlich. Ich hätte nicht gedacht, dass du sooo schlecht in Form bist.«

»Na hör mal«, ächzte ich empört. »Hast du schon mal davon gehört, dass man positiv motivieren soll?«

Leon lachte. »Du hast Recht. Also, um es positiv zu formulieren: Frau Müller-Thurgau würde sicher noch länger hier hoch brauchen, besonders wenn sie ihre rosa Doris-Day-Pantöffelchen trägt.«

Anstatt zu antworten, schnaubte ich nur. Immerhin ging Leon jetzt in normalem Schritttempo die Hasenbergsteige hinauf. Allerdings war die Hasenbergsteige vor der Erfindung des Automobils ein beliebter Schlittenhang gewesen, weil sie eine

---

9 Staffel, schwäbisch Stäffele (Sg. + Pl.), ursprünglich Weinbergstaffeln, Bezeichnung für die vielen, teilweise idyllischen Treppen, die das im Kessel gelegene Stuttgart durchziehen. Stäffele unterscheiden sich durch ihre Bequemlichkeit, also den Abstand der Stufen voneinander. Manche sind kommod (bequem), andere dagegen inkommod (unbequem).

Steigung hatte wie das Matterhorn. Leons normales Schritttempo war nicht matterhorngenormt.

Ein Läufer kam uns entgegen. Er schien gerade Glückshormone auszuschütten, dass es nur so krachte, weil auf seinem Gesicht ein vollkommen idiotisches und glückseliges Lächeln lag. Wir bogen in den Blauen Weg ein und die Verschnaufpause war vorbei. Der Blaue Weg war theoretisch ein entspannter Spazierweg in Halbhöhenlage, umgeben von idyllischen Schrebergärten und mit einem wunderbaren Blick hinunter nach Heslach. Wenn man Augen dafür hatte. Leon hatte entweder keine Augen dafür oder war hier schon millionenmal gejoggt, denn er fiel wieder in lockeren Trab. Diesmal lief er aber nicht davon, sondern blieb neben mir, um mir Instruktionen zu geben. »Gaaanz ruhig durch die Nase ein- und durch den Mund ausatmen ... du musst deinen eigenen Rhythmus finden ... ja, gut so ...«

Die kalte Luft drückte beim Einatmen schmerzhaft gegen meine Lungen. Ich lauschte Leons Instruktionen und versuchte gleichzeitig, nicht in allzu viele Pfützen zu patschen, weil es tatsächlich taute und der Schnee auf dem Weg sich in Matsch verwandelt hatte. Nach wenigen Minuten waren meine morschen alten Turnschuhe durchnässt und die Feuchtigkeit arbeitete sich durch die Strümpfe. Nach einer Zeit, die mir wie eine Ewigkeit vorkam, erreichten wir die Schranke am Ende des Asphaltwegs. Leon, der offensichtlich kein bisschen angestrengt war, sagte: »Ich laufe mal ein Stückchen vor und komme dann zurück. Dann kannst du in deinem eigenen Tempo laufen und fühlst dich nicht unter Druck gesetzt.«

Ich nickte nur. Sprechen konnte ich nicht mehr. Mühelos nahm Leon hinter der Schranke die Anhöhe zum Wald und nach kurzer Zeit war er nicht mehr zu sehen. Ich blieb stehen, hielt mir die Seiten und atmete tief durch. Leon tauchte aus dem Nichts wieder auf und brüllte: »Nicht stehenbleiben, das ist total ungesund!«, drehte wieder ab und raste weiter. Ich setzte mich langsam wieder in Bewegung. Toll, dieses Lauftraining. Meine Lungen brannten, ich hatte pitschnasse Füße und würde mir den Tod holen und mein Lauftrainer war ein verdeckter Stasimitarbeiter, der mich keine Sekunde unbeobachtet ließ. Und das sollte gesund sein?

Als Leon das nächste Mal auftauchte, keuchte ich: »Leon, ich habe ganz nasse Füße. Ich glaube, fürs erste Mal war das schon ganz gut. Ich gehe jetzt nach Hause. Lass dich nicht aufhalten, du kannst ja noch ein bisschen Halbmarathon laufen.«

Leon schüttelte den Kopf. »Ach komm, Line, sei kein Spielverderber. Wir machen jetzt weiter, wir haben ja grade erst angefangen. Und wenn du ernsthaft joggen willst, solltest du in ein paar ordentliche Laufschuhe investieren.«

Ich konnte mich nicht daran erinnern, jemals gesagt zu haben, dass ich ernsthaft joggen wollte. Leon jagte mich völlig unbeeindruckt von meinen Protesten und mit zunehmender Begeisterung (Endorphine?) noch eine Stunde durch den Wald. Er benutzte seine High-Tech-Armbanduhr als Stoppuhr und ließ mich abwechselnd gehen und laufen. Als wir wieder am Hauseingang angekommen waren, musste ich meine durchweichten Schuhe und Strümpfe ausziehen, um nicht zu einer Zwangskehrwoche fürs ganze Haus verpflichtet zu werden. Vom spritzenden Schneematsch war ich bis zum Oberschenkel nass und verdreckt. Meine Knie zitterten, meine Zähne klapperten und gleichzeitig stand mir der kalte Schweiß auf dem Rücken. Meine Regenjacke gehörte nicht gerade zur Sorte atmungsaktiv. Noch nie war mir der Weg in den fünften Stock so weit vorgekommen. Meine nackten Füße waren mittlerweile krebsrot angelaufen vor Kälte.

»Na, Line, wie fandest du es?«, fragte Leon. Er klang euphorisch und wollte offensichtlich gelobt werden.

»Es war toll, ehrlich«, sagte ich. »Ich bin so glücklich wie noch nie in meinem Leben. Und falls Bosch dich mal nicht mehr haben will, könntest du dich als Aufseher für Guantánamo bewerben.«

Ich duschte zehn Minuten so heiß, dass ich mich beinahe verbrühte. Danach rieb ich meine schmerzenden Füße mit

Beinwohl ein, zog meinen alten Jogginganzug an, kochte eine heiße Schokolade, tat drei Löffel Zucker hinein und ließ mich vollkommen erschöpft auf mein Sofa fallen. Mir tat alles weh. Es musste doch unkompliziertere Methoden geben, um auf Leons Hintern glotzen zu können? Vielleicht ging er ja gern in die Sauna?

Und dann geschah etwas Merkwürdiges. Obwohl ich mich körperlich völlig zerschlagen fühlte, schlich sich langsam ein Wohlgefühl in meinen Körper. Eine angenehme Müdigkeit und eine seltsame Zufriedenheit mit mir und der Tatsache, mit Leon im Schneematsch durch die Kälte gerannt zu sein. Der Ärger mit Herrn Tellerle war plötzlich weit, weit weg. Hmm. Vielleicht war ja doch was dran an der Geschichte mit den Glückshormonen.

9. Kapitel | *Dienstag*

Du hast die schönsten blauen Augen in der ganzen Stadt
und du hast Haare, wie sie sonst nur ne Prinzessin hat.
Wer dir begegnet, findet dich auf Anhieb toll
und ich weiß nicht, wie ich dir's sagen soll:

Ich kann dich überhaupt nicht leiden
und ich würd es gern vermeiden, dich zu seh'n,
drum willst du bitte gehn.
Du bist mir ganz und gar zuwider
und ich sag es immer wieder, ich hab's satt,
drum hau jetzt bitte ab.

»Weißt du, du warst immer so drollig. Du hast ständig was fallenlassen und einmal hast du den Kühlschrank in der Kaffeeküche mit dem Hammer abgetaut, mit dem Ergebnis, dass ich einen neuen kaufen musste. Und komischerweise gingen immer die Drucker kaputt, an denen du ausgedruckt hast.« Rolf nahm einen tiefen Schluck aus seinem Rotweinglas. Es war Dienstagabend und wir saßen in der *Rosenau*. Zum Glück saßen wir. Ich hatte den kurzen Weg von zu Hause in einem Tempo zurückgelegt, das einer 90jährigen Seniorin mit Rollator peinlich gewesen wäre. Das lag an einem entsetzlichen Muskelkater. Von Endorphinen keine Spur mehr. Um die schmerzenden Beine nicht mehr zu heben als nötig, hatte ich einen Schlurf-Shuffle-Schritt kreiert.

»Das mit dem Kühlschrank, das war ein Unfall«, murmelte ich. Drollig. Ich war mir nicht sicher, ob ich drollig sein wollte, zumindest nicht in den Augen eines ehemaligen Chefs, der immerhin mal mit mir rumgeknutscht hatte und mit dem ich verabredet war, weil ich ein Arbeitszeugnis brauchte. Ein Zeugnis, das mir bei der Jobsuche helfen sollte. »Pipeline Praetorius hat die ihr übertragenen Aufgaben stets sehr gewissenhaft, zu unserer vollsten Zufriedenheit und so drollig wie nur irgend möglich erledigt. Sollten Sie sie einstellen wollen, dann bringen Sie rechtzeitig die Kühlschränke in Sicherheit.« Damit konnte man sich nirgends bewerben.

»Kompetent«, sagte ich. »Findest du nicht, dass ich auch ausgesprochen kompetent war? Fachlich, meine ich?«

»Ich finde, jetzt, da ich nicht mehr dein Chef bin«, raunte er, »sollten wir unsere Beziehung auf ein neues Fundament stellen.« Wieder nahm er einen tiefen Schluck aus seinem Glas.

»Äh ja, gerne, und wie genau stellst du dir das vor?«

Rolf beugte sich vor. Ich konnte seinen Atem riechen. Er roch ziemlich nach Alkohol. Dieses Glas Wein war definitiv nicht sein erstes an diesem Abend. Früher hatte er eine starke erotische Ausstrahlung auf mich gehabt. Sonst hätte ich ja auch nicht mit ihm geknutscht. Jetzt sah er dagegen grau und verbraucht aus.

»Du und ich, Line ... wir teilen etwas ganz Besonderes.«

»Äh ja, klar. Und wie geht es deiner Frau?«

Rolf schniefte. O mein Gott. Er würde doch nicht etwa anfangen zu heulen? Ich *hasste* emotionale Männer! Männer hatten keine Gefühle zu zeigen! Das war einfach nicht ihr Job! Das war der gleiche Scheiß wie mit Leon am Samstagabend!

Rolf holte aus der Hosentasche seiner Designer-Jeans ein Taschentuch, auf dem zwei Kirschen aufgestickt waren, und tupfte sich die Augen ab. Dann schnäuzte er sich. Wenigstens nicht umgekehrt.

»Meine Frau ...«, flüsterte er. »Ach, meine Frau. Was heißt das schon, meine Frau! Sie liebt mich schon lange nicht mehr! Sie hat einen Liebhaber! Ach was, einen, mehrere!«

Aus heiterem Himmel packte er mein Handgelenk, so dass ich gezwungen war, das Weinglas loszulassen, das ich nervös umklammert hatte.

»Line ...« Seine Stimme nahm einen beschwörenden Klang an. Irgendwie war meine Hand jetzt auf seine Tischseite gerutscht und er umklammerte sie noch fester. Ich versuchte, sie zurückzuziehen, ohne allzu handgreiflich zu werden. Es ging nicht. Rolf hielt mich so fest, als sei er ein Geist in einem alten Gruselfilm. Ich blinkerte verzweifelt dem Kellner zu, der gerade am Tisch nebendran bediente und uns interessiert beobachtete. Er zuckte die Schultern und grinste. Rolf beugte sich vor und flüsterte, »Line, lass uns fortgehen. Weit fort! Ich hab genug von der Schwäbischen Alb und Stuttgart. Lass uns nach Paris gehen! Nur du und ich! Dort machen wir zusammen eine Agentur auf, mieten uns eine Wohnung am Montmartre, essen Baguette, trinken Rotwein und ich schenke dir eine Baskenmütze ...«

»Rolf, du kannst doch gar kein Französisch!«

Rolf zuckte die Schultern. »Na und? Wir leben in einer globalisierten Welt. Mit Englisch und Schwäbisch kommt man auch in Paris durch.«

Noch immer hielt er meine Hand wie in einem Schraubstock fest.

»Rolf, du tust mir weh!«

Mit ehrlicher Bestürzung ließ er meine Hand los, aber als ich sie blitzschnell zurückziehen wollte, packte er sie erneut, beugte sich darüber und küsste sie. Aus den Augenwinkeln konnte ich den Kellner sehen, der sich großartig amüsierte. Er war nicht der Einzige, der uns beobachtete. Genau in dem Moment, als Rolf wie eine billige Ritter-Imitation meine Hand abknutschte, ging ein Paar an unserem Tisch vorbei. Die Frau trug einen strengen, sehr eleganten Hosenanzug in dezentem Schwarz. Im Kontrast dazu war ihr (wasserstoff-?)blondes Haar auf dem Kopf aufgetürmt und floss von dort sehr sexy in wilden Kaskaden in alle Richtungen. Der Mann war Leon. Er nickte mir zu und sein Gesicht zeigte keinerlei Regung. O Gott.

»Lass den Scheiß und gib mir endlich meine Hand zurück!«, zischte ich Rolf zu. Ich stand abrupt auf und schlurf-shuffelte zum Klo. Ich überholte Leon und seine Zicke mit Tempo 60 und klatschte mir auf dem Klo Wasser in mein hochrotes Gesicht. Aus meinen Ohren kamen mal wieder Rauchwölkchen. Ich holte tief Luft und versuchte, meine Lage zu analysieren, eiskalt und ohne Gefühlsregung:

Ich konnte Rolf nicht völlig vor den Kopf stoßen, weil ich das Zeugnis brauchte. Andererseits hatte er für das Zeugnis offensichtlich eine Bezahlung in Naturalien vorgesehen. Und warum musste ausgerechnet im allerpeinlichsten Moment Leon auftauchen? Gab es nicht noch andere Kneipen in Stuttgart als die *Rosenau*? Die *ich* ihm gezeigt hatte? Und wer war die bescheuerte Tante, mit der er sich da abgab? Fiel er genauso wie alle Männer auf platinblonde Wallehaare herein? Hatte er nicht behauptet, in Stuttgart niemanden zu kennen? Dann sollte er sich gefälligst daran halten!

In diesem Augenblick öffnete sich die Klotür und die bescheuerte Tante rauschte herein, vermutlich um sich ihr blasiertes Näschen zu pudern. Sie warf mir ein strahlendes Lächeln zu, das links und rechts an den Ohren festgezimmert war, und verschwand in einer Toilette. Die wenigen Sekunden hatten ausgereicht, um festzustellen, dass es wohl nicht nur die Wallehaare waren. Unter ihrem Jackett, das jetzt vermutlich über der Stuhllehne hing, befanden sich ein paar ordentliche Titten, die sich deutlich unter ihrem enganliegenden weißen T-Shirt abzeichneten.

Ich floh aus dem Klo, um nicht mit ihr reden zu müssen. Außerdem machte ich mich ja lächerlich, wenn ich stundenlang an meinem nicht vorhandenen Make-up herumbastelte. Leider brachte mich das andererseits in das Dilemma, an Leons Tisch vorbei zu müssen und mich mit ihm zu unterhalten. Da er allein war, würde es komisch aussehen, ohne ein Wort vorbeizugehen. Einen kurzen Augenblick dachte ich, dass Leon in Cordjacke und Jeans gut aussah für jemanden, der keine Bücher las.

»Hallo Leon, wie geht's?«, fragte ich matt und ohne jede Überzeugung.

»Danke, gut«, sagte er und schien kein bisschen befangen zu sein von dem seltsamen Auftritt, den er beobachtet hatte. »Warum läufst du so komisch? Geht's dir nicht gut?«

»Ich bin gestern von einem Sklaventreiber durch den Wald gehetzt worden«, sagte ich spitz.

»Ach, du hast Muskelkater!« Auf Leons Gesicht machte sich das übliche Grinsen breit. »Gegen Muskelkater hilft nur weitertrainieren. Soll ich dich morgen Abend abholen?«

»Nein danke. Meine Schuhe brauchen noch ungefähr drei Wochen, bis sie wieder trocken sind. Und jetzt gehe ich wohl besser zurück an meinen Tisch.«

»Klar«, sagte Leon.

»Ich bin mit meinem alten Chef hier,« sagte ich.

»Klar«, sagte Leon.

»Er schreibt mir ein Zeugnis.« Au Mann, warum hatte ich das Bedürfnis, mich vor Leon zu rechtfertigen?

»Klar«, sagte Leon und grinste noch breiter. Ich hatte irgendwie das Gefühl, dass er sich über mich amüsierte. In diesem Augenblick tauchte das Sahneschnittchen auf.

»Prima, dass du kommst, Yvette. Dann kann ich dich meiner Nachbarin Line vorstellen. Sie kümmert sich rührend um mich und hat mir auch die *Rosenau* gezeigt.«

»Ist das nicht süß«, sagte Yvette und gab mir eine eiskalte Hand. Ein zarter Parfümduft wehte zu mir herüber und das Haar hatte sie wohl gerade auf dem Klo frisch aufgetürmt. Ihr Blick glitt schonungslos über mein ungeschminktes Gesicht, verweilte auf meinem nicht vorhandenen Busen und blieb dann mit leicht hochgezogenen Augenbrauen auf meinen sportlichen Winterstiefeln hängen, die Streusalzflecken aufwiesen.

»Stell dir vor, Yvette und ich kennen uns noch aus der Grundschule! Wir haben uns seit Jahren nicht gesehen, und dann läuft sie mir in der Kantine über den Weg! Sie arbeitet auch bei Bosch!«

»Ist das nicht süß«, sagte ich. »In der Kantine?«

Leon lachte, als hätte ich einen großartigen Witz gemacht. »Nein, sie ist auch Ingenieurin. Und eine sehr gute noch dazu.« Er strahlte Yvette an und schien nicht zu bemerken, dass sie mich von oben bis unten musterte und dabei im Geiste die Liste ihrer Auftragskiller durchging, während ich mir gerade überlegte, ob es wohl möglich war, Yvettes nächstes Kantinenessen mit Zyankali anzureichern.

In diesem Augenblick stellte der Kellner zwei Gläser Prosecco vor den beiden ab. »Nun, dann will ich eure Wiedersehensfeier nicht länger stören«, sagte ich. »Sicher habt ihr euch viel zu erzählen. Ich muss auch mal zurück an meinen Tisch. Rolf wird schon auf mich warten. Einen schönen Abend noch.« Ich versuchte, mich würdevoll zu entfernen, was mit dem Schlurf-Shuffle-Schritt ziemlich schwierig war. Ich spürte, wie sich Yvettes Augen wie zwei Messer in meinen Rücken bohrten.

Vor Rolf standen ein frisches Glas Wein und geschmälzte Maultaschen. »Da bist du ja endlich. Ich habe schon mal angefangen. Die Maultaschen werden kalt. Deinen Teller hat der Kellner warmgestellt.«

Ich holte tief Luft. »Hör zu, Rolf. Du hörst jetzt auf, mich anzubaggern, und dafür nehme ich dir die Arbeit ab und schreibe mein Zeugnis selber. Wir genießen den Rest des Abends wie es sich für zwei alte Freunde gehört, und fertig.«

Rolf zuckte mit den Schultern. Er wirkte leicht gekränkt. Der Kellner stellte die Maultaschen vor mir ab. Ich sah ihm an, dass er sich das Lachen verkneifen musste, der unverschämte Kerl. Eine Weile aßen wir beide schweigend. Mein Kopf war leer. Irgendein Gesprächsthema musste es doch geben! »Hast du was von Gina gehört?«, fragte ich schließlich. Gina war eine Praktikantin gewesen, mit der sich Rolf besonders gut verstanden hatte.

Wir schafften es irgendwie, den Rest des Abends damit zu verbringen, alte Bürostories aufzuwärmen, ohne allzu persönlich zu werden. Je mehr Wein Rolf trank, desto einsilbiger wurde er. Ich war froh, als er nach der Rechnung verlangte. Auf dem Weg zur Tür schwankte er leicht. Ich zwang mich, nicht in Leons und Yvettes Richtung zu blicken. Es reichte, dass mir Yvettes helles Lachen in regelmäßigen Abständen ans Ohr drang. In der *Rosenau* standen die Tische ziemlich nah beieinander. Mein Gott, wie hielt Leon das nur aus? Die Frau war ja vollkommen hysterisch.

»Soll ich dich nach Hause bringen?«, fragte Rolf, als wir vor der Kneipe standen. »Quatsch. Du weißt, dass ich um die Ecke wohne.« Rolf nickte und schien fast erleichtert zu sein. »Na dann.« Er beugte sich leicht schwankend vor und gab mir einen Kuss auf die Wange. »Na dann. Danke für die Einladung. Ich maile dir dann das Zeugnis«, sagte ich. Rolf grunzte zur Antwort, drehte sich um und ging in leichten Wellenlinien die Rotebühlstraße hinunter. Ich fragte mich, ob er überhaupt noch eine Wohnung in Stuttgart hatte oder ob er in diesem Zustand auf die Alb fahren wollte. Sollte ich ihn nicht vorsichtshalber fragen? Würde ich ein schlechtes Gewissen haben, wenn er am Albaufstieg aus der Kurve flog? Ich drehte mich um und ging, so schnell es mein Muskelkater zuließ, in die andere Richtung. Ich zweifelte nicht daran, dass Rolf ein Übernachtungsangebot angenommen hätte.

10. Kapitel | *Mittwoch*

It begins to tell round midnight, round midnight.
I do pretty well till after sundown
suppertime I'm feeling sad
but it really gets bad round midnight

»Ich meine, das muss man sich mal vorstellen, was hat der Kerl denn für einen Durchlauf, erst Samstag war er mit zwei Frauen in der *Rosenau* und am Dienstag schon wieder mit der nächsten!«

»Line, du warst doch auch am Samstag mit einem Mann in der *Rosenau* und am Dienstag mit einem anderen.«

»Das kann man doch gar nicht vergleichen!! Das war mein Ex! Exchef, meine ich! Der sollte mir ein Zeugnis schreiben!«

»Äh ja, natürlich. Line, ich will dir nicht zu nahe treten, und wahrscheinlich ist das völliger Schwachsinn, aber ich meine, wenn ich es jetzt nicht besser wüsste, also dann würde ich doch tatsächlich fast glauben, dass du eifersüchtig bist.«

»*Ich bin nicht eifersüchtig!*«, brüllte ich ins Telefon.

»Warum brüllst du dann so?«, fragte Lila milde.

Es war der Morgen nach meinem denkwürdigen Abend in der *Rosenau.* Am liebsten hätte ich Lila abends noch angerufen, aber es war schon ziemlich spät gewesen und ich war mir nicht sicher, ob sie schon schlief. Also hatte ich ihr eine SMS geschickt und sie hatte mich angerufen, als die Wohngruppe ihr eine Atempause gönnte.

Ich hatte lange nicht einschlafen können. Ich war so enttäuscht von Leon. Ich hatte gedacht, er sei anders als andere Männer, nicht so oberflächlich, aber kaum tauchte da so ein Gespenst aus der Vergangenheit auf, war es ihm völlig egal, dass sie wie Paris Hiltons ältere Schwester aussah und wahrscheinlich genauso bescheuert war. Je älter die Leute wurden, desto größer war die Gefahr, dass sie sich aus Torschlusspanik und Nostalgie heraus mit alten Jugendfreunden zusammentaten, egal, ob es passte oder nicht. Ich war nicht eifersüchtig, ich war nur menschlich so enttäuscht. Schließlich wollte ich nichts von Leon.

»Ich bin nicht eifersüchtig, ich bin nur menschlich so enttäuscht«, sagte ich.

»Was genau findest du denn so enttäuschend?«

»Dass er auf eine dämliche Zicke mit großen Titten abfährt, die sich garantiert nach dem Duschen zwischen den Zehen abtrocknet, das finde ich enttäuschend!«

Ich hatte die Schlafzimmertür offen gelassen, um zu lauschen, wann Leon nach Hause kam und ob eine oder zwei Personen die Treppe hinauftrampelten. Und ob es bei der Trampelei Pausen gab, weil sie sich zwischendurch in den Armen lagen und wild abknutschten. Nur so aus Neugier. Nicht, dass ich ihm hinterherspionierte. Blöderweise war ich dann eingeschlafen und mitten in der Nacht aufgewacht, weil ich der offenen Tür wegen fror wie ein Schneider. Als ich die Schlafzimmertür schloss, war es im Haus totenstill.

»Warum sollte Leon anders sein als andere Männer?«, fragte Lila. »Der ist auch kein Heiliger. Line, glaub mir, kein Mann verliebt sich in eine Frau, weil er mit ihr so angeregt über Baudelaire diskutieren kann.«

»Nein?«, sagte ich zögernd. »Warum dann?«

»Weil sie große Titten hat und mit dem Hintern wackelt.«

»Leon auch?«

»Leon auch.«

»Ach«, sagte ich. Mehr fiel mir dazu nicht ein. Lila versprach, sich am Abend noch einmal mit mehr Ruhe zu melden und mir ihre Sicht der Dinge und des Mannes an sich ausführlich mitzuteilen.

Nach dem unbefriedigenden Telefonat mit Lila holte ich mir ein Laugenbrötchen und belegte es mit Salami. Ich war ziemlich spät aufgestanden. Im Flur begegnete mir zum Glück niemand. Das war auch besser so, schließlich war ich noch immer die böse Fischkillerin. Nach dem Frühstück fuhr ich mit dem Fahrrad zur Stadtbücherei. Der Schnee war mittlerweile völlig weggetaut und fast lag so etwas wie Vorfrühling in der Luft. Trügerisch. In den letzten Jahren war der Winter in Stuttgart immer so gewesen. Vier Tage mild, drei Tage kalt. Der Frühling würde noch auf sich warten lassen.

Ich wollte so rasch wie möglich mein Arbeitszeugnis für die Agentur schreiben, solange Rolf sich noch an mich erinnerte, hatte davon aber genauso wenig Ahnung wie vom Lebenslauf. Also stapelte ich erst mal einen Meter Fachliteratur auf den Tisch und holte dann die Bücher, die ich am Vortag benutzt hatte. Ich hätte die Bücher ja auch ausleihen können, aber die kreative, geschäftige Atmosphäre der Stadtbücherei würde mir helfen, konzentriert meine Aufgaben zu erledigen. Dann konnte ich vor Einbruch der Dunkelheit zu Hause sein und es mir bei einer Tasse heißer Schokolade mit drei Löffeln Zucker bei Nostalgie-TV gemütlich machen und zufrieden auf mein Tagwerk zurückblicken.

Heute Abend wollte ich den Wüstenscheich (hmm, wie war sein Name noch gleich?) anrufen, um auf andere Gedanken zu kommen. Leon würde sich auf sein Pralinchen aus der Schulzeit kaprizieren, sie würde versehentlich die Pille vergessen und ich, die nette Nachbarin, Lebensretterin des Bräutigams, durfte bei der Hochzeit die Trauzeugin sein. Wenig später würde das glückliche Paar uns am schönen, alten, nicht tiefer gelegten Stuttgarter Bahnhof mit spitzenumsäumten Taschentüchern hinterherwinken, wenn der Wüstenscheich und ich in den Orientexpress oder die Transsibirische Eisenbahn einstiegen (ich war mir grade nicht so sicher, welcher Zug in Stuttgart hielt), also sie würden uns hinterherwinken, nachdem wir gemeinsam Bruces/John-Boys/Erics umfangreiche Fotoausrüstung im Gepäckwagen verstaut hatten, weil wir zu einer Reportage in die Innere Mongolei aufbrachen, um dort über einen Volksstamm zu berichten, den man drei Tage vorher entdeckt hatte. Während Yvettes Bauch langsam anschwoll, würde Leon immer häufiger gedankenverloren aus dem Fenster seiner Killesberg-Villa sehen, die Yvettes Blankeneser Eltern dem glücklichen Paar großzügig zur Hochzeit geschenkt hatten, und wenn Yvette ihn fragte, was denn los sei, würde er zerstreut antworten, »Ach nichts, Schatz«, und sich gleichzeitig ausmalen, wie Eric und ich in einer Jurte ranzigen Buttertee tranken und uns nachts auf den Fellen der mongolischen Büffel liebten …

Meine Arme schmerzten. Seit mehreren Minuten stand ich mit einem großen Stapel Bücher wie festgefroren zwischen zwei Regalreihen. Wahrscheinlich hatten andere Bibliotheksbesucher, die ans gleiche Regal wollten, panisch die Flucht ergriffen, als sie meinen starren Blick sahen, weil sie befürchteten, die Bekloppte würde aus ihrer Trance erwachen und ihnen in wildem Amoklauf einen großen Brockhaus auf den Schädel hauen, Band Albtraum bis Bandscheibenvorfall.

Schluss mit der Tagträumerei! Arbeit und Erfolg waren angesagt! Ich lud die Bücher auf meinem Tisch ab und sortierte sie dann in zwei Stapel. Links die Lebenslauf-Bücher, rechts die Arbeitszeugnis-Bücher. Der Arbeitszeugnis-Bücherstapel war ein bisschen kleiner. Das fand ich ungerecht. Also suchte ich nach einem weiteren Buch, was eine Weile dauerte, weil es weniger Bücher zu Arbeitszeugnissen als zu Lebensläufen gab. Dann warf ich noch einen Blick auf die Zeitschriften und holte mir eine Brigitte und ein Psychologie heute. Es konnte nicht schaden, sich sanft darauf einzustellen, dass ich mich jetzt konzentrieren würde. Ich blätterte die Brigitte durch, las einen Reisebericht über Wohlfühlferien in Andalusien und machte mich dann an einen komplizierten Artikel in Psychologie heute. »Mentales Coaching – so programmieren Sie Ihre Ziele«, na, das war doch genau richtig! Dieser Artikel würde mir helfen, noch konzentrierter zu arbeiten, noch zielstrebiger meine Ziele – einen neuen Job, einen Mann, der Bücher und die Oper liebte, eine billige neue Wohnung – zu erreichen!

»Sie schnarchen.« Jemand rüttelte an meiner Schulter und ich fuhr verwirrt hoch. »Entschuldigung, ich versuche, eine Bewerbung zu schreiben, aber Sie schnarchen so laut. Da kann ich mich nicht konzentrieren.«

»Oh, tut mir leid!« Ich blickte in das Gesicht einer Frau um die dreißig, Typ Hornbrille und Klassenbeste. Sie nickte und setzte sich wieder an ihr Tischchen. Großartig. Anstatt mich um meine Unterlagen zu kümmern, schnarchte ich wie ein Berber und sabberte die neueste Ausgabe von Psychologie heute voll.

Ich ging aufs Klo, ließ mir Wasser über das Gesicht und die Handgelenke laufen und holte mir dann einen Becher Kaffee. Die über die internationalen Zeitungen gebeugten Gesichter waren die gleichen, die ich am Vortag gesehen hatte. Manche Menschen schienen in der Stadtbücherei zu wohnen. Vielleicht falteten sie sich am Abend wie eine Ziehharmonika zusammen und übernachteten für zwei Euro Pfand in den Schließfächern, weil es dort nachts so schön ruhig war.

Als ich endlich wieder an meinem weißen Tischchen saß, waren zweieinhalb Stunden vergangen, seit ich die Stadtbücherei betreten hatte. Bewundernswert, wie unaufhaltsam ich meine Ziele verfolgte. Eine Weile beobachtete ich die Streberin. Sie machte sich konzentriert Notizen, ohne ein einziges Mal aufzusehen. Ich nahm mir vor, sie mir als Vorbild zu nehmen.

Da die Zeit nun schon so weit fortgeschritten war, musste ich entscheiden, ob ich mich um den Lebenslauf oder das Zeugnis kümmern wollte. Das Zeugnis schien mir dringlicher zu sein, also räumte ich den ganzen Lebenslaufliteraturberg wieder zurück in die Regale. Nun hatte ich schön viel Platz auf meinem Tisch. Ich holte tief Luft und schlug das erste Buch auf.

Nach weiteren drei Stunden, in denen ich mir zwischendurch bei Rewe am Olgaeck ein gesundes, mit Salat belegtes Salamibrötchen geholt hatte, wegen des Kaffee zweimal auf dem Klo gewesen war, ein bisschen in einem Reiseführer über die Innere Mongolei geschmökert und meine konzentriert arbeitende Tischnachbarin, die ich mir ja zum Vorbild genommen hatte, so intensiv angestarrt hatte, dass sie irritiert aufblickte und mir einen bösen Blick zuwarf, stand das Grobgerüst meines Arbeitszeugnisses und ich war sehr zufrieden mit mir.

Das lag natürlich auch daran, dass mir die Agentur Rolf & Heinz für meine stets sehr guten Leistungen dankte, den Zusammenbruch ihrer Firma und meinen dadurch verursachten Fortgang und eventuell daraus entstandene Unannehmlichkeiten außerordentlich bedauerte und sich eigentlich auch zukünftig die Fortsetzung der konstruktiven und äußerst angenehmen Zusammenarbeit gewünscht hätte. Aufgrund der Unmöglichkeit dessen war sie der Bitte nach einem Arbeitszeugnis sehr gerne nachgekommen und verlieh mit Nachdruck dem Wunsch Ausdruck, ich möge bald wieder eine meinen herausragenden Fähigkeiten entsprechende Beschäftigung finden. Insbesondere der von Frau Praetorius geprägte Spruch »Mach es wie die Eieruhr, zähl die heitren Stunden nur« war mittlerweile zu einem geflügelten Wort geworden und hatte entscheidend zum Image der Agentur beigetragen. Ja, ich war stolz auf mich.

Ich verschob die Reinschrift des Zeugnisses auf den nächsten Tag, weil man ja über wichtige Dokumente immer noch eine Nacht schlafen sollte. Es war schon dunkel, als ich die anregende Atmosphäre der Stadtbücherei verließ. Um nach den zwei Salamiportionen des Tages noch etwas Gesundes zu essen, holte ich mir bei Alnatura in der Tübinger Straße eine Biopizza »Vier Käsesorten.«

Ich hatte gerade den Ofen angeschaltet und es mir vor dem Fernseher bei »Bezaubernde Jeannie« bequem gemacht, als es klingelte. Allmählich entwickelte sich Leon zur Landplage. Warum scharwenzelte er nicht um seine Sandkastenliebe herum?

Ich öffnete und blieb im Türrahmen stehen. Ich hatte mich auf einen gemütlichen Abend gefreut, die einzige männliche Präsenz sollte sich am Ende einer Telefonleitung befinden und mein zukünftiger Lover werden. Für Leon war jetzt kein Platz.

Mein Nachbar hielt mir eine Zeitungsseite vor die Nase.

»Sag mal, liest du die *Stuttgarter Zeitung?*«

Ich schüttelte den Kopf. Ich war zwar eine Intellektuelle und las Flaubert, Baudelaire und Beauvoir, aber eine Tageszeitung hielt ich für Zeitverschwendung. »Nein, wieso? Liest du sie? Den Sportteil wahrscheinlich?«

»Den Politikteil, vor allem. Manchmal auch durch Zufall die Todesanzeigen.« Er streckte mir die Zeitungsseite hin.

»Ist jemand gestorben, den du kennst?« Es war kaum davon auszugehen, dass jemand gestorben war, den ich kannte, denn woher sollte Leon wissen, wen ich kannte?

Meine Augen überflogen die Seite. Es dauerte eine Weile, bis ich die Anzeige sah. Sie war nicht besonders groß.

Mein getreuer Freund und liebster Weggefährte

Max

ist durch einen tragischen, unverschuldeten, fremdverursachten Unfall aus seinem sowieso kurzen Leben gerissen worden.

Ich werde ihn sehr vermissen.

In stiller Trauer
Heiner Tellerle mit Moritz und allen Freunden

Ich ließ die Zeitung sinken.

»Man muss ja schon dankbar sein, dass er mich nicht namentlich erwähnt hat«, sagte ich.

»Wieso hast du nichts davon erzählt?«, fragte Leon. Er klang wie ein kleiner Junge, dem man erklärt hatte, er sei zu klein zum Boxautofahren.

»Weil es mir peinlich war! Ich hab die Jungs zu gut gefüttert!«

»Ach komm, Line! Es war seine Entscheidung, dir das Aquarium in Pflege zu geben! Dann muss er auch mit so etwas rechnen! Ich hätte nur gedacht, dass du es mir erzählst. Schließlich war ich mit beim Füttern.« Er sah verletzt aus. Meine Güte, was für ein Mimöschen! Ich war es gewohnt, Dinge mit mir allein auszumachen.

»Leon, ich habe dich nicht gebeten, mir beim Fische füttern zu helfen! Ich habe dich auch nicht gebeten, dir ein Fischstäbchen in den Hals zu stecken und danach jeden Tag hier aufzukreuzen! Such dir jemand anderes zum Spielen! Du nervst mich, verstehst du?!«

Ich klappte den Mund zu. O mein Gott. Hatte ich wirklich gesagt, was ich gerade gehört hatte? War das aus meinem Mund gekommen?

Es war totenstill. Leon sah mich mit entsetzt aufgerissenen Augen an. Alle Farbe war aus seinem Gesicht gewichen.

»Gut«, sagte er schließlich knapp. »Da habe ich wohl einiges grundsätzlich missverstanden. Muss eine Mentalitätsfrage sein. Nord-Süd-Gefälle. Keine Sorge. Ich werde dich nicht länger belästigen.«

Zwei Sekunden später war er in seiner Wohnung verschwunden. Ich konnte hören, wie einen Stock tiefer eine Tür zugezogen wurde. Es war mir egal. Ich floh in mein Badezimmer, verrammelte die Tür von innen und setzte mich auf den Klodeckel. Ich zitterte am ganzen Leib. Nach ein paar Minuten konzentrierter Bauchatmung war ich ruhiger. Außerdem war mir kalt. Ich hatte mich benommen wie der letzte Idiot. Und überhaupt, sich wegen eines toten Schleierschwanzes in die Haare zu geraten, das war doch absolut lächerlich! Ich musste sofort zu Leon und mich entschuldigen. Ich marschierte aus dem Bad und legte die Hand auf die Klinke. In dem Augenblick nahm ich einen charakteristischen Geruch aus der Küche wahr.

Als ich die Wohnung gelüftet und die halb verbrannte Käsepizza mit einem Glas Rotwein hinuntergespült hatte, fühlte ich mich besser. Ich würde nicht zu Leon gehen. Jedenfalls nicht heute. Wenn ich ihm jetzt ein Versöhnungsangebot machte, würde er wieder jeden Tag bei mir aufkreuzen. Eigentlich meinte ich ja, was ich gesagt hatte. Ich hatte mich nur etwas harsch ausgedrückt.

Kurz darauf klingelte das Telefon. Ich hatte den Fernseher wieder angestellt und wartete reglos, bis der AB ansprang.

»Line, ich bin's, Lila. Was ist los? Du wolltest doch zu Hause sein. Bist du bei deinem Scheich? Na ja, du kannst mich ja zurückrufen. Melde dich.«

Ich rief nicht zurück. Auch um mich bei Eric zu melden, wie ich vorgehabt hatte, fehlte mir der Elan. Stattdessen zappte ich mich durch die Kanäle, ohne wirklich etwas wahrzunehmen. Erst als ich völlig übermüdet war, schaltete ich die Kiste ab. Dann legte ich mein Ohr an die Wand. In der Nachbarwohnung war es totenstill.

11. Kapitel | *Donnerstag*

I'm so hard to handle, I'm selfish and I'm sad.
Now I've gone and lost the best baby that I ever had.
Oh I wish I had a river I could skate away on

Ich hatte unruhig geschlafen. Im Traum saß ich an meinem Tischchen in der Stadtbücherei. Plötzlich war ein zornroter Leon erschienen, auf den Armen einen Haufen stinkender, halbverfaulter toter Fische, die er auf meinen Tisch packte. »Fischmörderin!«, brüllte er. »Fischmörderin!«

Von der anderen Seite kam jetzt die Streberin mit der Hornbrille, ein Hohngrinsen im Gesicht, nein, von allen Seiten kamen jetzt Menschen auf mich zu, beladen mit toten, schleimigen Fischen, die sie auf mich und den Tisch kippten. Ich hielt die Arme schützend über den Kopf, aber es half nichts, die Fische glitschten an mir herunter, bedeckten mich, ich bekam kaum noch Luft, die Menge brüllte im Chor: »Sie hat Max umgebracht!«, und dann wachte ich zum Glück auf.

Unter der heißen Dusche beschloss ich, mein Leben zu ändern. Es konnte nicht sein, dass ich jede Nacht Albträume hatte oder in regelmäßigen Abständen zitternd an meiner Wohnungstür stand, weil ich mich mit irgendwelchen Nachbarn stritt. Von heute an würde ich Leon aus meinem Leben streichen und mir sobald wie möglich eine neue Wohnung suchen. Genau. Ein Neuanfang ohne durchgeknallte Nachbarn aus Nord- oder Süddeutschland. Das musste doch sogar in Stuttgart möglich sein.

In Hochstimmung trank ich meinen Frühstückskaffee, als das Telefon klingelte. Das war bestimmt Lila. Großartig. Dann konnte ich ihr gleich meine Entscheidung mitteilen.

»Lila hier. Na, hast du eine leidenschaftliche Nacht mit deinem Scheich hinter dir?«

»Äh – nein. Ich ändere gerade mein Leben.«

»Und wie sieht das aus?«

»Ich streiche Leon daraus. Als Erstes. Und dann suche ich mir eine neue Wohnung. Als Zweites. Und dann finde ich einen tollen Job. Als Drittes.«

Es blieb ziemlich still in der Leitung. Ich hatte nicht den Eindruck, als ob Lila mir jetzt mit einem zustimmenden, kommunikativen »mmhm«, »ach so«, »aha« oder »erzähl mir doch mehr« weiterhelfen würde.

»Ich habe mich mit ihm gestritten. Gestern Abend. Und jetzt habe ich beschlossen, ihn abzuhaken, und seither geht es mir viel besser.«

»Von allen Volltrotteln, die ich kenne ...«

Irgendwie verlief das Gespräch nicht so, wie ich mir das vorgestellt hatte.

»Wer hat mit dem Streit angefangen?«

»Ich.«

»Toll gemacht.«

»Danke.«

»Was hat er dir denn getan?«

»Nichts. Er ging mir auf die Nerven.«

»Dann bin ich ja gespannt, wann du mich abservierst.«

»Das hat doch damit überhaupt nichts zu tun!«

»Doch.«

»Hat es nicht!«

»Hat es doch! Erst streichst du Leon aus deinem Leben, dann deine gute alte Freundin Lila! Die ist zwar praktisch, wenn man sich ausheulen will, aber ansonsten überflüssig!«

»Du hast sie doch nicht mehr alle!«

Ich knallte den Hörer auf, lief ins Bad und klatschte mir Wasser ins Gesicht. Zwei niedliche kleine Rauchwölkchen kamen links und rechts aus meinen Öhrchen und segelten langsam zur Decke. Langsam reichte es mir. Erst Leon, dann Lila. Auf eine einsame Insel mit ihnen! Ich hatte die Schnauze gestrichen voll! Vor meinem inneren Auge sah ich mich mit einem Ruderboot zu meiner stolzen Fregatte rudern, ohne Lila und Leon auch nur eines Blickes zu würdigen, die an einem schneeweißen Strand unter Kokospalmen flehend die Arme nach mir ausstreckten und hilflos zusehen mussten, wie sich das Ruderboot mit raschem Schlag entfernte. Natürlich hatte ich sie ohne Wasser und Proviant zurückgelassen. Obwohl ... wenn ich mir das so genau überlegte ... Lila und Leon allein auf einer einsamen Insel, das war vielleicht doch keine so gute Idee. Außerdem konnte ich nicht rudern.

Und überhaupt. Ich brauchte Lila. Sie war meine Seelentrösterin, Zuhörerin, Nie-Geduld-Verliererin (na ja, fast nie), Rosamunde-Pilcher-Mitguckerin, Sich-über-die-Welt-Amüsiererin. Einfach meine beste Freundin. Und sie hatte Recht. Ich heulte mich ständig bei ihr aus.

Ich stürzte ans Telefon und wählte ihre Handy-Nummer. Lila ließ mich zappeln. Eine halbe Sekunde, bevor die Mailbox angesprungen wäre, ging sie dran.

»Lila, es tut mir leid! Ich will nicht, dass du auf eine einsame Insel gehst!«

»Welche einsame Insel?«

»Vergiss es, ich meine damit: Du bist meine beste Freundin. Ich brauche dich. Mehr als jeden Mann!«

»Wirst du jetzt lesbisch?«

»Neeiin! Aber Frauenfreundschaften sind nun einmal haltbarer als Beziehungen!«

»Du willst mich also nicht im Zuge deiner Lebensrenovierung entrümpeln und auf den Sperrmüll stellen?«

»Neeiin!«

»Gut. Dann hätten wir das ja geklärt. Jetzt muss ich weiterarbeiten. Und über Leon reden wir später nochmal.«

Ich hatte keine Lust, später nochmal über Leon zu reden. Aber es war nicht der beste Zeitpunkt, um Lila damit zu konfrontieren.

Nach dem Telefonat ging ich ins Schlafzimmer und starrte zum Fenster hinaus. Der Himmel über der Stadt war mal wieder tiefergelegt. Das war so ein Himmel, wie es ihn in südlicheren Ländern gar nicht gab. Eine geschlossene Wolkendecke, die tagelang nicht aufriss und nicht einmal den klitzekleinsten Sonnenstrahl durchließ. Wenn man mit Freunden, heißer Schokolade und Schwarzwälder Kirschtorte um einen Tisch herumsaß und alberte, war es ein gemütlicher Himmel. Wenn man keinen Job hatte und gerade zwei Streits hinter sich, war es ein depressiv machender Himmel.

Okay, Line, dachte ich. Bevor du jetzt in einem tiefergelegten Meer aus Selbstmitleid versinkst, lass dir was einfallen.

Sicher wäre es am vernünftigsten, endlich in der Stadtbücherei meine Unterlagen fertig zu stellen. Leon hätte mir wahrscheinlich geraten, im Wald Endorphine zu produzieren. Ich tat keins von beidem. Heute brauchte ich etwas für mein zusammengeschnurzeltes Ego. Ich ging wieder zum Telefon.

»Hollister, PhotoART.« Mein Herz klopfte.

»Hallo Eric. Hier ist Line. Erinnerst du dich? Die Frau vor dem Arbeitsamt. Die mit dem Hähnchen.«

»O hello, Line, so nice to hear from you!« Er klang ehrlich erfreut. »Wie nett, dass du dir meldest. Wann kommst du mal vorbei und schaust meinen Foutous an?«

Das schien ja einfacher zu laufen als gedacht. Ich hatte mich auf umständlichen Smalltalk eingestellt, aber so waren richtige Männer eben! Und Fotos waren allemal spannender als Briefmarkensammlungen!

»Nun, ich hätte heute Nachmittag eigentlich einen wichtigen Termin gehabt, der hat sich aber kurzfristig zerschlagen. Aber ich will dich natürlich nicht vom Arbeiten abhalten.« Das war die reine Lüge. Aber mein Ego brauchte noch heute Aufbauhilfe, und den Scheich abends zu treffen, war mir zu riskant.

»Great, heute Nachmittag passt mir gut, dann komm doch so gegen vier vorbei, ich habe wunderbare Darjeeling von meine letzten Indien-Reise mitgebracht.«

»Gerne, dann also um vier. Ich weiß aber nicht so richtig, wo du wohnst.«

»Das ist auf der Uhlandshöhe. In the East. Du nimmst den 42er bis zur Schwarenbergstraße. Dann du gehst steil den Berg hoch. Angel's airport. Engeleinflugschneise.«

»Engeleinflugschneise?«

»Weil hier so viel Anthroupousouphen wohnen. Ich bin übrigens keiner. Ich bin eine Weltbürger. Ein Berliner, Atheist, Buddhist, Kommunist, Hedonist. Such's dir aus.«

»Äh ja. Interessant«, sagte ich. »Lass uns heute Nachmittag darüber reden.«

War ein Hedonist nicht jemand, der nichts wegwerfen konnte? Dann war Eric M. Hollisters Wohnung sicher ein Schlamperladen.

Eric wohnte gar nicht so weit weg von Lila. Vielleicht konnte ich anschließend noch bei ihr vorbeischauen, um gemeinsam die Friedenspfeife zu rauchen.

Vom Vormittag war nicht mehr allzu viel übrig. Ich bezog mein Bett frisch und ertappte mich bei heißen Gedanken an meinen Wüstenscheich. In meinem kalten Schlafzimmer würde er schnell abkühlen. Sollte es soweit kommen, musste das vorgeschaltete Rendezvous unbedingt bei ihm enden.

Da ich nicht mit knurrendem Magen bei Eric M. Hollister aufkreuzen wollte, beschloss ich, mal wieder Sudelnuppe zu kochen. Das war, neben Chili con carne, das zweite der insgesamt zwei Gerichte aus dem zweiseitigen Rezeptbuch *Lines liebste Leckereien.* Die ernährungstheoretische Idee war eigentlich, statt Salami oder Pizza zur Abwechslung etwas Gesundes, echte Vitamine, sprich: Gemüse zu essen, und damit es nicht so unangenehm gesund aussah, die Suppe mit Nudeln anzureichern. Dann konnte ich mir einbilden, Spaghetti zu essen. In der Praxis war es dann so, dass in der Sudelnuppe etwa so viel Gemüse war wie im Chili con carne sin carne Fleisch. Meistens fand ich in der hintersten Ecke des Kühlschranks ein verschrumpeltes Möhrchen und ein angeschimmeltes Zwiebelchen, das den Tortellini oder Spirelli oder Penne in der Gemüsebrühe verschämt Gesellschaft leistete. Ich hätte natürlich Tiefkühlgemüse verwenden können. Seltsamerweise pflegten Erbsen, Böhnchen und Brokkoli schon nach zwei Stunden in meinem 3-Sterne-Gefrierfach an Gefrierbrand zu leiden.

Während ich entspannt zusah, wie die Nudeln in der kochenden Brühe auf- und niederschwappten, hatte ich einen grandiosen Einfall. Sollte ich nicht aus der Arbeitslosigkeit heraus eine glänzende Karriere als Fernsehköchin starten? Ich meine, coole Tim Mälzers, gemütliche Vincent Klinks und joviale Johann Lafers gab es ja genug, aber welche Fernsehköchin hielt schon mit strahlendem Lächeln eine verschrumpelte Möhre in die Kamera, schnitt diese in Zeitlupe in urwaldriesengroße Scheiben und sich dabei in den Finger? Auch Jamie Oliver riss schließlich den Mozzarella mit den Händen auseinander – da konnte man doch live dabei sein, wie ich mir fröhlich ein Pflaster um den Finger wickelte? Reality-TV vom Feinsten! Eine Ermutigung für alle Kochnieten der Welt! Vielleicht gab es dafür vom Arbeitsamt sogar Existenzgründungshilfe? Geschäftsidee: Fernsehköchin. Obwohl. In Stuttgart gab es einfachere Wege, um prominent zu werden. Man musste nur seine Laugenbrezeln bei der Bäckerei Klinsmann in Botnang einkaufen, dann wurde man garantiert im Fernsehen gezeigt.

Allzu viel Wasser war noch nicht übergekocht, als ich aus meiner Tagträumerei erwachte und den Topf vom Herd riss. Ich aß meine Suppe und zog dann das schwarze T-Shirt an, das ich mir am Samstag gekauft hatte. Der kirschrote Lippenstift war eindeutig eine Fehlinvestition, der war viel zu knallig und gab mir ein nuttenhaftes Aussehen. Trotzdem nahm ich mir ein halbes Stündchen Zeit, um ihn aufzulegen.

Der 42er-Bus war eigentlich eine großartige Erfindung, weil er einmal quer durch die Stadt fuhr und am Hauptbahnhof vorbei direkt in den Osten schaukelte. Theoretisch. Der 42er war nämlich ein Schlechtwerdbus. In der Mitte hatte er so ein komisches Zieharmonikagelenk, aber völlig egal, ob man vor oder hinter dem Gelenk saß, wenn man nicht ganz konzentriert nach außen starrte und seinem Magen konstant den Befehl schickte, sich gefälligst zusammenzureißen, hatte man ausgesprochen schlechte Karten.

Von der Bushaltestelle Schwarenbergstraße ging es links, dann ein paar Meter geradeaus und nach rechts über ein paar kommode Staffeln steil den Berg hinauf. Ich kam ziemlich schnell ins Schnaufen. Gut, dass Leon nicht dabei war.

Ganz eindeutig war die Reinsburgstraße nicht die Engeleinflugschneise. In der Reinsburgstraße standen die Mietshäuser dicht an dicht und das einzig Grüne war die Papiertonne im Hinterhof. Hier dagegen wohnte man im Eigentum, in freistehenden, hochherrschaftlichen Häusern von der Größe alter Dorfschulen, an deren Klingeln nur ein Name stand, oder in runden, organischen Häusern, die bestimmt nach Bauplänen aus dem Handbuch *Architektur für Anthroposophen* gebaut worden waren und die bei der nächsten Sintflut auch als Arche Noah taugen würden. Zwischen den Häusern war viel Platz und viel Grün.

Eric M. Hollisters Heim lag am Ende der Schellbergstraße und gehörte zur Sorte der alten Häuser, fiel jedoch etwas aus dem gepflegten Rahmen. Kein Wunder, dass Eric sich als Hedonist bezeichnete. Der Garten war völlig verwildert und hätte eher zu Dornröschen gepasst als zur Uhlandshöhe. In einer Ecke standen ein paar verrostete Gartenstühle verloren um einen moosbewachsenen Brunnen herum. Mir gefiel es. Es hatte etwas Verwunschenes, Romantisches. In meiner Magengegend begann es zu kribbeln.

»Eric M. Hollister, PhotoART« stand auf dem untersten der drei Klingelknöpfe. Ich drückte auf die Klingel. Wenig später stand Eric in der Haustür und winkte. »Das Törchen ist offen, komm einfach rein.« Trotz der winterlichen Kälte trug er ein kurzärmeliges blaues T-Shirt, auf dem »Columbia University« stand. Das mit den schnuckeligen Oberarmmuckis war keine Einbildung gewesen. Er trug sein langes Haar offen, den Bart kurz und stoppelig und die Augen kajalumrandet.

»Welcome on the Holy Hill!«, rief er aus, legte die Handflächen gegeneinander und verbeugte sich.

Ich war ein bisschen unsicher, wie ich reagieren sollte. Ich verspürte ein unglaubliches Bedürfnis, mich an seiner Wange zu reiben, ihm in den Hintern zu kneifen und durch seine Haare zu fahren. Kurz: Das fing schlecht an. Sehr schlecht. Ich zwang meinen Arm robotermäßig in einen rechten Winkel, um Erics Hand zu schütteln. Eric übersah die Hand rein zufällig und streifte meine linke und rechte Wange mit einem Kuss. Er roch nach Moschus. Vor meinem geistigen Auge tauchte die Jurte in der Inneren Mongolei auf. Meine Knie zitterten.

»So good to see you!« Eric M. Hollister lächelte mich an. Er grinste nicht wie Leon. Er lächelte ein weltoffenes Lächeln, irgendwie sophisticated. Eben ein Mann von Welt, nicht so ein Hamburger Provinzler.

Eric nahm mir den Mantel ab und führte mich in ein riesiges Wohnzimmer. Mir blieb der Mund offen stehen. Hier sah es aus, als hätte sich eben die *Schöner Wohnen*-Beratung *Ethno-Look* verabschiedet. Ich registrierte hohe Decken, Stuck und mannshohe Fenster zum Garten hin. Überall hingen schwarz-weiße Fotos. Fotos von dunkelhäutigen Frauen mit riesigen Ohrringen, von einer lachenden Horde Kinder in Schuluniform, die auf dem Dach eines Busses saßen, von ernst dreinblickenden Menschen mit Wasserbüffeln in einem Reisfeld. Außerdem gab es balinesische Masken, Elefanten aus Elfenbein, Buddha-Statuen und einen kleinen Altar, auf dem Räucherstäbchen brannten. In den Regalen stapelten sich schwere Bildbände. Die Möbel waren dunkel und schwer und sahen antik aus bis auf einen edlen Schreibtisch mit einer Glasplatte, einem Apple-Computer, einem Drucker und Massen an Papierkram, CDs und DVDs. Der Schreibtisch wirkte ein bisschen hedonistisch. Alles andere war sehr aufgeräumt und geschmackvoll arrangiert, und es gab keinen Zweifel: Eric M. Hollister war nicht nur ein Abenteurer und Weltenbummler, er hatte auch Geschmack. Im Hintergrund lief etwas Jazziges. Eigentlich konnte ich mit Jazz nichts anfangen, aber hierher passte es.

»Setz dich doch. Ich mache uns Tee.« Eric machte eine Handbewegung hin zu einem Berg aus riesigen orientalischen Kissen, die auf dem Boden lagen. Very Wüstenscheich. Wie Erics Aufzug bereits hatte vermuten lassen, war es in seiner Wohnung sehr warm. Ich zog meine Winterstiefel und meine Vliesjacke aus. Mir war immer noch warm, aber mehr konnte ich zumindest zum jetzigen Zeitpunkt nicht ausziehen. Entweder kam ich völlig überraschend in die Wechseljahre oder es lag an der Kombination aus Heizung, Kissen und Eric M. Hollister.

Wenige Minuten später kreuzte Eric auf, sein umwerfendes Lächeln im Gesicht und eine golden schimmernde und mit orientalischen Mustern verzierte Messingplatte in den Händen. Er stellte das Teetablett auf ein niedriges Holzgestell.

»Voilà. Tee aus Darjeeling, süße Kuchen aus Peking, Marzipan aus Toledo. Ach ja, und das Teetisch ist aus Marokko. Alles mitgebracht.« Er strahlte vor Stolz. Ich strahlte zurück. Dieser Mann war auf den sieben Weltmeeren zu Hause und konnte seinen Tee selber zubereiten! Dieser Mann war ein Mann für mich!

Wir machten es uns auf den Kissen bequem und Eric goss Tee in hauchdünne Porzellanschälchen. »Shanghai«, sagte er triumphierend. Ich nickte begeistert und stellte das Schälchen mit Schwung ab, nachdem ich einen Schluck genommen hatte. Der Tee schwappte auf die Messingplatte und setzte die chinesischen Kuchen unter Wasser.

»Oh, das tut mir aber leid! Ich hole schnell einen Lappen.«

»Aber nein, das ist doch nicht nötig, ich gehe schon!«

Ich war aber längst aufgesprungen und lief in die Küche. Hier sah es natürlich auch aus wie bei *Schöner Wohnen.* Ich sah mich suchend um und entdeckte über dem Wasserkocher einen

Halter mit Küchentüchern. Da lag aber noch etwas. Komisch. Kaufte man den original Darjeeling in Indien in Beuteln, und auf der Packung stand »Teekanne«?

Ich lief zurück ins Wohnzimmer, trocknete die Kuchen ab und plauderte angeregt mit Eric. Wir hatten einen ziemlich ähnlichen Humor. Mir fiel auf, dass ich schon lange nicht mehr so viel gelacht hatte. Na ja, vielleicht an dem Abend mit Lila und Leon. Aber das war ja nun vorbei.

»Nice talking to you, aber eigentlich bist du ja wegen die Foutous gekommen. Am besten schauen wir sie hier an, das ist am gemutlichsten.« Eric holte das Notebook, setzte sich wieder und balancierte das Gerät auf seinen Knien. »Du musst dich dicht neben mir setzen, sonst siehst du nichts.« Ich fand, das sei ein wunderbarer Vorwand, um auf natürliche Weise möglichst große körperliche Nähe herzustellen. Ich lehnte mich an ihn und atmete den Moschusduft ein. Mir wurde noch wärmer. Rein zufällig glitt Erics Arm um meine Schulter. Er lächelte mich an. Mir brach der Schweiß aus. Eric räusperte sich. Dann drückte er eine Taste.

»Also hier ist das beruhmten Foutou.«

»Oh mein Gott!«

In meinem Geschichtsbuch in der fünften Klasse hatte es ein Bild gegeben, das mich mit einer Mischung aus Faszination und Ekel erfüllt hatte. Es war die Abbildung eines Gemäldes gewesen, auf dem irgendein Typ seine eigenen Söhne vesperte. Seine Augen waren weit aufgerissen und aus seinen Mundwinkeln hingen Arme, Beine und Köpfe der halbverspeisten Sprösslinge.

Faszination und Ekel erfüllten mich auch, als ich mein Foto betrachtete. Das weiße Hähnchenfleisch hing mir aus den Mundwinkeln, meine Augen waren geschlossen und auf meinem Gesicht lag ein vollkommen seliger und absolut idiotischer Gesichtsausdruck. Endorphine, dachte ich. Man musste nicht joggen, um sie zu produzieren.

»It's wonderful, isn't it?«, fragte Eric euphorisch.

»Es ist, ist es nicht«, murmelte ich. Dann dachte ich, dass wohl etwas mehr positives Feedback angebracht war, wenn ich Erics Fotografenehre nicht verletzen wollte.

»It's great. Nein wirklich. Ganz wonderful. Und so very natural.«

»Yes, indeed! Like you have eine sehr naturliche Ausstrahlung. Vielleicht machen wir bei Gelegenheit mal einen kleine Foutousession.« Pause. »Ein paar Foutous, auf denen man mehr von deinem Body sieht.«

Ich wurde ein bisschen steif, als Eric das sagte. Was, bitteschön, wollte er denn damit andeuten? Eric schien nichts zu merken.

»Willst du noch mehr Foutous von meinen Reisen sehen?« Eric sah mich erwartungsvoll an.

»Aber klar!« sagte ich enthusiastisch und war froh, von meinem Body und den Hähnchenteilen in meinen Mundwinkeln wegzukommen.

In den nächsten drei Stunden zeigte mir Eric schätzungsweise 1937 Fotos aus Nepal, Thailand, Tasmanien, Kolumbien, Madagaskar, Tibet, Pakistan, Afghanistan, Algerien, den Äußeren und Inneren Hebriden, vom Kap der Guten Hoffnung, Kap Hoorn, Neuschwanstein, dem Titisee und dem Bärenschlösschen. Die Fotos waren allesamt sehr schön. Dazu erzählte Eric spannende Geschichten, die sich meist darum drehten, wie er in letzter Sekunde dem Tod wahlweise durch Erschießen/Aufhängen/Foltern/Verhungern/Ersäufen entronnen war, wobei der Anschlag auf sein Leben abwechselnd von den Taliban/al-Qaida/Roten Khmer/der CIA/einer schönen Doppelagentin verübt wurde und die Rettung in letzter Sekunde durch Scotland Yard/die CIA/eine schönen Doppelagentin/seine Mutter/plötzlich auftretenden Naturkatastrophen wie Erdbeben/Flutwellen/Vulkanausbrüche erfolgte.

Es war wirklich sehr interessant. Ich hatte gar nicht gewusst, dass es so viele Todesarten gab. Aber nach einer Weile wurde ich müde. Mir fielen die Augen zu, was natürlich ausgesprochen unhöflich war, und ich hoffte nur, dass Eric es nicht merkte. Eric merkte es nicht. Ich machte ein kleines Nickerchen und musste zum Glück nicht schnarchen. Als ich wieder aufwachte, erzählte Eric gerade von einem Anschlag in Kambodscha zur Zeit Pol Pots. Ich hatte Hunger. Die schwimmenden chinesischen Kuchen waren außer Reichweite, weil ich ja in Erics Arm hing, und die Sudelnuppe war schon ziemlich lang her. Langsam hatte ich den Eindruck, dass Briefmarkensammlungen auch gewisse Vorteile hatten.

»Eric.« Ich bewegte mich ein bisschen. Eric musste doch schon längst der Arm eingeschlafen sein. »Entschuldige, aber ich müsste mal aufs Klo.«

»Of course, honeybunny. Die erste Tür rechts im Flur.«

Ich ließ mir Zeit. Vielleicht kapierte Eric es dann und bot mir statt weiteren Fotos etwas zu essen an. Draußen war es dunkel geworden.

Tatsächlich hatte Eric den PC weggepackt, als ich aus dem Klo kam, und ich atmete auf. Auf dem Teetischchen stand ein seltsames Gebilde mit einem tintenfischartigen Tentakel.

»Ich dachte, es reicht langsam mit Fotos, sweetheart. Lass uns ein bisschen Wasserpfeife rauchen. Die hat mir ein Beduine in Marokko geschenkt. Very relaxing.«

»Eric, ich rauche eigentlich nicht. Schon gar nicht Wasserpfeife.« Ein paar Joints während der Studienzeit, okay. Meist war mir dabei schlecht geworden.

»Probier's doch einfach. Du wirst sehen, meine Nargile und du, ihr werden euch gut verstehen.«

Ich setzte mich neben ihn und er reichte mir den Schlauch. »Tief einatmen.« Ich inhalierte gehorsam. Mir wurde schwummrig und ich musste husten. Eric lachte. »Keine Sorge, das ist normal bei die erste Versuch. Probier's nochmal.«

Ich inhalierte wieder und diesmal ging es besser. Wir rauchten abwechselnd. Eric sah mich an und lächelte unergründlich, so unergründlich, wie es nur ein Mann tun konnte, der dem Tod regelmäßig ins Auge geblickt hatte.

»Du hast sehr schöne Augen, sweetie-pie, weißt du das eigentlich?«, murmelte er. O ja, natürlich wusste ich das! Mir war so leicht zumute!

Auf meinem Knie lag plötzlich eine Hand. Eine Hand, die langsam höher krabbelte. Ich sah genauer hin. War es meine Hand? Nein, es war ganz eindeutig nicht meine Hand. Vor meinem Gesicht war plötzlich ein Gesicht. Es musste Erics Gesicht sein, und es kam in Zeitlupe näher. Aha. Eric wollte mich küssen. Ich wollte ihn auch küssen, aber irgendwie ging mir das zu lang. Es gab da jedoch diese unumstößlichen Dating-Regeln. Eine davon hieß: *Der Mann küsst zuerst.*

Und dann kam ich. Ich kam von einer Sekunde auf die andere und zwar so schnell, dass ich nicht mehr reagieren konnte, und ich kotzte Eric M. Hollister mitten in sein *pretty face.*

12. Kapitel | *Freitag*

Shit happens

»Du hast *was* gemacht?«

»Eric M. Hollister genau in dem Moment, als er mich küssen wollte, ins Gesicht gekotzt.«

Es blieb einen Augenblick still in der Leitung. Ich wartete auf Lilas einfühlsamen, mitleidigen Kommentar.

Lila brüllte los vor Lachen. So laut, dass in meiner Wohnung die Wände wackelten, obwohl wir nur telefonierten.

»*Das ist nicht witzig!*«

Lila jaulte weiter. Okay, sie hatte noch was gut von gestern.

»Mir war schlecht. Von der blöden Wasserpfeife. Und es war mir saupeinlich, wie ihm da meine halb verdauten Möhren und Nudeln im Gesicht und in den Haaren hingen! Außerdem hätte ich gern mit ihm geknutscht!«

»Wer weiß, was dir erspart geblieben ist. Ich finde, der Typ ist ein ganz schöner Aufschneider. Zeigt dir hunderte von Fotos, das ist doch peinlich!«

Ich wusste, dass es keinen Zweck hatte, mit Lila über Eric zu diskutieren. Sie hatte sich nun mal auf Leon eingeschossen. Leon mit seiner Sandkastenzicke. Trotzdem sah ich es als meine moralische Pflicht an, Eric zu verteidigen.

»Nun, er hat eben auch was zu erzählen! Beinahe ist er mal von Pol Pot erschossen worden!«

»Pol Pot? Line, wie alt ist der Kerl?«

»Pol Pot?«

»Nein. Dein Fotograf, der dem Tod so regelmäßig die Stirn bietet.«

»Keine Ahnung. Mitte dreißig vielleicht.«

»Aha.«

»Was soll das heißen, aha?«

»Aha soll heißen, dass ich mich eine Zeitlang bei ›Kochgeschirr für Kambodscha‹ engagiert habe. Vielleicht solltest du mal die kambodschanische Geschichte nachlesen. Der Kerl ist ein Lügner!«

Nach dem Telefonat raste ich zu meinem Bücherregal. Ich hatte keine Geschichtsbücher, schon gar nicht zu Kambodscha. Wo lag das überhaupt? Aber es gab ja die Allzweck-Bildungswaffe Wikipedia im Internet. Dort stand zu lesen, dass Pol Pot von 1975 bis 1979 regiert hatte. Hmm. Hatte Eric schon im zarten Kindesalter erste Fotoreportagen gemacht? Oder war er viel älter, als er aussah? Oder – war er tatsächlich ein Aufschneider? Ich dachte an den Tee aus Darjeeling. Dann verscheuchte ich die unangenehmen Gedanken. Lila wollte mir ja bloß meinen Wüstenscheich madig machen. Ich würde das Thema ab jetzt vermeiden.

Eric war natürlich nicht wirklich begeistert von meinem Spuckanschlag gewesen. Ich hatte mich tausendmal entschuldigt und dann versucht, einen Witz zu machen, so in etwa, dass nur prominenten Leuten so etwas passierte, siehe Oettinger und die Schwarzwälder Kirschtorten-Attacke, aber Eric hatte nicht gelacht. Stattdessen hatte er etwas säuerlich gesagt, er wolle duschen gehen, worauf ich mich schnell verabschiedete.

Ich hatte keine Ahnung, wie sich unsere diplomatischen Beziehungen weiter entwickeln würden. Beide Männerfreundschaften hatten so viel versprechend begonnen und steckten jetzt in einer Krise. »Loslassen«, sagte ich laut und bestimmt. »Line, du musst jetzt einfach loslassen. Kümmere dich um wichtigere Dinge. Visualisieren und priorisieren.«

Ich nahm ein Blatt Papier und einen Bleistift und machte eine Liste. Listen waren immer hilfreich, wenn das Leben ein einziges Durcheinander war.

Liste der dringend zu erledigenden Dinge:

1. Reinschrift Zeugnis und dann an Rolf mailen. Auf Dringlichkeit hinweisen. Notfalls telefonisch insistieren. Falls

keine Reaktion mit Anruf bei Ehefrau auf Schwäbischer Alb zwecks Enthüllung pikanter Details aus Rolfs Liebesleben drohen.
2. Lebenslauf fertig schreiben und beschönigen.
3. Bewerbungsunterlagen kopieren.
4. Salami kaufen.
5. DIN A4-Umschläge kaufen.
6. Bewerbungsmappen kaufen.
7. Briefmarken kaufen.
8. Samstagsausgabe *Stuttgarter Zeitung* kaufen wegen Stellenanzeigen.
9. Initiativbewerbungen an alle Stuttgarter Werbeagenturen schicken.
10. Mit Herrn Tellerle versöhnen.
11. Mit Eric versöhnen.
12. Mit Lila versöhnen (eigentlich schon passiert, braucht aber noch Einsatz einer Flasche Prosecco).
13. Mit Leon versöhnen.
14. Yvette ausschalten.

Das war eine ziemlich lange Liste. Ich schloss die Augen und visualisierte. Nach einer Weile schwebte eine 1, eine 2, eine 4 und eine 10 vorbei. Eine Zeitlang sah es so aus, als ob die 1 sich zur 4 gesellen wollte. Sie trennten sich dann aber ganz schnell wieder voneinander.

Ich öffnete die Augen wieder und umkringelte die vier Punkte. Eindeutig genug Programm für einen Tag.

Als Erstes ging ich in den Blumenladen in der Schwabstraße und kaufte ein Usambara-Veilchen mit einer weißen Papiermanschette. Dann klingelte ich bei Herrn Tellerle. Nach ein paar Minuten riss er die Tür auf und sah mich ungnädig an, ohne zu grüßen. Ich streckte ihm das Usambara-Veilchen entgegen.

»Herr Tellerle, es tut mir leid, dass Max gestorben ist. Wirklich. Ich kann Ihnen versichern, dass es keine Absicht war. Ich würde mich freuen, wenn wir uns wieder vertragen würden.«

Diesen Text hatte ich vorher aufgeschrieben und auswendig gelernt. Es gab Situationen im Leben, da durfte man nichts dem Zufall überlassen.

Herr Tellerle stand da wie zur Salzsäule erstarrt und guckte ins Leere. Ich wackelte ein bisschen mit dem Usambara-Veilchen. Herr Tellerle machte ein Geräusch, das wie das Grunzen eines Ferkels klang. Dann riss er mir das Usambara-Veilchen aus der Hand, drehte sich um und schlug die Tür zu.

Ich marschierte zufrieden in den fünften Stock und strich Punkt 10 durch.

Den Nachmittag verbrachte ich in der Stadtbücherei mit der Lebenslauf-Literatur. Auf dem Heimweg kaufte ich Salami. Zuhause gab ich das Arbeitszeugnis in den PC ein und mailte es an Rolf, versehen mit einem roten Ausrufezeichen. Dann nahm ich meine Papierliste, strich Punkt 1 und 4 durch, legte die neue CD von Manu Chao auf, stellte sie ganz laut, hüpfte wie eine Bekloppte durch die Wohnung, grölte mit und klopfte mir abwechselnd links und rechts auf die Schulter.

Die Loserphase war vorbei. Ich, Pipeline Praetorius, hatte die Wende geschafft. Ich war ein einzigartiges Erfolgsmodell. Leb' wohl, Hartz IV! Mich kriegst du nicht! Und morgen würde es gerade so weitergehen. Ich würde den ganzen Tag in der Stadtbücherei verbringen, meinen Lebenslauf fertigstellen, Punkt 2, 3, 5, 6, 7 und 8 abarbeiten …

Das Telefon klingelte.

»Hallo Line. Lila hier. Ich wollte morgen Nachmittag zu Ikea. Ein paar Sachen besorgen. Anschließend könnten wir bei mir was kochen oder ins Kino. Kommst du mit?«

»Klar!«

13. Kapitel | *Samstag*

Mach das Radio an und dreh richtig laut auf,
wir fahren durch den Sommerregen der Sonne entgegen

Am nächsten Morgen räumte ich ein bisschen auf, kaufte ein paar Pizzen, Salami-Fertigbaguettes und Fischstäbchen beim Supi in der Schwabstraße, und dann war es auch schon Zeit, sich mit Lila zu treffen. Nun, ich hatte den ganzen Sonntag nichts vor und würde dann weiter konzentriert an meiner Liste arbeiten können. Nur mit dem Einkaufen würde es etwas schwierig werden.

Leon hatte ich seit unserem Streit nicht mehr gesehen. Es machte mir überhaupt nichts aus. Dieses ständige nervtötende Geklingele an meiner Tür. Jetzt hatte ich wieder meine Ruhe. Ich war völlig cool.

Ich hatte mir angewöhnt, die Wohnungstür vorsichtig zu öffnen. Ich hatte keine Lust, Leon im Flur zu begegnen. Eric hatte sich nicht gemeldet. Vielleicht sollte ich ihn anrufen und mich noch einmal entschuldigen. Aber das unumstößliche Dating-Gesetz sagte: *Der Mann ruft nach der ersten Verabredung an. Falls er nicht anruft: Forget him!* Leider schwieg sich das Dating-Gesetz darüber aus, ob das auch galt, wenn man dem Mann ins Gesicht gekotzt hatte.

Ich freute mich auf den Ikea-Trip. Der Tapetenwechsel würde mich entspannen und von meinen Männer-Problemen ablenken. Kaufen wollte ich eigentlich nichts, aber in der Boutique gab es immer so nette Sachen, die man überhaupt nicht brauchte, sich aber auch als Arbeitslose leisten konnte, Kerzen und Servietten und kleine Topfpflanzen und ähnlichen schnuckligen Kram.

Lila holte mich mit ihrer giftgrünen Ente Modell »I fly bleifrei« ab. Sie war museumsreif und sorgte an roten Ampeln regelmäßig für einen Verkehrskollaps. Vollkommen unbekannte Menschen kurbelten hektisch ihre Scheiben herunter und bedeuteten Lila wild gestikulierend, ihre Scheibe umzuklappen. Dann fragten sie Lila nach dem Baujahr und ob sie Probleme mit Lackschäden am Rolldachbügel hatte, und schwärmten von der quietschgelben Ente mit dem »Atomkraft-Nein-Danke«-Aufkleber, mit der sie 1978 zum Folk-Festival nach Llangollen gefahren waren. Zwischenzeitlich hatte die Ampel mehrmals auf rot und grün geschaltet und auf den hinteren Rängen, wo man nichts sehen konnte, hatte ein penetrantes Hupkonzert eingesetzt. Meist umstellten dann noch einige Passanten das Gefährt. Nach einer halben bis dreiviertel Stunde traf die Polizei ein, die sich, anstatt den Verkehr zu regeln, sofort eifrig an der Diskussion über den *Döschwo* beteiligte.

Lila pflegte ihre Ente freundlich zu tätscheln und das Porzellanväschen im Entencockpit regelmäßig mit frischen Blumen zu versorgen. »Sie bringt die Menschen zusammen, und sie ist treuer als ein Mann«, sagte sie. »Sie hat mich noch nie im Stich gelassen.«

Wir rumpelten die Reinsburgstraße hinauf und Lila drehte *Bridge over troubled water* leiser. Ohne Umschweife brachte sie Eric M. Hollister und seinen Kambodscha-Betrug aufs Tapet. Damit hatte ich gerechnet und wich ihr aus.

»Meinst du, es ist voll bei Ikea?«, fragte ich.

Lila schüttelte den Kopf. »Ich denke, Samstagnachmittag, vier Uhr ist ein großartiger Zeitpunkt. Das ist die Zeit, wo die Kids zu Hause am PC spielen, die Väter sich auf die Sportschau vorbereiten und die Mütter mit ihren Freundinnen zum Nordic Walking gehen.«

An der Ampel im Sindelfinger Industriegebiet standen ungefähr 200 Autos, die versuchten, nach links zu Ikea abzubiegen. Nach einer schlappen dreiviertel Stunde kamen wir endlich drüber. Die Zeit verging wie im Flug, weil die Fahrer hinter uns alle ausgestiegen waren, mit Lila über Enten fachsimpelten und uns Kekse, Maoam und Tic Tac anboten. Im Parkhaus fuhren wir wie auf einer Achterbahn ungefähr dreihundertmal im Kreis, weil Lila nicht genau wusste, wo sie parken sollte.

Auf dem Parkdeck herrschte Anarchie. Die einen fuhren pausenlos im Viereck herum auf der Suche nach einem freien Parkplatz, die anderen wollten ausparken, worauf sofort drei Autos hektisch blinkend den freiwerdenden Parkplatz umstellten, so dass der, der herauswollte, nicht herausfahren konnte und sich ein Stau bildete. Dazwischen kreuzten Familien mit vollkommen überladenen Einkaufswägen, auf denen Ivars, Billys und Babys in Trageschalen gestapelt waren. Die Frauen waren a) schwanger mit Partner b) schwanger mit Partner und einem Kind an der Hand, aber niemals allein und niemals nicht schwanger. Man konnte meinen, dass Ikea bei der bundesweiten Kampagne »Frauen, seid nicht so karrieregeil und bekommt endlich mehr Kinder, damit der demographische Wandel nicht so schlimm wird und mehr Kinder die Rentnerberge versorgen« mitmachte. Zumindest profitierten sie davon. Wir hatten Glück und ein Citroën-Liebhaber winkte uns voller Begeisterung auf einen freien Parkplatz, während er gleichzeitig autoritär alle anderen Anwärter abwies.

Wir stiegen aus, bedankten uns bei dem Entenfan mit einem Maoam und betrachteten das Spektakel.

»Lila«, sagte ich, »ich habe den Eindruck, Ikea am Samstag ist kein guter Platz für Singles.«

Lila schüttelte energisch den Kopf. »Ganz im Gegenteil. Hier wird einem erst so richtig bewusst, wie schön es ist, Single zu sein! So viele gehetzte und genervte Menschen auf einem Haufen, und alle leben in festen Beziehungen! Ich fühle mich großartig! Darauf essen wir jetzt erstmal einen Hotdog.«

Lila aß eigentlich kein Fleisch, schon gar kein Fast-Food-Fleisch, sondern nur Bioland. Aber bei den Ikea-Hotdogs wurde sie schwach, auch wenn die wahrscheinlich aus chinesischem Hundefleisch gemacht waren.

Wir kämpften uns zwischen Einkaufswagen, brüllenden Kindern und Schwangerschaftsbäuchen zu den Hotdogs vor.

Die Schlange war eigentlich nicht das Problem, aber an den Colaspendern und Hotdogstationen herrschte ein ziemliches Kampfgetümmel, weil die meisten Großfamilien und Cliquen einen Abgesandten vorschickten, der nur einen Becher bezahlte, aus dem dann die komplette Mannschaft reihum Cola oder Fanta zapfte. Manche brachten auch ihre eigenen Pappbecher mit und bezahlten gar nicht.

Ich setzte je ein Häufchen Mayo, Senf und Ketchup auf mein Würstchen, klebte Gurkenscheiben darauf fest, streute großzügig Röstzwiebeln darüber und betrachtete das Kunstwerk zufrieden, ehe ich genussvoll hineinbiss.

»Geschätzte 13 543 Kalorien. Du hast's gut. Bei dir schlägt ja nichts an«, sagte Lila neidisch. Sie machte einen winzigen Senfklecks auf ihren Hotdog. »Ach, was soll's!« Trotzig legte sie einen Mayoberg und eine Handvoll Röstzwiebeln nach. Mit einiger Mühe eroberten wir einen Platz an einem Stehtischchen, und Lila schob mit spitzen Fingern den Berg aus zerknüllten Servietten und leeren Pappbechern zur Seite. Plötzlich tauchte eine Putzfrau auf, die mit einem großen Wischmop auffordernd gegen meine Füße stieß. Ich machte einen Schritt zurück und rempelte mit dem Ellenbogen in etwas Weiches.

Ich hörte ein unterdrücktes Fluchen. Als ich mich umdrehte, sah ich Leon. Auch er hatte einen Hotdog in der Hand, nur hatte sich der Großteil seiner Röstzwiebel-Gurken-Mayo-Senf-Ketchup-Mischung dekorativ und großflächig auf seiner Jeans und seinen Turnschuhen verteilt. Neben Leon stand Yvette in einer enganliegenden schwarzen Röhrenjeans, schwarzen Stiefeln mit hohen Absätzen und einer Daunenjacke mit abnehmbarem Webpelz in Schlamm. Natürlich aß sie nichts, wohl um ihr Figürchen nicht zu gefährden. Sie erkannte mich, schüttelte den Kopf und rief aus: »Meine Güte, wie kann man nur so ungeschickt sein!«

»Leon! Das tut mir wirklich leid!«, stammelte ich. Das Katastrophen-Gen lief mal wieder zur Höchstform auf. Gestern Eric. Heute Leon. Ich legte meinen angebissenen Hotdog auf das Tischchen, zog Papierservietten aus dem Serviettenspender und bemühte mich hektisch, die Kleckse auf Leons Jeans abzuwischen. Irgendwie wurde es dadurch nur noch schlimmer. Senfgelb vermischte sich mit Ketchuprot und Mayoweiß. Leon stand mit herunterhängenden Armen da und blickte mich an, als sei er J. F. K. nach dem Attentat.

»Ich denke, du solltest das lieber selber machen, Leon, Lieber. Dort hinten links ist die Herrentoilette. Am besten versuchst du dort, dich ein wenig zu säubern«, sagte Yvette und tat so, als seien Lila und ich Luft.

Leon verschwand, ohne uns eines weiteren Blicks zu würdigen. Ich blieb zurück, einen Haufen rot-, gelb-, weißgetränkter Servietten in der Hand und fühlte mich jämmerlich.

Yvette bastelte sich das festgezimmerte Lächeln ins Gesicht. »Tja, manche Menschen ziehen das Unglück an, nicht wahr?«, sagte sie zuckersüß.

Lila packte mich am Ärmel. »Würdest du uns bitte entschuldigen, wir gehen in die Cafeteria, um einen Kaffee einzunehmen und uns ein wenig von dem Schock zu erholen. Bitte grüße doch Leon von uns und richte ihm aus, es tue uns leid, ihm Unannehmlichkeiten bereitet zu haben. Komm, Line.«

Sie stolzierte wie ein Pfau davon, den Kopf hoch erhoben, und zog mich am Ärmel hinter sich her.

»Dreh dich ja nicht um!«, zischte sie.

»Wow«, flüsterte ich. »Wo hast du denn das gelernt? Und überhaupt, ich habe meinen Hotdog gar nicht fertig gegessen!«

»Es gibt Situationen, da hilft nur ein würdevoller Abgang«, sagte Lila. »Deinen Hotdog hat die Putzfrau schon längst entsorgt. Und diese affektierte Tante! ›Leon, Lieber, am besten gehst du auf die Herrentoilette, um dich zu säubern!‹ Wo sind wir denn, bei Jane Austen?«

»Leon hat die ganze Zeit kein Wort gesagt«, sinnierte ich bedrückt. »Es war doch keine Absicht. Bestimmt ist er immer noch sauer auf mich. Und am Samstag zu zweit zu Ikea, das ist doch schon fast ein Heiratsantrag!«

»Leon ist wie alle Männer. Schwach. Schwach und lenkbar. Da kommt so eine Zicke aus dem norddeutschen Tiefland angestöckelt, entdeckt den kleinen Goldklumpen Leon, wackelt mit dem Hintern und ruck, zuck findet er sich vor dem Traualtar wieder, ohne zu wissen, wie er da hingekommen ist und wer den Hochzeitstisch bei WMF zusammengestellt hat.«

»Das ist doch nicht dein Ernst!«

»Wollen wir wetten?«

Natürlich hatte Lila recht, aber wie konnten Männer nur so blöd sein? Diese Frau hatte doch keinen Tiefgang! Geschweige denn innere Werte! Natürlich wollten Männer wie Leon eine Frau, die in Abendkleid und Jeans gleichermaßen gut aussah, aber vor allem wollten sie eine Frau zum Pferdestehlen, und nicht eine, die sagte, »Leon, Lieber, bitte stiehl dein Pferd alleine, es ist so kalt draußen und ich habe Angst, mir die Fingernägel zu ruinieren. Außerdem kommt gleich *Desperate Housewives* im Fernsehen.«

Lila sah mich prüfend von der Seite an, während wir versuchten, die Cafeteria zu finden, was gar nicht so einfach war, weil wir aus irgendeinem Grund immer wieder bei den Klippan-Sofas landeten.

»Macht es dir was aus? Ich dachte, du hättest Leon abgeschrieben und dich auf den Scheich fixiert. Falls nicht, musst du dir ganz schnell was einfallen lassen, bevor es zu spät ist.«

»Nein, es macht mir nichts aus«, sagte ich. Schließlich hatte ich Eric. Na ja, vielleicht auch nicht. Das Thema Leon war jedenfalls durch. Plötzlich wurde ich sentimental.

»Weißt du, ich habe ja dich. Das ist viel wichtiger als ein Kerl.«

Lila lachte. »Das ist zwar sehr schmeichelhaft, aber auf Dauer keine Lösung, glaube ich.«

In der Cafeteria saßen erschöpfte Erwachsene, die mit letzter Kraft ihre Kaffeebecher umklammerten und so taten, als ob die Sprösslinge, die mit *Köttbullarn* um sich warfen und über Tische und Stühle kletterten, nicht ihnen gehörten. Der Lärmpegel entsprach der A81 ohne Lärmschutzwall. Eigentlich waren wir nicht so richtig hungrig, aber bei Ikea war ja alles so billig. Also aßen wir Penne mit Lachs, Salat, Pommes und Mandeltorte und tranken insgesamt fünf Tassen Kaffee. Man bezahlte ja nur einmal. Wir hechelten noch einmal ausführlich die Leon-Hot-Dog-Affäre durch und kamen zum Schluss, dass Leon ein humorloser Kerl war, der sich von Yvette negative Schwingungen abholte. Hätte er nur einfach herzhaft gelacht, dann hätte ihn das richtig sympathisch gemacht.

»Der kleine Bulgur möchte gerne vom Kinderkino abgeholt werden!« Links von uns saß ein müde in sich zusammengesunkenes Paar, das hektisch aufsprang, nachdem es die Durchsage vernommen hatte. Auf der anderen Seite saß eine Frau mit drei kleinen Kindern und ohne Mann. Das kleinste Kind schmierte sich gerade das kostenlose Ikea-Gläschen in die Haare. Die anderen beiden Kinder übten Jonglieren mit den vollen Kaffeebechern und einem Stück Mandeltorte. »Entschuldigen Sie bitte, würden Sie wohl kurz auf meine Kinder aufpassen, während ich auf die Toilette gehe?«, fragte sie uns. »Ich komme in ungefähr 20 Jahren wieder.«

»So schlimm?« sagte Lila teilnahmsvoll. Lila war immer teilnahmsvoll. Gleich würde die Frau in Tränen ausbrechen.

Die Frau brach in Tränen aus.

»Na dann, einen schönen Abend noch«, sagte ich und stand hastig auf. Es war mittlerweile halb acht und wir hatten noch nichts eingekauft. Wir hatten keine Zeit für Lilas Therapiestunden.

Wir schlenderten durch die Küchen- und Einrichtungsboutique und nahmen im Vorbeigehen ein paar Dinge mit. Wir kauften nicht wirklich ein, nur einen Schneebesen, Vorratsgläser, einen Pasta-Einsatz, einen Kronleuchter aus Metall, einen Palmfarn, Wandhaken, Bilderrahmen, einen Übertopf aus Bananenstaudenfasern, Duftkerzen in verschiedenen Größen und Servietten. Lauter nützliche Dinge.

Kurz nach zehn lieferte mich Lila mit meinen Tüten vor der Haustür ab. Ich ging die Treppe langsam hoch und schloss sehr langsam meine Wohnungstür auf. Aus der Nachbarwohnung war nicht das leiseste Geräusch zu vernehmen. Das war kein gutes Zeichen.

14. Kapitel | *Sonntag*

Look at me, I'm as helpless as a kitten up a tree
and I feel like I'm clinging to a cloud, I can't understand
I get misty just holding your hand

Ich hatte den Wecker auf acht Uhr gestellt. Voller Tatendrang würde ich aus dem Bett springen, eine eiskalte Dusche nehmen und meine Auftragsliste abarbeiten. Noch nie in meinem ganzen Leben war ich sonntags um acht aufgestanden! Ich hatte den Wecker extra am anderen Ende des Zimmers positioniert, damit ich aufstehen musste, um den Alarm abzustellen.

Als der Wecker klingelte, kletterte ich aus dem Bett, ging aufs Klo, warf einen Blick auf mein Zombieface im Spiegel und auf das graue Nieselwetter draußen und murmelte: »Nur noch ein Viertelstündchen.«

Um elf wachte ich das nächste Mal auf. Na gut, der Tag war immer noch lang genug.

Nach einer heißen Dusche und einem gemütlichen Frühstück mit einem Salamibaguette aus dem Ofen nahm ich mir die Auftragsliste vor. Heute war ein guter Tag für Initiativbewerbungen, da ich weder einkaufen noch kopieren noch in die Stadtbücherei konnte. Als Erstes würde ich im Internet Adressen recherchieren und Profile der Agenturen erstellen. Nichts würde mich ablenken. Ich erwartete weder Besuche noch Anrufe.

Hmm. Warum hatte Eric eigentlich nicht angerufen? Unumstößliche Dating-Regel: Hat der Mann nicht spätestens drei Tage nach dem ersten Date angerufen, hat er auch kein Interesse. Dann heißt es ab dem vierten Tag: Schlag ihn dir aus dem Kopf.

Heute war der dritte Tag. Gut, dass ich nicht aus dem Haus gehen würde. Andererseits: Es sollte ja auch nicht so aussehen, als ob ich verzweifelt auf Erics Anruf warten würde. Eigentlich war es besser, nicht zu Hause zu sein. Aber sollte ich nur deshalb aus dem Haus gehen, damit ich nicht zu Hause war, wenn Eric anrief? Wo sollte ich denn hin, heute am Sonntag? Hmm. Ich würde einfach den AB laufen lassen. Wenn er mir dann eine Nachricht hinterließ, konnte ich zurückrufen. »Hallo Eric, wie nett, dass du angerufen hast. Ich hatte auch schon dran gedacht, mich zu melden, aber wie das so ist, dann vergisst man es wieder.« Ja, das war eine großartige Idee.

Aber was, wenn Eric anrief und keine Nachricht hinterließ? Sollte ich ihn dann anrufen und sagen: »Hallo Eric, du hast nicht zufällig grad bei mir angerufen und keine Nachricht hinterlassen?«

Ich stand auf und ging ein bisschen im Kreis herum. Da konnte ich besser nachdenken. Ich legte mein Ohr an die Wand zur Nachbarwohnung. Kein Laut zu hören. Schlecht. Leon hatte in Yvettes Loft übernachtet, gerade frühstückten sie fluffige Buttercroissants, sie strich ihm neckisch einen Krümel aus dem Mundwinkel und lachte ein perlendes Lachen.

Ich ging immer noch nervös im Kreis herum. Dann ging ich ins Schlafzimmer, der Abwechslung wegen, und drehte dort eine Runde.

Ich beschloss, meinen Medikamentenschrank auszusortieren. Das war schon lange fällig und würde meine Nerven beruhigen. Das mit dem Aussortieren ging ziemlich schnell. Alle meine Medikamente waren abgelaufen und wanderten in den Hausmüll, wie es sich gehörte. Der Medikamentenschrank blieb gähnend leer zurück. Ich brauchte dringend neue Aspirin. Und Baldrian.

Das Telefon klingelte. Ich rannte aus dem Bad zurück ins Wohnzimmer. Unterwegs fiel ich über die unausgeräumten Ikea-Tüten, die im Flur herumlagen. Eine Zehntelsekunde, bevor der AB ansprang, nahm ich atemlos ab.

»Hallo Line, wieso bist du so außer Atem?« Es war Lila.

»Ich sortiere meinen Medikamentenschrank.«

»Am Sonntagmorgen?«

»Sonntagmorgen eignet sich hervorragend dazu, um seinen Medikamentenschrank auszusortieren. Und du?«

»Ich schaue meine neue DVD, *Es singt und tanzt das Edelweiß* mit Florian Silbereisen. Maria Hellwig steht gerade mit aufgebocktem Busen vor einem Heuhaufen und singt. Sehr laut.« Das stimmte. Im Hintergrund war Gejodel zu hören.

»Du schaust *was*? Ich dachte, dazu muss man mindestens achtzig sein und lila ondulierte Haare haben! Und ist Maria Hellwig nicht längst tot?«

»Maria Hellwig ist grade mal Mitte achtzig und du kannst mit ihr sogar noch einen Spieleabend machen, was du mit Johannes Heesters nicht mehr kannst, weil alle Gesellschaftsspiele nur bis 99 gehen. Nein, ich will mich an Tonio rächen. Er hat heute morgen schon mindestens zehnmal das unaussprechliche Lied, das die Lippen verlässt, gehört. Ich kann nicht mehr, Line. Das ist Psychoterror!«

»Dann such dir doch einen neuen Mitbewohner. Ich biete dir Leon an.«

»Damit die norddeutsche Sumpfschnepfe bei mir in der Küche ihre Nase rümpft? Na, ich danke. Was macht der Scheich?«

»Ruft nicht an.«

»Dann ruf du ihn doch einfach an, wenn dir danach ist.«

»Lila, so funktioniert das nicht! Männer müssen das Gefühl haben, dass sie die Jäger sind. Sonst verlieren sie sofort das Interesse.«

»Das ist doch vorsintflutlich! Du bist eine emanzipierte Frau auf der Höhe der Zeit! Du kannst ihm doch zeigen, dass du ihn magst!«

»Damit durchbreche ich aber die Spielregeln, die Neandertaler Junior im Jahre 60 000 vor Christus an die Höhlenwand von Ichweißnichtwo gemalt hat. Darauf sieht man einen Mann mit einem Speer in der Hand, der einer Frau hinterher rennt. Daran hat sich nichts geändert.«

»Meinst du nicht, die zwischenmenschlichen Beziehungen haben sich seither ein klitzekleines bisschen weiterentwickelt?«

»Nein.«

»Line, du bist eine Schande für Alice Schwarzer und die komplette Frauenbewegung!«

Ich legte auf. Ich war die Ruhe in Person. Ich würde ihm nicht hinterherrennen. Nicht ich! Ich kannte die unumstößlichen Dating-Regeln. Ich lief im Wohnzimmer im Kreis, den Blick starr auf das Telefon auf dem Tisch gerichtet. Es klingelte nicht. Nach zehn Runden fing mein Hals an wehzutun, weil ich den Kopf immer so drehte, dass ich das Telefon sehen konnte. Klingle, klingle! Ich sandte Eric parapsychologische Nachrichten. *Ich werde jetzt Line anrufen.* Ich konzentrierte mich stärker. *Es gibt nichts Wichtigeres auf der Welt, als Line anzurufen. Sie hat mir nicht absichtlich ins Gesicht gekotzt und ist eigentlich ein reizendes Mädchen, das ich unbedingt näher kennen lernen will.* Weitere fünf Runden auf dem Teppich. Das Telefon klingelte. Hurra, es funktionierte! Ich machte einen Hechtsprung und grabschte nach dem Apparat. »Ja, hallo?«

»Herzlichen Glückwunsch, Sie haben bei unserem tollen Gewinnspiel den ersten Preis gewonnen! Nur noch eine klitzekleine Frage, bevor Sie Millionärin werden: Welche Schuhgröße haben Sie?«

»Aaargh!« brüllte ich und knallte das Telefon wieder auf den Tisch.

Weitere zehn Runden. Ich musste mich ablenken. Irgendwie. Und wenn ich doch anrief? Ich meine, schließlich hatte Lila recht. Ich war emanzipiert! Nicht so eine blöde Schickischnalle! Ich war modern! Ich konnte meine Beziehungen zum männlichen Geschlecht selbstbewusst gestalten! Ich würde sogar eine Abfuhr lässig wegstecken! Davon hing mein Selbstwertgefühl nicht ab!

Mit zitternden Fingern wählte ich Erics Nummer.

»Guten Tag, Sie haben die Anschluss von Eric M. Hollister, PhotoART, erreicht. Leider ich bin zur Zeit ...«

Ich legte auf.

Nach drei Runden durchs Zimmer wählte ich erneut.

»Guten Tag, Sie haben die Anschluss von Eric M. Hollister, PhotoART, erreicht. Leider ich bin zur Zeit nicht erreichbar. Bitte hinterlassen Sie mir eine Nachricht nach die Signalton.« Diese Stimme! Dieser unterkühlte Sex, der brodelnde Leidenschaft verhieß! Ich stellte mir vor, wie mir Eric die Haare im afrikanischen Busch wusch, während im Hintergrund Antilopenherden vorüberzogen. So wie Robert Redford als Denys Finch-Hatton Meryl Streep als Karen Blixen in *Jenseits von Afrika* die Haare gewaschen hatte.

»Biiip.« Ich holte tief Luft.

»Hallo Line, äh, hallo Eric, hier ist Line. Ich hoffe, du bist wieder sauber. Äh, ich meine, ich wollte mich nochmal entschuldigen wegen, na du weißt schon wegen was. Also es tut mir wirklich leid. Und dann wollte ich dir noch sagen ... also ich wollte dir noch sagen ... äh, schönen Tag noch.«

Ohje! Das war ja wohl die bescheuertste Nachricht, die jemals auf einem Anrufbeantworter hinterlassen worden war! Hätte ich bloß nicht angerufen! Und wo war Eric? Was machte er? Und vor allem: *Mit wem?*

Ich musste mich ablenken. Aber wie? Ich ging wieder im Kreis herum. Dann legte ich mein Ohr an die Tür zur Nachbarwohnung. Da lief Musik. Alice Cooper. Alice Cooper! Niemals würde Leon Alice Cooper hören, wenn Yvette bei ihm war. Yvette hörte Mel C oder Pur oder Klaviersonaten von Haydn. Gut. Ich würde Punkt 13 von meiner Auftragsliste vorziehen.

Ich ging die drei Schritte bis zu Leons Tür. Dort blieb ich erstmal. Mein Herz klopfte so laut, dass Leon es eigentlich durch die Tür hindurch hören musste. Ich blieb ein paar Minuten unbeweglich stehen und schickte zum zweiten Mal am

Tag parapsychologische Mitteilungen, aber das funktionierte abermals nicht.

Ich holte tief Luft und klingelte. Innen ging das Flurlicht an, aber die Tür wurde nicht geöffnet. Vielleicht war Leon zu sauer, um mit mir zu reden? Da musste ich wohl noch einen drauflegen, auch wenn es mir verdammt schwer fiel.

Ich klopfte. »Leon, ich bin's, Line. Bitte mach auf. Es tut mir leid, wirklich, ich habe das nicht so gemeint, und das mit gestern tut mir auch leid ...« Irgendwie verbrachte ich ganz schön viel Zeit damit, mich bei anderen Leuten zu entschuldigen.

Mein letztes Klopfen blieb in der Luft hängen. Genauer gesagt vor einem Rocksaum, der nicht da saß, wo er hingehörte. Über dem Rocksaum befanden sich ein zerknautschtes T-Shirt, das halb aus dem Rock heraushing, und darüber ein an den Ohren festgeklebtes Lächeln.

»Ach, die nette Nachbarin.« Die Ironie troff aus ihrer Stimme wie das Fett aus den Pommes einer schlechten Imbissbude.

»Lise, nicht wahr?«

»Line«, murmelte ich. Prima. Desaster-Jenny hatte sich mal wieder zur völligen Idiotin gemacht.

»Leon ist grad mal aus dem Haus. Zur Tankstelle. Ein Fläschchen Prosecco holen.«

»Ach«, sagte ich. Yvettes Wangen waren gerötet. Auch ohne Prosecco. Ihr wallendes Haar war nicht kunstvoll aufgetürmt, sondern fiel wild und wallend in alle Richtungen.

Was hier passiert war und noch passieren würde, war ziemlich offensichtlich. Yvette schien es nicht für nötig zu halten, ein Geheimnis daraus zu machen.

»Kann ich Leon etwas ausrichten?« Ihre Stimme klang wie eine Mischung aus Zuckerwatte, kandierten Äpfeln und türkischem Honig. Ich hasste alle drei.

»Äh ... nein. Ich wollte nur ... Zucker. Ich wollte Zucker ausleihen. Ich backe gerade. Käsekuchen.« Beinahe wäre mir noch herausgerutscht: »Den isst Leon ja so gerne.«

»Ach. Bringt man da nicht normalerweise eine Tasse mit?«

»Äh ... da müsste noch eine Tasse von mir da sein. Eine grüne.«

Mein Mund redete und ich hörte mir selbst erstaunt zu. Wenn bloß Leon jetzt nicht auftauchte!

Yvette verschwand, ohne mich hereinzubitten, und kam nach einer Weile mit einer mit Zucker gefüllten grünen Henkeltasse, die ich noch nie in meinem Leben gesehen hatte, zurück.

»Ist es die?« Auf der Seite war eine knackige Frau im knappen Dirndl abgebildet.

»Äh ... ja. Danke. Sag Leon schöne Grüße. Und einen schönen Tag noch.«

»Den werden wir haben.«

Schlammcatchen oben ohne. Yvette mit einer ordentlichen Ladung Schlamm das grinsende Maul stopfen. Komisch, dass mir das gerade jetzt in den Sinn kam.

Ich ging zurück in meine Wohnung, holte mein Mixgerät, stöpselte es im Wohnzimmer ein, stellte es auf die höchste Stufe und ließ es fünf Minuten laufen, damit Yvette an das Kuchenprojekt glaubte.

Anschließend legte ich *Manu Chao* auf. Ich drehte die Lautstärke hoch und hüpfte wie ein Derwisch vom Wohnzimmer zum Schlafzimmer und zurück. Danach ging es mir besser. Ich ließ die Musik so laut, weil ich nicht hören wollte, was in der Nachbarwohnung passierte. Nach einer halben Stunde klopfte Frau Müller-Thurgau mit dem Besenstiel gegen die Decke. Es war mir egal. Dann kippte ich den Zucker in meine Zuckerdose und kochte mir einen heißen Kakao, den ich in Leons Tasse füllte. Ich bin eine nostalgische Ziege, dachte ich. Ich legte meine kalten Hände um die Tasse. Als ich sie wegnahm, um zu trinken, hatte die Frau im Dirndl erstaunlicherweise ihre Kleidung abgelegt. Darunter kamen ein paar Titten à la Pamela Anderson hervor. Ich brach in Tränen aus.

»Okay, Line«, dachte ich, »gleich hast du einen *nervous breakdown* à la Paris Hilton, kurz bevor man sie ins Gefängnis stecken wollte.«

Ich versuchte, mich zu beruhigen, und legte eine alte Kinder-CD von mir auf, *Der Sängerkrieg der Heidehasen.* Mit fünf Jahren hatte es funktioniert. 26 Jahre später funktionierte es nicht. Ich war ein Nervenbündel. Ich flößte mir ein paar Rescue-Tropfen ein, dann rief ich Lila an.

»Lila, mein Leben ist eine einzige Katastrophe. Ich wollte Bewerbungen schreiben, und was kommt dabei heraus? Ich kann mich kein bisschen konzentrieren, und stattdessen hinterlasse ich Eric M. Hollister vollkommen bescheuerte Nachrichten auf seinem Anrufbeantworter, die mich als stotternden, verliebten Teenager outen. Anschließend will ich mich mit Leon versöhnen und mache mich schon wieder vor der Sumpfschnepfe lächerlich, die mir mit verrutschten Klamotten und Schlafzimmerblick die Tür aufmacht!«

»Line, du solltest dir die Männer aus dem Kopf schlagen und dich auf das Wesentliche konzentrieren. Einen Job zu finden ist doch viel wichtiger als manipulierbare Nachbarn und überdrehte Fotografen!«

»*Ich bin ein nervöses Wrack!*«

»Schon gut, schon gut. Deshalb brauchst du nicht gleich zu brüllen. Du könntest es mit PME versuchen.«

»Ich kenne nur PMS. Einen Tag vor meiner Periode kriege ich Dauerschluckauf.«

»PME. Progressive Muskelentspannung. Das ist eine Entspannungstechnik.«

»Ich weiß nicht, wie das geht. Außerdem bin ich nicht so der Entspannungstechniktyp. Ich war einmal in einem VHS-Kurs ›Luna-Yoga für Thirtysomethings‹ in der Hoffnung, dort einen netten Typen kennen zu lernen. Die Thirtysomethings waren im Durchschnitt etwa sechzig, Männer gab es keine und während die anderen Frauen entrückt geoooohmt und geraaaaahmt haben, habe ich darüber nachgegrübelt, ob ich nach dem Kurs Salamibaguettes oder Pommes in den Ofen hauen soll.«

»Alternativ könnten wir Pizza essen gehen und anschließend im *Atelier am Bollwerk* einen netten Film gucken. Ich müsste noch so zwei, drei Sonntagskrisentelefonate führen. Danach könnten wir uns treffen.«

»Und meine Bewerbungen?«

»Line, manchmal ist es wichtig, aus einer Situation herauszugehen, anstatt Dinge erzwingen zu wollen. Du musst loslassen. Im Moment wirst du sowieso nichts auf die Reihe kriegen. Stattdessen wirst du ums Telefon schleichen und die Nachbarwohnung belauschen.«

Lila war mal wieder unglaublich vernünftig. Aus der Situation herausgehen. Pizza und Kino. Das klang nach einer effektiven Beruhigungstherapie.

15. Kapitel | *Montag*

So wie Schneewittchen bin ich hier im Land die Schönste,
und meine Neiderinnen haben mich im Blick.
Wenn Blicke töten könnten, wär' ich längst ne Leiche,
vor Gift und Messer schrecken sie doch noch zurück.
Statt sieben Zwergen hab ich Albrecht, Heinz und Ulrich,
die machen mir die Steuer und so allerlei,
sie sind sehr nützlich, wichtig und auch unterhaltsam,
doch für die wahren Wünsche, da bin ich noch frei ...

Am nächsten Morgen wachte ich ganz von allein um acht Uhr auf und fühlte mich viel besser und voller Energie. Pizza und ein Gläschen Chianti hatten eine unglaublich beruhigende Wirkung auf mich ausgeübt. Ich hatte Lila ausführlich die desaströse Begegnung mit Yvette geschildert. Als ich fertig war, mutmaßte Lila, die Sumpfschnepfe hätte mich reingelegt und die derangierte Kleidung nur inszeniert. Zuzutrauen wäre es ihr ja. Trotzdem tröstete es mich nur bedingt.

»Ich sag dir was«, sagte Lila, »du steckst mit Eric und Leon in einer Sackgasse. Da hilft nur eines: Es muss jemand Drittes her!«

»Lila, ich glaube nicht, dass ich dazu im Augenblick die Energie habe. Ich bin vollkommen damit ausgelastet, die beiden Männer in meinem Leben abwechselnd sauberzumachen und mich bei ihnen zu entschuldigen.«

Lila kramte in ihrer politisch korrekten Tasche aus alten Sunkist-Packungen und zog ein Buch heraus.

»Lies das mal. Vielleicht bringt es dich auf andere Gedanken!«

Das Buch hieß *Der Prinz steht an der Käsetheke.* Während ich frühstückte, blätterte ich darin herum. Es war so ein Ratgeberbuch. Der Autor, ein erfolgreicher Paartherapeut, der seit vielen Jahren Single-Seminare hielt, stellte die faszinierende These auf, dass ein Single durchschnittlich 87 Flirtchancen täglich hatte, die er nicht nutzte. Die Wahrscheinlichkeit, so seine zentrale These, jemanden an der Käsetheke oder an der Bushaltestelle kennen zu lernen, sei viel höher, als bei einer Kontaktanzeige oder beim Speed Dating Erfolg zu haben, und obendrein viel billiger.

Der Autor gab einem gleich einen Haufen praxiserprobter Tipps, wie man seine Wahrnehmung umstellen und Signale aussenden sollte. »Stellen Sie Ihre Beziehungsantenne auf Empfang, bevor Sie das Haus verlassen! Ziehen Sie sich nett an, auch wenn Sie nur zum Bäcker gehen! Lächeln Sie stets, auch wenn Sie sich gerade mit Ihrem Chef gestritten haben! Überlegen Sie sich unverfängliche Gesprächseinstiege, die Sie jederzeit verwenden können, zum Beispiel: ›Haben Sie diesen Camembert schon einmal probiert?‹ oder ›Wissen Sie, wann der Bus kommt?‹«

Am wichtigsten sei es, mit Männern, die einen interessierten, eine Art parapsychologischen Kontakt aufzubauen und seine Energie zum anderen fließen zu lassen. »Alles Weitere geschieht dann von selbst – Sie werden sehen, dass die Energie zurückfließt, wenn es sich um einen geeigneten Partner handelt!«

Ich fand, das klang alles sehr einleuchtend, auch wenn das mit den parapsychologischen Botschaften weder bei Eric noch bei Leon geklappt hatte. Wahrscheinlich musste ich noch ein bisschen mehr üben. Am besten sofort. Eigentlich wollte ich in die Stadtbücherei, um endlich meinen Lebenslauf zu beschönigen, aber es war erst neun, und vor zehn machte die Bücherei sowieso nicht auf.

Ich zog mein nettes neues T-Shirt an, stellte meine Beziehungsantenne auf Empfang, obwohl ich eigentlich nicht so genau wusste, wie das ging, und marschierte zum Bäcker an der Ecke. Blöderweise war ich zunächst allein im Laden, so dass ich nicht üben konnte, also sagte ich zur Verkäuferin, die mich von meinem täglichen Laugenwecklekauf her kannte, ich müsste noch ein bisschen überlegen, obwohl ich ja erst eine halbe Stunde vorher dagewesen war und das Laugenbrötchen-, Seelen-und Brezelsortiment genau kannte. Die Verkäuferin warf mir einen schrägen Blick von der Seite zu und machte sich daran, Teiglinge in den Ofen zu schieben.

Prompt kam ein Kerl durch die Tür, der eigentlich ganz nett aussah, Mitte dreißig, mit Jeans und Dreitagebart und garantiert so Single, wie man es im Westen nur sein konnte. Hoffentlich war er nicht schwul. Mittlerweile musste ich aber wirklich etwas kaufen und sagte: »Einen Croissant, bitte.« Ich drehte mich zu dem Typen um, warf ihm ein umwerfendes Lächeln zu und sagte: »Haben Sie die Croissants hier schon mal probiert?« Der Typ guckte mich vollkommen entgeistert an und antwortete überhaupt nicht, was ich ziemlich unhöflich fand, ich hatte aber auch vergessen, den parapsychologischen Kontakt aufzubauen. Die Verkäuferin grinste dämlich. Ich nahm meine Tüte entgegen und versuchte, ihm Energie zu schicken, aber dann verlangte er acht Laugen, drei Brezeln und vier Croissants, und weil ich mich nicht wirklich in eine Familie mit drei kleinen Kindern drängen wollte, machte ich, dass ich aus dem Laden rauskam.

»Okay, Line, das war einfach der falsche Kandidat«, dachte ich, und weil das Wetter schön war, ging ich zu Fuß die Schwabstraße entlang bis zur U-Bahnhaltestelle Schwab-/Bebelstraße. Ich scannte ganz schnell den Bahnsteig stadtauswärts ab und suchte mir ein einigermaßen passables männliches Wesen aus. Es war ziemlich groß und trug eine schwarzumrandete Brille und sah genauso aus wie die Jungs aus meiner verstorbenen Werbeagentur. Ich schlenderte langsam in seine Richtung, machte dann unauffällig neben ihm Halt und baute mein Energiefeld auf. Ich schickte ihm so viel Energie, bis mir der Schweiß ausbrach, aber nichts geschah, der Typ guckte noch nicht mal in meine Richtung.

Also räusperte ich mich und sagte: »Wissen Sie zufällig, wann der Vierer kommt?« Er starrte mich an, als käme ich vom

Mond, und anstelle einer Antwort deutete er stumm mit ausgestrecktem Daumen nach oben, er stand nämlich direkt unter der Leuchtanzeige auf der »U4 2 Minuten« stand. »Ach da steht's ja, das ist ja toll«, sagte ich und lachte gekünstelt, und dabei fühlte ich mich schon wieder wie Paris Hilton, genauso bescheuert, bloß ohne Hündchen auf dem Arm. Langsam fing die Käsethekentheorie an, mir auf die Nerven zu gehen.

Trotzdem stieg ich in den Vierer, aber nicht in den gleichen Wagen wie der Werbefritze. Auf einem der einzelnen Sitze, die eigentlich für Mütter mit Kinderwagen vorgesehen sind, saß ein attraktiver Typ, aber noch bevor ich einen parapsychologischen Kontakt aufbauen konnte, stellte sich ein Mann mit einem so dicken Bauch davor, dass ich den Prinzen nicht mehr sehen konnte und an dem Bauch prallte die Energie vollkommen ab. Grade noch rechtzeitig entdeckte ich dann die beiden Fahrkartenkontrolleure und sprang bei der Haltestelle Arndt-/Spittastraße ganz schnell wieder aus der Bahn. Ich war frustriert. Für heute hatte ich genug davon, über einen Camembert Bekanntschaften zu schließen.

Auf dem Rückweg kam ich am Bismarckplatz vorbei, wo gerade Markt war, und beschloss, ein paar frische Möhrchen zu kaufen, für die nächste Sudelnuppe. Ich stellte mich in die Schlange und dachte eigentlich an gar nichts, aber da merkte ich plötzlich, dass vor mir jemand stand, der eine unglaubliche Energie nach hinten an mich abgab. Es war ein großer, kräftiger Mann mit einem energischen Hinterkopf und dichtem, schwarzem, leicht gelocktem Haar. Ich wurde ganz aufgeregt und schickte die Energie zurück, gegen den breiten Rücken. Vielleicht hatte der Prinzenexperte ja doch Recht! Und dieses schwarze lockige Haar! Ich wusste nicht, was ich tun sollte, denn Kontakte von hinten waren schwierig, dazu hatte der Paartherapeut nichts geschrieben, ich konnte ihn ja schlecht antippen und fragen: »Haben Sie die Möhrchen hier schon mal probiert?« Der Typ vor mir musste die Energie jedoch auch gespürt haben, denn völlig überraschend drehte er sich um.

Mir wurde heiß und kalt! Und er lächelte mich freundlich an! Und – dafür, dass er vermutlich Mitte sechzig war, hatte er sich ziemlich gut gehalten.

Ich schlich nach Hause und beschloss, Lila das Prinzenbuch bei der nächsten Gelegenheit zurückzugeben. Im Flur standen Herr Tellerle und Frau Müller-Thurgau. Beide grüßten mich leutselig. Offensichtlich war ich rehabilitiert.

»Sie, Frau Praetorius«, sagte Frau Müller-Thurgau. »I hätt do mol a Frog. Mir dädad demnägschd da Sperrmill bschdella wella. Däded Sie au mitmacha wella?«

Seit einiger Zeit gab es keine zentralen Sperrmülltermine mehr, weil man den polnischen Schlepperbanden die ausgedienten Kühlschränke und durchgesessenen Couchgarnituren nicht mehr gönnte. Ich hatte noch zwei kaputte Kühlschränke im Keller. Dem einen hatte ich mit dem Schraubenzieher beim Abtauen helfen wollen. Der andere hatte urplötzlich den Geist aufgegeben. Katastrophen-Gen.

»Das ist eine hervorragende Idee«, sagte ich. »Ich habe zwei kaputte Kühlschränke, die ich loswerden will.«

»Isch rechd«, sagte Herr Tellerle. »No trag is uff dr Ameldekarte ai ond gäb Ihne no Bscheid, wanns soweid isch.«

Ich machte mir eine zweite Tasse Kaffee, um mich von den morgendlichen Aufregungen zu erholen. Auf eine halbe Stunde mehr oder weniger kam es jetzt auch nicht mehr an. Dass Frau Müller-Thurgau und Herr Tellerle mich beim gemeinsamen Sperrmülltermin berücksichtigten, zeugte von einer geradezu unheimlichen Intimität. Hoffentlich luden sie mich nicht demnächst zum Kaffeeklatsch ein.

Mittlerweile war es schon nach elf. Seit Freitag lag meine Auftragsliste brach. Es wurde Zeit, dass ich aus dem Haus kam. Ich hatte gerade meine Jacke angezogen, als das Telefon klingelte. Das war sicher Dorle. Ich ließ es läuten und war schon halb aus der Tür, als der AB ansprang.

»Hello, sweetheart, this is Eric ...«

Ich donnerte die Wohnungstür zu und raste zum Telefon. Cool bleiben. Keine Gefühle zeigen. Nicht bedürftig wirken.

»Hallo Eric! Wie nett, dass du anrufst! Ich wollte grade zur Tür raus. Ich dachte schon, du meldest dich gar nicht mehr!« (*Neeiin!!*)

Eric lachte.

»Keine Sorge. Ich war nur very busy. How are you?«

»Mir geht's prima, danke. Und es tut mir wirklich leid wegen Donnerstag.«

»Forget it. No problem. Ich hätte nicht gedacht, dass du der Cannabis so schlecht verträgst.«

»Cannabis? Welches Cannabis?«

»Aber Darling, Wasserpfeife raucht doch jeder, der ein bisschen in der Welt herumgekommen ist, mit Cannabis anstatt mit Wasserpfeifentabak. Wusstest du das nicht?«

»Äh, doch, natürlich.«

»Weshalb ich eigentlich anrufe: Ich habe von eine einflussreiche Freund Opernkarten geschenkt bekommen. Catherine Naglestad, mein amerikanische Kollegin, singt morgen Abend in die Staatstheater die ›Norma‹. Hast du Lust, mitzukommen?«

Ob ich Lust hatte mitzukommen? *Ob ich Lust hatte mitzukommen?* Jetzt nur nicht zu euphorisch reagieren!

»Hmm, lass mich überlegen. Wo ist denn mein Terminkalender? ... morgen Abend ... morgen Abend ... wann war ich nochmal zur Vernissage eingeladen? ... morgen Abend, ja, das könnte passen.« Das war es, was ich, nachdem ich hinterher zwei Stunden darüber nachgedacht hatte, eigentlich hätte sagen wollen.

Stattdessen sagte ich etwas ganz anderes.

»Eric, das ist eine tolle Idee. Es ist sozusagen die beste Idee des neuen Jahrtausends, und ich fühle mich total geehrt, dass du mich mitnimmst!«

Nach dem Telefonat wusste ich nicht, ob ich den Kopf gegen die Wand rammen oder den Freudentanz der Hopi-Indianer aufführen sollte. Ich rannte alle fünf Stockwerke hinunter und kettete im Hinterhof mein Rad los. »Ho, Brauner!« Schwungvoll warf ich mich in meinen Fahrradsattel, um zur Stadtbücherei zu reiten.

In der Stadtbücherei ließ ich mir erst mal einen Becher Kaffee aus dem Automaten. Ich war zu aufgedreht und musste noch ein bisschen über das Telefonat nachdenken. Beim ersten Versuch kam leider nur der Kaffee heraus und der Becher glänzte durch Abwesenheit. Beim zweiten Mal klappte es dann.

Ich hatte mich ziemlich dämlich angestellt. Aber vielleicht mochte Eric ja meinen ehrlichen, natürlichen, halbschwäbischen Charme, der sich wohltuend vom affektierten Gehabe der amerikanischen Zicken abhob, mit denen er sich sonst zu umgeben pflegte. Und die Einladung in die Oper war ein Knaller! Ich würde an Erics gutaussehender Seite in meiner enganliegenden schwarzen Dior-Robe in die Königsloge schreiten und huldvoll in die Menge grüßen. O mein Gott. Ich hatte nichts anzuziehen!

Ich kämpfte gegen die aufsteigende Panik an und beschloss, das Problem am Abend mit Lila zu diskutieren und mich jetzt auf meine eigentliche Aufgabe zu konzentrieren.

Während ich die Lebenslaufliteratur auf einen Tisch räumte, fiel mir die Geschichte mit der Wasserpfeife ein. Eigentlich fand ich es ein bisschen unfair, dass Eric das Cannabis nicht vorher erwähnt hatte. Aber so waren Männer von Welt nun einmal.

Ich nahm meine Lebenslauf-Notizen zur Hand und schloss einen inneren Vertrag mit mir, um mich besser konzentrieren zu können. Das hatte mir Lila mal beigebracht. »Line, man muss mit sich selbst Kompromisse schließen können, anstatt sich zu überfordern.« Immer zur halben und zur vollen Stunde durfte ich fünf Minuten an Eric M. Hollister und das Opern-Date am nächsten Tag denken. Das schien mir ein fairer, ausgewogener Deal zu sein. Nachdem ich den Vertrag schriftlich fixiert und unterschrieben hatte, frisierte ich so gut es ging meinen

Lebenslauf. Aus Urlaubsreisen machte ich »Studienreisen zu Forschungszwecken« und aus unbezahlten Praktika »befristete Urlaubsvertretungen mit anschließendem Festanstellungsangebot«. Der Lebenslauf sah nun schon viel interessanter aus und würde mich aus der Menge der durchschnittlichen Lebensläufe herausheben. Zur vollen und zur halben Stunde verlor ich mich in Tagträumereien, in denen Eric M. Hollister, ein riesiges Himmelbett und eine geheimnisvolle, üppige Schöne mit großen braunen Augen eine zentrale Rolle spielten.

Irgendwann tauchte die Tante mit der Hornbrille auf und hätte sich fast neben mich gesetzt, aber als sie mich erkannte, flüchtete sie an einen Tisch am anderen Ende des Lesesaals.

Auf dem Heimweg radelte ich bei der Post vorbei und besorgte braune Umschläge, Bewerbungsmappen und Briefmarken. Punkt 5, 6 und 7 erledigt, mit Eric versöhnt und Lebenslauf fast fertig – trotz gewisser Anlaufschwierigkeiten ein ausgesprochen erfolgreicher Tag.

»Eric hat angerufen.«

»Das ist doch toll!« Lila schien beschlossen zu haben, Eric doch noch eine Chance zu geben.

»Ich lande bei der Hitparade der Volltrottel mal wieder auf dem ersten Platz.«

»Warum?«

»Eigentlich wollte ich sagen: Eric, welcher Eric? Stattdessen habe ich mich ihm an den Hals geworfen, soweit das über das Telefon geht.«

»Und dann?«

»Hat er mich in die Ooooooper eingeladen!« Ich war so stolz auf Eric M. Hollister! Das Cannabis erwähnte ich nicht.

»Das ist doch was! Du hast doch schon immer einen Mann gesucht, der die Oper liebt!«

»Sicher. Ich weiß nur nicht, was ich anziehen soll.«

»Also ich fürchte, da kann ich dir nicht weiterhelfen. Mein Leibesumfang beträgt Größe 46/48 und ist vermutlich nicht kompatibel mit deiner Kleidergröße.«

»Ich habe aber kein Geld für eine schicke Klamotte.«

»Wie wär's mit Second Hand? Gibt's in der Rotebühlstraße nicht ein paar Läden, die gebrauchte Ausgehfummel verkaufen?«

Am nächsten Tag wollte ich eigentlich meine Bewerbungsunterlagen fertig stellen. Aber ein kleiner Ausflug in einen Second-Hand-Laden wäre sicher eine nette Abwechslung.

16. Kapitel | *Dienstag*

Casta diva

Am nächsten Morgen schlief ich ein bisschen länger, weil die Klamottenläden sowieso erst um elf aufmachten und ich nicht riskieren wollte, in Jeans und Sweatshirt in der Königsloge zu sitzen. Zurück vom Bäcker sah ich, dass das Postwägelchen vor dem nächsten Haus stand. Ich öffnete meinen Briefkasten. Nicht, dass ich jemals Post bekam, es sei denn, ich schickte sie mir selber. Im Briefkasten lag ein Schreiben vom Arbeitsamt. Das verhieß nichts Gutes.

Ich ging aufs Klo, legte das Schreiben vor mich auf den Boden und überlegte, ob ich es erst morgen lesen sollte, um mir nicht die Oper zu versauen. Ich war dann aber doch zu neugierig, riss den Umschlag auf und überflog den Brief.

»Sehr geehrte Frau ... Chancen auf dem Arbeitsmarkt zu verbessern ... Bewerbungstraining absolvieren ... Montag, 17. Februar ... in den Räumen der Agentur für Arbeit Stuttgart ... 8.30 Uhr unter Vorlage dieses Schreibens am Empfang ... unentschuldigt nicht teilnehmen ... Bezüge gekürzt ...«

Ich atmete auf. Bewerbungstraining, das konnte ja nicht schaden. Dann sah ich auf das Datum. Ich hatte ein bisschen den Überblick über die Tage verloren, so als Arbeitslose. Irgendwann drohte Dorles 80. Geburtstag, ansonsten bewegte ich mich im Datumsnirwana. Ich hatte auch keinen Kalender zu Hause. Ich nahm das Telefonbuch, um die Nummer für die Zeitansage herauszusuchen, aber anscheinend hatte die Telekom diesen Service abgeschafft. Dann rief ich die Pforte des Rathauses Stuttgart an. Da rief ich ziemlich oft an, weil die sehr hilfsbereit waren und sich noch echte Menschen für die Auskunft leisteten.

»Stadtverwaltung Stuttgart, Griiieß Gott!«

»Guten Tag, können Sie mir sagen, was heute für ein Tag ist?«

»Dienstag, 18. Februar.«

»Herzlichen Dank!«

»Gern geschehen. Auf Wiederhörn.«

Ich nahm das Schreiben wieder zur Hand. *Arrrgg!* Montag, 17. Februar, war gestern gewesen. Ich las noch einmal den entscheidenden Satz. »Die Teilnahme am Bewerbungstraining ›Die Welt umarmen – mit positiver Ausstrahlung zum neuen Job‹ ist verpflichtend. Sollten Sie unentschuldigt nicht teilnehmen, werden Ihnen automatisch die Bezüge gekürzt.«

Ich wählte die Telefonnummer, die auf dem Schreiben angegeben war, und geriet in eine Hotline, die mich fragte, ob ich mich für Arbeitslosigkeit, Arbeitssuche, Arbeitsvermittlung, Hartz IV, 1-Euro-Jobs auf Spargelfeldern, polnische Pflegekräfte oder das günstige Ökostromangebot der Bundesagentur für Arbeit interessierte. Nachdem ich mich zehn Minuten lang mit einem Sprachcomputer gestritten und dazwischen immer wieder der fröhlichen Melodie von *O du lieber Augustin* gelauscht hatte, wurde ich endlich mit einem Servicemitarbeiter verbunden und atmete auf. Sicherlich hatte er Verständnis für meine Lage.

»Guten Tag, hier ist Pipeline Praetorius. Also, ich habe folgendes Problem: Ich habe ein Schreiben von Ihnen bekommen und soll an einem Bewerbungstraining teilnehmen. Der Termin für das Bewerbungstraining war gestern, ich habe den Brief aber erst heute gekriegt!«

Die Antwort ließ auf sich warten. »Wie hoißed Sie?« Die Stimme erinnerte mich an einen griesgrämigen Nachbarn aus meiner Kindheit, der den Ball immer drei Tage weggesperrt hatte, wenn wir ihn versehentlich in seinen Garten gekickt hatten. Irgendwann fiel er einfach um und war tot.

»Pipeline Praetorius.«

»Also, i han Ihne beschdimmd nix gschickd! I kenn Sie ja gar net!«

»Nicht Sie persönlich. Das Arbeitsamt!«

»Also mir hoißed scho lang ›Agentur fir Arbeit‹!«

»Das ist doch völlig egal! Viel wichtiger ist doch, dass man mir das Geld kürzen will, obwohl ich gar nichs dafür kann, weil ich den Brief erst heute bekommen habe!«

»Ha, no isch hald Poschd schuld!«

»Die Post? Wieso die Post?«

»Ha wenn die ihre Brief so lahmelig austragad! Do kenned mir doch nix drfir! Wenn mir so schaffa dädad! Mir solled emmr an ellem Schuld sai, ond mir an dr Hotlain ällamol! I sag Ihne mol ebbes, i han mir des ned ausgsuchd! I ben vorher beim Abfallamt gwä, do war's viel scheener! Do han i die Sperrmilltermine gmacht, des isch ebbes Handfeschds gwä! On no schickad die mie drei Johr vor dr Rende do her, zu denne ganze faule Säck, die nix schaffa wellad ond am Schdaad uff dr Dasch liegad!«

Mittlerweile war ich mir ziemlich sicher, dass es das Arbeitsamt bisher versäumt hatte, den Mitarbeiter auf die Fortbildung »Die lächelnde Telefonstimme« zu schicken.

»Und was soll ich jetzt tun?«

»Des woiß I doch net! Do muss I erschd nochfroga. I ben erschd seit zwoi Wocha dohanna.«

Nach weiteren fünf Minuten mit dem lieben Augustin stellte sich heraus, dass ich meiner Arbeitsberaterin das Problem schildern sollte, Frau Mösenfechtel aber krank, Frau Ohneschuh in Urlaub und die Vertretung von beiden auf einer Fortbildung war, so dass ich erst in zwei Wochen einen Termin bekommen konnte. Ob man mir bis dahin die Bezüge kürzen würde, konnte mir der Servicemann nicht sagen, versprach aber gnädig, meiner Arbeitsberaterin einen Vermerk zu schicken, dass ich angerufen hatte, vorausgesetzt, er fand den richtigen Formularvordruck dafür, weil er nicht wusste, wie man eine Mail schrieb.

Nach dem Telefonat war ich erschöpft. Jetzt auch noch ein Kleid zu kaufen überstieg eigentlich meine Kräfte. Ich legte mir einen großen Zettel auf den Tisch: »*Dringend* Terminkalender besorgen!« Dann marschierte ich in den nächstgelegenen Second-Hand-Laden in der Rotebühlstraße, ehe mich der Mut verließ. Hinter dem Tresen stand eine junge Frau mit üppigen Formen im enganliegenden Anzug mit Zebramuster und tiefem Ausschnitt und legte Pullis zusammen. Ich grüßte sie flüchtig und steuerte dann zielstrebig auf den nächsten Kleiderständer zu, um die Sachen durchzusehen. Ich hoffte sehr, dass die Verkäuferin oder Ladenbesitzerin oder was immer sie war mich in Ruhe lassen würde. Ich hasste es, wenn Verkäuferinnen wie Hyänen vor der Umkleidekabine lauerten, den Vorhang zurückrissen, während man noch in der viereckigen Schiesser-Unterhose vor dem Spiegel stand und dann vor Entzücken beinahe einen Herzinfarkt bekamen, wenn man die Klamotte endlich anhatte, obwohl man unschwer im Spiegel erkennen konnte, dass man aussah wie eine Vogelscheuche nach einer Krähenattacke.

»Kann ich dir helfen?« Nein, ich wollte keine Hilfe! Und überhaupt, sah ich aus wie dreizehn, dass mich das Zebra duzte?

»Äh ja. Ich suche ein Kleid.« Das Zebra musterte mich nachdenklich.

»Wann hast du das letzte Mal eins gekauft?«

»Versucht zu kaufen. Wann hast du das letzte Mal versucht ein Kleid zu kaufen. Das war 1988 bei Breuninger *Junge Dame.* Für die Konfirmation. Wir haben damals aber einen Hosenanzug genommen, vermutlich habe ich mit sechs das letzte Mal ein Kleid angehabt.« Ich behielt die Details für mich. Mit vierzehn war ich ein *Alien* gewesen, das einen fremden Körper bewohnte. Meine Füße waren gewachsen, aber der Rest war nicht nachgefolgt. Ich sah ein bisschen aus wie Charlie Chaplin, und ich hatte auch so wenig Busen wie Charlie Chaplin. Zudem war ich so fleischlos, dass sich Katharina an meinen knochigen Hüften blaue Flecken holte, wenn wir uns prügelten.

»Für welchen Anlass soll es denn sein?«

»Ich brauche was zum Ausgehen. Für die Oper. Nicht zu teuer. Am besten was Zeitloses. So wie das hier zum Beispiel.« Ich zog ein weit geschnittenes schwarzes Kleid mit einem hochgeschlossenen Paillettenoberteil vom Ständer und hielt es vor mich hin. Es ging mir bis etwa eine Handbreit übers Knie und würde meine eckigen Formen und meinen Flachbusen hervorragend umspielen.

Die Ladenbesitzerin sah mich irritiert an und wippte auf ihren spitzzulaufenden schwarzen Stöckelschuhen, ohne das Gleichgewicht zu verlieren.

»Bist du siebzig?«

»Nein.«

»Bist du fett?«

»Äh, ich glaube kaum.«

»Dann häng das Kleid bitte wieder ganz schnell an den Ständer, damit ich es der nächsten fetten Siebzigjährigen andrehen kann, die hier durch die Tür kommt und was für die Konzertreihe in der Liederhalle sucht, aber zu geizig ist, was Neues zu kaufen.«

Ich hängte das Kleid so schnell wieder auf den Ständer, als würde es beißen. Ich hatte es gar nicht so schlimm gefunden.

»Gehst du mit einem Mann in die Oper?«

Junge, Junge, die Frau war ganz schön direkt.

»Äh ja.«

»Bist du scharf auf ihn?«

Ich wurde rot. »Eigentlich ... also wenn Sie schon so direkt fragen ... ja.«

»Willst du, dass er scharf auf dich wird?«

Ich wurde dunkelrot und nickte.

Die Frau deutete auf die Umkleidekabine.

»Geh doch schon mal vor. Ich bringe dir ein paar Sachen.«

Ein paar Minuten später starrte ich ungläubig auf ein paar Kleiderbügel, die alle eines gemeinsam hatten: Auf ihnen hing ein winziges, dehnbares Stück Nichts. Das Zebra gab mir einen Wonderbra und zwang mich, die Stoffnichtse durchzuprobieren und mit jedem einen Sitzttest zu machen. Schließlich fanden wir ein schlichtes schwarzes Stretchkleid, das beim Gehen mit Mühe den Po bedeckte und beim Sitzen nicht zur Taille hochrutschte, was schonungslose Enthüllungen in Form von geblümten Unterhosen zur Folge gehabt hätte. Dazu verpasste sie mir ein Paar schwarze Stiefel mit hohem Schaft, die trotz Größe 41 halbwegs sexy aussahen. Dann schob sie mich vor den Spiegel. Ich schluckte. Das Zebra nickte zufrieden.

»Scharf. Rattenscharf. Du hast zwar nicht grade einen Pamela-Anderson-Vorbau, aber ich denke, wir haben aus dir rausgeholt, was rauszuholen ist.«

Ich blickte auf den Vamp im Spiegel und versuchte zu begreifen, dass ich das war. Okay, ich war immer noch eckig und sah aus, als hätte ich meinen Busen an der Garderobe abgegeben, aber das knallenge Kleid und die hohen Stiefel, die mir ein bisschen mehr Körpergröße verliehen – Holla, die Waldfee, damit konnte ich mich für das Comeback der Spice Girls bewerben. Die Frage war nur, ob es zur Stuttgarter Oper passte, die eher für Boleros und seidenmatt glänzende Blüschen bekannt war. Egal. Zum ersten Mal in meinem Leben war ich zufrieden mit meinem Aussehen. Eric M. Hollister, ich komme!

Ich schwebte nach Hause. Nachdem ich dem Zebra erzählt hatte, dass ich arbeitslos war, hatte es mir sogar einen richtig guten Preis gemacht, allerdings unter der Bedingung, dass ich bei Gelegenheit vorbeikommen und von meinem Date berichten würde.

Zu Hause warf ich mich sofort wieder in das Kleid und die Stiefel und übte. Es war gar nicht so einfach, sich unfallfrei auf den Absätzen zu bewegen, so zu gehen, dass das Kleid auf den Oberschenkeln haften blieb, und beim Sitzen keine tiefen Einblicke à la Britney Spears zu gewähren.

»O, Eric, was für wunderbare Plätze!«, sagte ich und setzte mich. »War der erste Akt nicht großartig?« Ich stand wieder auf. »Ja, du darfst mich gerne zu einem Gläschen Champagner da hinten an der Sektbar einladen!« Ich stöckelte durch mein Wohnzimmer. Nach fünf Minuten schmerzten meine Füße und ich hatte einen Krampf in den Pobacken. Ich erklärte das Trainingscamp Opernabend für beendet.

Ich besorgte mir noch rasch beim Kaufhof am Hauptbahnhof eine schwarze Feinstrumpfhose und eine Gurke. Mittlerweile lohnte es sich nicht mehr, mit den Bewerbungen anzufangen. Ich wollte ja nicht völlig gestresst in der Oper ankommen.

Ich schnitt die Gurke in Scheiben, legte mich aufs Sofa, bedeckte mein Gesicht mit Gurkenpads und entspannte mich. Das hatte ich noch nie gemacht, aber das las man ja immer in den Frauenzeitschriften, wenn man mal wieder dreieinhalb Stunden in einem Wartezimmer verbrachte.

Vor meinem inneren Auge tauchte Eric auf. Er trug einen legeren Rollkragenpulli unter einem schwarzen Anzug und lehnte, die Arme überkreuzt, lässig an einer Säule des Opernhauses. Er wirkte ganz entspannt, doch wenn man genauer hinschaute, konnte man sehen, dass in seinem Blick das Raubtier lauerte. Nun kam eine Frau im supersexy Outfit ins Bild. Sie trug ein knallenges Minikleid und eilte Eric leichtfüßig über die Freitreppe entgegen, während sich seine Augen vor Überraschung und Bewunderung weiteten.

Nach der Gurkenkur sah ich genauso aus wie vorher. Ich streute Salz auf die Scheiben und verspeiste sie. Vielleicht verhalfen mir die ungewohnten Vitamine zu einem frischeren Aussehen. Ich duschte und brauchte danach nur eine Viertelstunde, um mich in die Feinstrumpfhose zu zwängen. Ich konnte mich nicht erinnern, jemals in meinem Leben eine getragen zu haben. Lila behauptete immer, Feinstrumpfhosen würden mit Sollbruchstellen produziert, um die Verkaufsrate zu erhöhen. Dieses Exemplar jedenfalls hatte irgendwo auf halbem Weg zwischen Knie und Hüfte seine Dehnbarkeit erschöpft und ließ sich nur durch minimale Ruckelbewegungen und geduldiges Zureden weiter nach oben bewegen. Am Ende kam ich mir vor wie eingeschweißt. Das Outfit darüber, eine weitere halbe Stunde für meinen Nuttenlippenstift und ich konnte los. Leider besaß ich keinen Wintermantel. Die dicke Daunenjacke hätte den ersten sexy Eindruck komplett zerstört. Ich zog meine Jeansjacke an. Die war natürlich viel zu dünn für einen eiskalten Februarabend, aber vom Hauptbahnhof bis zur Oper waren es ja nur ein paar Schritte, und wer schön sein wollte ...

Im dritten Stock begegneten mir Leon, Yvette und Frau Müller-Thurgau. Was für ein lustiges Zusammentreffen! »Hallo Leon. Yvette. Guten Abend, Frau Müller-Thurgau.« Leon murmelte irgendetwas Unverständliches. Frau Müller-Thurgau sagte: »Grieeß Gott, Frau Praetorius, mir missed nomol iber de Sperrmill schwätza« und Yvette sagte gar nichts und ließ ihr an den Ohren festgeklebtes Lächeln für sich sprechen.

Frau Müller-Thurgau sah mich mitleidig an, als wolle sie sagen, Pech ghabt, Mädle. Der hot a Scheenere gfonda. Leon hatte verlegen zur Seite geblickt, aber immerhin erst, nachdem sich seine Augen vor Überraschung und Bewunderung geweitet hatten. Offensichtlich kam er gerade mit Yvette vom Joggen. Yvette trug einen todschicken, enganliegenden Laufanzug und jede Pore ihres wohlgeformten Körpers schrie: »Endorphine, Endorphine!«. Ich war ein bisschen verletzt. Anscheinend spulte Leon mit allen Frauen das gleiche Programm ab. Mit dem Unterschied, dass Yvette vermutlich so gut trainiert war, dass sie mit Leon während des Joggens die Gästeliste für die Hochzeit durchgehen konnte, ohne in Atemnot zu geraten.

Ich fuhr mit der S-Bahn zum Hauptbahnhof. Leider stand kein lässiger Eric am Eingang, und wenn ich draußen stehenblieb, holte ich mir den Tod. Ich ging ein bisschen im Foyer auf und ab. Von allen Seiten strömten festlich gekleidete Menschen herbei, die jahreszeitlich angemessene Wintermäntel trugen oder das eine oder andere Pelzjäckchen ausführten.

Als der Gong zum ersten Mal ertönte, kam Eric atemlos hereingestürzt und küsste mich rasch auf die Wange: »Sorry, honey, aber ich kommen direkt von eine Job! Hat länger gedauert als geplant!« Er trat einen Schritt zurück. »Wow. Du siehst verdammt sexy aus.«

Das war zwar die Reaktion, von der ich insgeheim geträumt hatte – im Gegensatz zu mir wirkte Eric jedoch, als sei er auf dem Weg zum Wasserloch einer Lodge im Krügerpark, um Elefanten zu fotografieren, und nicht, als ginge er in die Oper. Er trug die Safarijacke, die er damals vor dem Arbeitsamt angehabt hatte, Jeans, ein Stativ unter dem Arm und einen großen Rucksack auf dem Rücken. Aus seinem Zopf hatten sich Strähnen gelöst. Nur seine Augen schienen frisch umrandet.

»Sei nicht so spießig, Line«, dachte ich. »James Bond macht sich auch manchmal dreckig.« Im Casino oder im *Ritz* trug er aber in der Regel einen makellosen Smoking.

Der zweite Gong. Eric kramte zwei zerknitterte Karten aus seiner Brusttasche.

»Wir sitzen, glaube ich, im dritten Stock. Normalerweise sitzen ich natürlich im Erdgeschoss, aber du weißt schon, geschenkten Karten ...«

Erdgeschoss? Dritter Stock? Wahrscheinlich kannte Eric die deutschen Wörter nicht. Ich war ein bisschen enttäuscht. Im dritten Rang konnte man auch in Jeans aufkreuzen. Dafür hätte ich mir nicht unbedingt was Neues kaufen müssen.

Eric nahm meine Hand, lächelte mich an und die Enttäuschung über den dritten Rang verwandelte sich in einen Schmetterling, der hektisch in meinem Bauch hin- und herflatterte. Es fühlte sich gut an. Wir gingen über die große Treppe mit dem blauen Teppich hinauf zum ersten Rang und Eric sah sich suchend um.

»Eric, zum dritten Rang geht es hier hinauf, über die Seitentreppe. Wir sollten uns ein bisschen beeilen.«

Ich hastete über die teppichlose Treppe voraus und bemühte mich, ordentlich mit dem Hintern zu wackeln, ohne dass der Rock hoch rutschte, und endlich landeten wir im dritten Rang. Eigentlich musste ich noch aufs Klo, aber der Gong ertönte bereits zum dritten Mal und es war niemand mehr zu sehen.

Rasch gaben wir unsere Jacken ab. Als Eric der Garderobenfrau Rucksack und Stativ reichen wollte, schüttelte sie den Kopf.

»Es tut mir Leid, das können wir nicht nehmen. Sie können es da hinten lassen«, sie streckte den Arm aus, »sehen Sie die Tür, das ist so eine Art Besenkammer, wo die Leute immer ihre Rucksäcke abstellen.«

»Da ist ein sehr teuer Foutouausrüstung drin«, protestierte Eric. Die Frau zuckte mit den Schultern.

»Keine Sorge. Wir sind hier in Stuttgart, nicht in Neapel, wo ich herkomme. Hier ist in 24 Jahren noch nie was geklaut worden. Außerdem sind wir die ganze Zeit da. Ond wenn Sie ned noremachad, fängt die Oper ohne Sie an.«

Eric verstaute seine Sachen mit sichtlichem Widerwillen in einem Kabuff neben der Treppe und die Garderobenfrau ließ uns in den dritten Rang links. Unsere Plätze waren in der Mitte der Reihe. Ich murmelte eine Entschuldigung, während wir uns an all den Leuten vorbeidrückten, die unseretwegen noch einmal aufstehen mussten.

Leider hatten wir eine Säule im Blickfeld. Einen Teil der Bühne würden wir gar nicht sehen können. Na ja. Zum Glück war es keine Ballettvorstellung. Die göttliche Stimme der Nagelstad würde man trotz Säule hören können. Eric drehte sich zu mir und lächelte tiefgründig. Seine rechte Hand wanderte auf mein linkes Knie und er hauchte mir einen Kuss auf die Wange. »You really look great, darling«, schnurrte er und sah mir tief in die Augen. Mir wurde erst heiß, was ich gut gebrauchen konnte, dann kalt. »Dein Augen sind so tief und geheimnisvoll wie Loch Ness.« Wow. Noch nie hatte man meine Augen mit einem See verglichen, in dem ein Monster schwamm. Leider ging in diesem bedeutungsschwangeren Moment das Saallicht aus. Eric räusperte sich und rutschte brav wieder auf seinen Sitz.

Ich liebte diesen Moment der gespannten Erwartung, wie in einem Flieger kurz vorm Abheben. Gleich würde das Orchester ansetzen, und in wenigen Minuten würde sich der Vorhang heben …

Zwei Minuten lang geschah gar nichts. Das Saallicht ging wieder an. Dann ging es wieder aus. Dann ging es wieder an. Das Publikum hustete, raschelte und raunte. Ein Mann im normalen Straßenanzug trat auf die Bühne.

»Es tut uns sehr leid, aber der Vorstellungsbeginn verzögert sich etwas. Wir haben ein technisches Problem mit der Bühnenbeleuchtung. Wir hoffen, dass wir in ein paar Minuten beginnen können. Ich bitte Sie um Verständnis.«

Ich rutschte tiefer in meinen Sitz. Mir brach der Schweiß aus und ich atmete tief durch. Niemand wusste, dass ich das Katastrophen-Gen hatte. Niemand würde mit den Fingern auf mich zeigen und schreien, »Die da! Werft sie raus! Sie ist schuld!« Trotzdem brachte mich das Katastrophen-Gen immer wieder von neuem aus dem Gleichgewicht. Eric schien meine Unruhe nicht zu bemerken.

Nach endlosen Minuten setzte das Orchester endlich mit der Ouvertüre ein und ich atmete auf. Nach ein paar weiteren Minuten war ich rettungslos an das Bühnengeschehen verloren. Als Catherine Nagelstad sich auf der Bühne herumwälzend die *Casta Diva* sang, spürte ich, wie sich in meinem ganzen Körper wohlige Endorphine ausbreiteten, obwohl ich kein bisschen durch den Matsch gerannt war. Sollte Leon doch seine neue Schnalle in den Wald schleppen, so viel er wollte. Ich war schon lange nicht mehr in der Oper gewesen und hatte vergessen, wie die Musik Wellen von Wohlgefühl über einen spülte, ohne dass man einen Finger krumm machte. Noch dazu an der Seite eines gebildeten, opernbegeisterten Mannes, der meine Augen mit Loch Ness verglich!

Es war herzzerreißend, auch wenn ich mich fragte, was Norma und Adalgisa, die beide supertoll aussahen, eigentlich an diesem knubbeligen kleinen Pollione fanden, um den sie sich kloppten. Er konnte nicht mal richtig singen. Es war eben wie im richtigen Leben.

Nach dem ersten Akt brandete Beifall auf und »Bravo!«-Rufe wurden laut. Eric stand auf und ließ die Leute aus unserer Reihe vorbei. Dann ließ er sich wieder auf seinen Sitz plumpsen.

»Sehr hübsch«, sagte er. »An Mata Hari damals in der Met reicht sie natürlich nicht heran. Aber das wäre wohl auch ein bisschen too much verlangt. Nun, wir könnten einfach hier sitzenbleiben, bis es weitergeht.« Seine Hand lag wieder auf meinem Oberschenkel und er raunte mir ins Ohr: »Ich hätte eine wunderbare Vorschlag, wie wir den Pause verbringen könnten. Nur you and me ...«

Ich sah mich um. Der dritte Rang links bestand aus Eric, mir und einer Menge leerer Plätze. Sitzenbleiben? Hatte Eric sie nicht mehr alle? Ich hatte mir doch nicht das neue Kleid gekauft und darin Gehen gelernt, um die Pause im Sitzen zu verbringen! Ich wollte im ersten Rang unter den Kronleuchtern lustwandeln, ich wollte Champagner schlürfen, ich wollte die Klamotten der anderen Leute anschauen, ich wollte jemanden treffen, den ich kannte, um mit Eric M. Hollister anzugeben, kurz: Ich wollte mich amüsieren!

»Äh, ich dachte, wir trinken was«, sagte ich. »Hier oben gibt es nichts, da muss man runtergehen.«

Eric spielte mit seinem Zeige- und Ringfinger auf meinem Oberschenkel Klavier. Es kribbelte gewaltig. »Of course, sweetie. Lass uns etwas Leckeres zusammen trinken.«

»Ich hätte gerne ein Glas Sekt«, sagte ich und lächelte Eric, wie ich fand, positivmotivierendverführerisch an.

Eric lächelte zurück. »Sekt, aber Line, Darling, ich bitte dich! Ich hol uns a small bottle of Champagne, how do you call it: Piccolo. Die haben hier so leckeren Veuve Clicquot Ponsardin Brut für lächerliche 16 Euro!«

Ich schmolz dahin wie ein Gletscher im Klimawandel. Eric war soo süß! Er wusste eben, was sich gehörte! Und wie niedlich amerikanisch er den Champagner ausgesprochen hatte! Pikalou! Vöf Klikou *Brrrut*!

Eric warf noch rasch einen prüfenden Blick in das Kabuff, vergewisserte sich, dass sich seine Fotoausrüstung bester Gesundheit erfreute, ergriff wieder meine Hand und wir liefen die Treppe hinunter zum ersten Rang.

Am Rande des weißen Turms mit der schicken Getränkebar, auf die man so gut von oben runtergucken konnte, ließ er mich los. Er lächelte noch immer. »Warte hier auf mich. Ich besorgen uns eine schöne, kuhle Drink.«

Ein Mann mit einer Mission! Ich beobachtete mit großer Begeisterung, wie sich Eric unter massivem Einsatz seiner Ellenbogen souverän an den anderen Männern vorbeiboxte, die alle schon länger an der Bar anstanden als er. Ein echter Cowboy und Gentleman! Ich sah nach oben auf die Galerie. Leider kannte ich niemanden, dem ich Eric hätte vorführen können.

An den reservierten Holztischchen im Foyer wurden Lachs- und Krabbenhäppchen zwischen wischfest geschminkte Lippen geschoben. Bei dem Anblick knurrte mein Magen laut und vernehmlich. Der Arme hatte in den letzten Stunden ja auch nur ein paar beim Face-Lifting abgefallene Gurkenscheibchen bekommen. Mhmmm. Vielleicht brachte Eric, der Kavalier, so ein appetitlich aussehendes Gourmet-Feinschmeckertellerchen mit Eismeergarnelen in Cognaccreme mit? Schließlich war er ein Mann mit Initiative und wusste, dass Liebe durch den Magen geht.

In dem Gewimmel an der Bar entstand plötzlich Unruhe. Ein Arm reckte sich nach oben. Eine Hand winkte. Eindeutig der muskulöse Arm von Eric, der es gewohnt war, seine Kameraausrüstung heil durch eine aufgebrachte Menge demonstrierender Minenarbeiter in Südafrika zu bugsieren!

»Line, Darling, könntest du mal kommen, please?«

Hurra! Jetzt würde mich Eric fragen, ob ich lieber ein Lachs- oder ein Kaviarhäppchen haben wollte! Ich strahlte vor Stolz und schob mich zu Eric durch, wobei ich mich bemühte, very VIP auszusehen. Eric hatte zwei Gläser mit perlendem Champagner vor sich stehen. Das Mädel in dem weißen Blüschen hinter der Bar guckte ziemlich genervt. Eric sah mich entschuldigend an.

»I'm so sorry, huckleberry. Ich habe den Brieftasche in meiner Jacke gelassen, und die hängt oben in der Garderobe. Ich geben dir das Geld nachher wieder zuruck.«

Ich schluckte, zog meinen Geldbeutel aus dem Umhängetäschchen, das mir Lena mal zu Weihnachten gehäkelt hatte, reichte der Bedienung einen 20-Euro-Schein und schaute ein wenig frustriert auf die beiden 2-Euro-Stücke, die es sich nun ungestört in meinem Geldbeutel gemütlich machen konnten.

Dann schüttelte ich die Enttäuschung ab. In so einer Safarijacke mit unzähligen Taschen konnte schließlich jeder mal seine Brieftasche vergessen, zwischen der Weltraumnahrung, den Ersatzobjektiven und der handlichen 14-Millimeter! Entscheidend war doch der gute Wille!

Sehnsüchtig sah ich auf die appetitlich dekorierten Häppchen. Aber jetzt auch noch etwas zu essen, das ging finanztechnisch wirklich nicht.

Wir stießen mit dem Champagner an. »Auf dich, Süße«, flüsterte Eric. Dabei legte er seine Hand auf meinen Hintern und wuschelte so ein bisschen auf und ab. Mhmmmm. Diesmal kribbelte es eindeutig an einer anderen Stelle. Ich nahm einen vorsichtigen Schluck und kippte den Champagner dann in einem Zug hinunter. Lecker. Das Hungergefühl war plötzlich weg.

»Würdest du mich bitte entschuldigen«, flötete ich. »Ich muss mal kurz mein Näschen pudern gehen. Warte nicht auf mich, ich komme dann nach.«

Ich schwebte auf einer Champagnerwolke zum Damenklo. Während die Männer nebendran ungehindert ein- und ausgingen, hatte sich bei den Frauen die übliche Schlange gebildet.

»S'isch doch emmr 's Gleiche!«

»Mr sott oifach zu de Männr ganga!«

»Der Pollione sengd, als obr Zohschmerza hätt!«

»Glei klingelts, ond mir standad no dohanna!«

Wahrscheinlich war deshalb die Kommunikationsfähigkeit bei Männern und Frauen so unterschiedlich ausgeprägt. Männer mussten nie die Wartezeit in einer Kloschlange mit spontanen, intellektuellen Gesprächen überbrücken.

Als ich endlich an die Reihe kam, hatte es bereits zweimal geklingelt. Rasch zog ich meine Feinstrumpfhose hoch. Zu rasch. Ich fluchte. Ein besonders schönes Exemplar von Laufmasche zog sich vom Hüftknochen bis unter den Rockrand, mit deutlicher Tendenz nach unten. Mannomann, warum hatte mir Lila nicht verraten, dass das Tragen von Feinstrumpfhosen voraussetzte, zwei bis drei Ersatzstrumpfhosen im Handtäschchen mit sich zu führen? Ich legte meine rechte Hand auf die Laufmasche unterhalb des Rockes und lief rasch hinauf in den dritten Rang. Ich hinkte wie der Glöckner von Notre Dame. Zum Glück waren die meisten Leute schon wieder auf ihren Plätzen, was andererseits zur Folge hatte, dass meine Sitzreihe schon wieder meinetwegen aufstehen musste, was mir zahlreiche genervte Blicke und leise gemurmelte Kommentare eintrug. Ich sah vermutlich ziemlich bescheuert aus, wie ich, eine Hand auf dem Oberschenkel, an den Leuten vorbeirobbte.

»Bist du okay, Schätzchen? I missed you.«

»Klar, Eric. Ich musste nur so lange anstehen.«

Ich ließ mich erschöpft auf meinen Sitz fallen. Zehn Sekunden später begann der zweite Akt, diesmal ohne technische Probleme. Es fiel mir schwer, mich zu konzentrieren. Kein Wunder.

Da, wo die Laufmasche war, die sich schon ein bisschen weiter ausgebreitet hatte, war es kalt. Da, wo laut Lageplan der Kopf war, schwebte eine diffuse Wattewolke. Da, wo sich anatomisch mein Magen befinden sollte, war ein Loch. Erschwerend hinzu kam, dass in dem Loch ein kleiner Schwarm Zitronenfalter nervös hin- und herflatterte, weil Eric abwechselnd an meinem Ohr knabberte oder mir seinen warmen Atem in den Nacken blies.

Auf der Bühne sangen Norma und Adalgisa ein inniges Duett. Es war mir ziemlich egal. Hatten die nichts Besseres zu tun? Wo war der blöde Pollione? Eric küsste meinen Nacken.

Seine rechte Hand wanderte langsam meinen Oberschenkel hinauf. Sie rutschte unter den Rock. Da blieb sie stecken. Der Rock war zu eng. Das fand ich ganz schön ärgerlich. Hätte ich bloß das weite Schlabberkleid genommen!

»Sugarbaby, lass uns hier verschwinden!«, murmelte Eric in mein Ohr. Ich war ganz seiner Meinung. Norma und Adalgisa sangen immer noch und kamen nicht zu Potte. Und die Sache mit dem zu engen Rock musste irgendwie gelöst werden und zwar dringend.

Eric stand auf und flüsterte etwas in Richtung seiner Nachbarin, die daraufhin ein empörtes »Ha, jetzt langt's aber!« ausstieß. Ich murmelte etwas von Entschuldigung und schwanger und schlecht. Es half nicht viel. Es hagelte gesalzene Kommentare auf unserem Weg nach draußen. Die meisten Leute blieben aus Protest sitzen. Die Schwaben waren eben humorlos.

Kaum hatten wir die Tür zum dritten Rang links hinter uns geschlossen, fielen wir knutschend und keuchend übereinander her. Keine Garderobenfrau weit und breit. Trotzdem regte sich in meinem nicht mehr vorhandenen Verstand das letzte bisschen Vernunft.

»Eric, wir können doch nicht hier im Flur ...«

»I know, sexbomb. Come on!«

Eric zog mich hinter sich her und öffnete die Tür zu dem kleinen Kabuff neben der Treppe, wo er seine Fotoausrüstung gelagert hatte. Er fand den Lichtschalter und wir quetschten uns hinein. Es war tatsächlich so eine Art Abstellkammer. In der Mitte war ein großes Heizungsrohr. Auf ein paar Regalen lagen Klorollen. Da wir uns den Platz mit Erics Fotoausrüstung, ein paar Rucksäcken, einer Aluleiter und einem grauen Spind teilen mussten, war der Spielraum begrenzt. Für unsere Zwecke würde es reichen.

Eric schob meinen Rock hoch. Ich fuhr mit den Händen unter sein schwarzes T-Shirt. Brusthaar. Dichtes Brusthaar, wie es sich nur wahre Männer wachsen ließen. Knutschen. Keuchen.

»Hast du ein Duweisstschonwas dabei?«, keuchte ich.

»Was ist ein Duweisstschonwas?«, keuchte Eric.

»Na ein Verhüterli! Was weiß ich denn, wie die Dinger auf Englisch heißen!«

»Condom! Äh no. Äh yes. In meine Jacke. In der Garderobe. I mean, ich dachte ja nicht, dass wir direkt in der Oper ... aber man kann ja auch was anderes ...«

Eric legte seine Hände auf meinen Hintern und zerrte die Feinstrumpfhose nach unten. Dann nahm er meinen Fuß und stellte ihn auf einen Absatz unterhalb des Klorollenregals. Ratsch. Okay. Fummeln hatte eben seinen Preis.

Man konnte Eric viel vorwerfen. Aber fummeln konnte er. Ich schloss die Augen. Au Mann, konnte der fummeln! Yesoyesoyesoyesoyeso ...

»Aaaaaah!«

Mannomann, so leidenschaftlich kannte ich mich gar nicht, dass mir Lustschreie in dieser Lautstärke entschlüpften. Und eigentlich war ich doch noch gar nicht so weit. Warum also fluchte Eric plötzlich, schob meinen Rock herunter und zischte: »Let's get out of here. Quick!«

In der offenen Tür stand mit vor Schreck geweiteten Augen eine Garderobière in einem See aus heruntergefallenen Klorollen. Eric schubste mich zur Tür. Er packte seinen Rucksack mit der einen, das Stativ mit der anderen Hand und lief an der wie zur Salzsäule erstarrten Garderobenfrau vorbei. Ich folgte etwas langsamer. Es war gar nicht so einfach, sich mit einer Strumpfhose zu bewegen, die mir wie eine Fußfessel zwischen den Knöcheln hing. Im Flur prallte ich zudem gegen die neapolitanische Garderobenfrau, die vom Schrei ihrer Kollegin alarmiert worden war.

»Waschnhierlos?«

Der Überraschungseffekt war auf meiner Seite und ich trippelte so schnell ich konnte an ihr vorbei. Auf der Treppe zog ich die Reste der Strumpfhose hoch, riss den Rock wieder nach oben, um mehr Beinfreiheit zu haben, und lief die Treppe hinunter. Auf den letzten drei Stufen stolperte ich und krachte Eric vor die Füße. Er half mir auf und ich rieb meine schmerzenden Knie.

»Sweetheart, höchste Zeit!«

»Eric, unsere Jacken! Wir holen uns ja den Tod!«

»Besser das als ein Anzeige wegen – wie nennt ihr das so schön? – Erregung öffentlichen Ärgernisses!«

»Wir waren erregt, aber das war doch nicht öffentlich!«

»Ich bin sicher, dass die das hier anders sehen! Come on, lass uns schnell verschwinden!«

Die eiskalte Februarnacht und meine spärlich bedeckten Beine, das war keine gute Kombination. So musste sich Gemüse fühlen, das schockgefroren wurde. Wir liefen zum Hauptbahnhof. Vor der Rolltreppe am Eingang sagte Eric:

»Ich nehme den 42er. Möchtest du mitkommen? Wir könnten uns zusammen aufwärmen. In meine große Bett. Oder mein groß Badewanne.«

»Eric, mir ist kkkkkkalt. Ich möchte jetzt nach HHHHHHause.«

»Natürlich, das kann ich verstehen. Bye, honeybunny. Ich bin die nächste Tage unterwegs. Wichtiger Auftrag. Ich melde mich, wenn ich zuruck bin.«

Und dann küsste er mich. Wie es sich gehörte und nicht nur so auf die Backe gehaucht. Und fast so gut wie in der Besenkammer. Wenn meine Zähne nicht so geklappert hätten, hätte ich es wahrscheinlich sogar genießen können und wäre doch mit ihm mitgegangen. Ich sah ihm nach und verglich seinen Hintern mit dem von Leon. Nach ein paar Schritten drehte er sich um und kam zurück.

»Sweeti-pie... es ist mir ja peinlich, aber kannst du mir zwei Euro fur die Bus geben? Mein Geld und die Eintrittskarte ist immer noch in der Garderobe.«

Ich gab ihm das Zwei-Euro-Stück, das sich nur widerwillig von seinem Partner trennte. Der Abschied wäre sowieso gekommen. Das übrig gebliebene Geldstück würde im Schlitz des VVS-Automaten verschwinden.

Natürlich war die S-Bahn gerade weg, als ich auf den Bahnsteig kam. Allmählich verwandelte ich mich in ein *frozen yoghurt*. Als ich endlich zu Hause war, hatten meine Arme eine kräftig rote Farbe, meine Lippen waren blau und meine Beine sah ich mir erst gar nicht an. Sonst hätte ich schon vom bloßen Anblick eine Blasenentzündung bekommen. Ich pfriemelte mir ohne Hinzusehen die letzten Strumpfhosenfetzen von den Beinen. Ein Wunder, dass mir niemand am Hauptbahnhof Geld geboten hatte.

Ich stellte mich unter die brüllend heiße Dusche. Nach zehn Minuten erinnerte sich mein Körper langsam daran, dass er Beine hatte. Ich würde mir eine Wärmflasche machen und im Wohnzimmer auf der Couch schlafen. Da war es wärmer als im Schlafzimmer.

Auf meinem AB waren mehrere Nicht-Nachrichten. Jemand hatte angerufen und immer wenn der AB ansprang, aufgelegt. Ich hasste das! Dann überlegte man sich ständig, wer wohl dran gewesen war.

Ich machte mir einen heißen Kakao, gab vier Löffel Zucker hinein und fand noch einen Dresdner Stollen, den mir irgendwer zu Weihnachten geschenkt hatte und den ich bisher verschmäht hatte, weil ich kein Zitronat und Orangeat mochte. Jetzt war es mir völlig egal und ich aß den ganzen Stollen auf einmal auf.

Danach war es gerade mal halb elf. Eigentlich sollte ich jetzt auf dem Weg zu Eric M. Hollisters großem Bett sein. Ich überlegte, ob ich Lila jetzt gleich Bericht erstatten oder bis zum nächsten Tag warten sollte. Aber vielleicht würde Eric ausgerechnet dann nochmal anrufen, um sich besorgt zu erkundigen, ob ich gut nach Hause gekommen war?

Irgendwie hatte ich das Gefühl, Lila würde meinem Opernabend eine vernichtende Kritik geben. Weder hatte ich die Oper bis zu Ende gesehen noch das andere Ziel des Abends erreicht.

Ja, eigentlich hatte sich der Abend durch die grundsätzliche Abwesenheit von Höhepunkten ausgezeichnet.

»Hier ist Line.«

»Line! Ich dachte, du bist in der Oper! Und lässt dich anschließend von deinem Scheich in Tausendundeine Nacht entführen!«

»Ich war in der Oper. Und im Gefrierfach. Jetzt bin ich zu Hause und taue auf.«

Ich erzählte Lila alles haarklein von Anfang an. Wie immer hörte sie mir konzentriert zu, ohne kommunikative Geräusche zu machen. Das änderte sich, als ich zur Besenkammer-Episode kam. Sie fing an zu glucksen. Die Glucksfrequenz erhöhte sich ziemlich schnell.

»Lila, das war nicht witzig! Erstens war es *Interruptus*, zweitens hängt meine Jacke noch immer in der Garderobe im dritten Rang und drittens habe ich mir wahrscheinlich eine Lungenentzündung geholt!«

Lilas Glucksen war in Schluckauf übergegangen. »Entschuldige, aber das ist die beste Geschichte, die ... erzähl weiter.«

Als ich fertig war, wurde Lila sehr ernst.

»Line, vielleicht setzt du dich bei Gelegenheit mal hin und denkst über den Kerl nach. Ich sage nur: Sancho-Panza-Perspektive statt Don-Quijote-Tunnelblick. Dann wird dir vielleicht klar, dass Eric M. Hollister die größte Gurke ist, mit der du dich in den letzten Jahren abgegeben hast!«

Ich hatte keine Ahnung, was Lila mit diesem Sancho-Panza-Don-Quijote-Dings meinte. Wahrscheinlich irgendein Sozpäd-Guru, der gerade *en vogue* war.

Trotzdem setzte ich mich hin, nahm einen Zettel und zog in der Mitte einen Strich. Links machte ich ein Plus und rechts ein Minus.

Nach zwanzig Minuten zog ich nüchtern Bilanz. Sie fiel nicht gut aus. Eric M. Hollister mochte gut küssen, fummeln und fotografieren können. Das stand auf der Plusseite. Dem stand auf der Minusseite entgegen, dass er sich selbst für eine ziemlich geniale Mischung hielt, die zu gleichen Teilen aus Hannibal, Indiana Jones und dem Gewinner der 1-Million-Euro-Frage von *Wer wird Millionär* bestand, obwohl er nicht mal wusste, wann Pol Pot in Kambodscha regiert hatte. Darüber hinaus hatte er wenig mehr in der Birne, als mich flachzulegen (okay, da war ich mir jetzt nicht so sicher, ob das nicht doch auf die Plus-Seite gehörte), hielt Mata Hari für eine Opernsängerin, hatte sich nicht mal nach meinem Wohlbefinden erkundigt, als ich ihm in der Oper vor die Füße geplumpst war, und hatte sich außerdem noch von mir aushalten lassen, so dass ich mit fünf Cent in der Tasche nach Hause gekommen war.

Eric M. Hollister war ein trauriges Würstchen!!!

Mit dieser vernichtenden Erkenntnis zog ich drei paar Socken an und legte mich auf dem Sofa schlafen. Ich drückte die Wärmflasche an mich. Trotzdem war mir immer noch kalt und ich war Lichtjahre davon entfernt, von einem Mann gewärmt zu werden, der Bücher und die Oper liebte.

17. Kapitel | *Mittwoch*

The shadow of your smile
when you are gone

Ein Höllenkrach weckte mich. Es dauerte eine Weile, bis ich kapierte, dass ich im Wohnzimmer geschlafen hatte und das Telefon direkt neben meinem Ohr lag. Schlaftrunken meldete ich mich.

»Hier isch Hermann. Hermann Praetorius. Also dei Vaddr.«

»Vater, ich weiß, wie du mit Vornamen heißt!« Mein Herz begann zu rasen. Vater rief mich nie an. Unsere diplomatischen Beziehungen liefen über Dorle.

»Vater, ist was passiert? Nun sag schon!«

Vater räusperte sich. »S'isch so ... 's Dorle hot an Schlagafall ghett. Geschdern Obend. Zum Glick isch dr Krangawaga schnell komma. Sie hot Theaterprob ghett. Und als se net komme isch, isch dr Karle – der mit ihr zamma Theater spielt – zu r hoim ond hot se gfonda. Ond jetzt liegt se em Birgerhoschbidal. Do hen die so a Schdrouk Junit.«

»Gestern Abend? Und das sagst du mir erst jetzt?«

»I han versucht, dir azomleide. Du warsch net do. I han drs net uf de Arufbeantworter sprecha wella.«

Vor meinem inneren Auge tauchte die Besenkammer in der Oper auf. Gleichzeitig hatte Dorle um ihr Leben gekämpft. Mir wurde übel.

»Wie geht es ihr?« Ich hatte Angst vor der Antwort.

»Ha, sie wissad's no ned so gnau. Mr muss abwarta, saged se. Mr woiß no net, ob was zrickbleibt, saged se. I han heid a wichdigs Miding, i ka mi ned kimmra.«

Er gab mir die Zimmernummer auf der Schlaganfallstation. Ich versprach, gleich hinzugehen und ihm und Katharina anschließend Bescheid zu geben. Sie wollte Dorle abends ein paar Sachen von zu Hause bringen, Nachthemden und was man eben so im Krankenhaus brauchte. Es lag mir auf der Zunge, nach Olga zu fragen. Dann ließ ich es doch lieber bleiben.

Ich zog mich rasch an. Auf meinen Knien hatten sich mehrfarbige Blutergüsse gebildet und von den neuen Stiefeln hatte ich Blasen an den Fersen. Meine Nase lief und ich nieste in einem fort. Natürlich hatte ich mich gestern Abend erkältet, aber das war jetzt völlig nebensächlich. Ich kippte einen Kaffee hinunter, wickelte einen dicken Schal um den Hals, schlüpfte in meine Daunenjacke, steckte mir drei Packungen Tempos in die Taschen und machte, dass ich zur S-Bahn kam. Unterwegs kaufte ich rasch zwei Laugenwecken. Ich hatte das absurde Gefühl, je früher ich bei Dorle war, desto besser waren ihre Überlebenschancen.

Am Hauptbahnhof stieg ich in die U-Bahn um und fuhr noch eine Station bis zur Türlenstraße. Von dort aus war es nicht weit zum Bürgerhospital. An der Pforte erfuhr ich, dass Dorle von der Stroke Unit auf die normale Station verlegt worden war. Das war doch sicher ein gutes Zeichen.

Es dauerte eine Weile, bis ich das richtige Stockwerk fand. Dorle lag in einem Drei-Bett-Zimmer. Die beiden Betten neben ihr waren leer. Ihre schlohweißen Haare lagen wie ein Glorienschein auf dem Kopfkissen. Obwohl sie, wie der Schwabe sagte, gut beinander war, wirkte sie in dem Krankenhaushemd seltsam schmal und zerbrechlich. Ihre rechte Gesichtshälfte war verzerrt und ihre Augen waren geschlossen. Eine Hand hing an einem Tropf. Die andere streichelte ich sanft. Trotz der vielen körperlichen Arbeit war die Haut weich. Sie rieb ihre Hände immer mit einer selbst gemachten Ringelblumensalbe ein.

»Dorle. Ich bin's, Line. Dorle. Kannst du mich hören?«

Dorle rührte sich nicht.

Nach einer Weile stand ich auf. Auf dem Flur traf ich eine Krankenschwester, die im Paralympics-Tempo einen leeren Rollstuhl vor sich herschob. Ich eilte ihr hinterher.

»Entschuldigen Sie bitte, ich würde gerne einen Arzt sprechen.«

»Wenn Sie einen finden. Vielleicht ist grad einer im Pausenraum da hinten. Ansonsten versuchen Sie es später telefonisch.« Ohne anzuhalten zog sie ein Telefonkärtchen aus dem weißen Kittel und drückte es mir in die Hand.

Der Pausenraum war leer, auch wenn die blubbernde Kaffeemaschine darauf hindeutete, dass es hier grundsätzlich Leben geben musste. Ich ging zurück zu Dorle. Ihr Zustand war unverändert. Ich blieb noch ein Weilchen bei ihr sitzen und wusste nicht so recht, was ich tun sollte. Vielleicht war das ja bei einem Schlaganfall wie bei Komapatienten und sie konnte mich hören? Also erzählte ich ihr alle möglichen Dinge aus meiner Kindheit, was mir eben gerade so einfiel. Wie sie im Herbst in ihrem Garten das heruntergefallene Laub angezündet und über dem Feuer mit uns Mädchen Stockbrot gebacken hatte. Wie sie uns die Briefe Gottfrieds von der Front vorgelesen hatte, die immer gleich endeten, so dass wir die Schlussformel immer mitgesprochen hatten: »... Ich befehle dich, mein liebes Dorle, und deine ganze Familie unserem lieben Heiland Herrn Jesus Christus an, und vertraue darauf, dich bald wohlbehalten in die Arme schließen zu dürfen.« Wie sie uns gezwungen hatte, mit ihr *Geh aus mein Herz* zu singen, alle Strophen. Irgendwann kamen mir die Tränen. Sie vermischten sich mit dem, was aus meiner laufenden Nase kam und ich fand, es war nun Zeit zu gehen.

Der Pausenraum war immer noch leer. Die Kaffeekanne ebenfalls. Ich hatte den Arzt wohl gerade verpasst.

Ich fuhr nach Hause und rief meinen Vater an. Er war in seinem Meeting und ich hinterließ eine Nachricht bei seiner Sekretärin. Katharina versprach, sich nach ihrem Besuch zu melden, wenn sie einen Arzt aufgetrieben hatte.

Es war erst halb zwei. Eigentlich war es höchste Zeit, sich mal wieder um Bewerbungen zu kümmern. Ich musste aber alle drei Minuten meine Nase putzen, mein Kopf war viel zu schwer für meine Halswirbelsäule und meine Gedanken kreisten abwechselnd um Dorle und um Eric. Nach einem kurzen, erholsamen Mittagsschlaf würde ich mich sicher besser fühlen. Ich stellte für alle Fälle den Wecker, fiel sofort in einen tiefen Schlummer und träumte, dass Gottfried in Soldatenuniform und Dorle in ihrem Krankenhaushemd aufeinander zurannten. Dorles silbergraue Haare wehten und sie strahlte über das ganze faltige Gesicht. Sie fielen einander in die Arme. Als ich aufwachte, war mein Kopfkissen tränennass.

Ohne den Wecker hätte ich wahrscheinlich bis zum nächsten Morgen durchgeschlafen. Mein Hals schmerzte. Natürlich hatte ich keinen Tee zu Hause. Ich machte mir einen Kaffee und gab statt zwei Löffel Kaffeepulver vier in die Filtertüte. Danach fühlte ich mich besser. Ich checkte meine E-Mails. Ich hatte eine Mail von Curry Giuseppe, Jayson McGee, Cruz Townsend und Magic Jackpot. Keine Nachricht von Rolf. Ich hatte ihm schon drei Erinnerungsmails geschickt. Langsam verlor ich die Geduld.

Ich wählte seine Handynummer. Nach dem dritten Klingeln nahm er ab.

»Boschur, hier isch der Rolf ...« Ich verstand ihn kaum. Er hörte sich an, als würde er im Berufsverkehr auf der B27 am Pragsattel picknicken.

»Rolf, hier ist die Line!«, krächzte ich.

»Boschur, Line! Ich warne dich, das wird teuer! Ich bin in Pari, o là là! Auf den Schoselisee!« Er kicherte wie ein überdrehter Teenager.

»In Paris? Ich dachte, du bist auf der Alb bei deiner Frau!! Wie um alles in der Welt kommst du denn nach Paris?«

»Mit dem Teescheeweeee!! In nur dreieinhalb Stunden! Und im Zug hab ich einen Volkshochschulkurs gemacht! Ich sprech jetzt fließend Französisch!«

»Rolf, ich brauch mein Zeugnis! Das Arbeitsamt macht mir die Hölle heiß! Das ist wirklich dringend! Ich hab dir schon drei Mails geschickt!«

»Zeugnis, Zeugnis, Line, entspann dich! Was brauchst du einen Job, such dir lieber einen netten Lover! So wie ich und Sarkozy! Rolf und ganz Paris träumt von der Liiiiebe!«

Mein Gott. Der Typ war ja völlig durchgeknallt. Das war nicht der zweite Frühling oder die Midlife-Crisis. Jemand musste ihm halluzinogene Pilze in die Kässpätzle getan haben. Das war sicher irreversibel.

»Rolf, wie lange bist du noch in Paris? Wann kann ich mit meinem Zeugnis rechnen?«

»Keine Ahnung. Wir werden wohl noch ein paar Tage Hand in Hand an der Seine spazieren gehen, den Touristen auf den Ausflugsbooten zuwinken und bei Notre Dame die Tauben füttern. Du wolltest ja nicht mitkommen. Gina, sag Line guten Tag!«

Gina quietschte etwas völlig Unverständliches ins Handy. Dann brach die Verbindung ab.

Ich starrte auf das Telefon in meiner Hand. Rolf war letztes Jahr 56 geworden. Gina, unsere ehemalige Praktikantin, schätzte ich so auf 21. Wahrscheinlich beeindruckte er sie mit seiner Reife und Lebenserfahrung. Sie beeindruckte ihn vermutlich mit allem, was unterhalb ihrer Halswirbelsäule lag. Das Zeugnis konnte ich in jedem Fall erstmal vergessen. Zumindest die legale Version. Nun musste Plan B greifen. Die illegale Variante. Ich würde meinen Arbeitsvertrag mit dem Firmenlogo einscannen, den Zeugnistext reinkopieren und Rolfs krakelige Unterschrift fälschen. Rolfs Unzurechnungsfähigkeit ließ mir keine andere Wahl.

Mein Tempovorrat ging zur Neige und die Inspektion meines Kühlschranks und meiner Schränke ergab, dass ich weder die Zutaten für Sudelnuppe oder Chili con carne sin carne im Haus hatte, noch meinen Ofen mit einer Pizza quälen konnte.

Ich schleppte mich zum Supermarkt Ecke Schwab-/Rotebühlstraße und kaufte das Notwendigste ein. Eigentlich waren das gerade mal sieben Minuten Fußweg, aber auf dem Rückweg fühlte ich mich wie der Heilige Christophorus, so schwer drückte mir der Rucksack auf die Schultern. Ich quälte mich Schritt für Schritt in den fünften Stock hinauf. Als ich oben ankam, war ich schweißgebadet und völlig außer Atem. Ich setzte den Rucksack ab, legte die Stirn an die Tür und holte tief Luft. In dem Moment öffnete sich die Tür der Nachbarwohnung. O nein! Jetzt auch noch Leon, das hielten meine Nerven nicht aus. Für eine rasche Flucht war es leider zu spät. Leon trat in Joggingklamotten heraus. Hatte der Kerl keine andere Freizeitbeschäftigung als ständig Endorphine zu produzieren? Warum las er nicht mal ein gutes Buch oder ging in die Oper? Und wieso hatte er keinen Waschbrettbauch, wenn er so viel Joggen ging? Wenigstens glänzte die Sumpfschnepfe durch Abwesenheit.

»Line!« Er sah mich verlegen an.

»Hallo Leon«, flüsterte ich matt.

»Geht's dir nicht gut?« Er klang ehrlich besorgt und kein bisschen böse.

»Ich hab mich erkältet. Ist aber nicht so schlimm. Das geht ja vorüber ...«

Plötzlich füllten sich meine Augen mit Tränen. Ich bin eigentlich nicht so der Heulsusentyp. Aber die Sorge um Dorle, und warum musste mich der Kerl mit seinen blauen Killeraugen so intensiv anschauen, als wäre er der weiße Hai und ich seine Beute? Vielleicht sollte ich röchelnd zu Boden sinken. Aber dafür war ich wahrscheinlich ein knappes Jahrhundert zu spät dran.

Leon sagte nichts, er musterte mich nur schweigend. Ich räusperte mich und wischte die Tränen weg.

»... viel schlimmer ist, dass Dorle mit einem Schlaganfall im Bürgerhospital liegt.«

Jetzt sah Leon ehrlich betroffen aus.

»Oh, das tut mir schrecklich leid. Wirklich. Wie geht's ihr denn?«

»Keine Ahnung. Versuch mal, einen Arzt aufzutreiben in so einem Krankenhaus. Meine Schwester wollte nachher nochmal hingehen. Vielleicht kriegt sie ja eine Auskunft.«

»Ich hoffe, es ist nicht so schlimm. Manchmal erholen sich die Leute ganz flott. Mein alter Herr zum Beispiel. Der hat uns letztes Jahr mit einem Herzinfarkt einen Riesenschrecken eingejagt. Vier Wochen später ist er wieder um die Alster spaziert, als sei nichts gewesen.«

War Hamburg nicht eher flach? Um die Alster zu spazieren klang jetzt nicht gerade nach einer sportlichen Höchstleistung. Trotzdem fand ich es nett von Leon, dass er mich aufmuntern wollte. Ich musste ihm irgendeine Antwort geben, aber mir fiel überhaupt nichts ein, was ich jetzt sagen konnte. Es war, als ob jemand mit einem großen Kehrwochenbesen mein Hirn leergefegt hätte.

»Also dann ...«

»Also dann ... gute Besserung, Euch beiden. Soll ich nachher mal nach dir schauen?«

Wahrscheinlich hatte der blanke Horror in meinem Gesicht Bände gesprochen. Leon hob beschwichtigend die Hände.

»Keine Sorge, ich will mich nicht aufdrängen.«

»Äh ... das ist sehr nett von dir ... aber nein, danke. Ich werde mich heute einfach früh ins Bett legen.« Warum endeten Desaster-Jennys Begegnungen mit Leon in letzter Zeit mit schöner Regelmäßigkeit in Desaster-Valley?

Ich schlüpfte ganz schnell in meine Wohnung, schloss die Tür und atmete auf. Immerhin redeten wir wieder in ganzen Sätzen miteinander. Ich drehte die Heizung hoch, kochte mir einen Liter Pfefferminztee, legte mich mit einer Wolldecke aufs Sofa und delirierte vor mich hin, während ich in Todesverachtung den Pfefferminztee trank und auf Nachrichten von meiner Familie wartete. Ich hatte nicht mal Appetit auf meine Pizza *Vier Jahreszeiten*.

Als ich gerade zum dritten Mal aufs Klo wollte, des Tees wegen, klingelte endlich das Telefon und ich krächzte meinen Namen.

»Bist du das, Line, oder spreche ich mit Joe Cocker? Du klingst ja fürchterlich.«

»Danke für das Kompliment, Katharina, genauso fühle ich mich auch. Ich habe eine fürchterliche Erkältung. Gibt's was Neues?«

»Ja. Wir haben eine Ärztin erwischt. Dorle ist über den Berg. Weil man sie so schnell gefunden hat, konnte man mit einer Lyse-Therapie das Blutgerinnsel auflösen. Das ist so eine neue Methode. Jetzt muss man abwarten, ob sie irgendwelche Lähmungen oder Sprachstörungen hat. Dann kommt sie direkt vom Krankenhaus in die Reha.«

»Hast du den Stein gehört, der mir gerade vom Herzen geplumpst ist?«

»Nein, du röchelst so laut. Hast *du* eigentlich Dorle einen Strauß roter Rosen gebracht?«

»Nein. Ich bin sofort ins Krankenhaus, als Vater mich angerufen hat, ohne Umwege über Blumenläden. Außerdem bin ich arbeitslos. Ich kann mir höchstens eingeschweißte Orchideen erlauben.«

»Komisch. Als wir kamen, stand da ein riesiger Strauß roter Rosen, der eher zum Valentinstag als ans Krankenbett einer 79jährigen gepasst hätte. Und noch was: Ich war in Dorles Schlafzimmer, um Nachthemden und Wäsche zu holen. Weißt du, was ich auf ihrem Nachttisch gefunden habe?«

»Keine Ahnung. Enrique Iglesias, aus der *Bunten* ausgeschnitten?«

»Da lag das *Sakrileg*. Mit einem Lesezeichen nach dem ersten Drittel!«

»Spionierst du Dorle etwa hinterher?«

»Quatsch. Aber Dorle und das goddesläschderliche Buch?«

Das war in der Tat seltsam. Dorle las *Sakrileg*? Ich würde darüber nachdenken, wenn sich der Fiebernebel lichtete.

»Kannst du dir ein Leben ohne Dorle vorstellen?«, fragte ich.

»Nein, ich kann mir ein Leben ohne Dorle und ihren Käsekuchen nicht vorstellen. Auch wenn sie manchmal nervt. Ich habe sie immer schon für unsterblich gehalten.«

»Wenn mich nicht das Fieber heute Nacht dahinrafft, werde ich morgen nach ihr sehen.«

Nach dem Gespräch mit Katharina war ich unendlich erleichtert. Die Anspannung wich einer bleiernen Müdigkeit, meine Beine fühlten sich an, als hätten sie Zahnschmerzen. Ich holte mein Kissen aus dem Schlafzimmer und kuschelte mich aufs Sofa. Aus der Nachbarwohnung hörte ich dumpfe Bässe von *Linkin Park*. Es hatte etwas Tröstliches und ich fühlte mich nicht so allein. Nach wenigen Sekunden schlief ich ein.

18. Kapitel | *Donnerstag*

I am a poor wayfaring stranger
travelling through this world of woe,
there's no sickness, toil or danger
in that bright land to which I go.

Yes, I'm going over Jordan
just going, no more to roam,
only going over Jordan,
just a going to my home

Am nächsten Morgen war mein Schlafanzug völlig durchgeschwitzt, aber die Gliederschmerzen waren weg. Ich hatte zwölf Stunden durchgeschlafen. Hervorragend! Ich war über den Berg. Meine Augen glänzten noch etwas, als ich in den Spiegel sah, und der Hals schmerzte nach wie vor, aber das würde sich bestimmt im Laufe des Tages legen. Ich war in Hochstimmung. Dorle würde wieder gesund werden und ich unterhielt wieder diplomatische Beziehungen zu Leon. Ich duschte und aß zum Frühstück die Pizza, die ich am Vorabend verschmäht hatte.

Eine gute Stunde später war ich bei Dorle. Auf ihrem Beistelltischchen sah ich die Rosen. Komisch. Da stand nicht nur, wie von Katharina angekündigt, ein Strauß langstieliger roter Rosen, sondern zwei. Die beiden Sträuße sahen aus wie Zwillinge und verliehen dem nüchternen Krankenhauszimmer einen Hauch von Garderoben-Atmosphäre einer Hollywood-Diva. Von Hermännle hatte sie bestimmt keine Rosen. Wenn überhaupt, dann brachte der ihr eine Flasche Klosterfrau Melissengeist oder Doppelherz mit oder ein Kreuzworträtselheft. Vielleicht war Mutter dagewesen? Zu ihr hätten die Blumen gepasst.

Dorle lag mit geschlossenen Augen in den Kissen, genau wie gestern.

»Dorle. Bist du wach?«

Mühsam öffnete sie die Augen. Mein Herz machte einen Hupfer.

»Dorle«, flüsterte ich.

»Mei Mädle«, antwortete sie. Sie sprach undeutlich. Die Augen fielen ihr wieder zu.

»Dande Dorle, bitte, du darfst nicht sterben. Ich brauch dich noch.«

Mit großer Anstrengung öffnete sie die Augen wieder. »Wann i ganga muss, des woiß bloß oiner. Ond uff mein Gottfried frai i mi. I däd di bloß gern versorgt wissa.«

Tränen stiegen mir in die Augen. »Mach dir bloß keine Sorgen um mich. Ich komme schon klar. Hauptsache, du wirsch gsond.« Vor lauter Emotionen fiel ich ins Schwäbische.

»Woisch, Mädle, wichdig isch net, ob oiner Bicher liest, wichdig isch, ob oiner a rechder Kerle isch.« Sie schloss erschöpft die Augen. Atmete sie überhaupt noch? Panik überflutete mich. »Lieber Gott, lass sie nicht sterben, bitte lass sie nicht sterben ...«

Ich lief auf den Krankenhausflur und irrte dort eine Weile herum, bis ich eine Schwester aus einem anderen Zimmer treten sah.

»Bitte, könnten Sie mal kurz nach meiner Großtante schauen?«

Die Schwester sah mich an und lächelte milde, als wollte sie sagen, schon wieder so eine hysterische Angehörige. Sie folgte mir in Dorles Zimmer.

»Keine Sorge. Sie ist eingeschlafen. Hat sie gesprochen?«

»Ja, aber sehr undeutlich.« Die Schwester nickte.

»Trotzdem. Dass Sie sie überhaupt verstanden haben, ist ein sehr gutes Zeichen. Sie sollten jetzt gehen.«

»Ist heute ein Arzt da?«

»Vorher saß einer in der Kaffeeküche.«

Am Tisch des Schwesternzimmers saß ein Pfleger mit einem sehr runden Gesicht, einer Glatze, einem goldenen Kreolen-Ohrring und sehr buschigen, fast weißen Augenbrauen.

Abwesend nagte er an einer Butterbrezel. Er war nicht besonders groß, aber auffallend muskulös gebaut und erinnerte mich an jemanden, ich wusste nur nicht, an wen. Ich klopfte an die offene Tür.

»'tschuldigung. Können Sie mir sagen, wo ich einen Stationsarzt finde?«

»Sie haben ihn gefunden. Haben Sie sich einen Arzt anders vorgestellt? Ich weiß, dass ich nicht aussehe wie Dr. Ross in *Emergency Room*. Ehrlich gesagt kenne ich keinen Arzt, der aussieht wie George Clooney. Und Georgie-Boy arbeitet vermutlich auch keine 48 Stunden am Stück und kriegt dafür auch noch ein mieses Gehalt. Wenn ich soviel Knete hätte wie der, würde ich auch ein paar Euro für Darfur zur Seite legen.«

Ich wurde rot.

»Tut mir leid. Ich bin nicht so oft in Krankenhäusern. Es wäre nett, wenn Sie mir etwas zu meiner Großtante sagen könnten. Dorothea Praetorius. Sie ist vorgestern Abend mit einem Schlaganfall eingeliefert worden.«

»Soll ich Ihnen die Wahrheit sagen?«

»Ja, bitte.«

»Die volle, ungeschminkte Wahrheit?«

Ich schluckte und machte mich auf das Schlimmste gefasst.

»Sie ist auf der Stroke Unit sehr schnell versorgt worden, das war ein großes Glück, und es war kein besonders schwerer Schlaganfall. Und was ich jetzt sage, ist nicht für die Presse bestimmt: Die Alte hat einen Kreislauf wie ein Renngaul, ist hart wie Kruppstahl und wenn sie nicht überfahren wird, müssen Sie sich was einfallen lassen, wenn Sie dringend an ihr Erbe wollen. Die geht noch nicht so schnell übern Jordan. Morgen wird sie auf die normale Station verlegt, und ich schätze mal, nach ein paar Wochen Reha ist die Alte wieder ganz die Alte.«

Ich strahlte ihn an.

»Vielen Dank. Und ehrlich gesagt finde ich, dass Sie sehr interessant aussehen, auch wenn Sie nicht George Clooney sind.« Ich bekam einen Hustenanfall.

Der Arzt grinste.

»Mein Spitzname ist Meister Proper, das war der Held meiner Kindheit. Übrigens sehen Sie auch ohne Diagnose von Dr. Proper aus, als ob Sie ins Bett gehören. Ihre Augen glänzen ja ganz fiebrig. Da sollten Sie eigentlich auch nicht hierher auf Station kommen.«

»Ich fühle mich auch nicht besonders.«

»Dann marsch ins Bett. Und machen Sie sich keine Sorgen um ihre Tante. Rufen Sie an, wenn etwas ist.«

Ich fuhr zurück nach Hause, sprach Katharina einen kurzen Lagebericht aufs Band und teilte Lila auf ihrem AB mit, dass ich gerade ins Fieber-Delirium fallen würde, sie sich also nicht wundern sollte, wenn ich mich nicht meldete. Seit der Pizza hatte ich nichts gegessen, aber ich war auch vollkommen appetitlos.

Im Schlafzimmer herrschte nach wie vor Gefrierschrank-Temperatur. Im Sommer, wenn im dichtbebauten Stuttgarter Westen nachts die Hitze stand und sich kein Lüftchen regte, war mein Schlafzimmer wunderbar, zumal man dort den stetig fließenden Verkehr nicht hörte. Die meisten West-Bewohner hatten dann tiefe Ringe unter den Augen, weil sie nachts nicht schlafen konnten, es sei denn, sie legten sich eine Luftmatratze in den asphaltierten Hinterhof. Im Winter dagegen war mein Schlafzimmer nicht gerade der ideale Ort, um eine Erkältung loszuwerden. Ich drehte meinen alten Gas-Einzelofen im Wohnzimmer hoch, legte mich wieder aufs Sofa, stopfte mir Ohrenstöpsel in die Ohren, um die auf der Reinsburgstraße vorbeidröhnenden Lastwagen nicht zu hören, und fiel sofort in einen tiefen Schlaf.

»Dr. Ross, wie geht es meiner Tante?« Dr. Ross saß in einem schwarzen Anzug am Tisch in der Kaffeeküche, trank eine Tasse *Nespresso* und lächelte mich mit leicht hochgezogenen Augenbrauen von unten an. Meine Knie wurden schwach.

»Ich werde Ihnen die Wahrheit sagen. Aber Sie müssen jetzt sehr stark sein.«

Ich schwankte. Dr. Ross sprang auf. Mit zwei Schritten war er bei mir, seine starken Arme umfingen mich, ich sah nur noch seine Lippen, oooh, diese sexy Lippen ...

»Line!«

Plötzlich sah Dr. Ross nicht mehr aus wie George Clooney. Er sah aus wie Meister Proper. Igitt! Ich wollte Meister Proper nicht küssen!

»Wach auf, Line!«

Ich fuhr hoch.

»Lila!«, krächzte ich. »Mein Gott, hast du mich erschreckt!« Ich fiel zurück in die Kissen. Lila sagte etwas. Ich verstand kein Wort. War ich so krank, dass ich taub geworden war? Dann fielen mir die Ohrstöpsel ein.

»Du hast im Schlaf gestöhnt! Und obwohl ich gebrüllt habe, hast du nicht reagiert!«

»Ich hatte Stöpsel in den Ohren! Und natürlich habe ich gestöhnt! Ich wollte gerade George Clooney küssen! Und ausgerechnet in dem Moment musst du mich wecken! Das war wahrscheinlich die einzige Chance meines Lebens, George Clooney zu küssen! Und wer weiß, was zwischen uns noch alles passiert wäre!«

Lila sah ein bisschen beleidigt aus. »Na hör mal, da eilt man, kaum hat man deine ersterbende Stimme auf dem AB vernommen, ans Krankenbett, um dich aufopfernd gesund zu pflegen ...«

Sie legte mir die Hand auf die Stirn.

»Wie fühlst du dich? Du bist ja ganz heiß. Hast du ein Fieberthermometer?«

»Nein.«

Line marschierte aus dem Zimmer.

»Sag mal, dein Arzneischrank ist ja total leer!«, brüllte sie aus dem Bad.

»Den hab ich ja auch ausgemistet«, murmelte ich.

»Du bist wirklich hoffnungslos. Was würdest du in einem medizinischen Notfall machen?« Lila stand wieder vor mir, die Hände in die Seiten gestemmt.

»Keine Ahnung. 88 88 88 88 anrufen?«

»Das ist die Neckar-Taxi GmbH!«

»Wie bist du überhaupt hier reingekommen?«

»Ich habe seit ein paar Tagen einen Schlüssel zu deiner Wohnung. Falls du dich mal aussperrst so wie Leon. Hast du das vergessen?«

Lila verschwand wieder und ich hörte sie in der Küche herumhantieren. Nach kurzer Zeit kam sie zurück, ein nasses Geschirrtuch in jeder Hand.

»So, wir werden jetzt mal auf die alten Hausmittel zurückgreifen.«

Sie schlug die Decke zurück, packte meine Waden und wickelte um jede Wade ein Geschirrtuch.

»Willst du mich umbringen?«, brüllte ich. »Das ist ja saukalt!«

»Das ist fiebersenkend. Hast du nie die Serie *Was Florence Nightingale noch wusste* gesehen?«

»Florence Nightingale kannte auch kein Aspirin, Echinacin oder Umckaloabo!«

»Was du alles nicht im Haus hast. Hast du Halsschmerzen?«

»Und wie.«

»Sehr gut. Dann kommt jetzt Hausmittel Nr. 2 zum Einsatz. Zieh dein Oberteil aus.«

»Bist du verrückt? Ich bin schon krank!«

»Nun mach schon. Ich muss nochmal kurz in die Küche.«

Mühsam quälte ich mich aus meinem T-Shirt. Ich hatte mir nicht die Mühe gemacht, einen Schlafanzug anzuziehen. Lila kam mit einem dritten Geschirrtuch anmarschiert, kramte in ihrer Sunkist-Tasche und förderte einen Becher Magerquark ans Licht.

»Ich hab keinen Appetit! Schon gar nicht auf Magerquark!«

Lila schüttelte den Kopf, öffnete den Becher und begann, mir mit der rechten Hand großzügig den Quark auf den Hals zu schmieren.

»Du willst mir doch nicht erzählen, dass Florence Nightingale im Krimkrieg Quark zur Hand hatte!«

»Klappe. Dein Busen ist sogar noch kleiner, als ich ihn in Erinnerung habe.«

»Danke. Schiebst du mich jetzt in den Ofen und streust anschließend Puderzucker auf mich?«

»Ein Quarkwickel ist das beste Hausmittel gegen Halsschmerzen. Dagegen kannst du alle Lutschtabletten vergessen. Du wirst sehen, morgen fühlst du dich wie neugeboren.«

Lila wickelte das dritte Geschirrtuch um meinen Hals.

»So, jetzt kannst du dich wieder anziehen.«

»Ja, Frau Doktor.« Ich hoffte, Lila würde rasch gehen, damit ich meinen Hals entquarken und meine Waden auswickeln konnte.

»Ich koche dir jetzt noch einen schönen heißen Tee und dann erzählst du mir, was sonst noch so passiert ist. Immerhin hast du Tee. Grenzt ja schon fast an ein Wunder.«

Ich sank stöhnend in die Kissen. Ich wollte keine alten Hausmittel, ich wollte keine Lila, ich wollte nichts erzählen. Ich wollte einfach nur dahinsiechen und mir nicht den Kopf über Dorle, Meister Proper, Eric den Meisterfummler und Leon den Besorgten zerbrechen.

Lila wurschtelte in der Küche herum. Ich döste vor mich hin, aber mit dem widerlichen Wickel um den Hals und den kalten Lappen um die Waden war an Schlaf sowieso nicht zu denken.

Lila stellte eine dampfende Tasse Tee vor mich hin und setzte sich neben das Sofa auf den Fußboden, eine zweite Tasse in der Hand.

»Und, fühlst du dich schon besser?«

»Klar. Vorher habe ich geschwitzt. Jetzt friere ich. Kannst du mir nicht irgendsoeine Blitzgesundungsmedizin mit ganz viel B, A, S und F aus der Apotheke holen?«

Lila nippte an ihrem Tee und schüttelte den Kopf.

»Dein Körper wird auch ohne Chemie mit einer Grippe fertig. Du musst ihm einfach nur vertrauen. Wenn du Medikamente nimmst, verdrängst du die Krankheit nur. Und jetzt erzähl! Hat sich Eric gemeldet?«

»Eric, welcher Eric? Das war im letzten Jahrtausend.«

Ich berichtete Lila von Dorles Schlaganfall, meinen Erlebnissen im Krankenhaus und der Treppenhausbegegnung mit Leon. Lila kannte Dorle natürlich und erbot sich sofort, den Krankenhausbesuch am nächsten Tag für mich zu übernehmen. Ganz offensichtlich war sie auch neugierig auf Meister Proper.

»Sonst ist nichts passiert?«

»Na hör mal, findest du nicht, dass das reicht?« Meine Stimme war mittlerweile nur noch ein heiseres Krächzen. Ich wollte jetzt endlich wieder schlafen.

»Ja, natürlich. Ich meine nur ... sonst ist dir nichts aufgefallen?«

»Aufgefallen? Wie meinst du das?«

»Nur so allgemein.« Lila sah an mir vorbei.

»Verheimlichst du mir was? Geht es um Eric? Oder hast du Leon getroffen?«

»Nein, nein«, sagte Lila hastig. »Du solltest sehen, dass du schnell gesund wirst. Und auf keinen Fall vor die Tür gehen. Dann kriegst du sofort einen Rückschlag. Wenn du was brauchst, ruf mich an.«

»Im Moment bin ich sowieso viel zu k.o., keine Sorge.« Irgendetwas war komisch an Lila. Aber ich hatte nicht die Energie, das herauszufinden. Ich schlief ein, noch während sie auf dem Fußboden saß und ihren Tee schlürfte.

19. Kapitel | *Freitag*

You give me fever

Heiß. Mir ist heiß. Die Sonne brennt auf den Wüstensand. Inmitten einer Kamelherde sitzen ein paar Männer im Kreis auf dem Boden und trinken Tee. Sie tragen lange, weiße Gewänder, um ihre Köpfe sind Tücher gewickelt, die nur das Gesicht freilassen. Es stinkt. Wahrscheinlich der Kameldung.

»One«, sagt Eric.

»Zwei«, sagt Rolf.

»Drei«, sagt Leon.

»Four«, sagt George Clooney. Einen Augenblick lang herrscht gespannte Ruhe.

»Femf!«, schreit Herr Tellerle triumphierend. »I du doch bloß so arm. In Wirklichkeit han i an Haufa Geld uff meim Sparbichle bei der Kreissparkass!«

Eric zieht bedauernd die Schultern hoch. »Sorry, honeybunny. Too expensive.«

Leon sieht mich an und ich kann seinen Blick nicht so genau deuten. »Es tut mir leid, Line. Aber nicht einmal Bosch bezahlt so viel.« George Clooney sagt gar nichts und Rolf spielt mit seinem Handy.

Heiß. Es ist so entsetzlich heiß in der Wüste. Meine Beine sind so schwer. Ich will schlafen, nur schlafen und vergessen, dass ich gerade für fünf Kamele an Herrn Tellerle verkauft worden bin.

20. Kapitel | *Samstag*

Let me tell you 'bout a boy I know,
he's my baby and he lives next door.
Every morning, 'fore the sun comes up
he brings me coffee in my favourite cup,
that's why I know, yes I know,
halleluja I just love him so

Die Sonne weckte mich. Sie schien mir direkt ins Gesicht, kitzelte meine Nase und brachte mich zum Niesen. Die Nase begann zu laufen, als hätte sie nur auf diesen Startschuss gewartet. Ich kramte nach einem Tempo, legte mich zurück in die Kissen, schloss die Augen wieder und genoss die warmen Strahlen. Was für ein Tag war heute? Die Sonne schien nur morgens über den Hasenberg in mein Wohnzimmer. Also war jetzt Samstagmorgen. Ich hatte den Freitag komplett verschlafen.

»Frau Praetorius, wie fühlen Sie sich heute?«, fragte Dr. Ross. »Sie haben uns einen ganz schönen Schrecken eingejagt. Ich habe Tag und Nacht an ihrem Krankenbett gesessen und Ihre fiebrige Hand gehalten.« Ich wackelte mit den Zehen und bewegte meine Beine. Kein Problem. Das Halsweh war weg und mir war weder heiß noch kalt. Allerdings fühlte sich mein Hals an, als sei er eingegipst. Lila und ihr blöder Quark. Schnupfen dagegen war normal. »Dr. Ross, dank Ihrer Fürsorge befinde ich mich eindeutig auf dem Weg der Besserung. Ich verdanke Ihnen mein Leben.« Hurra!

Es klingelte. Entweder war das der Briefträger oder Lila oder Leon. Wir redeten ja wieder miteinander. Lila hatte einen Schlüssel, Post bekam ich keine. Ich kämpfte einen Augenblick mit mir. Wenn ich den Kalten Krieg beenden wollte, musste ich öffnen. Ich schälte mich aus der Decke und schlurfte zur Tür. Ich fühlte mich schwach.

»Hallo Line. Schön, dass du aufmachst. Also geht es dir besser.« Leon trug Jeans, ein kurzärmeliges T-Shirt vom HSV, als wäre es schon Frühling, und sah gnadenlos gesund und geduscht aus.

»Ich bin gerade erst aus dem Fieberwahn erwacht.«

»Ich weiß. Lila hat gestern Abend nach dir gesehen. Du hast geschlafen und irgendein wirres Zeugs von Kamelen erzählt.«

»Ich kann mich an nichts erinnern.« Lila und Leon hatten also miteinander gesprochen.

»Hast du Hunger? Ich habe ein paar Lebensmittel besorgt. Aber vielleicht solltest du erstmal duschen.« Leons Mundwinkel zuckten. »Du riechst ein bisschen vergoren.«

»Ich habe Schnupfen. Ich rieche nichts. Aber eine Dusche kann ich jetzt wirklich gebrauchen. Ich bin total verschwitzt. Und ich habe einen Bärenhunger. Ich habe seit Donnerstag nichts mehr gegessen.«

»Ich komme in einer halben Stunde und bringe dir Frühstück. Mit viel Vitaminen. Ist das okay?«

»Ja. Das würde mich freuen.« Du meine Güte. Wir gingen miteinander um, als hätten wir uns gerade erst beim Tanztee kennen gelernt.

Ich schlich im Schneckentempo ins Bad. Nun wurde mir klar, was Leon meinte. Der Quark klebte an meinem Hals wie festgetrockneter Lehm und roch vermutlich ziemlich streng. Ich versuchte, den Quarkbezug abzukratzen. Es ging nicht. Das Einzige, was geschah, war, dass die Quarkschicht in tausend Stücke zersprang. Jetzt sah mein Hals aus wie ein Acker nach einer langen Trockenheit. Ich war bleich, meine Wangen waren eingefallen, und meine Haare waren fettig und standen in alle Richtungen ab wie Ähren in einem Getreidefeld nach einem heftigen Gewitter. Alles in allem sah ich ein bisschen aus wie eine Missernte. Kaum zu glauben, dass sich Leons Augen erst vor einer halben Woche vor Überraschung und Bewunderung geweitet hatten, als wir uns zufällig auf der Treppe begegnet waren. Yvette. Hmm. Was war wohl aus Yvette geworden? Ich würde das Thema nachher beiläufig aufs Tapet bringen und Leons Reaktion genau beobachten. Männer waren in der Regel ahnungslos und ließen sich von Frauen aushorchen, ohne es zu merken.

Ich stellte mich unter die Dusche, weichte meinen Hals ein und sah zu, wie kleine getrocknete Quarkbrösel im Abfluss verschwanden. Ich wusch meine Haare, zog einen Jogginganzug an und machte das Wohnzimmerfenster weit auf. Auf der Reinsburgstraße dröhnte der Verkehr. Familien aus Böblingen, Sindelfingen, Vaihingen oder Gerlingen auf dem Weg zum Einkauf in der großen Stadt. Außer Abgasen hing ein Hauch von Vorfrühling in der Luft. Auf dem Tisch lag ein Zettel von Lila. Sie hatte ein Herz gemalt und in die Mitte »Gute Besserung« geschrieben und darunter: »Liebe Grüße von Dorle. Geht ihr besser. Ruf mich an, wenn du wach bist.«

Ich kochte eine Kanne Kaffee und stellte zwei Tassen auf den Tisch. Ein paar Minuten später klingelte es. Leon trug einen Korb unter dem Arm und sah aus wie Rotkäppchen.

»Hier. Frisches Obst, Käse und Brötchen vom Markt auf dem Bismarckplatz und Kirschjoghurt vom Supi. So einer mit viel rechtsdrehendem Bifidus, der ganz besonders gesund aussieht, mit vielen Blümchen und glücklichen Kühen drauf.«

Leon strahlte mich an, stolz wie Oskar.

»Das ist sehr nett von dir.« Es sollte keiner behaupten können, dass ich mich nicht bemühte.

Leon stellte den Korb in der Küche ab und legte Käse und Brötchentüte auf den Wohnzimmertisch. Mmm. Laugenweckle. Und Schokocroissants! Ich goss uns Kaffee ein und machte mich gierig über das erste Brötchen her. Mit jedem Bissen kamen meine Lebensgeister ein wenig mehr zurück. Andererseits fühlte ich mich ein bisschen unwohl mit Leon. Wie nach einer gemeinsam verbrachten Nacht ohne Nacht. Chili con carne sin carne.

»Du siehst schon viel besser aus.«

»Danke. Ich fühle mich auch viel besser, so frisch geduscht und ohne Quarkpampe am Hals.«

»Trotzdem solltest du heute nicht vor die Tür gehen. Du warst ziemlich krank.«

»Na ja, ein kleiner Spaziergang wird mir wohl nicht schaden. Es ist doch richtig mild draußen, oder?« Eigentlich hatte ich sogar überlegt, mit Leon eine kleine Runde zu drehen. So als Besiegelung unserer wiedererstarkten, rein freundschaftlichen und vollkommen asexuellen Beziehung.

»Bleib lieber noch einen Tag zu Hause. Der Wind ist kalt. Da fängt man sich ganz schnell wieder was ein. Wenn du was brauchst, lass es mich wissen.«

Dunkel erinnerte ich mich, dass Lila mich auch beschworen hatte, ja nicht vor die Tür zu gehen. Seltsam. Hatten sich Lila und Leon verbündet? Zog der Axtmörder gerade durch den Stuttgarter Westen?

»Du hast gestern mit Lila gesprochen, oder?«

»Ja. Sie ruft dich heute an. Und Herr Tellerle und Frau Müller-Thurgau lassen herzlich grüßen und wünschen gute Besserung. Herr Tellerle meldet sich nochmal wegen des Sperrmüll-Termins.«

»Sag bloß. Wie lange wohnst du jetzt hier? Du scheinst ja innigliche nachbarschaftliche Beziehungen zu pflegen. Mir ist das nie so richtig gelungen.« Leon grinste sein Leon-Grinsen.

»Man unterschätzt gerne den natürlichen Charme von uns Nordlichtern. Wir sind gar nicht so unterkühlt, wie man uns nachsagt. Im Gegenteil. Wir bemühen uns sehr um einen guten Kontakt zur einheimischen Bevölkerung.«

Schleimer. Wahrscheinlich hatte er bei Frau M.-T. wieder Kuchen abgestaubt.

»Aha. Und wie kommst du mit unserem schönen Dialekt zurecht?«

»Prima. Als ich das erste Mal beim Bäcker war und Brötchen kaufen wollte, schüttelte die Verkäuferin völlig entsetzt den Kopf und murmelte etwas, das ungefähr so klang: »Ha, Sie sind apr auch net von hier, gell!« Der Rest bestand aus gutturalen Lauten, die ich nicht verstand. Jetzt gehe ich zu einem anderen Bäcker und tue einfach so, als ob ich taubstumm wäre. Ich deute auf die Brötchen, die ich haben will, lächle freundlich, nicke wild und hebe dann so viele Finger hoch, wie ich Brötchen haben möchte. Das funktioniert prima. Die Bäckereifachverkäuferinnen gucken mitleidig, nehmen meinen Geldbeutel, zählen das Kleingeld ab, seufzen und halten mir nach dem Einkauf die Tür auf.«

»Wie geht es Yvette?«

»Gut.«

Gut. Das war alles? So ein Mist! Ich hatte gehofft, ihn mit dieser typisch weiblichen, da völlig kontextlosen, überraschenden Frage aus der Reserve zu locken. Aber Leon hatte keine Sekunde gezögert, hatte nicht gestottert, war nicht rot geworden und hatte die Frage nicht seltsam gefunden. Was wollte mir das jetzt sagen? War alles klar zwischen ihnen und er machte kein Hehl daraus? Oder war vielleicht gar nichts passiert? Ach. Eigentlich war es mir ja auch total egal. Sollten die Sumpfschnepfe und ihr leutseliges Nordlicht doch in einem Loft mit Blick auf den Hamburger Hafen miteinander glücklich werden.

»Willst du nicht noch etwas von diesem unglaublich gesunden Joghurt essen?« Leon sah mich an, als sei er ein dicker Dackel und ich hätte eine Tüte Schnuffi-Leckerli in der Hand.

»Ich bin eigentlich pappsatt. Ich habe ein Laugenbrötchen, ein Schokocroissant und eine ganze Seele gefuttert. Für jemand, der angeblich krank ist, ganz schön viel.«

»Seele? Du hast eine Seele gegessen?«

»Das große längliche Ding. Wenn du dich beim Bäcker taubstumm stellst, wirst du nie die Namen unserer leckeren schwäbischen Backwaren lernen.«

»Eine Seele hätte ich mir ehrlich gesagt anders vorgestellt. Zarter. Durchsichtiger. Fluffiger. Vielleicht aus Blätterteig oder so wie ein Croissant.«

»Das Croissant ist ein Rei'gschmeckter aus dem Nachbarland. Die Seele ist von hier. Sie ist groß, kompakt, lang, dick und hat Salz und Pimmel drauf.«

»*Wie bitte? Was ist da drauf?*«

Oh mein Gott. Was hatte meine Katastrophen-Klappe da grade gesagt?

»Salz und Kümmel. Was ist daran so besonders? Der Kümmel an sich spielt eine wichtige Rolle in der schwäbischen Küche. Beim Zwiebelkuchen, zum Beispiel. Ich hole das Joghurt. Willst du auch was haben?«

Leon schüttelte den Kopf. Ich sah genau, dass er sich das Lachen kaum verbeißen konnte. Ich floh in die Küche, schloss die Tür, holte tief Luft, presste den linken Fuß gegen das rechte Knie, drückte die Handflächen über dem Kopf himmelwärts und atmete dreimal tief aus und ein. Erdung. Ich brauchte dringend Erdung. Dann verlor ich das Gleichgewicht. Ich öffnete das Joghurt-Glas. Bestimmt war ich so rot wie das Kirschjoghurt. Ich stopfte einen Esslöffel hinein und marschierte würdevoll und haltung-bewahrend zurück ins Wohnzimmer. Leon war verschwunden, wahrscheinlich aufs Klo, um dort in Ruhe fertig zu lachen.

Vielleicht sollte ich, um mich zu rehabilitieren, höflich insistieren und Leon nochmal etwas von seinem Joghurt anbieten? Ich stellte das Glas auf dem Fußboden ab, weil ich zu faul war, um bis zum Esstisch zu gehen. Ich holte zwei Glasschüsselchen und zwei kleine Löffel aus der Küche und ging wieder ins Wohnzimmer. Pimmel. Hatte ich wirklich Pimmel gesagt? Wie konnte man nur so unglaublich peinlich sein? Waren andere Leute auch so ...

Ich hatte das Joghurtglas vergessen und war mit dem Fuß auf den Löffel getreten. Wusch. Mit offenem Mund sah ich zu, wie sich der große Löffel in ein Minikatapult verwandelte und eine Ladung Kirschjoghurt elegant gegen die Raufasertapete schleuderte, dass es nur so spritzte. Der Joghurt tropfte von der vormals weißen Wand gemächlich auf meinen hellen Teppichboden. Die Kräfte verließen mich. Langsam rutschte ich die Tapete entlang nach unten.

Leon stand plötzlich neben mir und ich sah, wie es in seinem Hirn arbeitete und er allmählich den Zusammenhang zwischen Joghurtglas, Löffel, Kleckse auf dem Boden und von der Wand tropfendem Joghurt rekonstruierte. Ein Grinsen stahl sich in sein Gesicht.

»Leon«, sagte ich. »Ich bin eine Katastrophe. Ich kann nicht einmal Kirschjoghurt essen, ohne danach meine Wohnung renovieren zu müssen!« Mir war zum Heulen zumute. Ich hatte die Schnauze voll davon, permanent Chaos zu produzieren. Ließ sich das Katastrophen-Gen nicht mal von einem Grippevirus vorübergehend ausschalten?

Leon rutschte neben mich auf den Boden. Aus dem Grinsen wurde ein leises Glucksen. Dann ein Lachen. Ein ziemlich ansteckendes Lachen. Nach kurzer Zeit hatte es mich auch erwischt. Binnen Sekunden lachten wir beide, dass die Wände wackelten, wir deuteten abwechselnd auf den heruntertropfenden Joghurt und lachten, bis uns die Tränen die Wangen herunter kullerten.

Als uns die Luft ausging, legte Leon den Arm um mich und drückte mir einen Kuss auf die Wange. Blöderweise drehte ich in diesem Augenblick den Kopf und der Kuss rutschte auf meinen Mund. Irgendwie gehörte er da auch hin. Leon tat nichts, um den Kuss wieder auf die ursprüngliche Position zu bringen. Im Gegenteil. Er presste seine Lippen fest und ausdauernd auf meine. Ein Wangenkuss hätte niemals so lange gedauert.

Und dann stand Leon auf, grinste, ohne einen Ton zu sagen, und ließ mich sitzen. Klapp. Die Tür fiel ins Schloss. Rotkäppchen war gegangen.

Ich starrte ihm mit offenem Mund hinterher.

Ich meine, wo gibt's denn so was! Was man angefangen hat, muss man doch zu Ende bringen! Typisch Mann! Macht sich einfach aus dem Staub!

Ich blieb auf dem Boden sitzen. Ich musste den Kuss analysieren. Was war das nun gewesen? Ein brüderlicher Alles-nicht-so-schlimm-Kuss? Ein feierlicher Schön-dass-wir-uns-wieder-vertragen-Kuss? Ein mitleidiger Adieu-mach's-gut-in-der-Klapse-Kuss? Oder ein vorbereitender Irgendwann-will-ich-Zungenkuss? War der Kuss zufällig verrutscht oder absichtlich? Wie konnte mich Leon nur so durcheinanderbringen! Er wusste doch, dass ich noch nicht richtig genesen war! Ich meine, ich hatte doch gar keine Abwehrkräfte!

Unterdessen ließen meine wilden Gedankengänge das Joghurt ziemlich kalt. Es tropfte gleichmütig weiter von der Wand. Außerdem konnte ich im Sitzen nicht denken. Ich stand auf und holte einen Lappen aus der Küche. Der Lappen war blau beschichtet und hinterließ blaue Streifen auf den rosa Flecken, das war aber nicht so schlimm, weil man die Raufasertapete überstreichen konnte. Bestimmt hatte ich noch irgendwo einen Rest weißer Farbe. Mit dem Fußboden war es schon schwieriger. Auf dem hellen Teppich sah man einfach alles. Auch Kirschjoghurt. Ich würde mir ein Fleckenmittel besorgen müssen. Meine Vermieterin hatte sich bisher nicht durch besondere Toleranz ausgezeichnet.

Ich beschloss, das Nachdenken über den Kuss auf später zu verschieben, und wählte Katharinas Nummer. Frank nahm den Hörer ab.

»Hallo Schwägerin. Bist du wieder gesund?«

»Woher weißt du, dass ich krank war?«

»Wir haben deine fette Freundin gestern im Krankenhaus getroffen.«

»Pfui, Frank, was bist du ekelhaft! Sie ist nicht fett! Allenfalls etwas mollig!«

»Gut beinander, wie der Schwabe so schön sagt. Sie hat erzählt, dass es dich ziemlich reingehauen hat.«

»Gestern lag ich im Delirium. Heute geht es schon viel besser. Was macht das Dorle?«

»Warte, ich geb dir deine Schwester.«

Ich hörte, wie Frank nach Katharina brüllte, während sich im Hintergrund Lena und Salo zankten. Warum war es unmöglich, mehr als drei Sätze mit Männern zu wechseln, die mit Frauen/Freundinnen in einer Wohnung lebten? Meistens sagten sie nur »Hallo« und übten sich dann im Telefonweitwurf, egal ob die Frau/Freundin gerade fernsah, Kinder wickelte, kochte oder auf dem Klo saß. Welcome back, Neandertaler. Die Frauen telefonieren und die Männer reparieren die Fahrräder.

»Hallo Schwesterlein. Geht's dir besser? Lila hat erzählt, dass du hohes Fieber hattest.«

»Katastrophen-Gene vergehen nicht. Ich bin schon fast wieder fit. Wie geht's Dorle?«

»Vater bringt sie heute Nachmittag in die Reha.«

»Heute schon? Dann sehe ich sie ja gar nicht mehr.«

»Sie weiß ja, dass du krank bist. Die meinten im Krankenhaus, man müsste jetzt so schnell wie möglich mit den Sprach- und Bewegungsübungen anfangen, und zufällig war irgendwo im Schwarzwald in einer Klinik ein Platz frei. Das ist natürlich praktisch, weil Wochenende ist und Vater sich um sie kümmern kann. Er holt sie nachher vom Bürgerhospital ab und bringt sie heim, hilft ihr beim Packen und fährt sie dann hin.«

Vater half ihr beim Packen? O je. Das konnte was werden. Hoffentlich war Dorle fit genug, um ihm Anweisungen zu geben. Sonst würde sie sich am Ende vermutlich ohne eine einzige Unterhose in der Reha wiederfinden.

»Wie lange bleibt sie da?«

»Erstmal vier Wochen. Der Arzt meinte, dann müsste man weitersehen, aber Dorle ist fest entschlossen, nach vier Wochen mit der Reha fertig zu sein, damit sie heimkommen und ihren Achtzigsten vorbereiten kann.«

Dorles Achtzigster. Den hatte ich völlig verdrängt. Es war zwar schön, dass sie ihn erleben würde, aber auf das dazugehörige Brimborium hätte ich gerne verzichtet. Eine Menge liebreizender Menschen, die mich schon bei der legendären Hochzeitsfeier meiner Eltern auf den Armen geschaukelt hatten und von daher gewisse Privilegien für sich in Anspruch nahmen, würden sich um mich scharen und mir diskrete Fragen stellen wie »Ha, willsch net langsam heirada?« und »Wo schaffsch du nomole?« oder aber aktive Lebenshilfe geben wie »Woisch, en daim Aldr sott mr nemme so lang warda mitm Känderkriaga«. Dass sie nicht »Dutzidutzi« machten, war noch alles.

»Ich bin nicht so scharf auf Dorles Feier. Sollte sie sich nicht lieber schonen?«

»Du weißt doch, wie Dorle ist. Sie will generalstabsmäßig Hefekranz und Käsekuchen produzieren, hat sich schon mit ein paar Frauen zum Brotbacken im Backhäusle verabredet und den Kirchenchor angeheuert. Außerdem wird es tonnenweise Kartoffelsalat geben. Ich denke, es wird ihr helfen, rasch gesund zu werden, wenn sie etwas hat, auf das sie sich freuen kann.«

Eine Achtzigerfeier mit Kirchenchor und einem Haufen resoluter alter Schachteln in Dorles Alter klang zwar nicht gerade nach Chill-Out auf der Theo-Heuss, Stuttgarts angesagter Partymeile. Aber Käsekuchen, Bauernbrot und Kartoffelsalat versprachen grundsolide schwäbische Bewirtung. Es war ja nicht so, dass ich mich von Pizza ernährte, weil es mir schmeckte, sondern weil ich nicht kochen konnte. Plötzlich kam mir ein bedrohlicher Gedanke.

»Dorle erwartet hoffentlich nicht, dass wir etwas zum Programm beitragen.«

»Natürlich erwartet sie das. Sie hat es zwar nicht explizit gesagt, aber als du am Sonntag mit Lena in der Eisdiele warst, hat sie ungefähr zehnmal hintereinander beiläufig erwähnt, dass ihre Theatergruppe einen schwäbischen Sketch aufführt und dass sie hofft, dass es noch mehr Programmbeiträge geben wird, weil sie ja schließlich nur einmal im *Läba* achtzig wird und davon ausgeht, dass es das letzte große Fest in ihrem Erdenleben ist, weil der Herrgott sie vor dem nächsten runden Geburtstag zu sich rufen wird.«

»Woher weißt du, dass ich mit Lena in der Eisdiele war?«

»Weil ich nicht blöd bin. Aber ich kann meiner Tochter und ihrer Tante ja auch mal ein bisschen Spaß gönnen.«

Cool. Das hätte ich Katharina gar nicht zugetraut. Ich fand sie meistens etwas verbissen.

»Ich kann nichts zum Programm beitragen. Ich kann weder Theater spielen noch Gedichte aufsagen noch singen.«

»Ich glaube, das ist genau das, was sich Dorle wünscht. Dass die liebe Familie etwas für sie singt.«

»Katharina, du weißt genau, dass die Zugvögel vorzeitig in den Süden aufbrechen, wenn ich singe! Und Vater hält sich fälschlicherweise für Ivan Rebroff, Gott hab ihn selig, nur weil er mal in Sibirien war! Und Mutter kann zwar singen, wird aber nicht aufkreuzen! Die Einzige in der Familie, die einen Ton trifft, bist du!«

»Lena hat auch ein hübsches Stimmchen und Ivan Rebroff war kein Russe. Er war zwar bei den Don Kosaken, aber sein richtiger Name lautet Hans-Rolf Rippert. Wie auch immer, das müssen wir ja auch nicht heute besprechen. Ich denke nur, wir sollten Dorle den Gefallen tun.«

»Kannst du nicht Lena dazu bringen, etwas aus *Sakrileg* zu rezitieren?«

»Sehr witzig. Ich muss jetzt Schluss machen. Ich gehe mit Salo zu einer Masernparty und bin spät dran.«

»Du gehst *wohin*?« Ich hatte schon von Tupper- und Dessouspartys gehört. Masernparty, war das der neueste Trend beim Kindergeburtstag? Ging man da nicht zu McDonald's, ins Hallenbad oder auf die Go-Kart-Rennbahn?

»Zu einer Masernparty. Ein Junge aus Salos Kindi hat die Masern. Bei diesem Kind treffen sich heute alle Mütter mit den Kindern, die noch keine Masern hatten. Heute ist Samstag, drei Tage Inkubationszeit, am Dienstag sind alle Kinder krank. Der Kindi macht den Rest der Woche zu und am Montag drauf sind alle Kinder wieder fit. So haben wir es mit den Erzieherinnen besprochen. Sonst zieht sich das wochenlang hin mit den Masern. Ich nehme Dienstag und Mittwoch und Frank Donnerstag und Freitag frei.«

Das klang einleuchtend. Nicht so planlos wie in unserer Kindheit, wo man völlig unorganisiert Masern, Mumps und Röteln bekommen hatte.

»Na dann viel Spaß.«

»Den werden wir haben. Wir Mütter trinken Sekt, während sich die Kinder anstecken.«

Ich legte das Telefon erschöpft zur Seite. So richtig gesund war ich eben doch noch nicht. Ich streckte mich auf dem Sofa aus und schloss die Augen. Sofort tauchte meine komplette Familie vor meinem inneren Auge auf. Vater, Katharina, Frank, Lena und Salo formierten sich Kelly-Family-mäßig zum Chor und stimmten mit Inbrunst »Geh aus, mein Herz und suche Freud« an, während Dorle andächtig lauschte und sich eine Träne der Rührung wegwischte.

»Die Lerche schwingt sich in die Luft, das Täublein fliegt aus seiner Kluft und macht sich in die Wälder. Die hoch begabte Nachtigall ergötzt und füllt mit ihrem Schall Berg, Hügel, Tal und Felder, Berg, Hügel ...«

Das war eigentlich ein schöner alter Text von Paulchen Gerhardt. Leider war mein inneres Ohr noch schlimmeren Qualen ausgesetzt als mein inneres Auge. Die liebe Familie sang fünfstimmig, was theoretisch hübsch hätte klingen können, wenn die Stimmen zusammengepasst hätten. Und wo war ich eigentlich? Ach, ich lag gefesselt und geknebelt in der Ecke und Dieter Bohlen rief: »Nein, du wirst nicht singen! Nein, du wirst nicht singen!« Das war ja un-er-träglich! Meine Nase begann wieder zu laufen. Schnell öffnete ich die Augen.

Die Sonne knallte zum Fenster herein. Ich hatte keine Ruhe. Ich hatte genug Zeit in Quarantäne verbracht. Außerdem tat mir der Rücken weh vom vielen Liegen. Da mich niemand zu einer Masernparty eingeladen hatte und Rotkäppchen wie ein Blitz abgezischt war, würde ich eben alleine einen gemächlichen

Spaziergang in der Frühlingssonne machen, mich irgendwo auf eine Bank in die Sonne setzen und über *den Kuss* nachdenken. Auf dem Rückweg würde ich zwei Stück Kuchen holen und Lila zum Kaffee einladen. Abends würde ich früh zu Bett gehen, um rasch zu genesen. Ein guter Plan. Ein hervorragender Plan!

Ich tauschte den Jogginganzug gegen Jeans und Sweatshirt, zog meine Daunenjacke darüber, um mich nicht gleich wieder zu erkälten, steckte zwei Packungen Tempos und etwas Geld ein und trat ins Treppenhaus. Samstag. Natürlich. Kehrwochenjourfixe. Im dritten Stock machten Frau Müller-Thurgau und Herr Tellerle, sie links, er rechts des Treppenabsatzes auf einen Besen gestützt, ein *Pow Wow* und blickten mir erwartungsvoll entgegen.

»So, kenna mr wiedr uff sai!«, sagte Herr Tellerle.

»Semmr wiedr uff de Fieß!«, sagte Frau Müller-Thurgau.[10]

»Sie sähn abr no ned wiedr richtig gsond aus!«, sagte Herr Tellerle.

»Gangad Se liebr wiedr ens Bett! Draußa ischs käldr als aussieht!« sagte Frau M.-T.

»I fiel mi heid au wie a heniche Henn. Wahrscheins han i mie bei Ihne agschdeckt,«[11] sagte Herr Tellerle.

Mir war nicht so ganz klar, wie sich Herr Tellerle bei mir angesteckt haben wollte. Geküsst hatte ich ihn nicht, so viel war sicher.

»Ein bisschen frische Luft wird schon nicht schaden«, entgegnete ich matt, ohne mich auf ein längeres Gespräch einzulassen, umschiffte feuchte Lappen und Putzeimer und ging langsam über die frisch gewischte Treppe in den zweiten Stock.

---

10 Wörtlich »Können wir wieder auf sein«, »sind wir wieder auf den Füßen«: Ultimative Form schwäbischer Anteilnahme. Im Schwäbischen wird »wir« oft als Anredeform benutzt, um Empathie auszudrücken.

11 Heniche Henn = tote Henne. Kommt in der Großstadt eher selten vor und lässt darauf schließen, dass Herr Tellerle auf dem Land aufgewachsen ist.

Dort standen Herr Dobermann und Enrico Silicone, in identischer Pose wie ihre Nachbarn, und musterten mich, als sähen sie mich zum ersten Mal. Ich murmelte einen Gruß. Noch mehr feuchte Treppe. Na ja, sie würden sowieso nochmal drübergehen. Hinter mir hörte ich Getuschel. Alte Klatschbasen.

Ich öffnete die Haustür und trat hinaus in die Frühlingssonne. Okay, so richtig warm war es wirklich nicht, aber schließlich hatten noch vor ein paar Tagen winterliche Temperaturen geherrscht und an einem windgeschützten Plätzchen am *Blauen Weg* ließ es sich sicher gut aushalten. Mir fiel der Opernabend mit Eric ein. Eric. Komisch. Ich hatte seit unserem missglückten Date praktisch keinen Gedanken an ihn verschwendet. Er hatte auch nicht angerufen. Im Zeitalter des Handys gab es dafür eigentlich keinen Grund, es sei denn, Eric saß in einem Funkloch im Dschungel von Borneo und ein Orang-Utan hatte ihm auch noch das Handy geklaut. Er hatte es nicht mal für nötig befunden, mir zu sagen, wo er hinfuhr. Eigentlich war es mir auch ziemlich egal. Der Gedanke an Eric wurde sofort von *dem Kuss* überlagert.

Der Axtmörder war nirgends zu sehen. Stattdessen herrschte überall emsige Betriebsamkeit. Der Schwabe an sich war ja schon ein munteres Wesen, aber im Frühling wurde er noch munterer. Bei *Hailas*, der lustigen Reinigung mit Wohnzimmeratmosphäre, gaben sich die Kunden die Klinke in die Hand, vor dem Nachbarhaus wurde gekehrt und am Straßenrand beugten sich zwei ölverschmierte Gesichter mit Migrationshintergrund über einen geöffneten Motorraum. Auf der anderen Straßenseite putzte jemand im zweiten Stock die Fenster. Das hatte ich schon lange aufgegeben. Bei den vielen Abgasen sahen sie nach zwei Tagen wieder so schmutzig aus wie vorher.

Ich fand eine Lücke im Verkehr und überquerte die Reinsburgstraße. Wie anders sah die Staffel, die ich erst vor ein paar Tagen mit Leon hochgejoggt war, in der Frühlingssonne aus. Na ja, hochgekeucht entsprach wohl eher der Wahrheit. Jetzt keuchte ich auch, obwohl ich langsam ging. Ich hatte meine körperliche Bestform eindeutig noch nicht wieder. Die Daunenjacke war viel zu warm und ich öffnete den Reißverschluss. Ich schnaufte die Hasenbergsteige hinauf und blieb an jeder zweiten Villa unter dem Vorwand stehen, die Erker, Balkönchen und efeuumrankten Eingangstüren zu studieren. Das Wohngefühl hier oben war vermutlich ein bisschen anders als bei uns da unten, im dichtbesiedelsten Stadtteil Deutschlands.

Ich beschloss, auf den *Blauen Weg* zu verzichten und mich stattdessen mit der Aussichtsplattform rechter Hand zu begnügen. Auch dort gab es Bänke in der Sonne, wenn auch nicht so windgeschützt. Dafür entschädigte der grandiose Blick über die Häuserschluchten im Westen bis zum noch nicht amputierten Hauptbahnhof und bis weit hinaus in die Löwensteiner Berge. Eine Frau kam mir entgegen, ein Kind an der Hand, das vielleicht sieben oder acht Jahre alt sein mochte. Das Mädchen lachte und zeigte mit dem Finger auf mich: »Guckamool, Mama ...«

»Mr zeigt net mitm Fängr uff d'Leit!«

»Abr Mama, des isch doch ...«

»Jetz bisch abr schdill!«

Die Frau zog das Kind an mir vorbei und warf mir einen entschuldigenden Blick zu. Ich sah an mir herunter. Meine Jeans hatte nur ein paar ganz kleine Flecken (Kirschjoghurt) und ich trug die gleichen Schuhe und Strümpfe. Kinder hatten halt oft ihren ganz eigenen Sinn für Humor.

Ich setzte mich auf eine freie Bank, wickelte mich fest in meine Jacke und schloss die Augen. Ein paar Sonnenstrahlen, genau das war es, was mein von Krankheit gezeichnetes Bleichgesicht jetzt brauchte. Außerdem hatte ich jetzt endlich die nötige Muße, um *den Kuss* zu analysieren.

Wie immer war ich schonungslos ehrlich mir selbst gegenüber. Vielleicht hatte ich mich ein klitzeklitzekleines bisschen in Leon verguckt. Das lag aber nur an der Situation – an der frustrierenden Erfahrung mit Eric und daran, dass Leon mich in einem schwachen Moment erwischt hatte. Zum Glück war nicht mehr passiert! Bevor ich mich richtig verknallte, zog ich besser die Notbremse. Erstens konnte ich sowieso nicht mit Yvettes Körperbau, Wallehaaren, Kondition, Jogginganzug und Ingenieurswissen konkurrieren. Zweitens würde ich mit Leon nicht glücklich werden. Ich wollte in die Oper, er ins Stadion. Ich wollte tiefschürfende Gespräche führen, während er im Geiste bei den Fußmatten von Aldi war. Ich las das Spätwerk von Arno Schmidt und er *Auto, Motor und Sport* (auf einmal fiel mir ein, dass ich immer noch nicht wusste, was an jenem ersten Abend zwischen Leon und mir eigentlich vorgefallen war. Bei Gelegenheit würde ich versuchen, ihn unauffällig auszuhorchen). Und wenn Leon mehr von mir gewollt hätte, dann hätte er doch nach dem verrutschten Kuss bestimmt nicht fluchtartig meine Wohnung verlassen! Wahrscheinlich war es ihm total peinlich gewesen und er war deshalb abgehauen! Und Eric, soviel war mir nun klar, Eric war mittlerweile in der Schublade »Vorrundenausscheider« gelandet. Schublade auf, Eric rein. Ich würde ihn aus meinem Leben und meiner Erinnerung streichen. Blieb also unter dem Strich: immer noch kein Lover, immer noch kein Job. Das war nicht besonders aufbauend. Wenigstens würde mir Leon als guter Nachbar und Kumpel bleiben, vorausgesetzt, er zog nicht bei der nächsten Gelegenheit mit der Sumpfschnepfe in eine Vier-Zimmer-Wohnung mit Stadtblick, am Bubenbad oder in der Hauptmannsreute.

Ein kühler Wind kam auf. Das war nichts für meine Erkältung. Da die Kussfrage jetzt gelöst war, konnte ich mich wieder auf andere Dinge konzentrieren. Kuchen. Ich wollte Kuchen kaufen. Ich verspürte schon wieder so ein kleines bisschen Appetit. Außerdem wartete Lila auf meinen Anruf. Ich ging die Hasenbergsteige hinunter, vorbei an dem gelben Plastikbanner in einem privaten Garten, auf dem in riesigen Lettern die Worte »Neubau stoppt Frischluft für Westen und Innenstadt« prangten. Weiter unten, unterhalb der Karlshöhe, residierte auf der rechten Seite die Bach-Akademie in einer alten Villa. Meine Mutter hatte uns Kinder früher hin und wieder zu den großen Rilling-Konzerten in die Liederhalle mitgenommen. Johannes-Passion, h-Moll-Messe. Jetzt fehlte mir dafür das Geld. Ob Mutter wohl noch ins Konzert ging? Wann hatte ich sie überhaupt das letzte Mal gesehen? Ich sah Bachs Büste über dem Eingang fragend an. Bach war klug genug, sich herauszuhalten, und hüllte sich in Schweigen.

Beim Gänsepeterbrunnen überquerte ich die Reinsburgstraße. Gänsepeter war ein bisschen grünlich angelaufen und sollte dringend mal wieder geputzt werden. Ich ging am Wirtschaftsgymnasium West vorbei weiter zur Rotebühlstraße. Um zum Konditor auf der anderen Seite zu kommen, musste ich erst die Hasenbergstraße überqueren. Die Fußgängerampel zeigte rot. Neben mir stand ein spindeldürrer langer Typ, der vielleicht sechzehn war. Seine Jeans hingen in den Kniekehlen und auf dem Kopf trug er eine Baseballkappe, falsch herum natürlich. Er musterte mich eingehend. Dann fragte er: »Kann ich ein Autogramm haben?«

Ich blickte ihn erstaunt an. Normalerweise redeten Sechzehnjährige nicht mit mir. Sie sortierten mich unter Komposti ein. Und warum sollte der Typ ein Autogramm von mir wollen?

»Sorry, ich verstehe nicht ganz ...«, sagte ich verwirrt.

Er deutete auf die andere Straßenseite. »Das Bild, meine ich. Man erkennt Sie gleich.«

Auf der anderen Straßenseite, direkt vor dem Eingang zum Wirtschaftsgymnasium, stand eine Litfasssäule. Die Säule war mit Plakaten gepflastert, auf denen in großer Schrift die Worte »McGöckele, Neueröffnung – gleich 7mal in Stuttgart!« zu lesen waren. Darunter war in XXXXL-Größe der Kopf einer Frau abgebildet, die gerade völlig verzückt mit geschlossenen Augen ein Hähnchen verspeiste. Aus ihren Mundwinkeln hing weißes Hähnchenfleisch. Die Frau sah vollkommen idiotisch aus. Der Axtmörder von Stuttgart-West war ich selbst.

Fünf Minuten später stand ich vor Leons Wohnung, ohne Kuchen, und klingelte Sturm. Leon öffnete. »Ich habe dich gewarnt«, seufzte er. Offensichtlich sprach mein Gesichtsausdruck Bände. Zudem rauchte es mal wieder aus meinen Ohren.

»Wir alle haben versucht, dich zu warnen. Lila, Frau Müller-Thurgau, Herr Tellerle und ich. Aber du wolltest ja nicht hören.« Er machte eine Pause. »Komm doch rein.«

Ich trat in Leons Flur und schloss die Tür hinter mir. Ich war noch nie in seiner Wohnung gewesen. Der Flur war baugleich wie meiner, nur vollkommen leer. Keine Umzugskiste, keine Garderobe, kein Altpapier, kein Stuhl, kein gar nichts. An der Decke hing eine nackte Glühbirne. Ich blieb stehen.

»Leon, ich habe jetzt keine Zeit. Ich muss den Gerichtsvollzieher, das Bundesverfassungsgericht, OB Schuster oder wen auch immer dazu bringen, dass diese unsäglichen Plakate abgehängt werden. Ich würde nur gern wissen: Wie lange hängen die schon? Und warum habt ihr mir nichts gesagt?«

Der Gedanke, dass Leon, Lila und das halbe Haus bei einer Treppenkonferenz darüber beratschlagt hatten, was sie mit den Plakaten anfangen sollten, während sich der Rest von Stuttgart großartig über mich amüsierte, war genauso unerträglich wie die Vorstellung, dass Eric M. Hollister mich übers Ohr gehauen hatte. Kein Wunder, dass er sich im Dschungel von Borneo versteckte. Der Rauch aus meinen Ohren wurde dichter. Leon versuchte ihn mit den Händen wegzuwedeln.

»Willst du wirklich nicht reinkommen? Ich mache dir einen Kaffee.«

Ich schüttelte den Kopf.

»Wie du willst. Also ich habe die Plakate schon das erste Mal auf dem Weg zurück von Schwieberdingen nach Stuttgart in der Heilbronner Straße und oben am Pragsattel gesehen. Du weisst schon, die Leuchtreklame oben auf dem Turm. Das war an dem Tag, als du mir von Dorles Schlaganfall erzählt hast. Da warst du so schlecht drauf, da wollte ich dich nicht darauf ansprechen. Und ich hatte ja auch keine Ahnung, dass du von der Aktion nichts wusstest. Das hat mir erst Lila erzählt. Wir wollten einfach nicht, dass du dich aufregst, solange du krank bist.«

»*Ich rege mich doch gar nicht auf!*«, brüllte ich. »Ich hänge seit Tagen am Pragsattel, wo am Tag ungefähr 2,5 Millionen Pendler vorbeifahren, die sich über mich kaputtlachen, das ist doch kein Grund zur Aufregung!«

Leon hob abwehrend die Hände. »Entschuldige mal, aber *ich* kann nichts für dieses, dieses – sagen wir mal – wenig schmeichelhafte Foto. Vielleicht solltest du deinen Ärger da ablassen, wo er hingehört. Außerdem warst du krank, und wie schlecht hättest du dich erst gefühlt, wenn du das mit den Plakaten gewusst hättest? Und jetzt hör auf mit diesen Rauchwölkchen, man sieht ja gleich die Hand nicht mehr vor den Augen.«

Ich nickte beschämt. Es war wirklich nicht in Ordnung, meine Wut auf Eric an Leon auszulassen.

»Du hast Recht. Entschuldige bitte. Du - ihr habt es ja nur gut gemeint. Und das mit den Ohren, das lässt sich leider nicht so steuern.« Ich versuchte trotzdem, mich auf meine Ohren zu konzentrieren. Der Rauch ließ nach.

»Heute ist Samstag. Vor Montag wirst du sowieso nichts unternehmen können.«

Ich seufzte. »Ja, wahrscheinlich. Aber wenn ich jetzt bis Montag untätig herumsitze, werde ich wahnsinnig.«

Leon grinste sein Leon-Grinsen. Es hatte etwas Beruhigendes, in all dem Chaos. »Ich hätte da eine Idee. Aber du musst mir versprechen, nicht gleich wieder auszuflippen.«

»Die wäre?«

»Wir besuchen eine McGöckele-Filiale.«

»Klar. Super Idee. Am besten informieren wir vorher die *Bild*-Zeitung und ich schreibe noch einen Stapel Autogrammkarten.«

»Nein, im Ernst. Wenn du dich wehren willst, musst du doch auch wissen, wogegen du dich wehrst. Wahrscheinlich ist dein Konterfei sogar auf den Papierunterlagen auf den Tabletts abgebildet.«

Mir wurde schwindelig und ich schloss die Augen. Meine Ohren nahmen die Rauchproduktion wieder auf. Soweit hatte ich noch gar nicht gedacht. Neue, entsetzliche, unendlich tiefe Abgründe taten sich auf.

»Du könntest dich ja verkleiden«, schlug Leon vor. »Als Kopftuch-Türkin oder so, damit man dich nicht erkennt.«

Leon hatte Recht. Angriff war die beste Verteidigung, und es würde mir wenigstens das Gefühl geben, etwas zu unternehmen.

»Ich besitze aber weder ein Kopftuch noch einen Tschador oder Ähnliches.«

»Einen Sonnenhut? Eine Baseballkappe? Die könnte ich dir sonst leihen.«

Leon verschwand und kam nach kurzer Zeit mit einer Kappe zurück, auf der »HSV« stand. Okay, VfB wäre mir lieber gewesen, aber als Nicht-Fußball-Fan war es mir eigentlich egal. Ich zog die Mütze auf. Leon sah mich prüfend an, dann zog er mir den Schirm etwas tiefer ins Gesicht. Ich fing an zu schwitzen, als er mir so nahe kam. Contenance, Line, dachte ich, Contenance.

»Hmm. Ehrlich gesagt erkennt man dich immer noch. Du bräuchtest was Größeres, Breitkrempigeres.«

»Vielleicht hat Lila so was in ihren Beständen.«

»Weißt du was, warum rufst du nicht Lila an, fragst sie danach und sagst ihr, sie soll herkommen? Dann machen wir zu dritt eine kleine Erkundungstour zu McGöckele.«

Ich strahlte ihn an. »Das ist wirklich sehr nett von dir. Hast du denn auch nichts Besseres vor?«

Leon grinste und gab dem Schirm der Baseballkappe einen kleinen Stubs. »Den Spaß würde ich mir nie entgehen lassen.«

Also war er nicht mit Yvette verabredet, um bei *Tritschler Haushaltswaren* in der Königstraße einen Hochzeitstisch zusammenzustellen. Nicht, dass es mich etwas anginge, aber so einen netten, hilfsbereiten Nachbarn verlor man ja nicht gern. Ja, Leon war wirklich nett und ich war total erleichtert, dass ich mit der unsäglichen Göckeles-Geschichte nicht alleine dastand. Ich zog mir die Baseballkappe vom Kopf, drückte sie ihm in die

Hand und sagte: »Okay, dann machen wir es so. Wir klingeln dann bei dir, wenn Lila da ist.«

»Und ich recherchiere in der Zwischenzeit im Internet, wo die nächste McGöckele-Filiale ist.«

»Hallo Lila. Ich bin's, Line.«

»Line!«, kreischte Lila. »Endlich! Ich warte schon die ganze Zeit auf deinen Anruf!«

»Es geht mir viel besser. Ich war sogar schon spazieren.«

»Spazieren? Line, du solltest doch nicht ...«

»Ich bin im Bilde, danke. Ich wollte Kuchen für uns beide holen und bin mir in der Rotebühlstraße begegnet, in Überlebensgröße. Der erste Schock ist schon vorbei.«

»Line, es tut mir sooo leid. Ich meine, Arbeitslosigkeit, Dorles Schlaganfall, die Grippe und dann das noch. Das ist wirklich ein bisschen viel auf einmal. Glaub mir, es kommen auch wieder bessere Zeiten.«

Ich seufzte. Lilas Mitgefühl tat mir gut. »Am meisten schmerzt mich, dass mich Eric so in die Pfanne gehauen hat. Ich bin total enttäuscht.«

»Hast du ihm schon die Hölle heiß gemacht?«

»Nein. Er ist im Dschungel von Borneo. Oder in der Wüste Gobi. Keine Ahnung. Auf jeden Fall hat er ganz zufällig vergessen, mir seine Handy-Nummer zu geben und mir zu sagen, wann er wiederkommt.«

»Was hast du jetzt vor?«

»Leon hatte die Idee, einer McGöckele-Filiale einen Besuch abzustatten. Ich dachte erst, der spinnt, aber mittlerweile denke ich, es ist kein schlechter Einfall. Man muss seinen Feind kennen, um ihn zu bekämpfen.«

»Du hast also mit Leon gesprochen?«

»Er hat mir Frühstück gebracht. Und nachdem ich das Plakat gesehen habe, habe ich nochmal bei ihm geklingelt.«

»Aha.« Irgendwie klang das »Aha« sehr bedeutungsschwanger. Ich gab keine weiteren Erklärungen ab. Lila sagte auch nichts.

Ich hatte keine Lust, ihr von *dem Kuss* zu erzählen. Normalerweise erzählte ich ihr alles, aber *der Kuss* war schließlich abgehakt.

»Und weiter?«

»Nichts weiter. Dann hatte er die Idee, sich so eine Filiale anzuschauen, um zu sehen, ob die dort auch mit meinem Bild werben. Hast du vielleicht einen breitkrempigen Hut oder irgendwas, um mein Gesicht zu verdecken?«

»Da muss ich erstmal nachschauen. Aber warte mal, bei dir lag doch so ein Sombrero rum.«

Aynurs Sombrero! Den hatte ich total vergessen. Besonders unauffällig war der quietschorangene Hut zwar auch nicht, aber ideal, um mein Gesicht zu verdecken. Lila versprach, ihre Hut- und Mützensammlung zu sichten und sich dann auf den Weg zu mir zu machen. Ich fand den Sombrero auf dem Fußboden im Schlafzimmer und ging damit ins Bad. Die Krempe war so breit, dass ich gegen die Badtüre stieß. Ich sah zwar ein bisschen aus, als sei ich einem billigen Italo-Western entsprungen, der Sombrero tat jedoch seinen Dienst. Wenn ich die Krempe nach unten zog, war mein Gesicht nicht zu erkennen.

Während ich auf Lila wartete, legte ich mich aufs Sofa. Bei Nostalgie-TV gab es ein 24-Stunden-Special *Raumpatrouille Orion*. Der Spaziergang und die Aufregung um das Plakat hatten mich erschöpft, und schließlich war ich immer noch nicht richtig fit. Es war sehr entspannend, Dietmar Schönherr und Eva Pflug im *Starlight Casino* bei ihrem seltsamen Gesellschaftstanz zuzusehen. So entspannend, dass ich nach kurzer Zeit eingeschlafen war.

»Ich habe mindestens sechsmal geklingelt«, sagte Lila, als sie atemlos meine Wohnung betrat, eine riesige Plastiktüte unter dem Arm.

»Sorry. Ich bin eingeschlafen«, sagte ich.

»Wie fühlst du dich?«

»Na ja. Wenn du die Grippe meinst: ganz okay. Wenn du die Plakatgeschichte meinst: ziemlich grauenhaft. Hast du zufällig einen Rechtsanwalt in der Bekanntschaft?«

»Wir arbeiten immer wieder mit einer sehr netten Polizistin zusammen, wenn die Kids aus meiner Wohngruppe mal wieder randaliert haben. Die hat eine ziemlich soziale Ader und kennt sich unheimlich gut aus. Sie sitzt im Polizeirevier Ostendstraße. Ich rufe sie am Montag gleich an. Ich werd ihr sagen, dass du arbeitslos bist. Bestimmt gibt sie dir eine Auskunft.«

»Das wäre super. Danke.«

Lila kippte ihre Tüte aus. Hüte aus Filz, Samt und Stroh in unterschiedlichen Pastellfarben bedeckten den Flurboden. Ich probierte ein paar der Hüte an. Sie waren allesamt nicht so effektiv wie der Sombrero. Ich zog den Sombrero auf und wickelte mir ein Seidentuch um den Hals. Lila sah mich prüfend an.

»Sehr gut. So erkennt dich nicht mal dein eigener Vater.«

»Mein Vater ist kein Kriterium. Der vergisst sogar meinen Vornamen.«

Wir klingelten bei Leon. Leon öffnete, ein paar Turnschuhe in der Hand, und fing an zu glucksen, als er meine Ausstaffierung sah.

»Spiel mir das Lied vom toten Huhn. Für eine Handvoll toter Hennen. Totes Huhn im Morgengrauen. Hallo Lila.«

»Sehr witzig. Kommst du?«

»Klar.« Leon zog sich die Schuhe an. »Also die nächste der sieben McGöckele-Filialen« – ich stöhnte auf – »befindet sich in der Marienstraße, gegenüber vom Hotel Ketterer.«

Ich wusste ungefähr, wo das war. In der Nähe war das Alte Schauspielhaus und etwas weiter oben die Zoohandlung, wo ich Max II gekauft hatte. Mir war nicht aufgefallen, dass in der Ecke eine neue Fastfood-Filiale eröffnete.

»Ihr habt doch hoffentlich Hunger?«, fragte Leon.

»Willst du dort etwa essen?« Ich blickte ihn schockiert an.

»Klar. Wir müssen doch herausfinden, ob du wenigstens für etwas wirbst, das etwas taugt.«

Ich war mir da nicht so sicher. Wahrscheinlich würde ich Halluzinationen bekommen, wenn ich mir beim Essen zuschauen musste, wie ich aß, weil mich von allen Seiten mein eigenes Bild anstarrte.

Zur Marienstraße konnte man locker zu Fuß gehen, einfach geradeaus die Reinsburgstraße hinunter. Die Sonne schien noch immer. Ich sehnte mich nach der Zeitumstellung, nach Wärme, längeren Tagen, einem gut bezahlten, interessanten Job und einem netten Freund. War das denn wirklich zu viel verlangt?

Nach einer guten Viertelstunde überquerten wir die Ampeln unten an der Reinsburgstraße und gelangten in die Fußgängerzone. Die Verlängerung der Königstraße bot eine seltsame Mischung aus Cafés, Ablegern von Ketten wie Bäcker Lang oder dm-Markt und einem Sammelsurium aus Bioladen, Beate-Uhse-Shop und der Oxfam-Buchhandlung, wo ich regelmäßig zu Gast war, um günstig Bücher zu kaufen.

Ich blieb vor der Zoohandlung stehen und dachte an Max II. Im Schaufenster stand ein Hundekörbchen, in dem ein treublickender Bobtail aus Plastik saß, den man für 139 Euro erwerben konnte, das echte Halsband und die Leine gingen extra. Wahrscheinlich für Mietwohnungen mit Haustierverbot. Neben dem Bobtail lag ein Buch, auf dessen Cover ein Hund mit einer Karotte im Maul abgebildet war. Der Titel des Ratgebers lautete, *Dicker Hund. So purzeln die Pfunde.* Lila blieb neben mir stehen und seufzte.

»Vielleicht sollte ich es mal mit einer Hundediät probieren. Ist wahrscheinlich auch nicht schlechter als Trennkost, Atkins oder *Brigitte*-Diät.«

Leon war vor einem Schaufenster auf der anderen Straßenseite hängen geblieben. Er winkte uns heran.

»Guckt mal, hier gibt es Wasserpfeifen. Habt ihr das schon mal ausprobiert? Ein Kollege hat mir erzählt, in manchen Stuttgarter Kneipen sei das geradezu Kult.«

Lila räusperte sich.

»Also ich noch nie. Ich bin aber auch nicht so scharf drauf. Ich habe gehört, dass manche Leute das nicht so gut vertragen.« Sie sah mich von der Seite an.

Ich schwieg. Mein Blick wurde hypnotisch von einem Modell in Orange angezogen, das zu hundert Prozent der Wasserpfeife glich, die Eric angeblich von einem Beduinen in Marokko geschenkt bekommen hatte. 19,90 Euro. Die billigste Wasserpfeife von allen.

Die McGöckele-Filiale zu finden war keine Kunst. Ein riesiges weißes Plastikhuhn mit einem knallroten Kamm, das in regelmässigen Abständen gackernde Geräusche von sich gab, marschierte vor dem Gebäude auf und ab und verteilte Werbeflyer an die Passanten.

»Ist es nicht furchtbar heiß unter dem Hühnerkostüm?«, fragte Lila teilnahmsvoll.

»Furchtbar«, klang es dumpf hinter dem Hühnerschnabel hervor. »Außerdem zahlen sie beschissen. Aber was macht man nicht alles, um die Studiengebühr zu finanzieren.« Das Huhn drückte Lila zum Dank für die Anteilnahme einen Stapel Gutscheine in die Hand.

»Sie zahlen beschissen«, raunte mir Leon ins Ohr. »Das sind schon wichtige erste Informationen, mit was für einem Unternehmen wir es hier zu tun haben.«

Ich zog den Sombrero tiefer ins Gesicht und studierte den Flyer. Auf dem Werbezettel, wie konnte es anders sein, war ich selbst abgebildet, dieses Mal in voller Körpergröße. Nur hatte sich meine Umgebung ein bisschen verändert. Ich stand auf einer idyllischen Wacholderheide, vermutlich auf der Schwäbischen Alb, und zu meinen Füßen lag ein zusammengerollter, zotteliger und sehr zufrieden aussehender Hund. Schafe umgrasten mich, ein Schäfer stützte sich auf einen Stab, und im Hintergrund war Schloss Lichtenstein zu sehen. Der Himmel war blau und fast meinte man, die Schafe blöken zu hören. Es war ein Albtraum.

»McGöckele – Qualität aus unserer schönen schwäbischen Heimat«, stand auf dem Flyer. Rechts unten war eine Gutscheinecke für ein verbilligtes Göckele mit Weckle.

»Erstaunlich, was die moderne Bildbearbeitung so vermag«, sagte Leon. »Wo bist du in Wirklichkeit gewesen?«

»Vor dem Arbeitsamt. Überhaupt nicht idyllisch, das kann ich dir sagen.«

»Na ja, eigentlich hast du noch Glück gehabt. Ich finde, das Motiv ist doch sehr hübsch.«

»Klar, man hätte mich auch vor einem Massentierhaltungskäfig abbilden können, in dem die Hühner aufeinander gestapelt sind. Dann hätte ich zudem noch sämtliche Tierschützer auf dem Hals.«

»Lasst uns mal reingehen«, sagte Lila, »mal sehen, wie es drinnen so aussieht.« Lila und Leon nahmen mich schützend in die Mitte.

Innen unterschied sich die McGöckele-Filiale nicht besonders von anderen Fastfood-Ketten. Hinter einem Alu-Counter standen junge, dynamische Menschen und nahmen die Bestellungen entgegen. Sie trugen weiße T-Shirts mit meinem Konterfei unter dem roten Schriftzug *McGöckele*. Der Andrang war enorm. An den hohen Tischen mit den gepolsterten Hockern saßen Göckele-mampfende Menschen, überwiegend Familien. Offensichtlich schien mein grauenhaftes Bild niemanden abzuschrecken. Im Unterschied zu *McDonald's* waren die Wände jedoch nicht mit Ronald McDonald, sondern mit Pipeline Praetorius gepflastert:

Pipeline Praetorius, mit aus den Mundwinkeln heraushängenden Hähnchenlappen, vor dem Titisee. Pipeline auf dem Schlossplatz in Stuttgart. Pipeline vor dem Ulmer Münster. Pipeline vor der Burg Hohenzollern. Pipeline Praetorius, jeweils in Kombination mit unserer schönen schwäbischen Heimat.

»Lila, warum setzt du dich nicht mit Line hin, dann ist sie aus dem Schussfeld. Ich hole uns das Testessen«, sagte Leon dramatisch. Er schien sich ein bisschen wie Günter Wallraff zu fühlen.

»Wollt ihr Grillhähnchen oder lieber *Knusprig paniertes Göckelesfleisch mit Ackersalat*, oder wie wäre es mit *Gi-Ga-*

Gockel-Menü, also extra großes Hähnchen plus Pommes plus Kaltgetränk, dazu eine Plastikfigur als Dreingabe?«

Plastikfigur? Ich stöhnte. Gab es mich etwa auch als Plastikfigur?

»Eigentlich esse ich kein Fleisch, aber ich hätte gerne das Göckele mit Weckle,«, sagte Lila und drückte Leon ihre Gutscheine in die Hand. »Zwei Ketchuptütchen nicht vergessen, bitte. Ich geh so lange aufs Klo.«

»Ich nehme auch das Göckele, aber anstatt mit Weckle bitte mit *Kartoffelsalat wie bei Muttern*«, sagte ich, dachte einen Moment daran, dass Muttern niemals Kartoffelsalat gemacht hatte, und streckte Leon einen Fünf-Euro-Schein hin. Leon winkte ab.

»Du kannst uns doch nicht schon wieder einladen«, protestierte ich.

Leon grinste. »Nimm es als Anzahlung auf dein Schmerzensgeld.«

Ich nahm auf einem Hocker an einem freien Tisch Platz. Ein orangefarbener Sombrero, so viel war sicher, war nicht gerade die ideale Kopfbedeckung, wenn man unbemerkt bleiben wollte. Vereinzelt hörte ich ein Kichern. Ein Kind deutete mit dem Finger auf mich. Wahrscheinlich würde ich mich daran gewöhnen müssen, dass ich von jetzt ab ein Promi war. Ich sah mich unauffällig um. Die meisten Kunden lösten ihren Gutschein ein und holten sich ein halbes Göckele mit Weckle. Mein Blick blieb wieder an den Plakaten hängen, auf denen man mich mit der schwäbischen Heimat kombiniert hatte. Meinem Vater würden sie wahrscheinlich gefallen. Nach seiner Rückkehr aus Sibirien hatte er sorgsam darauf geachtet, die Landesgrenzen nicht mehr zu überschreiten, nur einmal war er widerstrebend zu einem Begräbnis ins Saarland gefahren, vermutlich weil ihm klar war, dass die Angehörigen nicht ihm zuliebe die Beerdigung nach Baden-Württemberg verlegen würden. Ja, für meinen Vater war die Werbekampagne ausgesprochen passend. Zum Glück war er mit Dorle in Richtung Schwarzwald unterwegs. Hoffentlich gab es dort keine Plakate.

Leon und Lila kamen fast gleichzeitig an meinen Tisch. Leon balancierte ein Tablett, auf dem drei halbe Hähnchen aus Papiertüten herausdampften. Auf den Papiertüten war mein Bild aufgedruckt. In einem Plastikschälchen thronte eine ansehnliche Portion Kartoffelsalat.

»Ich wusste nicht, was ihr trinken wollt«, sagte er. »Ich habe jetzt mal Cola besorgt.«

»Prima«, sagte Lila. »Hoffentlich kein *Cola Light*. Sonst nehme ich womöglich noch ab.« Sie zupfte ein Stück Haut von ihrem Hähnchen und schob sie sich in den Mund. »Mmm. Köstlich. Sooo knusprig. Einfach perfekt.« Sie schmierte etwas Ketchup auf das Hähnchen und seufzte.

»Kommt ja sowieso nicht mehr drauf an, wie fett ich noch werde. Ich bin ja auch nicht alleine damit. Wusstet ihr, dass 66 Prozent der deutschen Männer zu fett sind?«

»Nein«, sagte ich. »Klingt ganz schön viel.«

»Ja«, sagte Lila. »Aber nicht alle sind adipös.«

»Adipös?«

»Fettleibig. So wie ich.«

»So ein Quatsch«, sagte Leon. »Du hast allenfalls etwas weichere Formen, und es steht dir sehr gut. Nicht jede Frau auf der Welt sieht gut aus, wenn sie schlank ist.«

Aha. Sollte das etwa heißen, das Leon mich nicht attraktiv fand? Deutlicher hätte er es wohl kaum sagen können. Lila dagegen strahlte. Eins war mir klar: Bis zum Rest ihres Lebens würde sie nichts auf Leon kommen lassen.

»Na ja, mein BMI ist anderer Meinung«, sagte sie bescheiden.

»Was hat denn das Innenministerium mit deinem Gewicht zu tun?«, fragte Leon.

»BMI. Body-Maß-Index. Der sagt dir genau, ob du zu dick bist. Kann man im Internet eingeben. Körpergröße und Gewicht und irgendwie geteilt und hoch ich-weiß-nicht-was.«

»Klingt gruselig«, sagte Leon.

»Ist es auch«, bestätigte Lila.

»Finde ich auch«, sagte ich. »Ich hab mal aus Spaß mein Gewicht eingegeben. Demnach bin ich magersüchtig. Dabei futtere ich wie ein Scheunendrescher.« Zum Beweis schlug ich meine Zähne wie ein Raubtier in den Hühnerschlegel und schob eine Ladung Kartoffelsalat hinterher.

»Ja. Aber du ernährst dich auch ziemlich aldipös«, sagte Lila streng.

Ich schüttelte heftig den Kopf. »Stimmt gar nicht. Ich kaufe bei Aldi nur ausgewählte Produkte. Tiefkühlpizzas und Salamibaguettes. Mehr nicht.«

Leon hatte sich mittlerweile aus der Diskussion ausgeklinkt und widmete sich mit Hingabe seinem Hähnchen.

»Also Line, man kann sagen, was man will, aber dies ist ein ausgesprochen leckeres – wie heißt das noch gleich? – Göckele.« Er schob sich ein Stück weißes Fleisch in den Mund und kaute mit Hingabe.

»Wenigstens etwas«, sagte ich und fing ebenfalls wieder an zu essen. Es war gar nicht so einfach mit dem tief ins Gesicht gezogenen Sombrero. Ich sah nach links und rechts. Niemand beachtete uns. Alle waren mit ihren Göckele beschäftigt.

Ich schubste den Sombrero etwas nach oben. Niemand reagierte. Für den Göckele-Verzehr brachte es nur unwesentliche Verbesserungen. Ich gab dem Sombrero noch einen Schubs. Er rutschte von meinem Kopf und blieb auf dem Rücken hängen, gehalten von der Schnur an meinem Hals. Leon und Lila hörten auf zu essen und sahen mich besorgt an.

Ich beugte mich über das Göckele. »Nur zum Essen«, murmelte ich. Niemand würde mich bemerken. Das wusste man ja auch von Vergewaltigungen oder rassistischen Übergriffen in der Öffentlichkeit. Die Leute schauten gar nicht hin. Wir lebten in einer völlig anonymen Gesellschaft, in der keiner den anderen beachtete.

»Mama, guck mol, des isch die Frau von dem Poschdr!« Am Nachbartisch saß eine Familie mit drei offensichtlich aufgeweckten Sprößlingen unterschiedlicher Größe und unterschiedlichen Geschlechts. Das Kind, das mich entdeckt hatte, ein vielleicht achtjähriger sommersprossiger Junge, deutete mit dem Zeigefinger auf mich. Die beiden Geschwister machten nach kurzer Schrecksekunde begeistert mit. Drei Zeigefinger. Drei johlende Kinder.

Lila stöhnte. So schnell ich konnte, schob ich den Sombrero wieder zurück auf meinen Kopf. Aber es war zu spät. Das helle Stimmchen des kleinen Jungen hatte die komplette Kundschaft von McGöckele alarmiert. Die Stimmen wurden lauter und aufgeregter. Unzählige Finger deuteten auf mich.

»Des isch beschdimmd so a Gewinnspiel von McGöckele!«, rief der Vater des kleinen Jungen. »Ond mei Jonger hott se zerscht gsäh! Jetzt gwänna mr sicher äbbes!«

Er sprang auf und baute sich vor mir auf. »Gell, mir hen jetzt äbbes gwonna! Was isch's denn, a Hymer Wohnmobil?«

Die drei Kinder hüpften neben ihrem Vater auf und ab wie Gummibälle.

»I wars, Bappe, krieg i jetzt die neie Bläistäischn?«, rief der kleine Junge.

»Auf drei«, flüsterte Leon. »Eins, zwei, drei!«

Wir sprangen gleichzeitig auf und rissen dabei die Hocker um. Einer der Hocker fiel dem Vater auf die Füße. Er stieß einen lauten Fluch aus. Der Junge, der mich entdeckt hatte, machte einen Hechtsprung und klammerte sich an mein linkes Bein. »Du kannsch doch jetzt ned oifach abhaua!«, brüllte er. »I will mei Bläistäischn!« Ich versuchte verzweifelt, das Kind abzuschütteln, aber es hing an meinem Bein wie ein Stück Blei. Leon packte den Jungen an den Schultern, riss die Augen auf und stieß ein lautes Fauchen aus wie ein gereizter Leopard. Das Kind ließ mein Hosenbein los und brach in lautes Geheule aus. Die Mutter fing hysterisch an zu kreischen: »Bolizei, Bolizei! Der Saukerle hot mei Kend draumadisiert!«

Wir bahnten uns einen Weg durch den wild durcheinander redenden und gestikulierenden Mob. Niemand versuchte, uns aufzuhalten. Kaum waren wir draußen, fingen wir an zu rennen, die Straße hinunter, am *Alten Schauspielhaus* vorbei.

»Nicht so schnell«, keuchte Lila. »Ich komme nicht mit!«

Wir sahen uns um. Niemand verfolgte uns. Wir verfielen in Schritttempo und bogen in die Tübinger Straße ein. Vor dem Kino *Delphi* blieben wir atemlos stehen und ließen uns erschöpft auf die Stufen fallen.

»Junge, Junge«, keuchte Leon. »Ich muss schon sagen, diese Süddeutschen. Bei uns im Norden geht es diskreter zu.«

»Line, warum musstest du auch das Schicksal herausfordern?«, fragte Lila vorwurfsvoll. Sie hatte die Tüte mit dem halb gegessenen Hähnchen auf der Flucht mitgehen lassen und machte sich jetzt über die Reste her.

Ich zuckte hilflos mit den Schultern und zog den Sombrero tiefer ins Gesicht. »Es tut mir leid. Ich dachte, es fällt keinem auf.«

»Klar«, sagte Lila sarkastisch. »Klar, damit war ja auch zu rechnen. Es passiert ja nie etwas da, wo du bist.« War das eine Aufforderung, mich vor Leon zu outen? Niemals. Niemals würde ich Leon von meinem Katastrophen-Gen erzählen! Sollte er doch alles für eine seltsame Verkettung von Zufällen halten.

»Also, ich beschwere mich nicht«, sagte Leon. »Seit ich hier in Stuttgart wohne, ist mein Leben irgendwie viel lustiger geworden.« Er grinste mich an, als hätte das irgendetwas mit mir zu tun. Offensichtlich glaubte er, seit der Nacht im *Café Weiß* an einer nicht enden wollenden Folkloreveranstaltung teilzunehmen. »Ihr habt auch eindeutig den komischeren Ministerpräsidenten.«

»Komisch?« Man konnte viel über Oettinger sagen. Aber komisch?

»Er war doch gerade in Südafrika. Und da hat er vor den Schülern der deutschen Schule in Johannesburg gesagt – ich hab's auswendig gelernt, damit ich es beim nächsten Hamburgbesuch zitieren kann: ›Der junge Arbeitslose steht dann rum, kommt auf dumme Gedanken, wird kriminell oder kriegt Aids.‹ Solche lustigen Sachen sagt Ole von Beust nicht.«

Lila knüllte ihre Hähnchen-Tüte zusammen und zielte auf den nächsten Mülleimer. »Nicht wegwerfen!«, brüllte Leon. »Das ist Beweismaterial! Das darfst du nicht vernichten!«

»Du kannst einen ganz schön erschrecken«, sagte ich. »So wie vorher mit dem Kind. Da dachte ich, ich hätte einen echten Leoparden vor mir.«

»Nicht wahr, das traut man mir gar nicht zu«, sagte Leon und wirkte sehr zufrieden mit sich selbst. »Außerdem finde ich, Kinder sollten frühzeitig lernen, dass wilde Tiere keine Kuscheltiere sind, nur weil man sie in Eisbärenform in der Wilhelma bewundert.«

Lila drückte Leon die Papiertüte in die Hand. »Wenn du die fettige Tüte unbedingt haben willst, bitte. So, ich werde euch jetzt verlassen. Ich bin auf der Treppe am Schlossplatz mit den Kids aus meiner Wohngruppe verabredet, um ins Kino zu gehen.«

»Bestimmt irgendwas pädagogisch Wertvolles, oder?« fragte ich. « *Die Welle* oder *Unsere Erde?* Damit sie mal auf andere Gedanken kommen?«

»Klar«, sagte sie. »Einer der Jungs hat Geburtstag und durfte sich einen Film wünschen. Er hat sich für *Rambo 4* entschieden. 236 Tote, im Schnitt drei pro Minute. Das einzig pädagogisch Wertvolle bin ich.« Sie seufzte. »Leg dein Telefon neben das Bett, Line, falls ich heute Nacht jemanden brauche, der mir zum Einschlafen *Schlaf, Kindlein, schlaf* ins Ohr säuselt, um meine Nerven zu beruhigen.«

»Ich glaube nicht, dass du einschläfst, wenn ich singe«, winkte ich ab.

Lila säuberte sich die Hände an einem Tempo-Taschentuch, warf es in den Mülleimer und verschwand um die Ecke. Langsam wurde es kalt auf den Stufen. Außerdem machte es mich nervös, mit Leon allein zu sein. Ich stand auf. Leon blieb sitzen.

»Hast du auch noch Lust, etwas zu unternehmen?«, fragte er. »Hier nebendran ist doch eine Pizzeria. So richtig gegessen haben wir ja nicht.«

»Ehrlich gesagt hatte ich für heute genug Aufregung«, sagte ich. »Ich gehe nach Hause, dusche heiß und lege mich früh ins Bett. Ich bin ziemlich erledigt.«

Leon nickte. »Klar, du bist ja auch noch nicht wieder ganz fit.«

Besonders enttäuscht schien er nicht zu sein. Wahrscheinlich hatte er mir nur aus Höflichkeit angeboten, den Samstagabend mit mir zu verbringen.

Um nicht wieder an der McGöckele-Filiale vorbei zu müssen, gingen wir die Tübinger Straße entlang bis zur Sophienstraße und bogen dort erst nach rechts ab. Aus allen Richtungen strömten Menschen Richtung Kino oder Kneipe, vom schönen Wetter auf die Straße gelockt. Eigentlich war das kein Abend, um nach Hause zu gehen. Zwanzig Minuten später standen wir im fünften Stock unseres Mietshauses, jeder vor seiner Wohnungstür.

»Na dann, schönen Abend noch«, sagte Leon und drückte mir die Papiertüte mit meinem Konterfei in die Hand.

»Na dann«, sagte ich. »Dir auch.«

»Falls du morgen Lust auf einen Frühlingsspaziergang hast, lass es mich wissen«, sagte Leon. Ja, natürlich. Den Teufel würde ich tun, mit Leon zwischen Veilchen und Buschwindröschen herumzuspazieren, die flinken Eichhörnchen zu beobachten und den Vögelchen beim Nestbau zuzusehen. Eine schlechtere Methode gab es wohl kaum, um mir den Kerl aus dem Kopf zu schlagen.

»Ja, schau'n wir mal«, sagte ich matt.

Die Wohnung war völlig ausgekühlt. Ich stellte den Gasofen an und ließ mich erschöpft auf mein Sofa fallen. Ich hatte morgens euphorisch die Heizung abgedreht, aber es war eben doch noch nicht richtig Frühling. Der Anrufbeantworter blinkte und zeigte sechs neue Nachrichten an. Fünf davon waren von Tanten, Onkels und Kusinen, die zum Einkaufen in die Stadt gefahren waren und begeisterte, entsetzte, besorgte oder empörte Kommentare darüber abgaben, dass ich zur Plakatheldin geworden war. Wobei sich der Hauptkritikpunkt darauf bezog, dass ich sie nicht vorher informiert hatte. Nachricht Nr. 6 kam von Dorle.

»I han dir bloß saga wella, dass dr koine Sorga om mi macha brauchsch. I ben jetzt dohanna en dr Klinik Klausebach em Schwarzwald. Dai Vaddr hot mie brochd. Doo isch's arg schee. S'leit no Schnee. Ond hoffendlich bisch du au wiedr gsond. Ond jetzt sag i dir no mei Delefonommer, em Fall mr amol delefoniere wilsch ...« Ich hörte Dorles Nachricht dreimal ab. Ihre Stimme klang noch etwas undeutlich und sie war hörbar erschöpft. Dafür, dass sie erst vor ein paar Tagen ein Schlaganfall gehabt hatte, klang sie wie der Ironman. Natürlich würde ich Dorle besuchen müssen. Es war ja sicher schrecklich in der Reha mit all den anderen Kranken. Vielleicht konnte ich mit Katharina hinfahren und Lena mitnehmen. Kinder sorgten in Krankenhäusern und Rehas enorm für Entspannung.

Ich klinkte mich wieder bei *Raumschiff Orion* ein. Meine Nase lief ununterbrochen. Um zehn war ich so hundemüde, dass ich mich ins Bett schleppte. Lila hatte sich trotz des Killerfilms nicht mehr gemeldet. Sie war ja von ihren Jungs her auch einiges gewohnt. Morgen würde ich ausschlafen und mich von den Aufregungen der letzten Tage erholen. Ich würde einen entspannten Sonntag verbringen und Arbeitsamt, nicht vorhandene Zeugnisse, knutschende Nachbarn und verräterische Fotografen einfach einen ganzen Tag lang vergessen. Ich musste meine Kräfte sammeln. Am Montag würde ich den Kampf gegen McGöckele aufnehmen.

21. Kapitel | *Sonntag*

When I saw you first the time was half past three.
When your lips met mine it was eternity.
By now we know the wave is on its way to be,
just catch the wave don't be afraid of loving me.
The thought of the old loneliness goes
whenever two can dream a dream together

Ich erwachte kurz nach halb zehn. Ich hatte tief und fest geschlafen und ausnahmsweise hatten weder gewalttätige Fischstäbchen noch renitente Göckele meinen Schlaf gestört. Ich fühlte mich frisch und ausgeruht. Der Schnupfen war fast weg. Vielleicht konnte ich ja mit Lila einen Frühlingsspaziergang machen.

Ich zog die Vorhänge zurück. Von Frühlingserwachen konnte keine Rede mehr sein. Über Stuttgart-West hing ein grauer Himmel, aus dem ein schwerer Regen fiel, der eindeutig mit Schnee vermischt war. Wenigstens war mit den Temperaturen auch die Wahrscheinlichkeit gesunken, dass Leon romantische Spaziergänge mit mir plante. Ich ließ den Schlafanzug an und zog Jeans und Daunenjacke darüber. Duschen würde ich nach dem Frühstück. Ich hatte fürchterlichen Hunger. Kein Wunder. Hähnchen und Kartoffelsalat hatte ich vor unserer Flucht aus dem McGöckele-Restaurant nur zur Hälfte aufgegessen, und das war gestern am späten Nachmittag gewesen. Außerdem war ich auf Entzug. Es war Tage her, dass ich Laugenweckle zum Frühstück gegessen hatte. Also, wenn man das kleine Laugenbrötchen abzog, das Leon gestern mitgebracht hatte.

Ich öffnete vorsichtig die Tür zum Treppenhaus und lauschte. Einen Stock tiefer plauderte Leon, der wahrscheinlich gerade beim Bäcker seine Taubstummennummer hingelegt hatte, mit Frau Müller-Thurgau. Merkte der Kerl eigentlich nicht, wie peinlich er war? Bald würde er sich mit Herrn Tellerle abends vor dem Aquarium zum Vierteles-Schlotzen treffen.

Ich schloss die Tür wieder und wartete. Nach ein paar Minuten hörte ich, wie die Tür nebenan ins Schloss fiel. Die Luft war rein. Ich schaffte es, ohne Zwischenfall durchs Treppenhaus zu kommen. Weil mein Bäcker am siebten Tag ruhte, kaufte ich sonntagmorgens meine Brötchen beim *Café Kipp* in der Schwabstraße.

Während sich an der Theke die Kunden drängten, um Brötchen fürs Frühstück oder Kuchen für den Nachmittag zu holen, waren die kleinen Tischchen nebenan im Café noch leer. Das würde sich um die Mittagszeit ändern. Dann würden die Gäste, die ebenso retro waren wie die Einrichtung, bei Rotbarsch oder Saitenwürstchen mit Kartoffelsalat zusammensitzen, um später zu Haustorte mit Sahne und einem Kännchen Kaffee überzugehen, bis es dann Zeit für ein Viertele war. Anders als viele alte Stuttgarter Cafés war das *Kipp* noch nicht dem Modernisierungswahn zum Opfer gefallen. Wahrscheinlich wusste das auch die Chefin zu verhindern, die unermüdlich hinter der Theke werkelte und gemeinsam mit ihrer Kundschaft alterte. Sie packte mir ein Laugenbrötchen und ein Mohnweckle in eine Tüte.

»Darf es sonst noch etwas sein?«, fragte sie.

Mein Blick klebte an den hausgemachten Trüffeln, die zu kunstvollen Pyramiden aufgetürmt waren. Sie waren sicher unbezahlbar.

»Ich hätte gerne noch Trüffel.«

»Wie viel Gramm hätten Sie denn gern?«

Ich räusperte mich. »Einen weißen, einen braunen und einen schwarzen.«

Man konnte sehen, wie es in der Chefin arbeitete. Dann nahm sie kommentarlos ein durchsichtiges Cellophan-Tütchen und beugte sich über die Vitrine, um vorsichtig mit einer Zange den jeweils obersten Trüffel von der Pyramide zu klauben.

Okay, sie war nicht mehr die Jüngste. Aber irgendwie hatte sie etwas Anziehendes, mit dem gefärbten roten Haar und der Brille. Und der Mund war zwar ein bisschen schmal, aber irgendwie sehr sinnlich. Wie es wohl wäre, diesen Mund zu küssen? Ich starrte wie hypnotisiert auf ihre Lippen. Sie verharrte in der Bewegung. Ein weißer Trüffel, von der Zange gehalten, schwebte in der Luft. Sie sah mich an und runzelte die Stirn. Ich spürte, wie mir die Röte ins Gesicht stieg. Hatte ich sie nicht mehr alle? Wieso hatte ich auf einmal das dringende Bedürfnis, die Chefin vom *Café Kipp* zu küssen?

Auf der Straße holte ich tief Luft und schob mir erst einmal den weißen Trüffel in den Mund, um mich zu beruhigen. Mhmmm, köstlich. Der Schokoladengeschmack verdrängte die seltsame Episode im Café.

Ich bemühte mich, möglichst leise die Treppe hinaufzugehen, aber diesmal hatte ich weniger Glück. Im dritten Stock wurde die Tür aufgerissen. Herr Tellerle, der offensichtlich kein Kirchgänger war, schien mich erwartet zu haben. Er trug sein Standard-Hemdenmodell. Vielleicht hatte er sich mal einen Zehnerpack bei C&A gekauft.

»An scheena guda Morga, Frau Praetorius! So, god's Ihne heid scho bessr?«

»Ja, vielen Dank. Und schönen Sonntag noch.«

»Ha noi, warded Se doch gschwend. Kommed Se doch gschwend rai.«

Oh mein Gott. Was war denn nun los! Warum waren denn auf einmal alle so leutselig? Das war ja fürchterlich! An allem war Leon schuld. Das Nordlicht hatte die alte Ordnung im Haus völlig durcheinandergebracht. Ich wollte in Ruhe frühstücken!

Herr Tellerle winkte mich herein. Wahrscheinlich wollte er mir seine Meinung zu McGöckele kundtun oder die Sperrmüll-Aktion planen.

»I däd Ihne bloß gschwend gern zaiga wella, wie gut der Wilhelm sich oigläbt hot.«

Wilhelm? Ich kannte keinen Wilhelm.

Herr Tellerle sah meine Verwirrung und lachte fröhlich.

»Dr Wilhelm! Dr Nochfolger vom Max!«

Ich stöhnte innerlich auf. Es war ja schön, dass Herr Tellerle nicht mehr sauer auf mich war. Aber musste er mich deshalb am Sonntagmorgen zur Aquarium-Party einladen?

»Welled Se net gschwend ablega?«

Nein, ich wollte meine Jacke nicht ausziehen! Erstens gehörte Herr Tellerle eindeutig zu den Menschen, die durch niedrigen Energieverbrauch einen Klimabeitrag leisteten. In der Wohnung herrschte eine kreislaufanregende Temperatur von maximal 15 Grad. Zweitens hatte ich keine Lust, ihm meinen geblümten Flanell-Schlafanzug vorzuführen, der auf der Brust einen Ketchup-Fleck hatte. Und drittens wollte ich mich verdünnisieren, so schnell es ging.

»So, nehmed Se doch Platz«, sagte Herr Tellerle.

Na schön, dachte ich. Du hast drei Minuten, um des lieben nachbarschaftlichen Friedens willen. Drei Minuten und keine Sekunde mehr. Ich setzte mich auf das alte Sofa. Auf dem Fensterbrett stand das Usambara-Veilchen und ließ die Blätter hängen.

Herr Tellerle ließ sich neben mir nieder. Ich musste mich beherrschen, um nicht die Nase zu rümpfen. Auch beim Duschen schien er auf einen niedrigen Wasserverbrauch zu achten und wahrscheinlich hatte er doch nur ein Hemdenexemplar.

»Sodele, jetztele, do isch mai Wilhelmle!« Herr Tellerle deutete triumphierend auf sein Schleierschwanz-Kommando, das im Pulk durchs Aquarium schwamm. O je. Welcher der Fische in dem Haufen war jetzt Max II alias Wilhelm? Blasslila. Wilhelm musste blasslila sein. Aber so sehr ich mich auch anstrengte, ich konnte den Kerl nicht entdecken.

»Wieso heißt er denn Wilhelm? Von Wilhelm Busch?«

»Ha noi, vom Kenich Wilhelm, nadierlich. Der mit de Hond.«

Ich hatte keine Ahnung, wer König Wilhelm mit den Hunden gewesen war, ging aber davon aus, dass er nicht mehr lebte. Soweit ich mich erinnerte, war die Monarchie bei uns abgeschafft worden.

»Isch des ned schee, so a Aquarium«, sagte Herr Tellerle und beugte sich mit dem Oberkörper nach vorne, um besser sehen zu können.

»Arg schee«, sagte ich, und beugte mich aus Höflichkeit ebenfalls ein bisschen vor. Herr Tellerles Gesicht war jetzt beängstigend nahe an meinem. Eigentlich roch er gar nicht so schlecht. Männer rochen nun mal anders als Frauen. Männlicher eben. Und seine Bartstoppeln hatten irgendwie schon fast etwas Erotisches. Und wenn man genau hinsah, hatte Herr Tellerle einen Mund, der total sexy war. Warum hatte ich das bloß bisher noch nie bemerkt? Dieser Mund zog mich geradezu magisch an. Dieser Mund war zum Küssen gemacht! Jeglicher Widerstand war zwecklos. Mein Mund bewegte sich ganz automatisch auf den von Herrn Tellerle zu, ich schloss die Augen, gleich würden sich unsere Lippen treffen …

In letzter Sekunde fuhr ich zurück. Um Himmelswillen. War ich jetzt vollkommen durchgeknallt? Erst die Besitzerin vom *Café Kipp* und jetzt Herr Tellerle! War ich mit einem Kussvirus infiziert?

Zum Glück starrte Herr Tellerle so selig auf seine Fischtruppe, dass er von meiner seitlichen Attacke nichts bemerkt zu haben schien. Ich sprang auf.

»So, Herr Tellerle, jetzt will ich Sie aber nicht länger aufhalten, Sie haben ja sicher noch zu tun. Das war wirklich arg schee. Und ich wünsche Ihnen noch einen schönen Tag.«

Ich hastete zur Tür, ohne seine Antwort abzuwarten, stürzte hinaus und rannte, zwei Stufen auf einmal nehmend, hinauf in den fünften Stock. In meiner Wohnung klingelte das Telefon.

»Line, hallo?«

»Lila hier, guten Morgen, warum bist du so außer Atem?«

»Das ist mir so peinlich, das kann ich dir nicht am Telefon erzählen.«

»Warst du mit Leon im Bett und hast einen Orgasmus vorgetäuscht?«

»Wie kommst du darauf? Wir sind *just friends*.«

»Natürlich. Weshalb ich dich anrufe: Ich habe vorher mit unserer Polizistin telefoniert.«

»Am Sonntagmorgen?«

»Zwei meiner pubertierenden Vierzehnjährigen haben gestern Nacht im *Raitelsberg* eine Grüne Tonne angezündet. Das Papier brannte wie Zunder. Die Feuerwehr kam in der letzten Sekunde, sonst wäre das daneben geparkte Auto in die Luft geflogen.«

»Oh je. Rambo in *Raitelsberg?*«

»Sie mussten wohl ihren Frust loswerden. Wir sind nach einer Viertelstunde aus dem Film raus, weil es dem Geburtstagskind nach der 45. Leiche schlecht wurde und er in seine Popcorntüte gekotzt hat. Mir hat eine Viertelstunde auch völlig gereicht. Jedenfalls musste ich heute schon ganz früh mit der Polizistin verhandeln, die zum Glück Sonntagsschicht hat, und habe ihr gleich deine Geschichte erzählt. Sie hat deine Nummer und ruft dich nachher an.«

»Und das macht sie? Am Sonntagmorgen? Wow. Das ist ja Wahnsinn.«

»Sie ist ja sowieso im Dienst und hat grad eh nicht viel zu tun. Außerdem gehört sie zur Sorte IchglaubeandasGuteimMenschenundhelfedenWitwenundWaisen. Und falls du Lust hast, mir zu erzählen, was so peinlich war, wir könnten heute Abend bei mir was kochen.«

»Prima, dann komme ich so gegen sieben zu dir.«

Im Gegensatz zu mir beherrschte Lila das Kücheneinmaleins. Ohne ins Kochbuch zu gucken, füllte sie Paprika oder rührte Bechamel-Soßen an. Mit ihr zu kochen bedeutete, dass ich am Küchentisch saß und Suffragette streichelte, während Lila schälte und schnippelte und mich ab und zu aufforderte, uns Prosecco nachzuschenken.

Nach den beiden Kuss-Schockern brauchte ich dringend Kaffee und endlich etwas zu essen. Ich wollte gerade in das mit Salami belegte Laugenweckle beißen, als das Telefon erneut klingelte. Frustriert legte ich das Brötchen wieder auf den Teller.

»Guten Morgen, Frau Praetorius, Längle hier, Polizeirevier Ostendstraße.« Die Stimme klang ziemlich jung.

»Guten Morgen. Das ist aber wirklich nett, dass Sie mir weiterhelfen, vielen Dank.«

»Keine Ursache. Also ich habe mich da jetzt in Ihrem etwas ungewöhnlichen Fall kundig gemacht. Ich würde Ihnen empfehlen, morgen so früh wie möglich zum Amtsgericht zu gehen. In der Hauffstraße. Formulieren Sie vorher schriftlich, um welche Angelegenheit es sich handelt. Formlos. Dann stellt Ihnen der Richter im Turnus eine einstweilige Verfügung aus. Die wird dann dem Antragsgegner von einem Gerichtsvollzieher überstellt. McGöckele muss dann sofort reagieren, sonst droht ein Zwangsgeld.«

»Wann sind die Plakate dann weg?«

»Wenn alles gut läuft, werden die Plakate noch morgen abgehängt.«

Ich seufzte erleichtert. Mit etwas Glück würde der Göckeles-Albtraum morgen vorbei sein.

»Und noch etwas.«

»Ja?«

»Ich weiß nicht, ob Sie vorhaben, Schritte gegen McGöckele zu unternehmen. Schmerzensgeld oder so etwas.«

»Na ja. Ich bin ziemlich knapp bei Kasse. Schmerzensgeld wäre schon schön.«

»Sie hätten nach Artikel 823 BGB natürlich ein Anrecht drauf, aber ich habe da noch ein paar Erkundigungen eingezogen. Wenn ich Ihnen einen Rat geben darf: Lassen Sie die Finger davon. Ich habe ein bisschen im Internet recherchiert. Der Konzern, der hinter McGöckele steht, ist ein ziemlich undurchsichtiger Multi-Konzern. So was wie Berlusconi auf Deutsch.

Es könnte auch Scientology sein. Ich würde mich an Ihrer Stelle nicht mit denen anlegen.«

Ich sah mich mit dem Gesicht nach unten auf der Reinsburgstraße liegen, ein blutiges Loch im Rücken. Es hatte sich schon ein riesiger Verkehrsstau gebildet. Herr Tellerle kniete neben mir, fühlte meinen Puls und schüttelte den Kopf. Frau Müller-Thurgau schlug die Hände vors Gesicht. Ein Schaudern durchfuhr mich.

»Vielen Dank für die Warnung. Ich werde darüber nachdenken.«

Ich bedankte mich bei der netten Polizistin und machte mich endlich über mein Frühstück her. Für einen Ausruhtag hatte der Morgen ganz schön anstrengend begonnen. Erst diese seltsamen Kuss-Gelüste, und dann noch die Göckele-Mafia auf dem Hals ... Ich beschloss, beides zu verdrängen und stattdessen den Besuch beim Amtsgericht am nächsten Tag vorzubereiten. Blöderweise hatte ich vergessen, auf die Liste der zu erledigenden Dinge »Papier kaufen« zu schreiben. Ich fand kein einziges unbeschriebenes weißes Blatt. Wenn ich so früh wie möglich zum Amtsgericht wollte, konnte ich nicht erst Papier kaufen gehen. Dann musste es eben irgendein Schmierpapier tun.

Wie formulierte man formlos für das Amtsgericht? Zu allererst schrieb ich meine Adresse auf das Blatt. Das war schon mal ein guter Anfang. Dann schrieb ich links oben »An das Amtsgericht Stuttgart« und rechts, unter die Adresse, das Datum des nächsten Tages. Jetzt sah das Ganze schon hochoffiziell aus, trotz des gebrauchten Papiers. Und nun? Schade, dass das Telefon gerade nicht klingelte. War es überhaupt richtig eingesteckt? Neben dem Telefon lag der Zettel mit Dorles Nummer. Sicher würde mich ein Anruf bei Dorle inspirieren. Außerdem war es meine verwandtschaftliche Pflicht. Dorle nahm nach dem dritten Klingeln ab.

»Mei Mädle! Ha, des isch abr schee!«

»Hallo Dorle. Wie geht es dir? Ich habe mir solche Sorgen um dich gemacht.«

»Des wär doch ned nedich gwä. Woisch, der liebe Gott bassd scho uff seine Schäfla uff.«

»Wie ist es denn so in der Reha?«, fragte ich.

»Also die Leid, die hier schaffad, sen arg nette Leid ond verschdandad ihr Gschäfd. On dr Scheffarzt sieht a bissle aus wie dr Dr. Brinkmann.« Sie senkte die Stimme. »Bloß mai Zemmernachbare schnarchd soo laut, do kosch koi Aug' zudo.«

»Wie lange bleibst du dort? Ich dachte, ich komm dich mal besuchen.«

»Ha noi, des isch doch ned nedich. Ihr jonge Leid hen doch koi Zeid.«

»Bist du sicher? Ich komme wirklich gern.«

»Noi, noi. Hauptsach', du kommsch zu maim Achzigschde, des isch mr wichdiger. Ond jetzt muss i uffhere, woisch, delefoniere isch hald no arg aschdrengend.«

Ich blieb einen Moment lang nachdenklich sitzen. Dorle wollte keinen Besuch? Das war aber gar nicht typisch. Ich hatte gedacht, dass sie hochbeleidigt wäre, wenn ich sie nicht besuchte.

Ich setzte mich wieder an mein formloses Schreiben. Ich hatte keine Lust, den Rest des Sonntags damit zu verbringen, und schrieb einfach drauflos.

»Ich, Pipeline Praetorius, erkläre hiermit, dass ich niemals mein Einverständnis dazu gegeben habe, dass die Firma McGöckele ganz Stuttgart mit Plakaten pflastert, auf denen mein Bild ist. Außerdem möchte ich nicht als Plastikfigur im *Gi-Ga-Göckele-Menü* verwendet werden und das Personal von McGöckele soll die albernen T-Shirts mit meinem Konterfei ausziehen. Schuld an allem ist der Fotograf Eric M. Hollister, der mein Foto verkauft hat, ohne mich um Erlaubnis zu fragen.«

Darunter setzte ich Erics Adresse und Telefonnummer und unterschrieb schwungvoll. Das musste doch jeden Richter überzeugen. Eric. Zumindest konnte ich ihm schon mal eine böse Nachricht auf seinem AB hinterlassen. Ich wählte seine Nummer. Die Leitung war tot.

»Du hast doch nicht wirklich geglaubt, dass Eric neben dem Telefon sitzt und sagt: ›Ach, Line, so sorry, dass ich dir wegen des Fotos nicht Bescheid gegeben habe, das muss mir irgendwie durchgerutscht sein‹?«

Wir saßen in Lilas Küche und tranken ein Glas Prosecco, bevor Lila zu kochen begann. Suffragette hatte sich auf Lilas Schoß zusammengerollt. Aus Tonios Zimmer dröhnte Grönemeyer. Offensichtlich hatte er sich eine zweite CD zugelegt. Grönemeyer sang irgendwas von einem Stuhl im Orbit. Der Rest war zu vernuschelt, um es zu verstehen.

»Ich weiß nicht, was ich geglaubt habe. Ich hatte keine Zeit, darüber nachzudenken. Morgen Nachmittag werde ich mal auf die Uhlandshöhe klettern und sehen, ob ich irgendwas herausfinde.«

Lila leerte ihr Glas, hob beim Aufstehen Suffragette hoch und platzierte sie auf meinen Knien. Suffragette maunzte ungnädig und rollte sich dann wieder zusammen. »Ich werd dann mal kochen. Es gibt Hirsebratlinge an Quark mit frischen Kräutern. Dazu eine große Schüssel Salat. Ich hoffe, es schmeckt dir.«

»Du weißt, dass mir alles schmeckt, was du kochst, selbst wenn es gesund ist.«

»Und zum Nachtisch Schokoladenpudding mit Vanillesoße *und* Sahne.«

Lila setzte Wasser für die Hirse und Milch für den Pudding auf, während wir plauderten. Sie beugte sich über ein Brettchen, um die frischen Kräuter zu hacken. Ich schenkte uns den Rest des Proseccos ein und stand auf, um Lila ihr Glas zu geben. Suffragette verzog sich beleidigt. Eigentlich stimmte es, was Leon gesagt hatte. Die runden Formen passten zu Lila. Auch ihre Lippen waren voll. Voll und sinnlich. Wie sie da stand, die Wangen von der Küchenarbeit leicht gerötet, ich hätte sie küssen mögen. Ich reichte ihr das Glas, wie hypnotisiert wurden meine Lippen von den ihren angezogen ...

»Okay. Was ist los mit dir?«

Lila stemmte die Hände in die Seiten und sah mich amüsiert an. Ich fuhr zurück wie von der Tarantel gestochen, sauste zurück an den Küchentisch und ließ mich auf den Stuhl fallen.

»Wenn ich es nicht besser wüsste, hätte ich schwören können, dass du mich küssen wolltest.«

Ich schlug die Hände vors Gesicht und stöhnte laut. »Lila, ich bin krank! Seit heute Morgen möchte ich jeden küssen, der mir über den Weg läuft! Sogar Herrn Tellerle!«

»Aha. Das wolltest du mir also nicht erzählen. Ich kann dich beruhigen. Du bist nicht krank. Du leidest nur unter dem Dornröschen-Syndrom.«

»Dornröschen-Syndrom?« Ich fand, das klang ziemlich krank.

»In der Psychologie bezeichnet man als Dornröschen-Syndrom einen Kuss, der so einen nachhaltigen Eindruck hinterlassen hat, dass man danach alle Menschen küssen möchte. Also so eine Art positives Trauma. Dornröschen und der Prinz eben. Die erste Frage wäre also, wer dir diesen grandiosen Kuss gegeben hat.« Sie legte den Kopf schief, sah mich fragend an und grinste. »Also ich würde jetzt mal spontan tippen, Eric war es nicht.«

Du meine Güte. Natürlich wusste ich sofort, welcher Kuss das gewesen war. Und dabei war es nur die Andeutung eines richtigen Kusses gewesen! Wenn mich Leon leidenschaftlich geküsst hätte, wäre wahrscheinlich nicht mal der U-Bahn-Fahrer auf dem Weg zu Lila vor mir sicher gewesen. Irgendwie hatte ich aber überhaupt keine Lust, meiner Freundin davon zu erzählen. Dann würde sie nur wieder damit anfangen, Leon in den höchsten Tönen zu loben. Und ich hatte mit Leon abgeschlossen.

»Und was macht man gegen dieses Dornröschen-Syndrom?«

Lila zuckte die Schultern. »Ehrlich gesagt, keine Ahnung. Das musst du schon selber herausfinden. Du kannst es ja mal googlen.«

Ein paar Stunden später ging ich langsam die Treppen hinauf zu meiner Wohnung. Ich war bis oben hin vollgefuttert mit Pudding und Sahne. Trotzdem war mein Kopf proseccoleicht. Nach dem ersten Stock machte ich eine Sekunde Pause und holte tief Luft. Der proseccoleichte Kopf hatte soeben beschlossen, dass es nur einen einzigen Ausweg aus der Dornröschenfalle gab. Meine Schritte, bis dahin von der Leichtigkeit einer Gazelle, wurden plötzlich schwerer. Zwischen dem zweiten und dem dritten Stock war ich eine Kuh, zwischen dem dritten und vierten Stock ein Elefant, und zwischen dem vierten und fünften Stock ein hustender Elefant. Vor Leons Wohnung folgte ich einem plötzlichen Impuls, der mich selber überraschte, klopfte ganz zaghaft an die Tür und bereute es sofort. Nach einer Zehntelsekunde wurde die Tür aufgerissen und Leon strahlte mich an. Er trug ein XL-T-Shirt, Jeans und keine Schuhe und hatte verwuschelte Haare (die er sicher vor dem Spiegel so sortiert hatte). Sehr süß.

»Ich habe dich die Treppe hochkommen hören. Ich hab kaum zu hoffen gewagt, dass du klopfst.«

»Warum schläfst du nicht?«, flüsterte ich. Er zog mich am Ärmel herein und ich protestierte nicht. »Wenn du mal wieder das ganze Haus mit Tratsch versorgen willst, dann bleiben wir im Flur stehen. Ich schlafe nicht«, er machte eine bedeutsame Pause, »weil meine Heizung klopft.«

»Ach«, sagte ich. Dann schwiegen wir, während wir in seinem Flur standen. Ich starrte auf die Glühbirne. Sie kam mir unglaublich nackt vor. Er hatte noch immer keine Lampe montiert. Irgendwie war mir nicht ganz klar, wer als Nächstes dran war, etwas zu sagen, und vor allem: was. Es war ein bisschen wie in einer mündlichen Prüfung, auf die man zwar gelernt hat, aber in dem Moment, wo der Prüfer einem die erste Frage stellt, ist das Hirn wie leer gefegt, während das Herz wild klopft.

»Willst du mal sehen, äh hören?« Er flüsterte noch immer.

»Was denn«, fragte ich verwirrt.

»Na, die Heizung im Schlafzimmer«, sagte er ungeduldig.

»Klar, warum nicht?«, antwortete ich. Schließlich war es das Normalste auf der Welt, sich nachts um halb zwei die im Schlafzimmer klopfende Heizung seines Nachbarn anzuhören, der möglicherweise scharf auf einen war. Wie er das wohl hingekriegt hatte, dass es nicht in der Küche klopfte?

Leon zog mich wieder am Ärmel hinter sich her. Gab es einen leidenschaftlicheren Weg für einen Mann, eine Frau in sein Schlafzimmer zu schleppen? Außer einem Kleiderschrank, einem Korbsessel und einem Bett war das Schlafzimmer leer. Kein einziges Buch. Kein Buch weit und breit! Nicht einmal der *Kicker*! Es gab keinen Zweifel, der Kerl passte einfach nicht zu mir, einer echten Intellektuellen! Das Bett allerdings war groß. Sehr groß. Mindestens zwei Meter breit. Viel zu groß für eine Person. Nein, so ein großes Bett hätte ich ihm nicht zugetraut. Es war sorgfältig gemacht und seltsamerweise von einer riesigen regenbogenfarbenen Pace-Flagge bedeckt.

»Kannst du es hören?«, flüsterte er, wohl um das Klopfen nicht zu stören. Das Klopfen allerdings zeigte sich völlig unbeeindruckt. Klopf, klopf, klopf, machte die Heizung laut und deutlich.

»Das ist ja Psychoterror«, sagte ich mit normaler Stimme, um mich von dem riesigen Bett abzulenken. Komischerweise klang die Stimme aber nicht wie meine. Eher so wie die eines Wellensittichs, dem man mit mäßigem Erfolg das Sprechen beigebracht hatte.

Leon nickte heftig mit dem Kopf. »Ja, da kann kein Mensch schlafen. Da hilft auch kein Ohropax. Ich hab schon alles probiert.«

Einen kurzen Moment lang fand ich es seltsam, dass jemand, der angeblich versucht hatte zu schlafen, vollständig bekleidet war, ließ den Gedanken dann aber ganz schnell wieder aus meinem Hirn verschwinden. »Du könntest ja«, ich schluckte, »in meinem ... im Wohnzimmer übernachten.«

Leon seufzte schwer. »Auch schon probiert. Man hört es sogar durch die Tür. Un-er-träg-lich!«

Ich schluckte wieder. Mein Herz hämmerte so laut, dass Leon es bestimmt hören konnte. »Na ja, bevor du gar kein Auge zutust, könntest du bei mir übernachten. Und morgen früh rufst du die Vermieterin an.« Gott, wie bescheuert führten wir uns eigentlich auf? Wie sechzehnjährige Teenies vor dem ersten Petting.

Leon strahlte. »Super Idee, darauf wäre ich gar nicht gekommen!«

»Aber im Wohnzimmer, auf der Couch!« sagte ich streng.

»Klar«, sagte er und schlug sittsam die Augen nieder, »ich hab zufällig auch noch einen angebrochenen Rotwein. So als kleinen Schlummertrunk.«

Leon ging zum Bett, schlug die Decke zurück und klaubte einen himmelblauen Frotteeschlafanzug aus den Laken. Was danach geschah, werde ich wohl nie begreifen. Mein in mir dröhnendes Herz explodierte. Ich ließ meinen Rucksack fallen, nahm Anlauf und warf mich auf Leon wie ein Fußballer auf seinen Kumpel, der gerade ein Tor geschossen hat. Wir landeten beide auf der Pace-Flagge. Dann schlang ich die Arme um seinen Körper und bedeckte sein Gesicht mit heißen Küssen, um das Dornröschen-Syndrom so schnell wie möglich zu überwinden. Okay, es gibt subtilere Methoden. Nachdem Leon den ersten Schrecken überwunden hatte, konnte ich mich aber über mangelndes Engagement seinerseits nicht beklagen. The rest is silence. Oder fast. Die Heizung klopfte rhythmisch weiter.

22. Kapitel | *Montag*

Goodbye, my almost lover,
goodbye, my hopeless dream.
I'm trying not to think about you,
can't you just let me be?
So long, my luckless romance,
my back is turned on you.
I should've know you'd bring me heartache,
almost lovers always do

Die Morgendämmerung hatte sich schon ins Zimmer geschlichen, als ich aufwachte. Ich warf einen Blick auf den Digitalwecker. Kurz nach sieben. Moment mal. Digitalwecker? Ich hatte keinen Digitalwecker.

Ich lag in Leons Bett. Nackt. Neben mir lag Leon und schnarchte leise vor sich hin. Nur sein Kopf ragte aus der Bettdecke heraus, aber das hellblaue Frotteehäufchen auf dem Boden war ein sicheres Indiz dafür, dass auch er nicht besonders viel anhatte. Seine Haare waren verwuschelt. Allerliebst. Ich streckte die Hand aus und strich ihm vorsichtig über die Locken. Dann schloss ich die Augen wieder und rief mir die vergangene Nacht in Erinnerung. Mmm, einerseits. Auweia, andererseits. Ich hatte die Nacht mit einem Mann verbracht, der nicht einen einzigen Buchstaben in seinem Schlafzimmer hatte! Wie ging es jetzt weiter?

Das Amtsgericht! Ich hatte keine Zeit, hier zu liegen und über die vergangene Nacht und ihre Konsequenzen nachzudenken. Ich musste los, und zwar so schnell wie möglich!

Ich schälte mich vorsichtig aus dem Bett. Aus Mangel an Alternativen wickelte ich mich in die Pace-Flagge, sammelte meinen Kleiderhaufen und meinen Rucksack vom Boden auf und schlich aus dem Schlafzimmer. Ich würde bei mir Kaffee aufsetzen, rasch duschen und dann wieder herüberkommen, um Leon mit einem Guten-Morgen-Kuss und frischem Kaffee zu überraschen. Wie praktisch, so nahe zu wohnen! Ach, es würde wunderbar sein, einen Wand-an-Wand-Lover zu haben!

Ich war schon fast aus dem Wohnzimmer, als das Telefon klingelte. Sollte ich Leon wecken oder selber rangehen? Um diese Zeit konnte es doch nur ein Notfall oder etwas furchtbar Dringendes sein. Andererseits war es doch ein bisschen indiskret, einen Anruf für Leon entgegenzunehmen. Unsere Beziehung war ja noch ziemlich frisch. Während ich unschlüssig herumstand, sprang der Anrufbeantworter an.

»Hallo mein kleiner Knackpo«, gurrte eine Stimme, die ich nicht sofort einordnen konnte. »Ich wollte dir nur schnell Guten Morgen sagen. Wahrscheinlich stehst du unter der Dusche. Ich steige gerade in Mannheim um. Es war ein eeendlos langes Wochenende ohne dich, mein Zuckerschnäuzchen. Aber ich werde mir heute Nacht alles holen, was mir gefehlt hat. Meine Eltern haben mir ein Portiönchen echten Kaviar für uns mitgegeben. Bis heute Mittag in der Kantine, *sexiest man alive*!«

Ich starrte wie gelähmt auf den AB. Dann stürzte ich darauf zu und fing wie eine Wilde an, irgendwelche Knöpfe zu drücken, um diese erniedrigende Nachricht zu löschen. »Hallo mein kleiner Knackpo ...« *Aaargh*!!! Nein, nicht noch einmal! Ich packte den Anrufbeantworter, riss das Kabel mit einem kräftigen Ruck aus der Wand und donnerte das Ding auf den Fußboden. Yvettes Stimme erstarb. Die Lämpchen hörten auf zu blinken. Nichts wie raus hier. Ich drehte mich um.

In der Tür zum Schlafzimmer stand Leon in seinem himmelblauen Schlafanzug, Entsetzen in den Augen. »Du Arsch!« brüllte ich, zerrte mir die Pace-Flagge vom Leib, knüllte sie zusammen und warf sie ihm ins Gesicht. Dann raffte ich den Kleiderhaufen und meinen Rucksack an mich und rannte hinaus. Leon stand die ganze Zeit wie zur Salzsäule erstarrt in der Schlafzimmertüre.

Als ich zitternd und nackt im Flur nach meinem Wohnungsschlüssel kramte, kam jemand die Treppe von oben herunter. Jede Wohnung hatte dort eine Abstellkammer. Ich drehte mich nicht um. Es war mir absolut vollkommen hundertprozentig total egal, vor wem ich mich gerade zu Tode blamierte.

Kurze Zeit später stand ich unter der heißen Dusche und ließ mir das Wasser über das Gesicht laufen. Es vermischte sich mit meinen Tränen. Ich wusch mir die Haare, föhnte mich, kochte Kaffee und ignorierte das Klingeln an der Tür, das Klopfen und die gedämpften Rufe »Line, mach auf!«. Warum verteilte Leon nicht noch ein paar Flugblätter im Haus und beschrieb die Details unserer gescheiterten Affäre?

Ich stürzte einen Kaffee hinunter, packte den Stadtplan, das Schreiben für das Amtsgericht und die fettige Tüte von McGöckele in meinen Rucksack und verließ die Wohnung. Sollte ich Leon oder sonst jemandem im Treppenhaus begegnen, würde ich ihm prophylaktisch eine scheuern. Aber alles blieb still. Weil ich so spät dran war, nahm ich das Rad. Mittlerweile war es hell und zum Glück war der Morgen mild und trocken.

Das Amtsgericht lag beim Neckartor. Das war praktisch, weil ich durch den Schlossgarten radeln konnte. Bei *Hafendörfer* in der Eberhardstraße holte ich mir eine Brezel, falls ich warten musste. Im Schlossgarten fuhr ich im Zickzack um Frühsportler und Hundeausführer herum und gelangte nach wenigen Minuten in die Neckarstraße. Das Amtsgericht war ein hässlicher Klinkerbau. Es gab keinen Fahrradständer, also musste ich das Rad auf dem Gehsteig stehen lassen. »Türöffner bitte drücken« stand neben dem Eingang. Das war aber feierlich hier! Ich beschloss, mich nicht mit der Infothek aufzuhalten. So was kannte man ja, man bekam sowieso nur falsche Auskünfte oder wurde abgewimmelt. Stattdessen würde ich mich von oben nach unten vorarbeiten, bis ich das richtige Zimmer fand. Ich fuhr in das dritte Obergeschoss und trat aus dem Aufzug. Hier war ich eindeutig falsch. Das dritte Obergeschoss befand sich im Rohbau. Ich ging zu Fuß in den zweiten Stock – Bewegung musste sein – und stand vor einer geschlossenen Glastür mit vielen Klingeln, auf denen alle Leute Mustermann hießen. Ich überlegte gerade, bei welchem Mustermann ich klingeln sollte, als sich die Glastür öffnete und eine junge Frau mit einem Rollwagen herauskam, der mit Akten beladen war.

»Entschuldigen Sie, ich möchte eine einstweilige Verfügung beantragen«, sagte ich, »wo muss ich denn da hin?«

»Eine einstweilige Verfügung? Da sind Sie hier völlig falsch. Das hier ist das Handelsregister.«

»Oh«, sagte ich, »ich wollte aufs Amtsgericht.«

»Das Amtsgericht ist in der Hauffstraße«, sagte die Frau. »Einmal um die Ecke.«

Ich sah auf die Uhr. Ich war sowieso spät dran gewesen und nun hatte ich noch mehr Zeit verloren. Ich ließ das Rad stehen und bog um die Ecke. Das echte Amtsgericht war auch ein Klinkerbau, sah aber deutlich besser aus als das Handelsregister. Ich landete in einem Innenhof, der auf der linken Seite von baufälligen Mietshäusern aus Backstein begrenzt wurde. Auf der anderen Seite der Häuser brauste der Berufsverkehr. Willkommen im Club, dachte ich. Am Neckartor wurden die höchsten Feinstaubwerte in ganz Stuttgart gemessen. Die Reinsburgstraße folgte dicht auf dem Fuß. Andererseits war das mit dem Feinstaub wahrscheinlich auch total übertrieben, denn wenn eine Stadt wie Stuttgart, in der Neuzugezogene auf der Meldestelle einen Kehrwochentest machen mussten, so tolerant mit dem Feinstaub war, dann konnte es nichts wirklich Schlimmes sein.

An ein paar Kunstwerken aus Stein vorbei gelangte ich zu einer Drehtür, die zur Infothek des Amtsgerichts führte. Hier war es richtig schnieke. Die Richter mochten es wohl schicker als die Leute beim Handelsregister. Der riesige Infoschalter war indirekt beleuchtet und auf beiden Seiten mit Holz getäfelt. Dahinter stand ein Mann mit kariertem Hemd, Nickelbrille und einem freundlichen Grinsen im Gesicht. Vor mir stand eine Frau mittleren Alters mit einem Zettel in der Hand.

»Ich hätte gern einen Pfändungsüberweisungs… Überweisungspfändungs…« Sie starrte angestrengt auf den Zettel.

»Wat woll'n Se denn machen?«, fragte der Mann hinterm Schalter jovial. »Ein Konto pfänden?«

»Ja, genau«, sagte die Frau erleichtert.

»Hier. Hier is dat Formular für den Pfändungs- und Überweisungsbeschluss«, sagte der Mann und drückte ihr ein Blatt Papier in die Hand. »Und wat kann ich für Sie tun, junge Frau?«

»Ich brauche eine einstweilige Verfügung. Und zwar so schnell wie möglich.«

»Da sin Se n'bisschen spät dran, will ick mal sagen. Ob Se det heut noch kriegn … na ja, versuchen Se mal Ihr Glück. Da vorn am Eingang, rechts, da is die Rechtsantragsstelle.«

Ich hastete zurück über den Hof. Leon. An allem war Leon schuld. Sonst wäre ich schon viel früher hier gewesen. Ich fand die Tür, auf der »Rechtsantragsstelle« stand und gelangte in ein Wartezimmer, das ungefähr so aussah wie das Wartezimmer einer gut gehenden Hausarztpraxis in der Grippezeit. Etwa zehn, zwölf unglücklich aussehende Menschen saßen auf den Plastikstühlen und warteten schweigend. Komischerweise waren die Männer alle unrasiert. Ich murmelte einen Gruß, ließ mich auf einen Stuhl fallen und schloss die Augen, um über Leon den Verräter und Yvette das Kaviar-Biest nachzudenken. Nach ein paar Minuten öffnete sich die Tür der Antragsstelle und eine verheulte Frau mit Kopftuch und einem kleinen Jungen an der Hand trat heraus. Im gleichen Moment machte es »Pling« und die digitale Nummernanzeige sprang von zwölf auf dreizehn. Ich stöhnte. Ich hatte nicht gesehen, dass man eine Nummer ziehen musste, und mittlerweile war es noch voller geworden. Ich sah mich suchend um und fand den Nummernapparat direkt am Eingang. Ich drückte auf den Knopf. Nichts geschah. Damit hatte ich zwar gerechnet, trotzdem waren meine Nerven zu schlecht, um die Situation mit Gleichmut zu meistern. Ich rammte meinen Daumen wie eine Bekloppte gegen den Knopf. Als noch immer nichts geschah, hieb ich mit der Faust kräftig auf das Gerät. »Ned druffhaua! Des muss mr mit Gfiehl macha! Mit viiiel Gfiiieeehl!«, sagte einer der Wartenden und schüttelte tadelnd den Kopf. Die anderen murmelten zustimmend. Also drückte ich nochmal mit Gefühl und mehrere Nummern ratterten gleichzeitig aus dem Ausgabeschacht. »Sähn Se!«, sagte der Mann zufrieden. Ich starrte auf die Papierschlange in meiner Hand: 26 bis 36. Das würde ein langer Morgen werden.

Ein paar Stunden später hatte ich längst meine Brezel gegessen, mein Magen knurrte und ich kannte sämtliche Geschichten der Anwesenden. Die meisten waren vorübergehend wohnungslos und deshalb nicht rasiert. Ihre Vermieter hatten in ihrer Abwesenheit die Schlösser ausgetauscht, weil sie die Miete nicht bezahlt oder unerlaubten Frauenbesuch in die Wohnung mitgenommen hatten. Die Geschichten hielten mich erfolgreich davon ab, an Leon zu denken und in Tränen auszubrechen. Außerdem hatte ich mittlerweile einen handgeschriebenen Zettel an der Tür des Büros gelesen, der mich zunehmend nervös machte. »Nach fünf vor zwölf bitte nicht mehr eintreten!« Der Zeiger rückte unaufhörlich vor. Halb zwölf. Ich rutschte auf meinem Plastikstuhl hin und her. Sechs vor zwölf. Fünf vor zwölf. Nummer 25 kam aus der Tür. Ich sprang auf und ohne die Leuchtanzeige abzuwarten, stürzte ich in das Büro.

»Hen Sie ned des Schild gläsa? Jetz isch vier vor zwelfe. Mir machad jetzt Mittag.«

An einem mit Aktenordnern übersäten Schreibtisch saß ein kleiner kugelrunder Mann mit Glatze und sah mich vorwurfsvoll an. »Welche Nommer hen Sie iberhaupt?«

»26 bis 36«, sagte ich. »Bitte, es ist wichtig.«

»Älle hen's wichdig. Dr oine isch vo Gorillas aus dr Wohnong gschmissa worda, die sei Vermiedr bschdellt hot, die ander wird vo ihrm Ma verhaua. Kommed Se om halber drei wieder. Do drieba isch a Kantine.«

»Bitte«, flüsterte ich. »Ich lade Sie auch anschließend in die Kantine zum Kaffee ein. Aber ich muss mich gegen die Göckeles-Mafia wehren!«

»I ben ned beschdechlich ond Sie hen zviel Färnsäh guckt. Mir sen doch ned in Sizilie bei der Cosa Noschdra!«

Ich ließ mich unaufgefordert auf einen Stuhl fallen und brach in Tränen aus. Normalerweise war ich zu emanzipiert, um zu weiblichen Waffen zu greifen. Jetzt fiel mir nichts Besseres ein.

»Jetz fangad Sie au no a zom Heila! Kurz vorm Mittagessa! Wissed Sie, wie viel gschdandene Männr uff dem Schduhl heid morga scho gheilt henn?«

Ich sagte nichts und schluchzte weiter. Der Dicke seufzte.

»Also, machad Se's bitte kurz. Was isch bassiert?«

Ich kramte mein Schreiben aus dem Rucksack und hielt es ihm wortlos hin. Der Dicke schob seine Gleitsichtbrille auf den Nasenrand, vertiefte sich in das Papier und runzelte die Stirn.

»Also dess verschdand i fai ned. Ich, Pipeline Praetorius, erlaube mir hiermit, immer zur vollen und zur halben Stunde fünf Minuten an den Wüstenscheich, das Operndate morgen und was danach Aufregendes passiert, zu denken?«

Großartig. Ich hatte es geschafft, aus einem riesigen Stapel Schmierpapier ausgerechnet meinen inneren Vertrag aus der Stadtbücherei herauszuziehen und unbesehen als Vorlage zu benutzen. Ich spürte, wie sich mein Gesicht langsam zartrosa verfärbte und dann ins erdbeerrot changierte.

»Das ist die falsche Seite. Bitte drehen Sie das Blatt um.«

Der Dicke warf mir einen skeptischen Blick zu, dann tat er, wie ich ihm geheißen hatte.

»Aha. Kennad Sie mir des no mit Ihre eigene Worde erklära? Meglichschd kurz?«

»Also ich habe da diesen Wüsten ... äh, ich habe da einen Fotografen kennen gelernt, der heißt Eric M. Hollister. Er hat mich fotografiert und das Foto ohne meine Erlaubnis an eine Fastfood-Firma verkauft, die McGöckele heißt.

Jetzt hängt ganz Stuttgart voll mit meinen Plakaten und in den McGöckele-Filialen wird mein Bild auch als Werbeträger benutzt. Herr Hollister ist verschwunden. Und hier habe ich noch ein Beweismittel.« Ich streckte ihm die fettige Tüte von McGöckele hin.

»Jetz, wo Sie's sagad ... Sie sen mir glei so bekannt vorkomma. Mir sen am Samschdich en dr Schdad gwä. Also des Geckele war nedamol schlechd.«

»Die Plakate müssen weg! So schnell wie möglich!«

Der Dicke hob abwehrend die Hand. »No ned hudle. Jetz mach i erschd amol a Brodokoll. Ond no gäb i mei Eischätzong drzu. No gibt's zwoi Abschrifde. On no goht's en d'Hausposchd. On des dauerd de ganza Dag, weil des muss erschd rom on nom. On no kriagd's d'Servicekraft vom Richdr. On no gibt's a Regischdrnommr. Ond no wird a Agde aglegt. On no kriagd's dr Richdr, aber der muss erschdamol em Haus sei. On no kommd's druff a, wie viel Agde er scho uffm Disch liega hot. Ond wenn Se Glick hen, nemmd er ihre end Hand. On no mussr endscheida. On no mussr sei Endscheidong digdiera, weil die Richdr selbr schaffad ned am Computer. On no muss d'Gschäfdsschdell de Beschluss ausferdige. Mehrfach. On no wird's zugschdelld. On des älles, des ka daura.«

»Geht das denn nicht schneller?«, flehte ich.

»Nadierlich. Sie kenned au oifach des Brodokoll selbr nieber draga, ohne Hausposchd, no schpared Se an Dag. On no kenned Se's selbr mitnehme ond em Gegnr onder d'Nas halda.«

»Wunderbar. Dann warte ich auf das Protokoll.« Ich strahlte den Dicken an. Der Dicke strahlte nicht, sondern schaute ziemlich grummelig. Auch aus seinem dicken Bauch waren laute Grummelgeräusche zu hören.

Eine Viertelstunde später hielt ich triumphierend einen Umschlag in der Hand, in der sich ein Protokoll, zwei Durchschriften und das Beweismittel befanden, und bedankte mich überschwänglich beim Rechtspfleger.

»Koi Ursach. Viel Glick. Ond jetzt gang i zom Mittagesse. Heit gibt's Saure Nierle.«

Das klang verlockend, es war ja auch schon halb eins, aber wenn ich an den bürokratischen Hürdenlauf dachte, der vor mir lag, dann hatte ich keine Zeit zu verlieren.

An der großen Pforte schickte man mich in die Zivilabteilung in den zweiten Stock. Ich gab den braunen Umschlag bei einer Justizangestellten ab, erhielt eine Quittung und wurde aufgefordert, zu warten. Ich nahm auf einer geschwungenen Holzbank im Treppenhaus Platz und betrachtete das Kunstwerk auf dem Boden, das wie ein überdimensionaler verschlungener Keilriemen aussah.

Nach einer Stunde hing mein Magen in den Kniekehlen und ich klopfte vorsichtig an die Tür. »Entschuldigen Sie, können Sie mir sagen, wie lange es in etwa noch dauert?«

Die Sekretärin zuckte mit den Schultern. »Sie müssen sich schon gedulden. Der Richter war zu Tisch und ist gerade erst wiedergekommen.«

Ich stöhnte innerlich auf und dachte sehnsüchtig an die Saure Nierle, die ich in aller Ruhe hätte verspeisen können. Nun, da der Richter in seinem Büro war, wagte ich es aber nicht mehr wegzugehen. Nach weiteren eineinhalb Stunden trat die Sekretärin in den Flur und überreichte mir einen dicken braunen Umschlag. »Hier ist Ihr Beschluss. Darin wird der Gegner zur Unterlassung aufgefordert und ein Zwangsgeld von 10 000 Euro angedroht, wenn die Plakate nicht binnen 24 Stunden abgehängt werden. Viel Erfolg.«

Ich drückte den Umschlag gegen meine Brust und musste mich beherrschen, um nicht tarzanähnliche Jubelschreie auszustoßen. Ach, war es nicht wunderbar, in einem wohl organisierten Rechtsstaat zu leben und nicht in Kolumbien! Ich hatte meine Verfügung und es war erst kurz nach drei! Genug Zeit, um noch am gleichen Tag in die Höhle des Löwen vorzustoßen! Aber vorher würde ich mich zu Hause mit einer Pizza und einem starken Kaffee stählen.

Ich verstaute den kostbaren Umschlag in meinem Rucksack, lief zurück zu meinem Fahrrad und radelte nach Hause, so rasch ich konnte. Die Reinsburgstraße hinauf erlitt ich beinahe einen Schwächeanfall, so hungrig war ich. Ich lehnte das Rad gegen die Hauswand und machte mir nicht die Mühe, es in den Fahrradständer zu stellen. Nach zwei Sekunden wurde das Flurfenster im ersten Stock aufgerissen. Herr Tellerle.

»Ha, Frau Praetorius, des goht abr net! Des Fahrrad muss doch en dr Stendr! So schdods en dr Hausordnong!«

»Ich fahre aber gleich wieder weg!«

»Drotzdem! Wenn dess älle dädad!« Das Fenster wurde wieder zugeknallt. Ich ignorierte Herrn Tellerle und lief durch den Hausflur zum Briefkasten, um eventuelle Werbeflyer zu entsorgen. Ich hatte zwei Briefe. Der eine war von meiner Vermieterin, der andere vom Arbeitsamt. Ohje! Ich würde sie nicht öffnen. Nicht heute wenigstens, nach allem, was bereits passiert war. Morgen war auch noch ein Tag.

Ich schaffte es mit letzter Kraft in den fünften Stock, zerrte eine Salamipizza aus dem Gefrierfach, schob sie in den nicht vorgeheizten Ofen, ließ mich aufs Sofa fallen und drehte die beiden Briefe unschlüssig hin und her. Welcher Brief würde schlimmer sein? Wahrscheinlich der von meiner Vermieterin. Ich hatte eine schreckliche Vorahnung. Mit dem Arbeitsamt hatte ich mittlerweile Routine. Ich riss den Brief auf und nahm gelangweilt zur Kenntnis, dass man mir die Bezüge kürzen würde, weil ich nicht angemeldete Einkünfte aus einem Werbeplakat hatte. Dann öffnete ich mit schweißnassen Händen den zweiten Brief.

Meine Vermieterin kündigte mir. Wegen Eigenbedarfs, angeblich. Tränen stiegen mir in die Augen. Jemand aus dem Haus musste mich verpfiffen haben. Herr Tellerle? Frau Müller-Thurgau? Herr Dobermann? Irgend jemand musste der Vermieterin gesteckt haben: »Die Frau Praetorius goht fai nemme schaffa. Koi Gschäft meh, wenn Se mie frogad. Do sähed Se bald koi Miete meh.«

Ich sprang auf und lief rastlos auf dem Teppichboden auf und ab. Nach ein paar Minuten wischte ich entschlossen die Tränen weg. Ich hatte den Kampf mit McGöckele aufgenommen. Was war eine schwäbische Vermieterin dagegen? Ich würde auch mit ihr den Kampf aufnehmen. Mit dem Arbeitsamt sowieso. Und vielleicht sogar mit Yvette.

Wohl bekannte Düfte rissen mich aus meinen Gedanken. Ich raste in die Küche. Die Pizza war angebrannt, aber noch sehr gut essbar. Danach trank ich eine Tasse starken Kaffee und aß eine halbe Tafel *Ritter Sport Knusperkeks* dazu. Ich brauchte jetzt meine Kräfte.

Ich öffnete den Umschlag des Amtsgerichts und nahm den ganzen Papierkram heraus bis auf eine Abschrift des Bescheids, die ich McGöckele präsentieren würde. Auf dem Umschlag stand eine Adresse in der Heilbronner Straße. Ich sah auf dem Stadtplan nach. Das musste in der Nähe des TÜV sein, nicht allzuweit vom Pragsattel. Vielleicht war es besser, Lila zur Absicherung eine Nachricht zu hinterlassen? Man konnte ja nie wissen, zu welchen Methoden McGöckele greifen würde. Ich kruschtelte in meinen Papierbergen herum und fand die Visitenkarte des netten Polizisten vom Killesberg. »Hallo Lila, hier ist Line. Ich gehe jetzt zu McGöckele mit dem Amtsbescheid und komme später bei dir vorbei. Solltest du nichts von mir hören, ruf bitte folgende Nummer an ...« Ich gab ihr die Nummer von Simon und die Adresse von McGöckele durch. Dann klemmte ich mir den Sombrero unter den Arm und machte mich auf den Weg.

Zum Pragsattel war es mit dem Rad zu weit. Ich nahm die S-Bahn zum Hauptbahnhof und dann die U5 bis zur Borsigstraße. Der neue Tunnel am Pragsattel hatte an der chaotischen Verkehrssituation in der Heilbronner Straße nichts geändert. Zu jeder Tages- und Nachtzeit schoben sich hier die Autos auf dem Weg zur Autobahn Stoßstange an Stoßstange voran. Ich schlängelte mich zwischen den Autos durch und fand nach einigem Suchen zwischen zwei Autohäusern ein Glasgebäude, auf dem in riesigen roten Lettern »McGöckele« stand. Auf der Glasfassade war ein riesiges Plakat. Mein Plakat. Bald würde der Spuk vorbei sein.

Ich setzte den Sombrero auf und betrat das Gebäude. Hinter einer eleganten weißen Rezeption, auf der ein großer Strauß roter Rosen drapiert war, saß eine Frau in meinem Alter im marineblauen Kostüm mit einem roten Halstuch. Mit dem Outfit hätte sie auch hinter einen Getränkewagen im Billigflieger gepasst. Gleich würde sie ausladende Bewegungen machen, um mir die Notausgänge zu demonstrieren.

»Guten Tag. Ich möchte gerne die Geschäftsleitung sprechen.«

Die Frau musterte mich von oben bis unten und begutachtete ausführlich meinen Sombrero, ehe sie sich zu einer Antwort herabließ.

»Sie haben sicher einen Termin?« Die Ironie in ihrer Stimme war nicht zu überhören.

»Nein. Ich bin mir aber sicher, dass die Geschäftsleitung Zeit für mich hat.«

»Ach. Und was verleitet Sie zu der Annahme?«

Ich lehnte mich über die Rezeption, schubste den Sombrero in den Nacken und zischte wie eine Boa Constrictor: »Die Tatsache, dass Sie mit *mir* und *meinem Bild* werben, und zwar ohne meine Erlaubnis! Und die Tatsache, dass ich hier eine entsprechende Verfügung habe, und zwar vom Amtsgericht Stuttgart! Und jetzt mal Dalli, Dalli!« Ich wedelte mit dem braunen Umschlag vor ihrer Nase herum.

»Nehmen Sie doch Platz«, sagte die Empfangsdame mühsam beherrscht. »Wen darf ich melden?«

Ich setzte mich auf einen roten Designersessel und sah zu, wie die Frau hektisch ins Telefon sprach, wobei sie die Hand vor die Muschel hielt. Na also, ging doch. Leon hatte Recht. Ab und zu musste man sich in ein Raubtier verwandeln.

Sie stöckelte auf hochhackigen roten Pumps heran und begleitete mich zum Aufzug. »Bitte schön. Vierter Stock. Sie werden erwartet.«

Im vierten Stock wurde ich von einem identischen Kostüm mit identischen Pumps in Empfang genommen. Irgendwo wurde hier heimlich geklont. »Hier entlang, bitte.« Sie führte mich durch einen langen Korridor zu einer Tür aus Mahagoni. Bestimmt illegales Tropenholz. Auf einem goldenen Schild stand »McGöckele. Geschäftsleitung«. Das Klonmädel klopfte, öffnete die Tür und ließ mich eintreten.

Das Büro ging zur Heilbronner Straße und war komplett verglast. Vom Verkehrslärm war erstaunlicherweise nichts zu hören. Hinter einem riesigen Schreibtisch, ebenfalls aus Glas, saß ein ausgesprochen gut aussehender, schwarzhaariger Mann mit gebräuntem Teint in einem weißen Anzug mit einem roten Einstecktuch. Er mochte Mitte dreißig sein. Ich schluckte. Die Polizistin hatte Recht. Dieser Kerl gehörte eindeutig zur sizilianischen Mafia. Wahrscheinlich würde er mir jetzt mit italienischem Akzent mitteilen, dass mich zwei seiner Helfershelfer nachher gerne nach Hause bringen würden. Im Kofferraum. Meine Lage war aussichtslos. Hier half nur der Frontalangriff.

Ich stürmte auf ihn zu, riss die Verfügung aus dem Umschlag und rief: »Ich habe hier eine verfügungsrichterliche Amtsdrohung von Zwangsordnung! Veranlassen Sie künftig sofort die Beseitigung der Werbesache, sonst droht Ihnen Ordnungsvollstreckung und Zwangshaft bis zu sechs Monaten, auf dem Hohenasperg! Das Recht ist auf meiner Seite!« Dann ging mir die Puste aus und ich wusste nicht mehr, wie ich weitermachen sollte.

Der Italiener sah mich an und lächelte milde. »Nehmen Sie doch Platz. Was darf ich Ihnen anbieten? Cappuccino, Latte, Espresso?«

»Latte macchiato, bitte«, sagte ich verdattert.

Der Sizilianer nahm den Hörer und sagte: »Dädad Sie ons an Latte ond an Espresso bränga, bidde!«

So viel zum Thema Sizilien. Wahrscheinlich waren seine Eltern Gastarbeiter gewesen und er war in Zuffenhausen aufgewachsen.

»Also, was kann ich für Sie tun?«

»Die ganze Werbung«, platzte ich heraus. »Das muss alles weg! Ich hatte keine Ahnung, dass Eric mein Foto verkauft hat!«

»So, so. Nun, davon wussten wir nichts. Herr Hollister hat uns die Rechte an dem Bild verkauft. Wir konnten ja nicht ahnen, dass er dazu nicht autorisiert war. Da müssen Sie sich schon an ihn wenden.«

Ich stand wieder auf und hielt ihm die Verfügung vor die Nase. »Eric ist über alle Berge. Und hier steht, dass Sie die Plakate innerhalb von 24 Stunden abhängen müssen.« Ich knallte ihm das Schreiben auf den Tisch, stützte mich mit beiden Händen auf den Glasschreibtisch, um ordentliche Flecken zu hinterlassen, und ging mit hoch erhobenem Kopf zur Tür, vorbei an der Sekretärin, die gerade mit dem Kaffee hereinkam. Schade. Der Kaffee sah lecker aus. Vielleicht konnte ich ihn als *To Go* mitnehmen?

»Koi Sorg, mir hängad Ihr bleeds Bild sowieso ab!«, brüllte mir der Typ hinterher. »Mit Ihne ka mr nämlich ned werba! So an Hongerhoka, do vorgohd oim glei der Abbedit!«

Ich fuhr zurück ins Erdgeschoss, ging noch einmal zur Rezeption, setzte der Empfangsdame meinen Sombrero auf die perfekt gestylte Frisur und verließ McGöckele mit einem Triumphgefühl. Für heute hatte ich nur noch eine, eine allerletzte Mission.

Eine knappe Stunde später stand ich vor einem Haus. Mittlerweile war es dunkel geworden. Im zweiten und dritten Stock des Hauses brannte Licht. Im Erdgeschoss nicht. Trotzdem klingelte ich. Ich klingelte und wartete. Nach ein paar Minuten wurde im ersten Stock ein Fenster geöffnet.

»Zu wem wellad Sie?«

»Guten Abend. Ich suche Herrn Hollister.«

»Sen Sie sai Fraindin?«

»Ganz im Gegenteil! Ich habe noch eine Rechnung mit ihm offen.«

»Do hen Se abr Glick ghett! Sonschd wär i nämlich ronderkomma! Mir hen nämlich au no a Rechnong mit em offa. Ned bloß oine! Sei Miede hot er ned zahld, ond oifach abkaua isch er! Ond älles leergraimt hod er!« Das Fenster wurde mit Schwung zugedonnert.

Ich blieb in der Dunkelheit stehen. Natürlich hatte ich nicht erwartet, Eric anzutreffen. Aber erst jetzt konnte ich sicher sein, dass das Kapitel Eric M. Hollister in meinem Leben ein für allemal abgeschlossen war. Mir war kalt. Es war Zeit, zu Lila zu gehen.

»Line, Gottseidank! Ich dachte schon, die Mafia hätte dich kassiert!«

»Eric ist weg!«

»Tonio ist abgehauen!«

»Eric hat alles mitgenommen!«

»Tonio hat alles mitgenommen, sogar meine Maria-Hellwig-DVD, und die letzte Miete nicht bezahlt!«

»Eric hat die letzte Miete auch nicht bezahlt, und meine Vermieterin hat mir gekündigt!«

»Zieh' bei mir ein!«

»Hurra!«

Wir fielen uns in die Arme. Und da galten Frauen als wortreich!

23. Kapitel | *Sonntag*

Don't know the right words to say.
I'm not magic.
Don't hold the world in my hands.
Wish I could fly through the air, like a hero,
but I'm just someone who loves you.
That's all I am

»Die Bäume stehen vo-o-lle-er Laub ...« Der Kirchenchor sang mit Inbrunst die zweite Strophe von *Geh' aus, mein Herz.* Die 82-jährige Frau Zeigerle, die mit ihrem Vibrato der Stärke sieben auf der nach oben offenen Richterskala die Sektgläser zum Klirren brachte, übersah mit Erfolg die hochgezogenen Augenbrauen der Chorleiterin, die beschwörend in ihre Richtung blickte und vor lauter Anstrengung schon aussah, als hätte sie ihre Stirn mit Botox behandelt. Dorle thronte am Kopf einer endlosen weißen Tafel und strahlte. Sie hatte für die erste Überraschung des Tages gesorgt, indem sie in einem lindgrünen Ensemble aufgekreuzt war. Lindgrün! Dorle und lindgrün!

Katharina hatte Dorle in zähen diplomatischen Verhandlungen davon überzeugt, dass eine gesangliche Darbietung der Familie das Geburtstagsfest nicht unbedingt bereichern würde. Zum Ausgleich trug Lena mehrere von Shakespeare inspirierte selbst gedichtete Sonette vor, in denen Dorle mit einem Sommertag verglichen wurde, und Vater zeigte Dias mit Gelbstich. Olga glänzte wie erwartet durch Abwesenheit.

Die fünfzehn Liedstrophen brachten mich automatisch dazu, über mein Leben nachzudenken. Das hatte ich in letzter Zeit vermieden. Die Bilanz fiel mäßig aus. Seit ein paar Wochen wohnte ich bei Lila. Das war noch der beste Teil. Einen Tag ohne Lila, Suffragette und Prosecco konnte ich mir schon nicht mehr vorstellen. McGöckele hatte die Plakate beseitigt und als neues Motiv ein dralles blondes Mädel mit großen Brüsten gewählt, das aussah, als könne es auf dem Cannstatter Volksfest problemlos in jeder Hand drei Bierkrüge stemmen. Das Arbeitsamt hatte zwar die Bezugskürzung zurückgenommen, bombardierte mich aber nach wie vor mit seltsamen Schreiben und bestellte mich zu absurden Gesprächsterminen mit Frau Mösenfechtel ein. Ich hatte ein, zwei Vorstellungsgespräche in Agenturen absolviert, ohne Erfolg, und Leon – das war der Teil meines Lebens, über den ich am wenigsten nachdenken wollte –, Leon war ich zum Glück nur noch einmal im Flur begegnet, als ich mit Herrn Tellerles Hilfe (»Net, dass Sie sich verlupfed!«) meine kaputten Kühlschränke für den Sperrmüll auf die Straße beförderte. Wir hatten uns aneinander vorbeigedrückt und einen Gruß gemurmelt. Vorher hatte er ab und zu Zettel an meine Tür geklebt oder Nachrichten in meinen Briefkasten geworfen, auf denen immer das Gleiche stand: »Lass uns bitte reden.« Ich sammelte die Zettel und verbrannte sie irgendwann feierlich in meinem Alu-Papierkorb (leider sprang dabei ein Funke über und brannte ein Loch in den Teppichboden). Leon war eine Affäre, mehr nicht. Zum Glück war ich nicht schwanger. Lila hatte natürlich so lange gebohrt, bis ich ihr mein Herz ausgeschüttet hatte. In regelmäßigen Abständen versuchte sie mich davon zu überzeugen, Leon anzurufen, aber ich weigerte mich kategorisch.

Beim Umzug war noch etwas Merkwürdiges passiert. Als ich meine Unterwäsche aus dem Schrank räumte, stieß ich ganz zuunterst auf den weißen Push-up-BH samt Höschen, die mir bei meiner ersten Begegnung mit Leon abhanden gekommen waren. Wobei sowohl BH als auch Slip einen leichten Grauschleier aufwiesen, obwohl ich hätte schwören können, dass ich beides noch nicht gewaschen hatte. Ich starrte irritiert auf die beiden Wäscheteile und versuchte nüchtern festzustellen, ob ich jetzt vollends durchdrehte. Dann fiel mir die Geschichte vom Kaninchen ein, das eines natürlichen Todes gestorben war, aber vom Nachbarshund aus seinem Grab gebuddelt wurde, worauf die Besitzer des Hundes glaubten, ihr Hund hätte das Kaninchen gerissen, und weil sie es sich nicht mit den Nachbarn verderben wollten, wuschen und föhnten sie das tote Kaninchen und setzten es heimlich zurück in den Käfig. Die Nachbarn wiederum erzählten ihnen am nächsten Tag die unglaubliche Geschichte des verstorbenen, begrabenen und plötzlich wieder im Käfig sitzenden Kaninchens. Mir war nicht ganz klar, wie das Kaninchen mit meinem seamless Push-up-BH und dem passenden Höschen zusammenhing, aber da ich langsam wirklich befürchtete, verrückt zu werden, beschloss ich, keine weitere Sekunde mehr an die Unterwäsche zu verschwenden. Sollte sie ihr Geheimnis mit ins Grab nehmen.

Mittlerweile war es Mai geworden. Eigentlich war das die schönste Jahreszeit in Stuttgart. Überall blühten die Kastanien und reckten fröhlich ihre weißen und himbeerroten Kerzen in den Himmel. Aber dieses Jahr sah ich nicht hin, weil Kastanien offensichtlich nur in Verbindung mit eng umschlungenen Liebespärchen existierten, und die konnten mir gestohlen bleiben.

Nun saß ich also bei Dorles Achtzigstem und langweilte mich entsetzlich. Ich hatte nicht mal einen Nachbarn auf meiner rechten Seite, mit dem ich mich hätte unterhalten können. »Do kommd no ebbär!«, hatte mir Dorle ungerührt verkündet.

Plötzlich ging die Tür zum Saal auf. Im Türrahmen stand ein Mann, der nicht zur Familie gehörte, sehr attraktiv mit dem leicht lockigen Haar und dem eleganten Anzug, in der Hand einen riesigen, extravaganten Strauß langstieliger roter Rosen, wie man sie bei uns auf dem Dorf nicht verschenkte. Schon gar nicht an eine Achtzigjährige. Achtzigjährigen schenkte man kleine Büchlein mit Sinnsprüchen vor Sonnenuntergängen oder Friedhofsschalen. Ich blinzelte. Der Mann im Anzug war mir nicht unbekannt. Ich schloss die Augen und öffnete sie wieder. Die Erscheinung war immer noch da, die Rosen immer noch rot. Es war Leon. *WasumHimmelsWillenmachtederKerlhier?? Undwarumsahersoverdammtgutaus?*

Der Kirchenchor hatte die letzte Strophe gesungen, aber nichts geschah. Alle blickten Leon erwartungsvoll an. Der stand noch immer wie angewurzelt in der Tür. Da erblickte ihn Dorle und sprang auf.

»Desch abr schee, dass du kommsch!«, rief sie aus. Du? Sie duzte ihn? Sie lief mit ausgestreckten Armen auf ihn zu.

»Dorle, du siehst einfach fantastisch aus!«, rief Leon. Er küsste sie links und rechts auf die Wange und legte ihr feierlich den riesigen Strauß auf den Arm. Dande Dorle strahlte. Der Kirchenchor stand noch immer da wie festgefroren. Alle schienen festgefroren zu sein. Bis auf Dorle, die Leon am Ellenbogen fasste und energisch in meine Richtung bugsierte. Hilfe! Leider war es zu spät, um unter das lange Tischtuch zu krabbeln. Leon stand vor mir und zögerte eine halbe Sekunde. Dann beugte er sich vor und küsste mich mitten auf den Mund, als wäre es das Selbstverständlichste auf der Welt, ließ sich neben mich auf den Stuhl fallen und sagte laut in die Stille hinein: »So, ich hoffe, es gibt noch etwas von diesem fabelhaften Käsekuchen!«

Ich starrte ihn an. »Was zum Teufel soll das?«, zischte ich.

»Line, hosch du jetz endlich au an Freind?«, rief Frau Bäuerle vom Nachbartisch herüber.

»Nein, das ist nicht mein Freund!«, schrie ich laut. Meine Nerven waren am Ende. Leon tätschelte mir beruhigend das Knie und winkte Frau Bäuerle freundlich zu, als wollte er sagen: »Haben Sie etwas Nachsicht mit ihr, sie neigt zur Hysterie.«

Ich knüllte die Serviette zusammen, warf sie auf den Kuchenteller und rannte hinaus.

Ich saß auf dem Klo und heulte. Was wollte der Kerl hier? Warum platzte er in Dorles Geburtstagsfeier und war offensichtlich auch noch eingeladen? Und warum regte ich mich so auf?

Die Tür zum Klo öffnete sich. »Line?« Mein Gott, jetzt verfolgte mich der Kerl sogar bis aufs Klo! Ich wollte heulen und mich selber bedauern, und selbst das versaute er mir!

»Line, bitte mach die Tür auf. Es tut mir leid. Dorle – ich – wir hielten es für eine gute Idee. Ich dachte, du würdest dich freuen.« Ich antwortete nicht, schniefte aber so laut, dass er mich hören konnte. »Line, bitte komm raus und lass uns in Ruhe reden.« Ich gab ein leises Schluchzen von mir und nahm mir vor, demnächst an Schwindsucht zu sterben. Sollten er und Dorle an meinem Grab stehen und sich die Augen ausweinen. Der Kirchenchor würde singen. Ob wohl viele Trauergäste kommen würden? Schade, dass ich nicht dabei sein konnte.

»Line, lass es dir doch erklären. Aber das geht besser, wenn ich nicht mit der Klotüre reden muss. Findest du das nicht ein bisschen kindisch?« Natürlich war es kindisch. Aber nach allem, was ich durchgemacht hatte, hatte ich ein Recht darauf, kindisch zu sein.

»Du kannst es mir ja durch die Tür erklären!«

Leon seufzte. »Na gut, du Sturkopf. Es war Dorles Idee.«

»Aber ihr habt euch doch nur einmal gesehen!«

»Ich habe sie damals nach Hause gefahren.«

»Du hast *was*? Du kanntest sie doch gar nicht!«

»Als wir zusammen die Treppe runtergingen habe ich sie gefragt, ob ich sie heimfahren kann, und sie hat sich nicht lange bitten lassen.«

»Du Schleimer! Weil sie uns verkuppeln wollte! Und das hast du ausgenutzt!«

»Ja, das stimmt. Aber ich hatte mich doch sofort in dich verknallt und wollte so gern mit jemandem reden, der dich kannte.«

»Du warst damals schon in mich verknallt?«

»Ich habe mich genau in der Sekunde in dich verliebt, in der du mir die Fischgräte aus dem Hals gehauen hast.«

Kein Wunder. Das war ja auch ein ungeheuer romantischer Moment.

»Wirklich?« Ich schniefte nochmal und kroch näher an die Tür. Ich würde das mit der Schwindsucht nochmal überdenken.

»Ja. Und Dorle gab mir dann ihre Telefonnummer. Wir haben ab und zu telefoniert. Ich war so ratlos, weil ich permanent das Gefühl hatte, dass du vor mir davonläufst.«

»Ich bin nicht vor dir weggelaufen! Ich bin ein reifer Mensch mit viel Lebenserfahrung, der gelernt hat, mit seinen Gefühlen umzugehen!«

»Warum hast du dann nicht mit mir geredet, nach jener Nacht, und warum versteckst du dich hinter der Klotür?«

»Ich komme erst hier raus, wenn du mir sagst, was in jener Nacht geschehen ist.«

»Du warst doch dabei!«

»Nicht *die* Nacht. Die Fischstäbchen-Nacht.«

»Line, es gibt Dinge, die will man nicht wissen.«

»Will ich aber doch! Vorher komme ich hier nicht raus.«

»Line, du warst sturzbetrunken. Glaub mir, es ist besser, die Sache auf sich beruhen zu lassen.«

»Sag mir jetzt endlich, was passiert ist!«

Leon seufzte wieder. »Na schön, aber ich habe dich gewarnt. Also, wir tranken diesen Kirschschnaps von Dorle. Nach dem zweiten Schnaps warst du schon ziemlich betrunken. Ich wollte dich davon abhalten, mehr zu trinken, da war aber nichts zu machen.«

»Und dann?«

»Dann hörtest du plötzlich mitten im Satz auf zu reden. Dir fielen die Augen zu und du fingst an zu schnarchen. Junge, Junge, so ein lautes Schnarchen hätte ich dir niemals zugetraut.«

Das musste ja total niedlich ausgesehen haben. Kein Wunder, dass Leon sich in mich verliebt hatte.

»Ich habe versucht, dich wachzurütteln. Ich meine, ich konnte dich ja schlecht auf dem Stuhl sitzenlassen. Ich hab dich gefragt, ob ich dich ins Bett bringen soll. Da hast du entsetzt die Augen aufgerissen und ›Bad, nicht Bett!‹ gerufen. Ich dachte, du bist vielleicht sehr reinlich erzogen und wolltest dir unbedingt noch die Zähne putzen.«

Ich hatte da einen ganz anderen Verdacht. »Und weiter?«

»Ich half dir ins Bad, weil du nicht mehr alleine laufen konntest. Ich wollte rausgehen, um deinen Schlafanzug zu holen, aber kaum ließ ich dich los, strecktest du die Hände nach oben wie ein zweijähriges Kind, das sich noch nicht alleine ausziehen kann.«

Ich stöhnte. Alkohol schien einen in frühkindliche Stadien zurückzubefördern.

»Also habe ich dir das T-Shirt über den Kopf gezogen. Du hattest die Augen geschlossen und es sah aus, als würdest du im Stehen schlafen. Dann hast du dich so halb auf mich draufgehängt und wieder geschnarcht. Ich hab dir dann ...« Leon machte eine Pause und räusperte sich. »... aus deiner Jeans geholfen. Dann hab ich gesagt, jetzt musst du aber alleine weitermachen. Man weiß ja schließlich, was sich gehört. Ich drehte mich um und wollte aus dem Bad rausgehen, und dann machtest du dieses Geräusch.«

»Geräusch? Was für ein Geräusch?« Langsam war ich mir nicht mehr sicher, ob ich die Geschichte zu Ende hören wollte.

»Wie ein hustendes Pferd. Oder wie eine Shampoo-Flasche, in der noch ein kleiner Rest ist. Man drückt auf den Plastikbauch und dann macht es dieses Geräusch. Ich drehte mich um und du hattest dich von oben bis unten vollgekotzt. Mit einem Schwung. Dich selber, deinen BH, dein Höschen und überhaupt alles. Und du standst da, schwankend, als ob du gleich umkippen würdest. Ich habe dich gepackt und in die Dusche geschoben.«

Ich ließ mich auf den Klodeckel sinken. Prima. Es war nichts weiter passiert. Leon hatte mich sturzbesoffen und von oben bis unten vollgekotzt in die Dusche befördert. Wahrscheinlich hatte ich ihn noch ein bisschen vollgeschmiert. Das musste mir doch eigentlich überhaupt nicht peinlich sein.

»Und die Unterwäsche?«

Leon räusperte sich wieder. »Ich musste dir beim Ausziehen helfen. Der BH ging total schlecht aufzumachen.«

Männer und BHs. Daran war schon so manche Liebesnacht gescheitert.

»Nachdem du eine Weile geduscht hattest, klingelte es an der Tür. Der Schlüsseldienst.«

Der Schlüsseldienst? Den hatte ich vollkommen vergessen.

»Ich machte auf und wusste, ich habe nur fünf Stockwerke Zeit, um dich ins Bett zu kriegen. Also habe ich dir« – räusper – »beim Abtrocknen geholfen, und weil deine Klamotten da noch rumlagen, habe ich dich wieder in Jeans und T-Shirt gesteckt und so schnell es ging ins Bett bugsiert. Zum Glück warst du nach drei Sekunden weg. Der Schlüsseldienst stand schon im Flur.«

»Und wie kam die Unterwäsche dann wieder in meinen Schrank?«

»Ich hatte die Unterwäsche auf die versaute Tischdecke geworfen, und als ich mit dem Schlüsseldienst rüber zu meiner Wohnung ging, habe ich die Decke mitgenommen und später in die Waschmaschine gestopft. Nach dem Waschen tauchte plötzlich deine Unterwäsche auf. Was hätte ich denn machen sollen, hätte ich sie dir beiläufig in die Hand drücken oder per Post schicken sollen? Also habe ich sie dir an dem Morgen, als ich zum Frühstück kam, nach deiner Grippe, zurück in den Schrank geschmuggelt, als du in der Küche warst. Ich hatte vielleicht Schiss, dass du mich ertappst!«

Das erklärte den Grauschleier. Hmmm. Wenn sich Leon von dieser Episode ganz am Anfang unserer gemeinsamen Geschichte nicht hatte abschrecken lassen, musste er eigentlich ziemlich bekloppt sein. Ich kroch wieder näher an die Tür.

»Und was ist mit Yvette?«

»Yvette war das kurze Aufflammen einer alten Liebe. Ich meine, ich bin schließlich auch nur ein Mann. Nach der Nacht mit dir haben wir uns nicht mehr getroffen. Außer mal zufällig bei Bosch in der Kantine.«

Hmm. Ich dachte angestrengt nach, ob ich noch mehr über Yvette erfahren wollte.

»Das mit dem Anrufbeantworter tut mir leid.«

»Schon okay. Line?«

»Ja?«

»Kommst du jetzt raus?«

Ich schwieg. Dann öffnete ich die Tür. Leon stand vor mir und lächelte. Er grinste nicht. Er *lächelte*. Mein Herz rutschte in den großen Zeh. Ich schniefte. Leon hob die Hand und schien kurz davor, mir über das Gesicht zu streichen, dann ließ er sie wieder sinken.

»Im Krankenhaus hat Dorle mich dann zu ihrem Geburtstag eingeladen. Sie meinte, dann könntest du nicht vor mir weglaufen. Sie hatte wohl Unrecht. Es tut mir leid. Wir hätten das nicht tun sollen.« Er hatte sie sogar im Krankenhaus besucht? Daher also die roten Rosen.

»Aber warum hast du mir denn nicht einfach gesagt, dass du mich magst?«, krächzte ich. Meine Stimme gehorchte mir nicht so richtig.

»Line, verdammt noch mal! Ich renne hinter dir her wie der letzte Vollidiot und merke die ganze Zeit, dass du insgeheim von einem Typen träumst, mit dem du dich schlau über Bücher unterhalten kannst! Und wenn du dann einen gefunden hast, haut er dich in die Pfanne, aber *sowas* von in die Pfanne! Und direkt neben dir wohnt einer, der vielleicht nicht gerade *Auf der Suche nach der verlorenen Zeit* von Goethe auf dem Nachttisch liegen hat, dich aber so mag, wie du bist, du Trottel!«

»Ist das dein Ernst?«, flüsterte ich.

»Ja! Ich brauche keine großen Titten, es ist mir egal, dass du nicht kochen kannst, und wenn du willst, bringe ich dir jeden Tag eine Pizza zum Verkohlen mit! Gib uns bloß endlich eine Chance! Und hör auf zu heulen!«

Aber ich konnte nicht aufhören zu heulen. »*Auf der Suche nach der verlorenen Zeit* ist von Proust«, schluchzte ich. Und dann endlich küssten wir uns. Sehr ausgiebig. Küssten uns und begannen, uns anzufassen – endlich! –, bis wir atemlos voneinander ließen, weil jemand die Treppe zum Klo herunterkam.

Ich wusch mir das Gesicht und Leon sortierte sich die Haare. »Ready to face the crowd?«, flüsterte er.

Wir gingen zurück in den Saal. Das Kaffeegeschirr war abgeräumt worden, die ersten Viertelesgläser standen auf den Tischen. Das Gesprächsgemurmel erstarb. Leon nahm meine Hand, drehte sich zu mir und küsste mich. Diesmal wehrte ich mich nicht. Der Saal applaudierte und Dorle strahlte. Sie stand auf und stellte sich ans Rednerpult. Ihre Wangen waren gerötet, und ich war mir nicht ganz sicher, ob es nur vom Wein kam. Sie winkte, und Karle aus der Theatergruppe stellte sich neben sie. Auch er war rot. Dorle räusperte sich.

»So, liebe Leit. I han au no a Iberraschong. I werd heit net bloß achzig, I han mi au verlobt. In der Reha. Mit em Karle, nämlich. Der hot mi do nämlich bsucht. Also dädad mr heit sozomsage zwoi Verlobonge feira. Die von mir ond em Karle on die vo dr Line ond em Leon.«

O Gott! Ich war gerade mal seit einer Viertelstunde mit Leon zusammen und schon verlobt! Und Dorle heiratete mit achtzig! Südamerika. Ich brauchte dringend ein Ticket nach Südamerika. Ein einzelnes ohne Rückflug. Dementieren. Sofort vor allen dementieren! »*Ich bin nicht verlobt!*«, schrie ich so laut ich konnte. Leon sah mich an und grinste. Er schien sich prächtig zu amüsieren. Dorle hob ihr Viertelesglas und rief: »Koi Angschd, Leon, des kriega mr au no na! Uff ons, on uff die boide!«

Alle hoben ihre Gläser. Leon und ich prosteten uns zu.

Ich musste ihm endlich das Katastrophen-Gen beichten.

Obwohl.

Sollte er es doch selber herausfinden.

Lines liebste Leckereien

In dieser Rubrik gibt es eigentlich nur ein brauchbares Rezept, und das ist Dande Dorles Käsekuchen, tausendmal von Dorle gebacken und einfach unschlagbar. Weil ich nicht backen kann, habe ich es leider noch nie ausprobiert, aber ich bin sicher, ihr kriegt das hin. Die anderen Rezepte kann man eigentlich vergessen. Ich wollte sie euch trotzdem nicht vorenthalten.

Lines Sudelnuppe für Singles

Man nehme einen Topf und fülle ihn mit Wasser. Einen möglichst großen Topf. Nicht bis obenhin füllen, sonst kocht es so schnell über und dann muss man putzen. Bis das Wasser kocht, durchsuche man seinen Kühlschrank nach Gemüse. Es geht alles, auch verschrumpelt: Karotten, Brokkoli, Zucchini, Blumenkohl, Lauch, Erbsen und dieser ganze Krams, der wieder in Mode gekommen ist, Topinambur und Pastinaken und so weiter, ich kann das eh nicht unterscheiden. Es darf auch ein Zwiebelchen oder ein Pilzchen dabei sein, das vorher bei *O wie schön ist Panama* an der Decke hing. Man zerkleinert alles, möglichst ohne sich in den Finger zu schneiden. Wenn das Wasser kocht, tut man Gemüsebrühe hinein, wenn man welche hat, und dann das ganze Gemüse, egal wie die Garzeiten sind, das regelt sich schon. Dann schaut man, ob man irgendwelche Nudeln hat: Penne oder Farfalle, also kompakte Nudeln, keine Spaghetti (gehen zur Not auch) und schmeißt die auch rein. Am besten so viel, dass es auch noch für den nächsten Tag reicht. Und den übernächsten. Oder man lädt einen netten Nachbarn ein. Irgendwann ist alles fertig und dann gibt man noch ein bisschen Salz und Pfeffer dran. Und falls es der Haushalt hergibt, die Suppe mit geriebenem Käse oder saurer Sahne verleckern. Also, wenn ich das schaffe, schafft ihr das auch.

Chili con carne sin carne

Zwiebeln und Chilischoten anbraten. Chilis rausnehmen, es sei denn, man bekommt unangenehmen Besuch. Frische Paprika und frische Tomaten (Dose geht auch) hinzufügen. Mit Kidney-Bohnen aus der Dose auffüllen. Wenn gespart werden muss, mit Wasser verlängern. Eventuell noch eine Dose Mais dazu. Mit Salz, Paprikapulver, Cayennepfeffer und eventuell Chilipulver schärfen. Wenn es der Kühlschrank hergibt, frische Petersilie drauf und, falls vorhanden, mit saurer Sahne servieren. Zum Essen Freundin einladen, Rosamunde Pilcher gucken und Prosecco trinken.

Dande Dorles Käsekuchen

Mürbteig: 200 g Mehl, 75 g Zucker, 1 Prise Backpulver,
125 g Butter oder Margarine

Belag: 5 Eier, 150 g Zucker, 750 g Quark (20 Prozent, ja kein Magerquark!), 500 g Schmand (heutzutage auch Crème fraîche), 1 Packung Dr. Oetker Vanillepudding.

Eier trennen, Eiweiß zu Eischnee schlagen, Eigelb und Zucker schaumig rühren. Die restlichen Zutaten unterrühren, den Eischnee unterziehen. Bei 180 Grad 1 Stunde backen, nach dem Abkühlen (gaanz wichtig!) auf ein Gitter stürzen. Kin-derleicht!

Danksagung

Dieses Buch habe ich alleine angefangen. Zu Ende geschrieben habe ich es mit der Unterstützung vieler Menschen, denen ich von Herzen danken möchte: Meinen Testleserinnen Johanna Veil und Andrea Witt für ihre genialen Ideen, ihre ehrliche Kritik und Stil- und Rechtschreibfestigkeit, Susanne Schempp für die Musik, die mir das Tor zum Schreiben geöffnet hat, Paul Sandner für seine Beharrlichkeit (»Schick das Ding an Silberburg!«), Anette Heiter für den Abdruck von »Ich kann dich überhaupt nicht leiden« und Rechtsberatung, Angelika Farnung für den Abdruck von »Da muss ein Prinz her«, meiner Schwester Ursula Kern für die Überlieferung des Käsekuchenrezepts unserer Dote Martha aus Mössingen, Holger Preuß für Datenrettung und der Silberburg-Crew für ihren Enthusiasmus und die tolle Betreuung. Außerdem Berthold Nast vom Amtsgericht Stuttgart, dem Frauenjazzchor VocaLadies, Gunda Michelfelder, Iris Müller, Bridget Jones und allen, die begeistert Anteil genommen haben. Und ich danke meinem Vater Adolf Kabatek, der nichts normaler fand als verrückte Ideen zu Ende zu spinnen. Ich hoffe, er guckt vom Himmel auf mich herunter und lacht.